De pers over *Galge*

'Duister en angsta
met een fascinerend

'Internationale allure. Erg indrukwekkend, en bovenal nagelbijtend spannend!' Sebastian Fitzek

'Zinderende thriller.' **** *AD*

'Een mooie mix van gruwel en Hollandse "gewoonheid", onberispelijk en met veel vaart geschreven.' *VN Thrillergids*

'Strak geschreven, in denderende vaart. De heldere, dan weer verwarde gedachten van de 19-jarige Kyra weerspiegelen knap het geoefende werkpatroon van rechercheur Mertens. Mooie omgevingsbeschrijvingen completeren de thriller.' *De Telegraaf*

'Nagelbijtend spannende thriller met buitenlandse allure. Ik kan niet wachten op de rest van de boeken in de reeks *De Noordzeemoorden*.' *Crimezone/Hebban*

'Deze titel biedt alles waar een thrillerliefhebber van houdt. Dit eerste deel is de perfecte binnenkomer en biedt alles om uit te kijken naar het vervolg.' *Vrouwenthrillers.nl*

'De cliffhanger die ervoor moet zorgen dat je ook het volgende deel gaat lezen is van een hoog niveau: het liefst zou je meteen doorlezen.' *Mustreads.nl*

ISA MARON

THRILLER

# GALGENVELD

DE NOORDZEEMOORDEN - 1

the house of books

Eerste druk, juli 2014
Derde druk, juli 2017


Omslagontwerp Loudmouth, Utrecht
Typografie Studio Overamstel

ISBN 978 90 443 5233 7
ISBN 978 90 488 2266 9 (e-book)
NUR 332

www.thehouseofbooks.com
www.overamstel.com

OVERAMSTEL
uitgevers

The House of Books is een imprint van Overamstel uitgevers bv



FSC
www.fsc.org
MIX
Papier van verantwoorde herkomst
FSC® C104608

## – 1 –

# *Maandag*

Het is dezelfde droom. Steeds weer dezelfde, verstikkende shitdroom. Kyra Slagter ligt in bed, joggingpak aan, een kop dampende kamillethee naast haar op het nachtkastje. Meestal helpt het, zo'n onderbreking van het woelen en het malen. Nu niet. Ze dommelt weg en onmiddellijk heeft de angstdroom haar weer te pakken.

*Mama zit aan de keukentafel als ze haar mobiel opneemt. Zondagochtend. Haar roze kimono hangt een beetje open, waardoor het kant van haar bh zichtbaar is. Ze zet haar koffiemok zonder een slok te nemen weer op tafel. Haar gezicht vervormt op een afschuwelijke manier. Zo ziet doodsangst eruit.*

Inwendig vloekend rolt Kyra op haar zij, doet de lamp aan en pakt haar boek. Ze gaapt. Hoofdstuk 11. 'An Introduction to Crime Reconstruction. Insect Activity.' Vliegen, mieren, kevers. Bloederige wonden vol eitjes en larven. De zwarte, openstaande mond van een dode die een veilig onderkomen biedt voor het jonge leven van de bromvlieg. Langzaam zakt Kyra's hoofd naar beneden tot het rust op het boek dat ze aan het lezen is.

*Haar moeders gezicht is op slag lijkwit. Ze probeert iets te zeggen, maar verslikt zich in haar eigen speeksel. Ze hoest. Huilt. Laat zich niet geruststellen. Die dag herhaalt ze het steeds weer – tegen anderen en vooral tegen zichzelf: Dit is niet goed, dit is niet goed.*

Weer schrikt Kyra wakker, alsof haar moeder naast haar heeft staan roepen. Zestig kilometer. Een vlieg kan een kadaver vlak na de dood traceren op een afstand van zestig kilometer. Binnen acht uur worden de eerste eitjes gelegd. Soms al meteen na het overlijden. Na vijftien uur ontstaan de eerste larven, die zich te goed doen aan het vlees van de dode.

*Paniek. Haar vader, haar moeder en haar broer praten door elkaar heen. Is ze... Kan het... Zou... Misschien... Jarno pakt zijn mobiel en begint iedereen die hij kan bedenken te bestoken met berichtjes. Mama gooit giftige verwijten in het rond. Ze hadden veel eerder... Waarom hebben ze niet... Als...*

Al na dertig minuten kunnen er lijkvlekken ontstaan. Bloed zakt naar beneden, naar de laagst gelegen delen van het lichaam. Als het lijk wordt omgedraaid verplaatsen de lijkvlekken zich. Dit fenomeen stopt als het bloed begint te ontbinden.

*De zon schijnt in haar ogen. Alles is verblindend wit. Ze is iets kwijt. Ze kijkt panisch om zich heen. Waar? Waar is het in godsnaam? Ze zal sterven als ze het niet vindt. Iemand zal sterven als ze het niet vindt.*

*Haar moeder gilt. Hoog. Indringend. Als een industriële zaag die door hardhout gaat. Kyra slaat haar handen voor haar oren. Ze staat in de keuken. De kraan loopt. Ze wil hem dichtdraaien, maar durft haar handen niet van haar oren te halen.*

*Mama ijsbeert door de keuken. Ze heeft geen gezicht. Kyra ziet alleen de handen die het hoofd grijpen, en elkaar, ineengeslagen, als in een gebed. Shit, die klaagzang. Dat geluid. Ze kan het niet aanhoren. Het is alsof het verdriet van alle generaties die haar voorgingen erin doorklinkt. Al die ziektes, al dat verlies, al die dood.*

*Ineens staat Jarno in de keuken, een grote koffer naast zich. Hij brult iets. Zijn stemgeluid is zwaar en donker. Ze rilt.*

*'We moeten!' roept haar broer. 'Nu!'*

*Maar ik ben iets kwijt, denkt Kyra. Ik moet zoeken. Ik kan niet zonder. Paniek klemt haar fijn. Verplettert haar. Ze wordt overspoeld door een immense drang tot... tot... Ze weet het niet.*

*Ze gaan. Haar moeder en haar vader en haar broer. Ze staan op straat, in het overweldigende zonlicht. De huizen groeien, rekken zich uit, raken elkaar ergens hoog boven haar. Het wordt donker.*

*'Jij niet,' zegt haar moeder terwijl ze in een gigantische auto stapt. 'Jij bent nog te klein.'*

*Ze is iets kwijt.*

Heel vroeg in de ochtend gaat haar mobiel. Jezus, denkt Kyra Slagter als ze wakker schrikt. Wie? Hoe erg? Haar hart bonkt. Instinctief wil ze wegrennen. Ze duwt zich omhoog en voelt de bladzijde van haar boek aan haar wang plakken. Ze trekt zich los en in het schijnsel van de leeslamp naast haar bed ziet ze de beelden waar ze vannacht misselijk van werd: de zakelijke autopsiefoto's van een vermoord kind.

De iPhone speelt zijn deuntje weer. Jarno. Haar stem hapert als ze opneemt, krakend en kuchend roept ze 'Ja?' Ze luistert naar haar broer en beseft dat het een geluk is dat ze tijdens het lezen van *Criminal Profiling* in die verlossende slaap is gevallen, haar joggingpak en sokken nog aan. Binnen drie minuten is ze beneden, heeft ze haar scooter gestart en scheurt ze langs het Noordhollands Kanaal richting het IJ. De wereld is absurd groen en houdt zich verscholen achter een dikke mist. Het lijkt alsof ze in een kleine, heldere luchtbel door de witte slierten vliegt. Nog steeds ziet ze het vermoorde meisje uit het boek. De mond die een stukje openstaat. Het roze schuifspeldje in het warrige haar. De donkere vlekken in de smalle nek. Ze slikt en probeert het beeld van zich af te zetten.

Op het lange rechte fietspad door het Florapark belt ze haar broer terug.

'Je neemt me niet in de maling, hè?'

'Is het 1 april dan?' vraagt Jarno. 'Het is moord. Echt moord. De politie is er nog niet.'

'Hoe lang hangt hij daar al? Kan toch nooit lang zijn. Ligt er geen stoel, is het geen zelfmoord?'

'Nee, nee, er is hier niks, alleen die dode man aan de lantaarnpaal.'

'Shit man. Zie je zo. Ben er bijna.'

Kyra racet onder de Johan van Hasseltweg door, langs de school waar haar broer zijn diploma heeft gehaald. Nog een minuut of zo, dan is ze er. De weg langs het Noordhollands Kanaal lijkt ineens vreselijk lang.

*

Maud Mertens droomt van een vakantie in een rustig oord – niet te regenachtig en zeker niet te warm, iets als een kleine herberg in een rustgevend berglandschap, zo'n plek waar haar dochter nog niet dood gevonden wil worden, maar waar Edwin en zij kunnen uitslapen en niets aan hun hoofd hebben behalve de mogelijke wandelroute en de lunch – als haar telefoon gaat. Het duurt even voor ze het deuntje herkent. Snel, met de irreële hoop dat Edwin dan niet wakker wordt, grijpt ze het toestel van het plankje.

'Ja?'

Zo vroeg al een belletje van collega's voorspelt meestal niets goeds. Ze gaat rechtop zitten en gluurt naar de wekker. Kwart over vijf.

'Ik kom eraan. Buikslotverveer? Oké.'

Ze wurmt zich tussen het waterbed en de hometrainer door, vist wat kleding uit de kast en hinkelt onhandig door de kamer terwijl ze zich in twee broekspijpen tegelijk probeert te werken. Kanonnen. Een dode bij de pont bij de Sixhaven. Nog geen tien minuten rijden van de brave Noordse nieuwbouwwijk waar ze sinds een halfjaar woont. Haar eerste zaak in haar nieuwe eigen buurt. Telefoon. Sleutels. *Go, go, go.*

*

Kyra Slagter probeert extra gas te geven om de rammelende scooter tot hogere snelheid te dwingen. Een lijk aan een lantaarnpaal in Noord. Aan de waterkant, op de kade van het IJ. *Holy shit* zeg. Zomaar heeft ze de kans om erbij te zijn als de politie aan het werk gaat en de eerste stappen naar de oplossing onderneemt. Dit is het echte werk. Recht voor haar neus. Zou het een afrekening zijn, trouwens? Dat is toch meer het soort dingen dat in West gebeurt. Of in het kakkineuze zuidelijke deel van de stad.

Als ze er maar is voordat de politie aankomt. Omdat haar broer het lijk ontdekt heeft, omdat ze al weet van de dode voordat de godganse wereld het weet, heeft ze het gevoel dat het háár lijk is, háár moord. Ze wil alles zien, alles meemaken. Niemand mag ook maar iets doen voordat zij er is. Ze schiet het platform bij de pont op, ziet het lijk – jezus, die man hangt daar in zijn blote kont – en komt met slippende banden tot stilstand. Gehaast zet ze de scooter op de standaard en sprint richting Jarno, die met een oudere man staat te praten. Er heeft zich een handjevol mensen verzameld, die allemaal verbijsterd naar het gruwelijke schouwspel kijken. Ze knikt naar haar broer, die een minimaal knikje terug geeft, en loopt meteen door langs de kade, recht op het lijk af.

De man hangt hoog in de lucht, aan de zeker zes meter hoge lantaarnpaal. Met zijn rug naar haar toe, zijn gezicht naar het water, alsof de moordenaar zo attent is geweest om aan het uitzicht van de dode man te denken. Ze rilt en stapt iets naar achteren.

Ze kijkt om, naar de toeschouwers, en twijfelt over wat ze zal doen. Respectvol afstand houden? Doen wat hoort? Ze hoort het verre geluid van een sirene harder en harder worden. Zo snel al. Goed dat ze plichtgetrouw zijn, maar haast maken heeft toch echt geen zin meer als ze het slachtoffer zo bekijkt. Nee, niet respectvol afstand houden, niet nu, niet bij deze unieke kans. Ze vist haar mobiel uit haar broekzak en begint te filmen. Eerst de omgeving, de kade, de pont, het handjevol mensen, de lantaarnpaal, dan de grond onder de man. Ze beweegt de mobiel langzaam naar boven, filmt de cognackleurige leren schoenen, de nette broek die verfrommeld op zijn enkels hangt, de blote, licht behaarde benen, de nutteloze handen. Iets sneller dan de bedoeling is – details! details zijn alles – schiet ze met de camera over de naakte billen heen en ze filmt de stille rug, het colbert, het bebloede overhemd en het gebogen hoofd, waarvan het gelaat verstopt is onder een bos halflange, woeste krullen. Ze zoomt in op zijn achterhoofd waar ze een wond denkt te zien, of in elk geval zijn de haren daar aan elkaar vastgeplakt. Er lijkt ook iets van een dun touwtje over zijn rug te hangen. Het camerabeeld wordt niet erg duidelijk omdat het nog niet licht genoeg is en haar mobiel moeite heeft met scherp stellen.

Ze hoort piepende banden achter zich en ziet een politieauto schuin op de weg parkeren. Nog even en ze zullen haar wegsturen. Kyra cirkelt met kleine stappen om het slachtoffer heen. Ze draait met de camera naar de politiewagens, langs café De Pont – donker en verlaten –, langs de loopbrug naar de IJpromenade en terug naar het lijk, dat nu zachtjes in de opstekende wind heen en weer schommelt. De aanblik heeft iets onbeschrijflijk verdrietigs. De moderne lantaarnpaal die zomaar in een galg is veranderd, het onvermurwbare touw, het lichaam dat daar in zo'n gelaten houding aan de strop hangt, het hoofd scheef, de kin omlaag. Het bloed. De naaktheid van de man. Alsof de dood alleen niet al vernederend genoeg is.

'Toen ik de kade een halfuur geleden verliet was er niets te zien, zo mistig was het,' hoort ze de man die bij Jarno staat brommen. Zeker de schipper. 'Ik heb hier minstens een minuut of vijf gelegen voor ik weer naar de andere kant afvoer.'

'Hoeveel passagiers kwamen er aan boord?'

'Die naar de stad gingen? Een stuk of vijf, zes, zou ik denken. Niet veel. Het was een ongewoon rustige nacht. Tot nu toe dan.'

Kyra Slagter filmt snel nog meer van het slachtoffer, maar kijkt niet langer naar het beeld op haar mobiel. Haar aandacht wordt getrokken door de agenten. Ooit zullen dat haar collega's zijn. Ze is erbij. Staat midden in een fokking aflevering van *Dexter*, *CSI*, *Wallander*, *Luther*. Ze kijkt of haar mobiel de dode nog steeds in beeld heeft, ziet dat ze een stuk mistige lucht heeft gefilmd, draait de camera weg en zoomt dan in op de omstanders, de politie. Het wordt nu snel lichter.

Ze hoort de politieman telefoneren. Hij zegt dat de officier van dienst moet komen, en eigenlijk ook een forensisch onderzoeker, of zelfs meteen een plaats delict-unit. Hij roept haar. Gebaart dat ze moet komen. Ze stopt haar mobiel in haar jaszak en negeert hem. Dit is veel beter dan een krimi op tv. Daarin wordt dit deel van het verhaal overgeslagen, beginnen de beelden als het lint al hangt en er een massa mensen in witte plastic pakken rondloopt. Maar die eerste minuten, meteen nadat het lijk gevonden is, daar is ze altijd benieuwd naar geweest. Zo voelt dat dus, die stilte voor de storm.

Kyra staat onbeweeglijk. Met haar rug tegen het hek langs de kade, naast de dode man, met niets dan klotsend water achter haar, overziet ze alles. Het tafereel lijkt onder een vergrootglas te liggen.

Het is alsof de mist wijkt en alles scherper is dan scherp. Super HD. Ze ziet alles tegelijk. De nerveuze tic van de oude schipper, die onafgebroken aan het puntje van zijn snor pulkt. De onzekere blik van de jonge agent. Een meisje dat met haar mobiel staat te rommelen. Een onverzorgde ouwe vent. Twee kerels die met elkaar staan te smoezen, met stoere handgebaren. Het is vreemd stil op de kade. Misschien door de resten mist boven het water, door de nabijheid van de dode.

Er komt een nieuwe politieauto aan en een paar agenten stappen uit. De rol met plastic lint verschijnt. Een agent haalt een fotocamera uit een tas en een ander bekijkt de situatie met een camcorder in de aanslag. Onwillekeurig legt ze haar hand op de jaszak met haar telefoon. Misschien heeft niemand gezien dat ze gefilmd heeft en kan ze de opname houden. De hele tijd verwacht ze dat een van de agenten naar haar toe zal komen om haar te bevelen de beelden te wissen.

'Hé, jij daar...' Een jonge agent loopt met grote passen op haar af. 'Ga daar nou eens weg.' Hij kijkt haar geïrriteerd aan. Achter hem parkeren nog twee auto's naast de fietsenrekken. Een grote vrouw in een lange zwarte jas met felgekleurde bloemen stapt gehaast uit. Desigual, registreert Kyra. Sophie had vorig jaar ook zo'n jas. Ze werpt nog een blik op de dode man aan de galg en doet een stap naar voren. Het is alsof... Hij komt haar ineens bekend voor, het slachtoffer. Zijn kin hangt op zijn borst, maar nu de mist bijna verdwenen is, de zon boven het Centraal Station uit komt en de stralen op zijn wilde krullen vallen, nu ze recht voor hem staat en de gehele gestalte haar ineens zo duidelijk voorkomt... Ze doet nog een stap vooruit, staart hem recht van onderen aan. De aanzwellende wind blaast de krullen een kort moment opzij. Het beeld van de dode man met de halfgesloten ogen en de onnatuurlijke gelaatskleur verspringt en ze ziet dezelfde man: levend, pratend, gebaren makend, de krullen strak naar achteren getrokken in een nonchalante knot. Nee. Onmogelijk. Een koude windvlaag blaast dwars door haar spijkerjack.

'Ik ken hem,' fluistert ze tegen de agent, die inmiddels naast haar staat. 'Jezus... Het is meneer Gaullier.'

# – 2 –

Maud Mertens staat naast de auto en kijkt naar de chaos voor haar neus. Twee agenten zijn druk in de weer met het spannen van afzetlint. Een paar andere collega's houden de toegestroomde reizigers op een afstand. De stadsbussen proberen in de menigte hun gebruikelijke rondje op de doodlopende weg te draaien om terug te kunnen keren naar het noorden van het stadsdeel. Een automobilist toetert agressief omdat hij er niet door kan.

Aan de lantaarnpaal die rechts van haar op de kade staat, hangt de dode man. Een donkere gedaante tegen een schimmige achtergrond. Een galg op Volewijck, denkt Maud Mertens. Net als in de Gouden Eeuw, toen ten noorden van de historische vaarroute de muggen over de moerassen heersten en de lege oever gebruikt werd om terechtgestelde misdadigers tentoon te stellen. Een openluchtmuseum met half opgevreten lijken was het hier toen.

'Wat hebben we?' vraagt Mertens aan de chef van dienst.

'Rond vijf uur gevonden.' De chef – een man die ondanks zijn gebrek aan lengte gezag uitstraalt – knikt richting het slachtoffer. 'Door de schipper van de pont en zijn enige passagier. Slachtoffer is een man. Lijkt al enige tijd dood, voor zover ik dat kan beoordelen. Niemand heeft iets gezien. We hebben hem maar even laten hangen.'

'Officier al gebeld?' vraagt Mertens. 'TGO?'

'Zeker.' Hij kijkt op zijn horloge, alsof ze daaruit tevoorschijn zullen komen. 'Maar dat duurt wel even. Wat wil je?'

Er stopt een auto bij het café en een man met een grote filmcamera stapt uit.

'Zo snel mogelijk afzetten,' zegt Mertens. 'Dat lichaam moet uit het zicht.'

'Ik heb al gebeld maar we hebben geen afzettingen die hoog genoeg zijn.'

Mertens kijkt omhoog naar het lichaam, waarvan de voeten op een hoogte van een meter of twee hangen.

'Een tent kan er ook niet overheen,' zegt een van de collega's, die komt aanlopen, volkomen overbodig.

Improviseren, dat leren ze je niet op school, dat leer je alleen in de praktijk en soms is het zo verdomd vermoeiend. Bij het lint staan al fotografen. Waar komen die toch zo snel vandaan? Ze moet als de donder uitzoeken wie de man is en zijn familie op de hoogte brengen.

'Voordat die pont afvaart wil ik alle namen van de passagiers genoteerd hebben,' zegt ze. 'Snel graag.'

Ze kijkt om zich heen. Even verderop ziet ze haar collega Niels Bingsten met een slaperig hoofd uit de auto stappen. Lang, mager, enigszins slungelig – hij ziet eruit als een verwarde professor, maar is een geweldige politieman. Ze kennen elkaar al jaren.

'Fotograferen en veiligstellen,' zegt ze tegen twee technisch specialisten en weer bestudeert ze de situatie. 'Alles. Van de kade tot aan achter het gebouw. Inclusief de fietsenstallingen en het terras daar.'

Als chef Bitter zijn wenkbrauwen optrekt schudt ze haar hoofd.

'Ik weet het, maar ik wil elke sigarettenpeuk en elke chocoladewikkel hebben. Je weet nooit. En stuur die journalisten weg. Of zet ze allemaal bij elkaar, om de hoek bij het café. Ik wil de boel hier binnen vijf minuten afgezet hebben.' Mertens zwaait met haar arm richting de pont en de loopbrug verderop. Het zijn de beste plekken om foto's te nemen en ook al is bescherming onbegonnen werk, de dode heeft recht op privacy.

Ze kijkt om zich heen, naar de fietsers en de jongeren op scooters, voetgangers die op de kade samendrommen, de bussen en de auto's die zich overal tussendoor dringen en weer nieuwe hordes forensen uitbraken. Een onhoudbare golf die over haar plaats delict stroomt.

'Dat meisje daar,' zegt ze geërgerd. 'Waarom staat zij zo dicht bij het slachtoffer?'

'Ze zegt dat ze hem kent,' zegt de bureauchef, terwijl Mertens onder het lint door duikt en richting de lantaarnpaal loopt.

'Ik praat met haar. Zet jij verder alles in gang?'

Zonder energie te verliezen aan een antwoord loopt de chef weg om zijn mensen aan te sturen. Mertens stapt op de jonge vrouw af, die als gehypnotiseerd naar het lijk staart.

'Ik denk niet dat hij gewurgd is,' zegt het meisje terwijl ze vreemd genoeg onafgebroken naar het lichaam blijft kijken. Het kind lijkt een jaar of achttien. Niet al te lang, een meter zeventig of zo. Warrig blond haar in een slordige paardenstaart. Ze draagt een grijs joggingpak en een donkerblauw spijkerjack. Voetbaltype, denkt Mertens. Stoer, Miley Cyrus met lang haar. Of Rihanna, maar dan licht.

'Vermoedelijk is hij op een andere plaats gedood en hier opgehangen,' zegt ze. Ze staat met haar voeten op schouderbreedte, de knieën overstrekt, handen in de zakken. 'Kijk maar naar zijn achterhoofd, en naar zijn overhemd. Daar zit behoorlijk wat bloed.'

Maud Mertens bestudeert kort het lichaam, werpt een geërgerde blik opzij, maar het meisje kijkt haar nog steeds niet aan. Ze houdt haar hoofd een beetje scheef en knijpt haar ogen half dicht.

'Die broek op zijn enkels lijkt me een statement,' zegt ze. 'Vernedering. Iemand wil hem letterlijk en figuurlijk voor lul zetten.'

Wat doet ze hier? Welke idioot heeft toegestaan dat ze verdomme bij het lijk rondhangt?

'Het kan ook iets seksueels zijn,' vervolgt het meisje onverstoorbaar. 'Maar dan zou je verwachten dat zijn geslacht verwondingen had. Of zijn anus misschien.'

'Kennen wij elkaar?' vraagt Mertens, terwijl ook zij weer naar het dode lichaam kijkt. Niks te zien aan de edele delen of de kont van die kerel. Dan ineens draait het wicht zich naar haar toe en steekt met een onderzoekende blik in haar groene ogen haar hand uit. Een open gezicht, vrolijk – maar ook brutaal, met een licht cynisch trekje om de mond.

'Kyra Slagter,' zegt ze. 'Deze man is kunstdocent op mijn school. Mijn broer heeft het lichaam gevonden. En nee, we kennen elkaar niet.'

'Maud Mertens, recherche.' En nou opgedonderd, denkt ze.

*

Nu het zonlicht op het lichaam schijnt kan Kyra zich niet voorstellen dat ze Marc Gaullier niet eerder herkend heeft. Maar het is zo raar. Sowieso is het absurd dat hier een lijk hangt. Dat het iemand is die ze zelf kent is nog veel idioter.

Marc Gaullier. Dood. De razend knappe kunstdocent op wie ongeveer de halve school verliefd is. Hij draagt een pak. In de klas liep hij altijd in vrijetijdskleding. Witte linnen hemden, helblauwe spijkerbroeken, dat soort artistiekerige dingen. Sneakers. Nu hangt hij hier in een grijs krijtstreepje, bebloed, halfnaakt, met ouderwetse herenschoenen aan zijn voeten. Van die dingen die haar vader draagt. Het is duidelijk dat hij hier niet is gestorven, maar dat iemand hem hier heeft opgehangen. Tentoongesteld. Ze moet die rechercheur alles vertellen wat ze weet.

'Ik wil je broer graag wat vragen stellen,' zegt de rechercheur. 'Straks.' Ze knikt naar de groep waar Jarno bij staat. 'Daar even wachten graag.'

'Ik herkende hem eerst niet,' zegt Kyra. Ze begrijpt het niet, die rechercheur. Kan het ook niet begrijpen. 'Op school draagt hij nooit een pak. En nu met zijn haar los en zo. Hij is achtendertig, trouwens. Getrouwd, woont hier in Noord, waar hij ook zijn atelier heeft, en hij geeft les aan het Damstede.'

'Een van mijn collega's neemt jouw verklaring zo meteen op,' zegt Mertens. Ze lijkt te wachten tot ze wegloopt, maar Kyra denkt nog na over hoe ze Maud Mertens aan de praat kan houden zodat ze nog even in de buurt kan blijven en op de voet kan volgen wat er gebeurt.

'Nu wegwezen,' zegt de rechercheur terwijl ze naar het groepje mensen achter het plastic lint wijst. 'Dank je wel.'

'Hij woont op de Nieuwendammerdijk,' zegt Kyra terwijl ze langzaam wegloopt. 'Noord is een dorp. Ik zou zijn vrouw maar snel op de hoogte brengen.'

Ze loopt naar de groep getuigen, waar haar broer samen met de schipper het middelpunt van is. Er staan mensen omheen. Allemaal nieuwsgierigen, net als zij. Ellende is als een zwart gat. Het zuigt alles in zijn omgeving op. Het trekt aan je, ook al verzet je je. Het stopt pas als de oorzaak weggenomen wordt.

Ze pakt haar mobiel om eindelijk Wim te bellen – als ze ooit een reden had, is het nu, hij moet dit weten, dit zet alles op zijn kop – maar Jarno is net klaar en draait zich naar haar toe.

'Bizar,' zegt hij. 'Even nog een uurtje pitten, dacht ik, en dan naar college. Hangt er gewoon een lijk. Ik moest meteen aan jou denken, met je moordhobby.'

'Ik ken hem,' zegt Kyra zacht. Ze probeert kalm te blijven, maar in haar hoofd vliegen een paar zwermen vragen rond. Ze kan ze niet bijhouden. Ze maken duizelingwekkende duikvluchten.

Haar broer staart haar glazig aan.

'Wát?'

'Het is mijn kunstdocent. Marc Gaullier. Die van verderop op de dijk.'

'Serieus?'

'Ik heb hem voor kunst. Van die extra lessen van vorig jaar, weet je nog?'

'Shit man, dat zag ik helemaal niet. Ik dacht dat het een of andere drugsdealer was. Of een mensenhandelaar, weet ik veel.'

Peinzend staart hij naar het lijk en hij spreekt uit wat ze denkt.

'Waarom zou iemand hem nou vermoorden? En waarom zo?'

De politie is nu bezig om het afgezette gebied te vergroten. Ze plaatsen hoge afscheidingen en leiden de stroom voetgangers – de ochtendspits komt nu echt op gang – naar de andere kant van café De Pont, waar ze ook een afscheiding neergezet hebben zodat het hele gebied rondom de man nu afgesloten is.

*

Wat is dat toch met meiden van die leeftijd, vraagt Mertens zich geërgerd af. Maar voordat ze – als altijd – kan vaststellen dat ze het antwoord niet weet, wordt ze gestoord door het geluid van haar telefoon. Slagter, waar kent ze die naam van? Daar was iets mee.

Straks even vragen aan Niels, die weet het wel.

'Dag lieverd,' zegt haar moeder.

Mertens kijkt op haar horloge. Zeven uur inderdaad. 'Dag mam. Alles goed met jou?'

'Ik heb weinig tijd om te bellen.'

'Oké,' zegt Mertens geduldig. 'Ga je wat leuks doen?'

'We hebben vandaag eieren met spek.'

Mertens probeert zich te concentreren op het dagelijkse ritueel met haar moeder. Ze stelt zich voor hoe de oude vrouw daar zit, op haar kamer, naast de ouderwetse telefoon met draaischijf die ze voor haar op de kop heeft getikt, ongeduldig naar de deur kijkend, als altijd al half op weg naar haar ontbijt.

'Dan zou ik maar snel gaan.'

'Dus ik hang op, goed?'

'Prima hoor. Ik spreek je morgen.'

Zonder te antwoorden heeft haar moeder opgehangen. Mertens kijkt van een afstandje naar haar collega's, die allemaal druk zijn. Bewijs veiligstellen, dat is nu het belangrijkst. Ze vloekt als alweer haar telefoon gaat.

'Maud, Joris Verstraten hier. Ik vroeg me af of jullie al mededelingen doen.'

'Wat dacht je zelf? Ik ben hier net.' Die verdomde media. Vinden altijd dat ze overal hun neus in mogen steken, op de meest onkiese momenten, en beroepen zich dan op het grotere belang.

'Ik vraag het maar,' zegt hij. 'Voor je het weet staat er van alles op het net, snap je?'

'Het lijkt me beter dat ik eerst mijn werk doe.'

'Prima, als jullie dan niet zeuren over het mijne.'

Ze hangt op zonder antwoord te geven.

'Ivo,' roept ze naar een van haar collega's. 'Fotografeer ook de omgeving. De toeschouwers, iedereen.' Je weet nooit.

Ze gaat met haar rug naar het lichaam staan en staart over het water van het IJ. Het Centraal Station ligt aan de overkant van het water, het nieuwe ronde dak glanzend in de opkomende zon. Daarachter de stad als een doolhof, vol plekken om je te verbergen. Haar blik verschuift naar de nieuwe woonblokken aan het Westerdok en naar de Silodam. In de verte de kranen van de havens. Ze draait om haar as en ziet de IJ-oever, het EYE-museum – laag en wit als een hoekige golf –, de woontorens verderop. Een massa mensen hier vlak in de buurt en dan toch hangt deze man hier, zomaar, midden in de stad. Ze draait verder rond en visualiseert de fietsbrug en looproute naar het museum, achter de schermen die haar collega's daarnet neergezet hebben, de twee parkeerplaatsen voor automobilisten die passagiers komen wegbrengen of juist ophalen, het café met zijn terrassen aan weerszijden van het rode bakstenen gebouw met de door witte latten in kleine ruitjes verdeelde ramen, de weg en het fietspad noordwaarts. Verderop is nog de sluis over het kanaal, richting het oostelijk deel van Noord.

Ook al is dit een doodlopende weg – een stuk van de stad dat letterlijk in het water eindigt – toch zijn er flink wat mogelijkheden om snel te verdwijnen. Welke vluchtroute heeft de moordenaar gekozen?

Ze kijkt omhoog naar het slachtoffer. Eerst haar eigen indruk. Haar intuïtie toelaten. Dan de feiten, steeds meer feiten. En dan pas de overtuigingen van anderen. Nu moet ze als de wiedeweerga naar zijn vrouw om het slechte nieuws te brengen, daar had het meisje Slagter wel gelijk in.

Weer hoort ze haar telefoon piepen. Ditmaal een journalist die haar via sms vragen stelt. Godsakke. Het liefst zette ze het geluid van de smartphone uit, maar dat is ondenkbaar in deze fase van het onderzoek. Ze stopt het toestel weer weg en probeert zich te concentreren.

Aan de witte, wasachtige handen van de man ziet ze geen trouwring. Hij draagt een donkergrijs pak, een lichtpaars overhemd met donkerrood bebloede voorpanden en kraag, geen stropdas. Geen riem in de afgezakte broek, dat is vreemd. Dure leren schoenen, veters netjes gestrikt, pas gerepareerde zolen. Op de achterkant van zijn hoofd lijkt inderdaad een wond te zitten. De donkere krullen van de man zijn daar aan elkaar gekoekt.

Als ze zich omdraait ziet ze een heel groepje persfotografen bij het lint. De collega's die de afscheiding neerzetten zijn nog niet klaar en bij het open stuk staat een vent met een camera met telelens. Ze ziet een collega met hem praten, maar hij laat zich niet wegsturen. Niet op letten. Je niet ergeren. Concentreer je.

Ze bestudeert het lichaam. Neemt de tijd. Loopt er in steeds wijdere banen omheen, tot ze het gevoel heeft niets nieuws meer te kunnen ontdekken. Pas dan – en nog knaagt de onzekerheid of ze niets over het hoofd ziet aan haar – laat ze de geheel in witte pakken gehulde collega's toe om te filmen en fotograferen.

'Foto- en videomateriaal van de omgeving buiten de afzetting is klaar,' zegt Niels Bingsten terwijl hij bij wijze van groet naar haar knikt. 'De schouwarts is net aangekomen.'

Rondom haar hoort ze de sluiter van de digitale camera onafgebroken klikken. *Crime Scene Photography*, Timo Verdonk heeft haar het boek van zevenhonderd pagina's laten zien. Maandenlang heeft hij er een cursus voor gevolgd.

'We hebben verklaringen van de mensen die hier stonden toen wij aankwamen,' zegt Bingsten. 'Dat waren er niet zoveel. De schipper en Jarno Slagter. Vlak na hen arriveerden nog een paar passagiers voor de pont. Die heb ik gesproken, maar we hebben niemand gevonden die ook maar iets gezien heeft.'

'De rest van het publiek?

'Alleen zo'n zwerver, een van de vaste bewoners van de pont. Verder allemaal later aangekomen. Normaal ochtendspitsverkeer.'

'Geen enkele getuige dus?'

'Nope.'

'Camera's?'

'Nog niet aan deze kant van het IJ, alleen bij het Centraal Station.'

'Iemand van het café iets gezien?'

'Die zijn nu net pas aangekomen en zijn speciaal voor ons opengegaan.'

'Slagter, zegt die naam jou iets?'

'Vermissing, jaar of vier geleden,' antwoordt Bingsten.

Ach ja. Een vermist meisje. Dat was het. Nooit gevonden, als ze het goed heeft.

'Familie?' vraagt ze.

'Broer en zus geloof ik. Toeval, neem ik aan. Die vermissing zal niets met deze zaak te maken hebben.'

Een spectaculaire moord en geen getuigen. De media. De burgemeester. De chef. Justitie. Iedereen zal over zijn eigen benen struikelen om maar als eerste de juiste informatie aan het publiek te verstrekken. Om de dader in zijn kraag te vatten. En nog geen enkele aanwijzing.

Het duurt voor haar gevoel een eeuwigheid voordat de politiefotograaf en de jongen met de camcorder klaar zijn met het vastleggen van het opgehangen lijk.

'Heb je alles?' vraagt Mertens voor de zekerheid. De collega's knikken. 'Haal hem dan in godsnaam naar beneden, voordat er nog veel meer mensen die arme kerel op beeld hebben.'

'Moeten we niet wachten?' vraagt Bingsten, die inmiddels naast haar staat. Mertens schudt haar hoofd en een van de collega's gooit hem een wit pak toe.

'Duw jij hem iets omhoog?' vraagt een van haar collega's aan Niels Bingsten. 'Dan kan ik als het gewicht eraf is de knoop losmaken.'

Bingsten gromt een onduidelijk bezwaar, trekt het pak en een paar handschoenen aan en grijpt de benen van de man.

'Godskolere,' zegt hij terwijl hij zich overduidelijk inspant om het lichaam omhoog te krijgen.

'Nog even,' zegt de collega die de knoop losmaakt.

'Kom helpen,' roept Bingsten naar een paar nieuwe collega's in het wit, die net aan komen lopen. Iemand helpt met het laten vieren van het touw en een ander helpt Bingsten bij het aanpakken van het lijk.

'Maak hem los,' beveelt Mertens als het lichaam laag genoeg is. 'Ik wil dat touw voorlopig nog voor onderzoek om de paal laten.'

Bij de afzetting staat inmiddels een heel legertje journalisten. Het is een snelgroeiende soort. Doet het op elke ondergrond. Tv, ziet ze. Ze herkent Maartje Zwiers van AT5 en Hugo Stilton, die misdaadreportages schrijft voor de krant. Ze roepen haar, maar ze reageert niet. Even verderop torent zelfs een fotograaf boven de afzetting uit om het losmaken van het lichaam te fotograferen.

‘Is de tent er al?’ vraagt Mertens aan een collega in uniform. ‘Laat ze nu meteen iets neerzetten of stuur die lui anders weg.’

Ze groet de schouwarts en gaat aan de kant staan kijken hoe hij met zijn team aan de slag gaat. Het lichaam wordt voorzichtig bestudeerd. De eerste feiten worden genoteerd. Meer foto’s, meer filmbeelden. De naaktheid van de man is ineens veel schrijnender nu hij in zijn blote kont op de grond ligt. Het schaamhaar is kortgeknipt en gedeeltelijk weggeschoren. De penis ligt verschrompeld tegen zijn dij. De eerste keer dat ze een slachtoffer op een vindplaats gefotografeerd zag worden, voelde Mertens schaamte. Natuurlijk was het geen sensatiezucht en had het een duidelijk doel – maar toch.

Het gezicht van de dode is gehavend. Zijn bovenlip is gebarsten. De mond stijf dicht alsof hij woedend is en nog steeds zijn kaken grimmig op elkaar geklemd houdt. Bloeduitstortingen – of in elk geval vlekken – rond zijn neus en ogen. Het gezicht is vreemd bol, gezwollen, maar anders dan ze eerder zag. Alsof hij zijn adem inhoudt.

‘Hij is niet hier gestorven,’ zegt de schouwarts zonder op te kijken. ‘Ik kan nog niet precies zeggen hoe lang hij al dood is, maar ik denk al wel een tijdje. Ik denk ook niet dat het moordwapen die strop daar is.’

Hij zwijgt en gaat verder met zijn werk.

Achter zich hoort Maud een auto remmen, autodeuren slaan met een harde klap dicht. De schouwarts kijkt even op en net als Mertens ziet hij een kleine vrouw met kort witblond haar tussen de afzettingen door komen. Zonder iets te zeggen kijkt hij Mertens even aan en concentreert zich dan weer op de dode. Snelle, boze voetstappen komen dichterbij.

‘Dus jullie zijn alvast begonnen?’

‘Ook goedemorgen,’ antwoordt de arts monotoon.

‘Ik hoor dat hij opgeknoopt was?’ Officier van justitie Barbara Ruigbot kijkt omhoog naar het touw aan de lantaarnpaal. Mertens bestudeert haar. Met haar helblonde haar, haar niet opgemaakte lichtgrijze ogen, de pupillen als speldenknopjes, heeft ze iets weg van een buitenaards wezen. Haar smalle lippen zijn rood geverfd en ze draagt een mantelpak dat vast van een of andere designer is want het doet klassiek en toch hypermodern aan.

'Correct,' antwoordt Mertens.

'Mooie show, dus.'

'Vandaar dat we hem losgemaakt hebben.'

'Je weet hoe ik het wil, Maud. Zorgvuldigheid...'

Ineens begint Mertens' telefoon hard zijn vrolijke deuntje te zingen. Weer een journalist, ziet ze op het scherm. Verontschuldigend haalt ze haar schouders op en ze drukt de oproep weg.

'Hij hing nogal prominent in beeld,' zegt ze. 'Zoals je ziet heeft hij al meteen een fanclub.' Ze wijst naar de journalisten. En ik ook, denkt ze, maar ze zegt het niet.

'Evengoed had ik het graag zelf willen zien,' snauwt Ruigbot. 'Ik ben verdomme meteen van huis gegaan.'

Niemand reageert.

'Zo op het oog geen verwondingen aan het geslacht of schaamstreek, wat je misschien zou verwachten met die broek naar beneden. Wel aan het achterhoofd. De borst. Striemen in de nek. Asfyxie, lijkt het,' zegt de schouwarts. Hij trekt het onderste ooglid van de dode omlaag en knikt als hij kennelijk vindt wat hij zoekt. 'Ik ben nog wel even bezig.'

'Dank je,' zegt Mertens en met een hoofdknik naar de anderen stapt ze tussen de hoge witte schermen door, weg van Ruigbot die alles met haar haviksogen in de gaten zal houden, op naar getuigen, familie en bekenden van het slachtoffer. De levenden bestuderen om de doden te helpen en daarmee dan weer de levenden. Moord is en blijft een vreemde business. Haar business.

*

De ochtendzon schijnt door de kleine ruiten van café De Pont, precies zo dat Kyra haar ogen steeds dicht moet knijpen. Het loopt tegen halfacht. Jarno is door de politie verhoord en naar huis gegaan om te slapen. Zelf hoopte ze nog wat op te vangen van het onderzoek. Haar video heeft ze twee keer bekeken, voorovergebogen in een hoekje van het café. Straks op de computer kan ze inzoomen, de details van de film beter bestuderen. Ze tikt met haar vingers een of ander ritme op de tafel. Ze is een paar keer opgestaan om naar buiten te kijken maar door de hoge afzettingen kon ze niets zien. Na een halfuurtje had ze ontdekt dat het toilet boven was en dat je, als je door een zaaltje naar de voorkant van het pand liep, een prima uitzicht op de plaats delict had. Stiekem had ze daar twee keer een paar minuten staan kijken, gefilmd, een paar foto's gemaakt, al was het maar om iets te doen te hebben, maar nu was ze toch echt haar geduld aan het verliezen. Misschien komen ze niet. Iedereen zit zwaar in de stress met de examens die vandaag beginnen. Opgelucht veert ze op als ze Sophie binnen ziet komen.

'Wat moeten we doen?' vraagt Kyra meteen.

'Waar is hij?' verzucht Sophie. Ze gaat zitten. 'Ik kan niets zien.'

Haar gezicht is melkwit en haar handen trillen. Blonde, mooie Sophie met de prachtige stem. Sinds ze in Noord is komen wonen, sinds die dag dat ze ineens op het Damstede verscheen, zijn ze beste vriendinnen. Alsof ze elkaar al hun hele leven kennen.

'Ze hebben hem losgemaakt,' antwoordt Kyra. 'De schouwarts is er.'

'Ik kan me niet voorstellen dat iemand hem dit aandoet.' Sophie klinkt alsof ze elk moment in huilen kan uitbarsten. 'Waarom? Wie heeft hij ooit kwaad gedaan?'

'Wat moet je in godsnaam doen om dit over jezelf af te roepen?' vraagt Kyra zich hardop af. 'Maar je weet dat hij... niet zuiver was...'

Sophie knijpt verbeten haar lippen op elkaar en haar ogen vullen zich met tranen. Net als ze ademhaalt om iets te zeggen komt Luna het café binnen.

'*Oh my God*,' roept het lange, dunne meisje. 'Zeg dat het niet waar is.'

Sophie schraapt haar keel en veegt snel haar ogen droog.

'Wat is er gebeurd?' vraagt Luna. Ze draait haar lange, donkere haren in een losse rol die ze naar achteren gooit.

'Jarno kwam uit de stad en belde me toen hij een lijk aan een lantaarnpaal bij de pont zag hangen. Ik wist toen nog niet dat het Marc was.'

'Maar hoe komt hij daar? Wie doet dat? Waarom in godsnaam?' Luna schuift een stoel naar achteren en ploft neer. Ze heeft een kleur van het harde fietsen en haar grijze ogen schitteren.

'Heb je Chantal gesproken?' vraagt Sophie zacht. Ze veegt een lange, blonde lok achter haar oor.

'Ze komt eraan.' Luna zwaait naar de café-eigenaar. 'Cappuccino graag.'

'Wat moeten we doen?' vraagt Kyra weer.

'Hoe bedoel je?' Luna gooit haar grote shopper op tafel en rommelt in de tas tot ze haar zoetjes gevonden heeft.

'Jezus.' Kyra verliest haar geduld. 'We moeten vertellen wat we weten. Maar wat vertellen we precies?'

'Wacht even,' zegt Luna terwijl ze het doosje Canderel met een klap op tafel zet. 'Je hebt het toch niet over die lessen, hè? Want dat gaat nergens over.'

'De politie zal vragen gaan stellen.'

'Maar toch niet aan ons?'

'Ook aan ons, natuurlijk.'

'Ik heb niets te vertellen,' zegt Luna stellig. 'Ik zou niet weten wat. Dus hou erover op.'

'Jij hebt gewoon de pest aan hem, geef het nou maar toe,' zegt Sophie ongewoon bitsig tegen Kyra. 'En je zag spoken. Ik zeg niets, tegen niemand.'

Kyra slikt een opmerking in.

'Mag ik er ook zo een?' Chantal komt het café binnenzeilen op het moment dat Luna's bestelling bij het tafeltje aankomt. 'Super!'

Een man die een camera met een enorme lens als een geweer op zijn lijf draagt komt binnen en bestelt een koffie verkeerd aan de bar.

'We moeten even overleggen over wat we precies gaan zeggen,' zegt Chantal zakelijk terwijl ze een stoel bijtrekt.

# – 3 –

Meedogenloos. Meedogenloos.

Zijn nieuwe mantra. Het woord bevalt hem. Meedogenloos. Te lang is hij die lieve jongen geweest. Zijn moeder zei het vroeger zo godvergeten vaak dat hij dacht dat het wel waar moest zijn. *Het is zo'n lieve jongen.* Lief, me reet. Toen haatte hij die kwalificatie al, maar hij deed niets met die energie. Hij schikte zich. Deed wat van hem verwacht werd. Dacht daar niet eens meer bij na. Aardig zijn – lief, sociaal, zorgzaam, om te kotsen is het – heeft alleen maar ellende gebracht en jarenlang heeft hij zich daardoor op zijn kop laten zitten. Zich minder gevoeld. *Zo'n lieve jongen.* Niet meer. Nooit meer.

Met een ruk opent hij de deuren van de container en hij blijft op de drempel staan.

Meedogenloos. Meedogenloos.

Hij is uitermate tevreden met zichzelf. Eindelijk eens. Sinds een maand of zes stroomt er een bevrijdende energie door zijn lijf. Het moment dat hij besefte dat hij iets kon doen. Dat hij niet lijdzaam af hoefde te wachten. Op dat moment, waarin alle woede van de afgelopen veertig jaar samenbalde, op dat moment, toen de ontlading hem overviel als een vroegtijdig orgasme en hij zich hulpeloos overgaf aan die golf, toen zijn vuist de neus van die klootzak raakte en hij de bevrijdende knak hoorde, de verbaasde, verdwaasde blik zag – dat moment van totale paniek, vlak voor die laatste, dodelijke klap, de zwaai tegen het hoofd, de slaap, zoals hij lang geleden geleerd had, op het moment dat hij het licht zag uitgaan en wist – voelde, besloot – dat het nooit meer zou aangaan, dat hij daarvoor zou zorgen, op het moment dat hij de controle had, precies op dat moment, was hij, bebloed en naar adem snakkend, opnieuw geboren.

Hij kijkt naar de met donkerrood bloed besmeurde stoel midden in de ruimte. Een soort tandartsstoel is het. Groot, stabiel, verstelbaar. Hij zal het nepleer schoon moeten maken, maar diep vanbinnen koestert hij de vlekken die zijn heerschappij markeren.

Hij stapt naar binnen, doet het licht aan en sluit de deur achter zich. Er komt bijna nooit iemand in de loods, en al helemaal nooit onaangekondigd, maar toch is hij voorzichtig. Beter. Beter nooit meer hoeven denken: had ik maar. Bovendien is het prettiger als de deur dicht is. Het voelt alsof hij zich in zijn hol terugtrekt, diep onder de grond, warm en veilig. Een plek voor hem alleen. Waar hij de baas is. Hij zet de emmer water naast de stoel en neemt een flinke slok uit de fles jenever die op de tafel bij de muur staat. Hij doet waar hij zin in heeft. Laat zich niet meer tegenhouden door zeikerige regeltjes van kleingeestige mensen. De drank verwarmt zijn lichaam van binnenuit. Bevrijdt zijn geest. Er ligt bloed op het zeil. Niet veel, maar genoeg. Zijn schoenzolen blijven aan de half opgedroogde bloedspatten plakken, wat een soort irritant knisperend geluid maakt.

Aan een van de geïsoleerde muren van de container hangt een bonte verzameling gereedschappen. Van het grootste deel weet hij nog niet eens wat hij er precies mee kan doen, maar dat is juist de lol. Hij is een avonturier. Hij is op ontdekkingstocht. Hij heeft nog een lange weg te gaan maar tot nog toe is alles goed verlopen en kan hij trots zijn op zijn vooruitgang. Tevreden laat hij zijn blik op zijn nieuwe aanwinst rusten – het is een wonder wat je bij de kringloopwinkel allemaal kunt vinden. Hij heeft de messenset een aparte plek aan de muur gegeven. Ze zijn prachtig. Flinterdun, lang, recht. Streng. En dan de sierlijke handvatten met grote ogen bovenin, als zwoele vrouwen wenken ze hem. Het lijkt hem een ultiem genot de set te gebruiken en daarom bewaart hij hem. Want hij weet dat de heerlijke woede alleen nog maar toe zal nemen. Net als zijn planmatigheid, de kalme kilte die over hem komt als hij aan het werk is. Meedogenloos. Prachtig woord. Meedogenloos.

# – 4 –

Mertens belt naar huis, maar niemand neemt op. Terwijl ze met Bingsten over de Nieuwendammerdijk loopt kiest ze de sneltoets van haar dochter. Het is bijna halfacht. Ze moet de deur uit om op tijd op school te zijn.

*Roos hier! Jammer, jammer, jammer… Spreek wat in als je durft.*

Ze durft altijd. Laat zo vaak een bericht achter. Niet dat Roos daar ooit op reageert.

Ze belt aan bij een groot houten huis, klassiek lichtgrijs geschilderd, plantenbakken met lavendel op de smalle, schuin aflopende oprit naast het huis, waar ze aan het eind het grote atelier ziet liggen. Samen met Bingsten blijft ze geduldig op de stoep staan wachten tot ze de onwetende weduwe ongelukkig mag maken. Moet maken.

'Geen kinderen zeker,' zegt Bingsten. 'Niets om vroeg je bed voor uit te komen.'

In zijn woorden klinkt iets van medelijden door. Niels is gek op zijn kinderen, op kinderen in het algemeen trouwens, en dat is ook de reden dat hij weg is gegaan bij de zedenpolitie. Te veel ellende bij te jonge mensen.

Ze bellen nogmaals aan. Dan staat de kleine vrouw voor hen, het rossige haar sluik en stijl om haar witte, verkreukelde gezicht. Ze draagt een Japanse kimono van donkere, roze zijde, waarop dunne takken met witte bloesem zijn afgebeeld.

'Ja?' vraagt ze verward.

'Myrthe Gaullier?'

De rechercheurs laten hun identiteitsbewijs zien en vragen of ze even binnen mogen komen. Myrthe Gaullier begint al te huilen voordat ze in de woonkamer zijn. Voordat Mertens ook maar iets gezegd heeft.

'Het is Marc,' zegt ze terwijl de tranen over haar wangen stromen. 'Er is iets met Marc, toch? O god, er is iets met Marc.'

In de woonkamer met hoog plafond en grijs geschilderde houten vloer gaan ze op een bontgekleurde bank zitten. Mertens zakt met haar rug diep in de verzameling kussens die keurig in het gelid tegen de rugleuning staan. Myrthe Gaullier gaat op de hoek van de bank zitten. Kaarsrecht. De ogen groot.

'Ik vrees dat ik een slecht bericht voor u heb,' zegt Mertens terwijl ze zich uit de kluwen kussens overeind duwt. 'Vanochtend vroeg is bij het IJ in Amsterdam-Noord het lichaam van een man gevonden. Iemand heeft de man herkend als uw echtgenoot. We hebben ook een portefeuille gevonden met onder andere het rijbewijs van uw man.'

Ze laat een stilte vallen om het nieuws door te laten dringen. Myrthe Gaullier blijft onbeweeglijk zitten. Haar blik is onveranderd.

'We kunnen er op dit moment natuurlijk niet honderd procent zeker van zijn dat het om hem gaat. We willen u vragen het slachtoffer te identificeren.'

Weer een stilte. Mertens twijfelt of ze haar boodschap moet herhalen en dan klinkt ineens het gejengel van haar ellendige mobiel. Shit. Onbekend nummer. Weg met dat ding.

Ineens begint Myrthe Gaullier in paniek te raken. Ze slaat haar handen voor haar oren, als een klein kind dat zich verstopt voor de werkelijkheid. Ze reageert niet op de troostende woorden die Mertens spreekt of op de vragen die Bingsten stelt. Bingsten kijkt Mertens aan, de wenkbrauwen hoog opgetrokken.

'Nee, nee, nee...' piept de verse weduwe op een inademing. Ze wendt hijgend haar radeloze blik naar Mertens. Heel even voelt Mertens het verdriet van de vrouw als een mes door haar hart snijden en meteen blokkeert ze het gevoel. Ze grijpt in haar jaszak, haalt kalm een boterhamzakje tevoorschijn en houdt het de vrouw voor. Als ze niet reageert zegt ze: 'Hierin ademen.' Mertens helpt haar overeind en houdt het zakje voor haar mond. 'Kom. Goed zo.'

Myrthe Gaullier ademt in en uit, de zak tegen haar lippen duwend. Het duurt een paar minuten en dan lijkt ze te kalmeren. Haar gezicht krijgt iets meer kleur. Niels Bingsten schuift onrustig heen en weer op zijn stoel. Mertens knikt en hij loopt weg om contact op te nemen met het bureau.

'Ik begrijp hoe afschuwelijk dit moet zijn,' probeert Mertens na een minuut of wat. 'Maar in het belang van het onderzoek hebben we snel antwoorden nodig.'

Bingsten komt de kamer weer in lopen en steekt onopvallend zijn duim op. 'Geregeld,' zegt hij zacht.

Myrthe Gaullier gaat overeind zitten. Op het moment dat ze iets probeert te zeggen, begint ze ontroostbaar te huilen, met grote uithalen. Bingsten haalt water. Mertens vraagt of ze thee zal zetten, of koffie. Heb ik helemaal niets aan voorlopig, denkt Mertens geërgerd. Hoe lang gaat het in vredesnaam duren voordat die vrouw wat zinnigs kan zeggen? Mertens vraagt een paar maal aan Myrthe Gaullier of er iemand is die ze voor haar kan bellen en ze vraagt Bingsten om nogmaals het bureau te contacten met de vraag of er ook meteen een familierechercheur aangesteld kan worden. Uiteindelijk schuift Myrthe Gaullier over de bank naar een bijzettafel, haalt een adresboekje uit een laatje en wijst naar de naam van iemand die daar als 'Tante Elsa' in staat.

*

Als Kyra thuiskomt is het huis stil. Natuurlijk. Haar moeder is weer aan het werk, nadat ze een paar jaar van de ene cursus naar de andere therapie is gerend. Haar vader is sowieso altijd weg. Hij is de meest toegewijde huisarts die ze kent en precies dat heeft ervoor gezorgd dat ze nooit geneeskunde zal gaan studeren. Het afgelopen jaar is hij volledig in beslag genomen door het Universal Health Center, zijn geesteskind dat binnenkort vorm moet krijgen. Jarno ligt vast te pitten. Studeren doe je blijkbaar vooral in bed.

Ze loopt de woonkamer in en ziet bij de foto van Sarina een kaarsje branden. Haar zus lacht haar vanaf het dressoir vrolijk toe. Het blonde haar steil langs haar gezicht, de mond een beetje scheef.

'Hey,' zegt Kyra. 'Je raadt nooit.'

Ze blijft staan. Haar moeder heeft een foto gekozen van voor de tijd dat Sarina zo mager was. Zo herinnert ze zich haar ook. Lachend. Sprankelend. Haar vermissing is nu vier jaar geleden en het kaarsje brandt nog elke dag.

Ze knipoogt naar de foto en loopt de trap op naar de eerste verdieping, die sinds het verdwijnen van haar oudere zus in feite haar domein is. Haar ouders slapen in een kleine kamer op dijkniveau en Jarno heeft zijn eigen verdieping in het souterrain. Hij deelt alleen de badkamer met hun ouders.

Kyra schopt haar schoenen uit en laat ze op de kleine overloop staan, waar ze haar jas ophangt en haar tas en sleutels op het tafeltje gooit. Ze loopt naar haar kamer en ploft neer op haar bureaustoel. Even legt ze haar hoofd in haar handen, wrijft hard over haar wangen, en dan gaat ze rechtop zitten om de Mac aan te doen, die haar ouders haar vorig jaar als verjaardagscadeau gegeven hebben. Een afkoopsom, weet ze. Sinds Sarina is alles verstikkend, de afwezigheid, dan weer ineens de overdreven bezorgdheid, zelfs de cadeaus die ze krijgt.

Met een verbetenheid die ze van zichzelf kent gaat ze aan de slag. Over deze moord weet ze veel meer dan over een willekeurige moord waarover ze in de krant leest. Ze wil het raadsel oplossen en het liefst voordat Mertens dat doet. Geen tijd om nu de film nog een keer te bekijken. Beter eerst de basics op orde hebben.

Ze zoekt een foto uit van Marc Gaullier – een die ze zelf gemaakt heeft op de schoolreis naar Boedapest van vorig jaar, een waarop je goed kunt zien hoe knap hij is, maar die zijn uiterlijk toch ook niet overdreven recht doet – en print die uit. Vervolgens start ze Google, typt Marcs naam in en staart naar de koppen die de nieuwssites brengen.

GRUWELDOOD IN DE MIST

MARC GAULLIER VERHANGT ZICH AAN HET IJ

KUNSTENAAR VERMOORD EN NAAKT AAN GALG

Koppen die als marktkooplui hun waren aanprijzen. Ellende in de aanbieding. Maak me los! Boos klikt ze op 'Afbeeldingen'. De bovenste rijen foto's zijn allemaal van zijn bungelende lijk. Als ze deze zoekterm een paar uur eerder had ingetypt had ze heel andere plaatjes gezien. Beeldende kunst. Marcs herkenbare schilderijen. Het is verbazingwekkend hoeveel sites nu al berichten over de moord. Ze kiest een hoge resolutie foto van het bungelende lijk en print de afbeelding uit. Ze gaat verder met een fototje van Galerie Gaullier, een plaatje van het Damstede, van de Rietveld Academie en de letters AKr, het logo van de Amsterdamse Kunstraad, organisaties waar hij kennelijk actief voor was. Ze twijfelt even. Wat nog meer? Uiteindelijk print ze een euroteken uit en een groot rood hart. Daarnaast nog een foto van de kade bij de pont. Dan heeft ze wel zo'n beetje alles. Voorlopig.

Ze laat haar blik door de kamer gaan. Haar slaapkamer is feitelijk haar woonkamer geworden. De slaapbank heeft ze al jaren niet meer uitgeklapt. Na Sarina's verdwijning is ze in het bed van haar zus gaan slapen. Ze kan zich niet meer precies herinneren op welke datum ze dat is gaan doen. Wel weet ze nog waarom. Het gevoel van eenzaamheid en verlatenheid heeft haar nog weleens in zijn greep. De vaste overtuiging dat haar oudste zus verdwenen was en niet meer terug zou komen overviel haar op een avond toen haar ouders aan de keukentafel het zoveelste actieplan opstelden. Ze zat te luisteren naar de woorden die ze al zo vaak had gehoord. *Als we nu eens een hogere beloning uitloven? Wat als we een poster maken van Sarina met verschillende foto's: hoe ze eruit zou zien met kort haar, met donker haar in plaats van blond, met een bril?*

De blinde volharding van haar ouders om hun oudste kind te vinden maakte haar ineens intens verdrietig in plaats van strijdbaar. Het zou ze niet lukken.

Sarina was weg. Bleef weg. Ze wist het zeker, maar durfde niets te zeggen. Die avond poetste ze haar tanden en liep zonder er lang over na te denken naar Sarina's kamer en ging daar in bed liggen.

Ze kijkt om zich heen, naar de print van de Himalaya die boven haar bank hangt, naar de grote, industrieel aandoende kast op wielen – er staat er precies zo een op Sarina's kamer – en hoe het zonlicht op de fotolijstjes in die kast schijnt. Plaatjes van het gezin toen het nog compleet was. En van later. Haar ouders, broer en zijzelf in Oostenrijk afgelopen kerst. Een groepsfoto van de vakantie met vriendinnen van vorig jaar.

Ze kiest de muur waar haar bureau tegenaan staat, verplaatst de vloerlamp naar de andere kant van de kamer, pakt de schilderstape en begint te plakken. De foto van de lachende Marc Gaullier in het midden, de andere plaatjes eromheen, lege A4'tjes eronder. Dan pakt ze een stift en begint te schrijven. Bij het euroteken schrijft ze: *Erfenis? Zakelijke belangen?* Bij het hartje schrijft ze: *Overspel.* En na enig nadenken: *Jonge meiden.* Het vel dat onder de galerie hangt blijft leeg, net als dat onder de Rietveld Academie en de Kunstraad. Bij het Damstede schrijft ze: *Rivaliteit?*

Ze kijkt peinzend naar de foto van de pont en maakt op het vel papier een aantal aantekeningen. Hoe ver is Mertens met haar onderzoek, vraagt ze zich af. De recherche heeft natuurlijk veel meer manuren en bronnen. Zij moet het doen met haar pc en haar hoofd. En die stapel boeken die ze inmiddels heeft verzameld. Hoe heeft de moordenaar zijn kunststukje voor elkaar gekregen? En wat waren de drijfveren om het precies zo, precies daar te doen?

Ze bedenkt iets, pakt nog een vel papier, tekent een kruis en plakt het naast de foto van het lijk aan de galg. *Blote kont,* schrijft ze. *Gezicht naar het water. Wond achterhoofd. Borst.* En na een paar lege regels: *Vernedering? Doodsoorzaak?*

Ten slotte pakt ze onder uit de la van haar bureau een vel papier waarop een aantal namen geschreven zijn. Ze kijkt peinzend naar het vel papier en plakt het op de muur. Nu het klaar is stapt ze naar achteren. Jezus, wat veel vragen, wat veel mogelijkheden.

*

'Mevrouw Gaullier,' begint Mertens als de weduwe even later enigszins gekalmeerd is. Er is na het telefoontje van Bingsten onwaarschijnlijk snel iemand van Slachtofferhulp gearriveerd en de jongste broer van Marc Gaullier – de oudste heeft telefonisch beloofd die middag naar het NFI te gaan om de dode te identificeren – is net binnengekomen.

'Zegt u toch Myrthe.' De vrouw van Marc Gaullier ziet in-en inwit. Haar ogen en neus zijn rood van het huilen.

'Ik begrijp dat u erg ontdaan bent door het nieuws dat wij u hebben gebracht,' zegt Mertens.

'Ontdaan,' herhaalt Myrthe Gaullier en het lijkt alsof ze het woord op haar tong legt en proeft. 'Ontdaan, ja.' Ze snikt en veegt haar neus met een witte zakdoek af.

Haar zwager legt zijn hand op haar schouder. 'Myrthe is erg kwetsbaar,' zegt hij. 'Ik denk dat het goed is dat ze even rust neemt. Kunnen we dit later afhandelen?'

'Ik heb een aantal vragen die niet kunnen wachten,' zegt Mertens terwijl ze de vrouw aankijkt. De tranen lopen langs Myrthe Gaulliers wangen naar beneden. Ze knikt.

'Wanneer heeft u uw man voor het laatst gezien? Heeft u bijvoorbeeld gemerkt dat hij vannacht weg was?'

'Ja. Nee,' zegt Myrthe Gaullier met verstikte stem. 'Hij was al weg. Hij ging naar Brussel. Overleggen over een bedrijf dat hij aan het opzetten was. Iets met het printen van reproducties van wereldberoemde kunstwerken. Iets groots. Hij was er erg enthousiast over.' Haar stem verdwijnt.

'Wanneer is hij weggegaan?'

Myrthe Gaullier slikt. 'Zaterdagochtend vroeg. Met de trein. Hij had een paar afspraken. Hij zou vanavond terugkomen.'

Ze zwijgt even en zegt dan met zachte stem: 'De examens zijn deze week, weet u. Hij wilde een aantal leerlingen nog helpen met de laatste voorbereidingen.'

Mertens knikt. 'Dus hij had een zakelijke afspraak in Brussel? Met wie?'

'Ik kan u op dat punt wel verder helpen,' zegt de broer van Gaullier. 'Marc heeft me een vraag gesteld over het contract dat hem was toegestuurd. Ik ben jurist.'

'U heeft de namen?'

'Die kan ik denk ik wel vinden.'

'Heeft u later nog contact met hem gehad?' vraagt Mertens, terwijl ze zich weer tot Myrthe Gaullier wendt. 'Gebeld? Gemaild?'

'Nee,' snikt Myrthe. 'Niks, helemaal niet... Een kus op mijn hoofd toen ik nog half sliep, dat was het laatste.'

Ze huilt weer vol overgave.

'Heeft u enig idee wat er gebeurd kan zijn?' probeert Mertens. 'Wie hierachter zit?'

Myrthe Gaullier schudt haar hoofd. 'Nee...' fluistert ze.

'Geen conflict? Over geld? Schulden?'

'Echt niet... Het spijt me... Het is...' Ze trilt over haar hele lijf en even denkt Mertens dat de vrouw gaat flauwvallen. 'Hij is voor altijd weg.'

De broer van Marc Gaullier kijkt Mertens, die in haar jaszak voelt of ze het plastic zakje – eerste hulp bij hyperventilatie – nog heeft, met geïrriteerde blik aan.

'Ik denk dat het zo wel even genoeg is,' zegt hij terwijl hij opstaat.

Mertens blijft zitten en legt kort haar hand op de schouder van Myrthe Gaullier.

'Sterkte,' zegt ze.

'Wij spreken elkaar later nog,' zegt Mertens tegen Gaulliers broer. Ze kijkt op haar horloge, de oude Breitling van haar vader. 'Vanmiddag, op het bureau, afgesproken?'

Hij schudt zijn hoofd. 'Dat lukt niet. Misschien als Elsa op tijd hier is. Ik kan Myrthe niet alleen laten. Ik moet de gegevens ook opvragen op kantoor.'

Mertens staat op en knikt naar de weduwe.

'Nog één ding,' zegt ze. 'Droeg uw man een riem?'

De vrouw kijkt haar verbaasd aan. 'Een riem?'

'Een broekriem.'

Het is even stil. Myrthe Gaullier heeft overduidelijk geen idee.

'Ik weet het niet,' fluistert ze. 'Ik weet het echt niet. Hij heeft wel riemen, maar... Ik heb er niet op gelet.'

Mertens en Bingsten lopen gehaast over de Nieuwendammerdijk naar de auto, die verderop geparkeerd staat, allebei in gedachten. Mertens vraagt zich af waarom ze in vredesnaam een nieuw paar schoenen heeft aangetrokken. Ze voelt haar hielen branden en de kleine teen van haar linkervoet zit in de verdrukking.

Een bekend kunstenaar vermoord en opgehangen aan de kade van het IJ. Geen gewone moord, maar een openbare terechtstelling, verdomme. Dat betekent gestalkt worden door de pers. Opletten wat je zegt, zelfs als je slaapt. Items op de landelijke journaals, specials door de lokale zenders. Allemaal ellende die haar en haar team het werken moeilijk maakt.

'De nieuwssites staan er vol mee,' zegt Bingsten buiten adem terwijl hij zijn mobiel checkt. 'NOS, NU, *Telegraaf*, AT5, *Parool*, AD, noem maar op.' Hij begint wat koppen voor te lezen en de moed zakt Mertens bijna in de schoenen. Hoe moet ze dit in vredesnaam in goede banen leiden?

Haar gepeins wordt onderbroken door een binnenkomende oproep. God, nou begint het pas echt, de media. Het is als een tropische regenbui, altijd weer, en dit keer zal het nog erger zijn. Een druppel, dan twee, drie, en vervolgens kiepen de stortbakken om en word je compleet overspoeld. Ze neemt op. Het is de schouwarts.

'Ik heb alvast iets voor je,' zegt hij toonloos. 'Ik dacht het net al te zien, maar ik wilde het zeker weten. Luister goed, Mertens... de mond van het slachtoffer is met lijm dichtgeplakt. Van hoek tot hoek.'

'Shit, wacht.' Ze stoot Bingsten aan, die zijn telefoon laat voor wat die is. 'Ik zet je op de luidspreker. Zeg dat nog eens?'

'Ik zei dat de mond van het slachtoffer hermetisch is dichtgeplakt. Met iets van superlijm.'

Mertens staart Bingsten aan en hij trekt zijn wenkbrauwen op.

'De lippen zijn kunstig op elkaar gelijmd,' vervolgt de schouwarts, 'je ziet er haast niks van. Bovendien is de mondholte niet leeg. Er staat een zekere spanning op de wangen. Je weet hoe die Ruigbot is, dus ik heb niet geprobeerd de lippen ter plekke te openen. Ik ben benieuwd naar wat het NFI morgen vindt.'

# – 5 –

## *Kildermorie, Schotse Hooglanden*

*Het meisje haalde haar teen open aan een scherpe steen en jammerde zachtjes. Verdwaasd liep ze over het veld. Zonder na te denken. Zonder doel, maar snel. Ze had voor altijd haast gekregen.*

*Donkere haren hingen in lange, verwarde strengen rond haar gezicht. Haar huid was grauw en gevlekt. Ze was mager en droeg een veel te grote werkbroek van een hard soort stof die ze met touw rond haar middel had geknoopt. Een smerig, grijs T-shirt hing rond haar knokige schouders.*

*Ze liep door en negeerde haar pijnlijke voet. Het doet me niks, dacht ze. Mag me niks doen, ik moet verder, verder, zo ver mogelijk. Haar ogen stonden wijd open, de schouders waren gekromd en ze leek met elke stap naar voren te vallen en zich telkens met de korte passen op te vangen, vlug, vlug, – alsof ze achternagezeten werd, maar tussen de bemoste rotsblokken en de lage struiken heerste alleen de wind.*

*Verder liep ze, en verder, half rennend, half struikelend, net zo lang tot ze van honger zo misselijk was dat ze echt niet verder kon. Ze pauzeerde bij een grillige rotswand. Toen ze er zeker van was dat niemand haar volgde, dat hij er niet was, liet ze zich op de grond zakken. Met haar rug tegen de koude stenen frommelde ze met trillende handen een zakje met twee hompen brood uit haar broek en ze begon meteen te eten. Oud, hard brood. Het rook muf, maar dat deerde haar niet. Kleine hapjes nam ze. Ze kauwde goed, niet omdat dat verstandig was, maar omdat de heerlijke bezigheid zo langer duurde.*

*Toen ze een van de boterhammen ophad, liet ze haar hoofd tegen de rots rusten en zo bleef ze zitten. Ze was alleen, dat was goed. Veilig. Vreemd genoeg verdween de noodzaak om te rennen altijd zodra ze stilzat, dan was een uur voor haar als vijf minuten. Dan sloot ze de wereld buiten en telde tijd niet meer.*

*Een steek van angst maakte dat ze opsprong toen ze voelde dat er iets langs haar gezicht aaide. Niks. Niks te zien. Hoorde ze iets? Ze concentreerde zich. Daar, een wegschietend steentje, een brekende tak. Echt. Ach nee. Er was niemand, er kon niemand zijn. Ze had zich dit soort geluiden al zo vaak ingebeeld, had ze al zo vaak in haar hoofd gehoord dat ze niet meer wist wat illusie was en wat niet. Ze bleef roerloos staan, alert, al haar zintuigen op scherp. Ze wist zeker dat ze de aanwezigheid van een ander mens voelde.*

*Waarom had ze niet beter opgelet? Straf, dat was het. Straf omdat ze had zitten slapen, niet alert was geweest. Ze wachtte. Net op het moment dat ze iets ontspande, haar ademhaling weer langzaam tot in haar borst zakte en niet al in haar keel bleef steken, hoorde ze stemmen.*

*Panisch keek ze om zich heen, op jacht naar een schuilplaats. De rots. Tussen het immense stenen gevaarte en de donkere aarde bevond zich een smalle spleet. Ze twijfelde geen seconde, maakte de dikke knoop rond haar middel los en liet de als karton aanvoelende stof zakken. Ze griste het zakje brood mee en liet zich op haar buik vallen. Behoedzaam, maar zo snel mogelijk, begon ze in de smalle ruimte onder de rots te schuiven, de broek een stuk met zich meetrekkend, alsof ze er toch spijt van had dat ze zich van het onhandige kledingstuk had ontdaan.*

*De stemmen – een combinatie van brommende en schelle tonen – kwamen angstaanjagend snel dichterbij. Zijwaarts schoof ze, snel, sneller, zo ver mogelijk, maar ze paste slechts met moeite in de smalle ruimte. Een meter schoof ze naar binnen, misschien twee, tot haar heupen klem zaten en ze haar hoofd schuin moest houden omdat haar kin te pijnlijk over de grond schraapte. Ze mopperde zacht – woordloze, boze klanken waren het – en tuurde naar de smalle reep licht voor zich. Daar lag, naast de broek, het zakje met brood. Hoe kon ze nou zo dom zijn? Voedsel was het aller-, allerbelangrijkste. De misselijkmakende, alles verterende honger had haar al zo lang in zijn macht dat ze niet wist wat erger was: niets te eten hebben of de ijzingwekkende greep van een ander mens.*

# – 6 –

'Superlijm dus,' zegt Bingsten. Ze proberen hun auto voor de deur van het Damstede te parkeren. Het gebouw ligt pal naast het politiebureau en alle parkeerplaatsen zijn altijd bezet.

'Hm-hm...'

'Vreemd.'

'Nog nooit eerder van gehoord inderdaad.'

'Ik bedoel dat het oplost in water.'

Mertens kijkt hem verbaasd aan. 'Maar die mond zat potdicht,' zegt ze terwijl ze de auto in een veel te kleine plek manoeuvreert.

'Nu wel, maar niet lang.' Bingsten haalt zijn schouders op.

'Hoe snel lost die lijm dan op?' vraagt Mertens.

'Ligt eraan hoeveel er is gebruikt. Een dun laagje is voldoende om die lippen aan elkaar te plakken. Maar een dun laagje lost natuurlijk sneller op dan een dikke laag.'

'Ik dacht altijd dat superlijm voor eeuwig was.'

'Iedere klusser weet dat het uiteindelijk in water oplost. Nooit in je badkamer gebruiken.'

'Dus onze moordenaar heeft twee linkerhanden.'

'Of hij heeft er een bedoeling mee.'

Mertens loopt langs het lage stenen muurtje dat om het schoolplein staat. Ze rilt. Het is koud en ze heeft die nacht slecht geslapen. Instinctief verdringt ze de consequentie van wat Bingsten zegt. Hij heeft gelijk. Natuurlijk. Ze weet het al de hele ochtend, maar de wetenschap dat hier een uitgekookte moordenaar met een boodschap aan het werk is, ligt als een loden deken over haar. Ze vraagt zich met een knoop in haar maag af of hij met deze daad zijn hele verhaal verteld heeft of dat dit alleen nog maar de proloog was.

'Ik zit met dat buurtonderzoek bij de pd in mijn maag,' zegt Bingsten en Mertens weet dat hij doelt op het feit dat in de directe omgeving van de pont geen mensen wonen. Er is alleen het café, iets verder weg partycentrum Het Tolhuis met daarnaast een parkeerplaats. Daarvoor staat nog een koffiekraampje, maar dat was op het moment van de vondst nog gesloten.

Mertens haalt haar schouders op. 'Ik heb Thomas en Susan langs die paar huizen aan de Ranonkelkade gestuurd, maar ik verwacht niet dat iemand iets heeft gezien of gehoord. Het was nog nacht tenslotte.'

Voor de deur van het Damstede blijft Bingsten even staan. 'En de appartementen aan de IJpromenade?'

'Dat wil ik vanmiddag even in het team bespreken. Ik weet niet of ik budget krijg om daar buurtonderzoek te doen.'

Er valt een ongemakkelijke stilte. Natuurlijk wil ze navraag doen. Maar zo makkelijk is dat tegenwoordig niet meer. Ze weet hoe Bingsten daarover denkt.

'We kunnen ook zelf even op pad gaan,' zegt hij.

'Dat is geen kwestie van "even", daar ben je dagen mee bezig, Niels.'

Hij zegt niets en ze kijken elkaar nadenkend aan. Het is bijna onmogelijk dat iemand iets gezien heeft, vooral omdat tussen de appartementenblokken en de aanlegplaats van het veer het gebouw van het EYE-filmmuseum ligt, dat de pont aan het oog onttrekt.

'Nog nieuws, Maud?' Blijkbaar heeft een van de journalisten in de buurt van het bureau staan wachten tot de recherche zou opduiken. Het is Joris Verstraten, die vent die haar vanochtend vroeg al belde, een jonge kerel die zijn stukjes meestal aan het *AD* verkoopt, ze herkent hem nu pas.

'Iemand moet wel een enorme wrok hebben gehad,' zegt hij.

'Zou kunnen.' Maud weet hoe ze werken. Een onschuldig praatje wordt al snel een boude uitspraak. 'Ik heb nog steeds niets te vertellen,' zegt ze en ze maakt met een gebaar aan Bingsten duidelijk dat ze beter naar binnen kunnen gaan.

'Dag,' zegt Mertens.

'Ik spreek je,' antwoordt de journalist chagrijnig, maar toch hoopvol, en hij slentert terug naar zijn post.

In de hal van de school blijven Mertens en Bingsten staan.

'Niet zo gek bedacht, het lijk bij de pont achterlaten,' zegt Mertens. 'Een brutaal openbare plek, altijd druk, maar in feite toch totaal uit het zicht. Het enige wat je hoeft te doen is je moment afwachten. Als er niemand in de buurt is heb je helemaal vrij spel.'

Bingsten knikt.

'Gewaagd, wel,' vervolgt Mertens haar overpeinzing. Onverschrokkenheid, is dat wat een moordenaar kenmerkt? Of is het lafheid?

Onderweg naar het hokje van de conciërge piept haar telefoon en ze kijkt van wie ze een bericht heeft ontvangen.

'Barbara Ruigbot,' zegt ze tegen Bingsten. 'Niet met de pers praten. Bevel.' Bingsten lacht. 'Wat origineel,' zegt hij.

Mertens haalt haar schouders op.

'Vertel de pers van die lijm.' Bingsten gniffelt. 'Leest Ruigbot het in de krant en komt ze met een deegroller je hoofd inslaan.'

'Goedemorgen.' Bingsten spreekt de conciërge aan. 'Wij komen voor Willem de Jong.'

Mertens zucht. Nu eerst de collega's van Gaullier. Ze moet ook nog een team instrueren om buren van de Gaulliers te ondervragen. Misschien heeft iemand iets gezien, gehoord. Zoveel te doen. Te veel, in te weinig tijd, zoals altijd. Ze kijkt op haar horloge.

'Heb jij de nummers van Jarno en Kyra Slagter genoteerd?' vraagt ze aan Bingsten.

'Zeker. Ik zet ze aan je door.' Hij pakt zijn mobiel uit zijn jas. 'Morgen,' zegt hij. 'NFI. Tien uur. Zijn we de eersten. Krijg het bericht net binnen.'

*

Kyra slaat de laatste slok sojamelk achterover, spoelt haar glas af en zet het omgekeerd op het aanrecht. Ze kijkt op de klok. Eén uur. Tijd om naar het eerste examen te gaan, Nederlands. Ze ziet zichzelf in de keukenramen, een beetje vervormd door het oude glas dat details behandelt alsof het een lachspiegel is. Kyra Slagter. Het zusje. De resterende dochter.

Haar hoofd tolt van Marc Gaullier, de reacties van Sophie, Luna en Chantal. Alle scenario's die zich in haar hoofd afspelen. Dwars door elkaar. Een lijk op een drukke plek achterlaten, aan een lantaarnpaal, met ontbloot onderlijf, dat is een statement. Ze kent uit haar hoofd geen andere moordenaar die zo te werk is gegaan. Jeffrey Dahmer verstopte een groot deel van zijn slachtoffers in vaten met zuur in zijn appartement. Albert Fish sneed de jongetjes die hij ontvoerde in stukken en maakte er stoofpot van. Joachim Kroll probeerde delen van zijn slachtoffers weg te spoelen door het afvalputje van de gootsteen.

Hier mag ze allemaal helemaal niet aan denken. Nu niet. Ze moet zich concentreren. Examen. Van halftwee tot halfvijf. Kom op, drie uurtjes een samenvatting maken, dat moet toch lukken?

*

Mertens en Bingsten wachten in de hal op de conrector. Er ligt afgesleten, matblauw zeil op de vloer. Het ruikt er naar natte jassen en honderden puberlijven. In de hal staan rijen en rijen knalrode kluisjes. Een magazijn vol oude schriften, half opgegeten potloden, leeggelopen pennen, pakjes kauwgom, vergeten schoolboeken en losse blaadjes. Dat hadden wij vroeger niet, denkt Mertens. Toen kon je je tas met oude zooi nog gewoon aan de kapstok laten hangen.

'Vier jaar geleden ben ik hier ook geweest,' zegt Bingsten. 'Om navraag te doen naar Sarina Slagter, dat vermiste meisje, zus van Kyra.'

'Toen deed ik die Europese stage bij Synthetische Drugs, weet je nog?'

'Ach, ja. Vroeg me al af waarom je daar niet bij was.'

Er komt een jonge vent op hen af lopen. Blond, kort, licht krullend haar. Energieke pas en een vrolijke uitstraling. Hij groet een leerling die voorbijschiet.

'Willem de Jong,' zegt hij ernstig als hij ze de hand schudt. 'Bedankt voor jullie belletje van vanochtend vroeg. Lopen jullie mee?'

Ze nemen plaats in het kantoor van de afwezige rector, aan een ronde tafel. Het meubilair stamt uit de jaren zeventig van de vorige eeuw. Aan de wand hangt een bleke luchtfoto van de school. In de hoek probeert een troosteloze plant de kamer nog wat leven te geven.

'Koffie?' vraagt Willem de Jong. 'Thee?'

Hij trekt twee thermoskannen naar zich toe.

'Koffie,' zegt Bingsten op het moment dat Mertens 'Thee' zegt.

Ze praten over het slachtoffer, dat kennelijk een zeer geliefd docent was. Echt een aanwinst voor de school. Werkte een jaar of vijf op het Damstede, parttime, want hij was voornamelijk kunstenaar natuurlijk. Daarnaast adviseur bij de Gerrit Rietveld Academie, actief in de Kunstraad. Organiseerde een paar keer per jaar drukbezochte tentoonstellingen.

'Ook van mijn leerlingen,' zegt Willem de Jong trots. 'Hij heeft Juliëtte Jansen begeleid, echt een groot talent. Heeft ook een expositie voor haar georganiseerd. Een heel bijzonder meisje.'

'Hoe waren de onderlinge verhoudingen?' vraagt Mertens. 'Zette het de zaken niet op scherp, zo'n succesvolle kunstenaar tussen de gewone docenten?'

'Tja...' zegt Willem de Jong terwijl hij in zijn koffiemok kijkt. Heel even ziet Mertens zijn mondhoek trekken. Door het openstaande raam dringen juichkreten de kamer binnen. Op het schoolplein wordt gevoetbald. 'Dat had goed gekund. Het was niet alleen een begaafd kunstenaar en een bevlogen coach, hij was ook een aardig mens en een hele mooie man. Alle reden om jaloezie op te wekken, denk je dan. Maar daar heb ik nooit iets van gemerkt. Helemaal niks.'

Hij lacht te vriendelijk, denkt Mertens. Te glad.

'Toch heeft hij iemand verschrikkelijk kwaad gemaakt,' stelt Niels Bingsten.

'Kan,' antwoordt Willem de Jong nadenkend. 'Of hij was op het verkeerde tijdstip op de verkeerde plek.'

'Toeval,' zegt Mertens. 'Op dit moment houden we alle mogelijkheden open, inderdaad. Heeft u iets gemerkt aan de heer Gaullier? Was zijn gedrag anders? Stond hij onder druk? Is u iets opgevallen wat ongewoon was?'

‘Wij hebben niet echt dagelijks contact hoor.’ Daar is die zalvende lach weer. Die man had geestelijke moeten worden. ‘Op de lerarenvergadering laatst was hij heel normaal. Ontspannen zelfs.’

‘Geen spanningen thuis?’

‘Niet dat ik weet.’

Mertens knikt. ‘Dan de mensen die wij gaan spreken,’ zegt ze. ‘Waarover vanochtend ook gebeld is?’

‘Natuurlijk. De gesprekken kunnen hier plaatsvinden, in deze kamer,’ zegt Willem de Jong terwijl hij een overzicht overhandigt. Er is een kwartier per persoon gepland, ziet Mertens. Vijf docenten en drie leerlingen.

‘De ouders moeten toestemming geven voor die gesprekken. Of erbij aanwezig zijn,’ zegt De Jong. ‘We werken aan nog meer toestemmingen.’

‘Ik wil graag een lijst met de namen en gegevens van alle docenten,’ zegt Mertens. ‘En alle leerlingen met het vak kunst in hun pakket.’

Ze kijkt op haar horloge. De eerste achtenveertig uur na een moord zijn altijd te kort. Ze moeten te veel mensen spreken in te weinig tijd. Er zijn massa’s sporen en er is nog geen enkele aanwijzing over wat van belang is en wat niet.

Willem de Jong staat op. ‘Ik zorg dat het in orde komt.’ Hij wijst naar de thermoskannen met lauwwarm vocht. ‘Als u nog iets wilt drinken, neem gerust.’

‘Zo,’ zegt Bingsten als de man de kamer uit is. ‘Die vertrouw ik voor geen meter.’

*

Naast het lokaal wordt nagepraat over het eerste examen. Kyra slentert met Sophie, Luna en Chantal door de gang. Iedereen lijkt ineens uitgeput en verslagen. Niet dat het zo verschrikkelijk moeilijk was – al wordt er volop geklaagd – maar de dood van een van de docenten lijkt er ineens in te hakken. Als Kyra terugkomt van de wc zijn al haar leeftijdsgenoten weg. Sophie heeft een bericht geappt: *Ben naar huis, leren.*

*Oké*, antwoordt ze. *FF afspreken?* Geen antwoord. Zelf moet ze ook gaan. Morgenochtend tekenen, daar kan ze eigenlijk geen fluit aan voorbereiden, en 's middags scheikunde. Een vak dat je moet begrijpen, valt ook al niet veel voor te leren, maar toch wil ze de samenvattingen nog een keer goed doornemen.

Ze pakt haar spijkerjack uit haar kluisje en vist haar sleutels uit haar tas. Examens. Boeken inleveren. Diploma-uitreiking. Klaar. Nog even en dan liggen zeven jaar Damstede achter haar.

Ze trekt haar jas aan en neemt de trap naar de eerste verdieping. Behoedzaam loopt ze door de lange gang, langs de gesloten deuren van de volle lokalen, en slaat aan het einde links af. De deur van het tekenlokaal staat op een kier. Voorzichtig duwt ze die iets verder open. Niemand. Ze loopt naar binnen. Op de een of andere manier voelt dat als een overtreding. Ze hoort hier niet. Niemand hoort hier. Dit was vooral het domein van Marc Gaullier.

Midden in het lokaal blijft ze staan. Buiten hoort ze schreeuwende leerlingen, maar hierbinnen is het stil. Het lokaal ruikt naar verf en lijm.

Marc Gaullier dood. Het is zo onwerkelijk. Hij zou elk moment tussen de tafels kunnen opduiken. Met zijn zachte tred. Zijn beheerste manier van bewegen. Zijn lage stem die zo precies wist te zeggen wat je wilde horen. Manipulator.

Aan de wand hangen tekeningen. Schetsen. Voorbeelden. Reproducties van meesterwerken. Rembrandt.

Fok. Rembrandt. Natuurlijk.

Ze stapt tussen twee tafels door. Waar is dat ding? Ze weet zeker dat het hier ergens moet zijn. Gehaast scant ze de muur met tekeningen en prints en posters. Kom op, kom op – ze wil niet lang in het lokaal blijven.

Hier. Tussen een ets van een landschap met molens en een van Rembrandt die een gekke bek trekt. Hier hangt Elsje Christiaens. Kyra pakt de print van de muur. Achttien jaar was ze. Begin mei 1664. Twee weken daarvoor naar Amsterdam gekomen uit Jutland, op zoek naar haar oudere zus. Ze had een daalder huurachterstand en werd door de herbergierster geslagen met een bezem, waarop

Elsje de vrouw met een bijl 'in den cop gehackt' had.

De burgemeester en de schepenen veroordeelden haar tot de dood. Ze werd op het schavot op de Dam gewurgd en met het moordwapen op haar hoofd geslagen. Haar lichaam werd naar de Volewijck gebracht om met bijl en al aan een paal opgehangen te worden. Op het galgenveld van Volewijck. Waar de elementen en de vogels de lichamen verteerden. Vogelenwijk. Volewijk. Waar nu de pont aanmeert.

Een gezinsuitje was het toen: op zondag een bootje huren en gezellig met de kids lijken kijken. Op de tekening van Rembrandt zie je ze niet, maar er zullen meer lijken om het dode meisje heen hebben gehangen. Boven de galgenput. Op de staak. Volwassen mannen. Criminelen. En dan Elsje. Daar hangt ze, jong en levenloos aan de paal, in haar bolle, enkellange jurk, de ogen gesloten, het lichaam onhandig aan het hout vastgesnoerd.

Dat Gaullier aan het IJ hing moet een verwijzing naar Elsje zijn. Of naar Rembrandt. Een lijk op het galgenveld. Shit, een echte aanwijzing. Dat kan niet anders. Marc adoreerde de beroemde schilder. Een maand geleden hebben ze het in de klas nog over deze tekening gehad. In de pauze had Kyra grapjes gemaakt over Gaulliers obsessie voor de zeventiende-eeuwse schilder en over het feit dat hij bijna het hele uur had uitgeweid over diens iele schets van het meisje. *Kan geen toeval zijn,* had ze gezegd. *Dat Gaullier nou juist een schets van een machteloos jong meisje bespreekt.* Haar klasgenoten vonden het niet grappig dat ze zulke geintjes maakte over de rug van hun lievelingsdocent. Zelf vond ze de opmerking eerder onaardig tegenover de arme Elsje. Ze ergerde zich aan het massale gedweep met Marc Gaullier. Je kunt iemand aardig vinden, of spannend, je kunt zelfs verliefd zijn – maar haar vriendinnen stonden in de rij voor een lullig complimentje, om een paar tellen zijn helblauwe blik op hen gericht te hebben. Voelde ze irritatie en gêne als het om haar vriendinnen ging, naar Gaullier zelf toe voelde ze woede. Machtsmisbruik was het.

'Marc is gewoon een liefhebber van mooie dingen,' zei Luna geïrriteerd tegen haar. 'Hij begrijpt de boodschap van drama.'

Kyra had besloten haar mond verder maar te houden.

Ze bevriest als ze naderende stemmen hoort. Wim? De andere kunstdocent? Ze wil niemand spreken. Niet uitleggen wat ze in Marcs lokaal doet. Snel probeert ze de print in haar tas te proppen en ze kijkt naar de deur van het lokaal. De enige uitweg. Tenzij ze in het magazijn... Nee, en dan? Dan sta je helemáál voor lul als ze je vinden. Snel loopt ze richting de deur. Met een beetje geluk is ze al weg voordat ze haar zien.

'Hé!' Maud Mertens kijkt haar boos aan. 'Jij duikt ook overal op.'

'Sjezus!' roept Kyra terwijl ze terugdeinst en haar tas op haar rug zwaait.

'Slecht geweten?' vraagt Niels Bingsten smalend.

'Shit, nee, ik had jullie gewoon niet verwacht.' Ze stapt opzij zodat de politiemensen het lokaal binnen kunnen gaan.

'Wat doe jij hier?' vraagt Mertens kattig terwijl ze langs haar loopt.

'Niks, gewoon...' Ze twijfelt of ze iets over de aanwijzing moet zeggen.

'Je moet ons niet de hele tijd voor de voeten lopen,' zegt Mertens. 'Dit is serieus werk.'

Achter Mertens en Bingsten staat Coby, een van de conciërges. 'Naar huis jij,' zegt ze glimlachend tegen Kyra. 'Hup, leren voor morgen. Denk erom dat je je best doet.'

Kyra grijnst opgelucht, en steekt ten afscheid haar hand op. Ze schiet de gang in, snelt de trap af en vraagt zich af of de politiemensen nog iets zullen vinden in het klaslokaal.

De moordenaar is slim. Onderlegd in elk geval, met zijn verwijzing naar Rembrandt. Of het is een ras-Amsterdammer die de geschiedenis van de stad kent. In elk geval was ze de recherche een stap voor. Mooi.

Ze fietst naar huis, achter de school het park door, de Nieuwendammerdijk op, waar haar ouders tot hun grote trots meer dan twintig jaar geleden een mooie dijkwoning op de kop hebben getikt. Zo'n huis waarmee je al je vrienden jaloers kunt maken. Waarmee je kunt laten zien dat je iemand bent. Ook aan jezelf.

Thuis gooit ze haar fiets tegen het hek. Naar binnen, nog een keer de film van de dode Gaullier bekijken of meteen Lot uitlaten?

Lot. Nee, toch de film.

Ze gaat naar binnen en roept hard hallo, maar niemand antwoordt. Op haar kamer zet ze haar pc aan, klikt op het filmpje en vergroot het beeld tot het scherm gevuld is. Ze heeft de beelden al een paar keer bekeken, maar probeert nu te doen alsof ze die voor het eerst ziet en doet haar best nieuwe details op te merken.

Een grijze wereld. De pont. Jarno en de schipper. Dan de man. De man van wie ze nu weet dat het Gaullier is. Sjezus, als ze dat meteen geweten had dan had ze het misschien wel op een schreeuwen gezet of zo. Ze zet het geluid harder, maar ze hoort bijna niets. Het is stil, net als wanneer het pas gesneeuwd heeft. Het lichaam van Marc Gaullier hangt hulpeloos in de mist.

Ja, het hele beeld van de man aan de paal aan het IJ is onmiskenbaar een verwijzing naar Rembrandt. Maar waarom? De dader moet hem goed gekend hebben. Goed genoeg om te weten dat de kunstenaar gek was van Rembrandt. Maar Elsje Christiaens hing niet in haar blote kont. Waarom die losgemaakte broek?

Ze pakt haar tas, haalt de schets van de tragische Elsje eruit en hangt die naast de foto van het lijk van Gaullier. Nogmaals bekijkt ze het filmpje, op zoek naar nog meer verwijzingen naar Rembrandt of naar het jonge meisje, maar het is vooral de gedaante die ze ziet, de dode aan het IJ.

Lot dan maar. Even lopen met de hond van de buurvrouwen van een paar huizen verderop. De drie oude dames wonen in een oud winkelpand, waar ze vroeger een fourniturenwinkel hadden. De winkel is al God weet hoe lang dicht, maar de zusters wonen er nog.

Kyra loopt achterom en klopt op de keukendeur. Als ze zichzelf binnenlaat, begroeten de drie oude vrouwen haar met stralende glimlachen. Ze laten hun borduur- en breiwerken meteen los.

'Kyra, moppie!'

'Wil je thee?'

'Ik kom alleen even Lot ophalen,' zegt ze. 'Om een rondje te doen.'

De jongste van de zussen komt in beweging en haalt de hond

– een onwaarschijnlijk grote herder die de oude dames hebben geerfd van een overleden zoon – uit de woonkamer. Lot kwispelt en piept omdat ze weet wat eraan komt: een halfuurtje rennen en snuffelen in het Vliegenbos.

# – 7 –

De pleuris is uitgebroken op internet en op tv. Mertens heeft het ene na het andere filmpje van de dode docent op het net bekeken en zelfs de avondeditie van het onderkoelde NRC opent met een vette kop over het lijk aan het IJ.

Op de tafel waaraan het team vergadert liggen prints van internetpagina's en krantenartikelen uitgespreid.

'Hij is drugsdealer, lid van een groot pedofielennetwerk, én hij is het slachtoffer van afpersing geworden,' zegt Ivo Bitter. 'Om maar een paar dingen op te sommen die genoemd worden.'

'Iedereen speculeert er maar op los,' constateert Thomas Kuipers, een van de tactische rechercheurs.

'Dus werk aan de winkel voor ons,' antwoordt Mertens. Het is iets na zessen en ze heeft het team bij elkaar geroepen.

'Goed,' maant ze iedereen tot stilte. Ze hoeft zichzelf niet te herhalen. 'We hebben een achtendertigjarige man, Marc Gaullier, zeer waarschijnlijk ergens doodgeslagen – in elk geval elders overleden –, met een gat in zijn hoofd, opgehangen aan een lantaarnpaal aan het IJ. Morgenochtend is de autopsie, Niels en ik gaan naar het NFI. Identificatie is verricht door de broer van de dode. We hebben de echtgenote van het slachtoffer gesproken. Zij heeft verklaard geen idee te hebben wie haar man vermoord kan hebben en waarom dat gebeurd is.'

Ze vertelt dat Marc Gaullier het weekend naar Brussel was, dat hij zaterdagochtend voor het laatst is gezien, dat zijn broer misschien informatie heeft over de zakenpartners die hij daar zou treffen.

'Wat hebben we in de tussentijd gevonden?' vraagt ze. 'Thomas, jij eerst.'

Thomas Kuipers gaat rechtop zitten, legt zijn hand op zijn papieren maar vat de uitkomsten van zijn onderzoek samen zonder erop te kijken.

'De zakelijke activiteiten van Gaullier zijn nogal uitgebreid. Ten eerste heeft hij zijn atelier, waar hij lesgeeft. Tien lessen, tweehonderdvijftig euro. Verschillende groepen, verschillende avonden, van bejaardenschilderen tot lessen voor kinderen. Daar kan hij nooit echt grote bedragen mee verdiend hebben.

Wel heeft hij aardig wat geld verdiend met het verkopen van eigen werk, maar ik heb de indruk dat het al een tijd geleden is dat hij op grote schaal productief was.

Hij had verschillende adviesactiviteiten en commissariaten, allemaal goed voor een paar duizend euro per jaar, of een handvol eergevoel, maar ook daar geen grote zakelijke belangen.

Interessant is wel zijn galerie en de kunsthandel die daarbij hoort. Kennelijk een behoorlijk goedlopend bedrijf. Veel exposities, een goede naam in de branche, veel bekende Nederlanders en zelfs bekende Europeanen – politici, acteurs en dat soort lui – als klant. Internationaal actief. Import, export. We hebben de informatie opgevraagd, ik verwacht morgen al de eerste gegevens binnen te krijgen. Jaarrekeningen, belastingopgaven, dat soort dingen. Schijnt dat hij enkele subsidies heeft gekregen, ook daarvan zijn de accountantsverklaringen en dergelijke opgevraagd. Wat we nog niet helder hebben is welke bedrijven – bv's, vof's en dat soort dingen – er nu precies zijn, wat de eigendomsverhoudingen zijn en wat nou precies van Gaullier zelf was, maar ook daar verwacht ik binnen een dag of wat wel antwoord op te hebben. We hebben een lijstje met mensen met wie Gaullier samenwerkte, maar dat is nog lang niet compleet. Ik heb geen link met Brussel gevonden, of informatie over het project waar jij het over hebt, Maud. Voor zover we nu hebben kunnen zien zijn er geen zakelijke conflicten. Misschien wat voorbarig, maar zo is het.'

Thomas zwijgt.

'Samenvattend?' vraagt Bitter.

Mertens moet een glimlach onderdrukken. Het is niet zijn taak of plaats om leidinggevende te spelen, maar hij kan zich niet inhouden, weet ze. Het gaat vanzelf.

'Ja,' zegt ze. 'Samenvattend, Thomas?' Iedereen aan tafel grinnikt. Chef Bitter is ineens erg geïnteresseerd in zijn glas water.

'Oké,' zegt Thomas. 'Veel activiteiten. Betaald en onbetaald. Een aantal bedrijven, verschillende rechtsvormen. Veel betrokkenen. Verschillende inkomstenbronnen, waarvan de belangrijkste de galerie en handel. Geen conflicten.'

'Goed, bedankt,' zegt Mertens. Bitter neemt wijselijk nog een slok van zijn water.

'Jolanda?'

'*Money makes the world go round*,' zegt Jolanda. 'En bij Gaullier ging-ie heel snel rond, de wereld. Myrthe Gaullier, geboren Van Dalen, heeft een leuk vermogen. Bijna twee miljoen euro.'

Een paar mensen aan tafel fluiten.

'Maar zij is niet degene die vermoord is,' herinnert Jolanda het team fijntjes aan de situatie. 'Gaullier zelf was niet onvermogend, maar zijn vrouw is hem hierin toch echt de baas. Het echtpaar was op huwelijkse voorwaarden getrouwd. Het vermogen van mevrouw is verkregen uit erfenissen. Ze heeft beide ouders een jaar of vijf geleden verloren – een verkeersongeluk in België – en is enig kind. Er was flink wat spaargeld, een villa in Zuid-Frankrijk en een mooi, afbetaald huis in Overveen.

Marc Gaullier heeft ook diverse spaarrekeningen. Plus een beleggingsrekening. Hij kan zo over twee ton beschikken. Geef ons een paar dagen. Het zal echt wel even duren voordat we het hele vermogen precies in kaart hebben.'

De aanwezigen knikken. Iedereen weet dat geld vaak een motief is.

'Het lijkt erop dat zijn vrouw in elk geval geen reden had om hem voor geld om te leggen,' zegt John, een oudere collega.

Er wordt wat gebromd. Mertens knikt weer. Ze kan tevreden zijn, want tot nog toe heeft haar team heel snel gewerkt. 'Myrna,' zegt ze. 'Wat is er uit het buurtonderzoek rondom het huis van de Gaulliers gekomen?'

'Ja,' zegt Myrna. Ze oogt onzeker. Ze is een van de nieuwste medewerkers en lijkt zich er steeds te zeer van bewust dat ze zich nog moet bewijzen. 'We hebben wat buren rondom ondervraagd maar niet iedereen was thuis.' Ze staart naar haar papieren, maar het lijkt alsof ze niet kan vinden wat ze zoekt. 'We hebben in elk geval de buren iets verderop gesproken. Die daarnaast en dan nog twee huizen eerder.' Ze kijkt het groepje rond en Mertens ziet iedereen denken: en?

'Jammer genoeg wisten ze niet veel te vertellen. Ja, dat hij kunstenaar is en dat mevrouw niet werkt maar thuis is, en dat ze graag tuiniert. Ze wonen er nu een jaar of acht. Of vijf. Even kijken.' Myrna zoekt met haar wijsvinger op het blad papier. 'Ja. Vijf. Vijf jaar.'

'Ruzies?' vraagt Mertens. 'Geschreeuw tussen de echtgenoten? Luidruchtige feestjes? Een komen en gaan van huisvrienden?'

'Nee,' stamelt Myrna. 'Niet dat ik weet. Een van de buren klaagde over de aanloop in het atelier, de lessen, en dat mensen soms met de auto komen en dan de schaarse parkeerplaatsen inpikken. Dat soort dingen. Maar verder niet veel bijzonders.'

Mertens bedankt haar.

'Contact met de pers,' zegt Mertens en ze wendt zich tot Ivo Bitter. 'Daar heb jij vast iets over gehoord. Persbericht?'

'Persconferentie,' antwoordt hij.

'Toe maar.'

'Ik heb het nieuws gevolgd vandaag, Maud. Je wilt het niet weten. Iedereen duikt erop. De ene helft van Nederland smult van de griezelverhalen. De andere helft duikt in het bad van nationale woede.' Hij haalt diep adem. 'In elk geval,' vervolgt hij hoofdschuddend, 'zijn de voorpagina's weer lekker gevuld. En hebben ze bij *Boulevard* ook weer iets om over te praten.'

'Halleluja,' zegt Bingsten met een vies gezicht.

'Een vriendin van mij werkt bij de tv,' zegt Myrna enthousiast. 'Ze appte dat ze een live-uitzending hadden overwogen.'

'Als bij een ramp?' Mertens kan haar verbazing niet onderdrukken.

'Het was te duur,' zegt Myrna verontschuldigend.

'Straks om halfacht geeft Tijssen een persconferentie,' zegt Bitter tegen Mertens. 'Je moet er ook naartoe. En er is natuurlijk al een verklaring uitgegaan. Je weet hoe die dingen gaan. Er zal niets nieuws gezegd worden. Alleen dat we er met een groot team bovenop zitten.'

Erik Tijssen, de chef, is een man die de collega's angst inboezemt. Naar buiten toe gedraagt hij zich rustig en vriendelijk, naar binnen toe is hij hard en ongenaakbaar. Het is een man die beslissingen durft te nemen.

'Mooi,' zegt ze. 'Dus we krijgen extra budget.'

Bitter ontwijkt haar blik.

'Verder nog?' vraagt ze. Niemand reageert en Myrna begint haar spullen te pakken. De rest zit onbeweeglijk.

'Morgenochtend staat het onderzoek van het NFI gepland,' zegt Mertens. 'Niels en ik gaan daar naartoe. Wat alvast duidelijk is, is dat de man al dood was voordat hij opgehangen werd. De doodsoorzaak is asfyxie. Hoe, dat weten ze nog niet zeker. Waarschijnlijk geen verhanging, wel verwurging. Verder is nu alleen geconstateerd dat hij een gat in zijn achterhoofd heeft, snijwonden op zijn borst en – let op, dit mag onder geen beding naar buiten komen – dat zijn mond was dichtgeplakt met superlijm.'

De rechercheurs kijken verbaasd op. Zelfs Ivo Bitter gromt van verbazing.

'Hij snijdt de borst van het slachtoffer open,' zegt hij, 'slaat zijn hoofd in, plakt zijn mond dicht met superlijm en hangt hem in zijn blote kont aan het IJ. Met wat voor gek hebben we hier te maken?'

Mertens kijkt hem aan. Ze knikt. Wist ik het maar, denkt ze, dan had ik hem eerder te pakken.

'De schouwarts vermoedde dat er iets in de mond zit. Het geheel voelde volgens hem wat zacht aan. Pudding, had hij het over. Daarover morgen meer. Van het onderzoek op de pd zelf verwacht ik niet veel trouwens. Er is een hele berg materialen veiliggesteld, rotzooi die op zo'n plek rondzwerft. DNA, vingerafdrukken op zo'n lantaarnpaal – ik hoef jullie niets wijs te maken, tien tegen één dat we niets vinden, maar toch kijken we ernaar. Het touw waarmee het slachtoffer is opgehangen is wat dat betreft interessanter, maar dat wordt allemaal nog onderzocht. Waar we op dit moment vooral ook naar kijken is de manier waarop het slachtoffer omhoog getakeld is. Dat moet best een krachtsinspanning zijn geweest. Daarnaast proberen we uit te vogelen hoe dat touw om die paal heen is gekomen. De lantaarnpaal is bijna zes meter hoog, dus ook dat is een kunststukje geweest. We spreken elkaar morgen weer.'

Met een hoofdknik sluit Mertens af. Ze kijkt op haar horloge. Bijna halfacht. Te laat voor het avondeten. Ze moet ook nog naar de persconferentie.

'Trouwens,' zegt Myrna ineens. 'Is de waterkant onderzocht? Ik bedoel, zijn er ook duikers het water in gegaan op de plek waar het slachtoffer is gevonden?'

Mertens bijt op de binnenkant van haar wang. Hoe kan ze dat vergeten zijn? Hoe is het in godsnaam mogelijk? Ze wordt oud, dat is het, heeft een hoofd van kaas, gatenkaas. Of misschien is het probleem juist dat het te vol is. Zo vol dat er niets meer bij past.

'Goed idee,' zegt ze koel tegen de nieuwkomer. 'Regel dat maar meteen voor morgenochtend, Myrna.'

*

Tijdens haar wandeling – stok gooien, stok aannemen, stok gooien – zet Kyra alles nog eens op een rijtje.

Marc Gaullier is opgehangen aan een galg aan het IJ. Daar heeft iemand heel veel moeite voor gedaan. De haat moet heel diep gezeten hebben. Jaloezie, dat is wel een emotie die heftig genoeg kan worden. Maar het vermoorden en ophangen van Marc lijkt haar geen vrouwending. Niet iets voor een bittere minnares, of een jaloerse dame. Het tentoonstellen, de openlijke wraakzucht die daaruit spreekt, dat lijkt haar op de een of andere manier eerder mannelijk. Notitie, denkt ze: vergis je niet in de agressie van vrouwen. Aileen Wuornos schoot in 1989 in een jaar tijd zeven mannen dood. '*This world is nothing but of evil,*' zegt ze in een documentaire. '*We have evil in us, all of us.*'

Er zijn wel meer vrouwelijke seriemoordenaars in de geschiedenis. Veel meer. Er staan er heel wat in *Serial Killer Files*, het boek dat

Jarno vorige sinterklaas had ingepakt als bijbel. Studentenhumor, noemde hij die surprise.

Een woedende vrouw. Waarom niet? Tegelijk moet de dader gigantisch sterk zijn. Hoeveel kracht heb je wel niet nodig om zo'n lichaam omhoog te hijsen? Niet dat Marc zo groot was, of stevig, of bijzonder gespierd of zo, maar het was ook beslist geen schriel mannetje. Een woedende man, kan ook.

Ze loopt over het smalle pad tussen de struiken en de hoge bomen van het Vliegenbos door. Het is laat in de middag, maar het lijkt wel avond hier. De struiken en de bomen zijn uitgelopen en het verse loof blokkeert het zonlicht. Even flitst het grauwe gezicht van Marc Gaullier voor haar ogen. De vlekken rond zijn mond. De wasachtige handen. Het kleine reepje wit dat tussen zijn oogleden te zien was.

Ze rilt en is blij dat Lot met een tak over het pad komt aanrennen.

'Mooi,' roept Kyra harder dan nodig is en ze trekt een sprintje. 'Kom dan!' Lot laat de tak los en rent achter haar aan. En haar voorbij. Kyra mindert vaart.

Hoe doe je dat, vraagt ze zich af. Je hebt een dode man. In je auto. Waar anders? Niet achter op je fiets. En dan parkeer je in de buurt van de pont. Je springt je auto uit en... gooit een touw over de lantaarnpaal? Nee, dat ding is veel te hoog. Dan moet je olympisch kampioen lassowerpen zijn. En in zo'n paal klimmen is veel te moeilijk. Dus: een ladder of zo. Moet wel.

Je haalt die ladder uit de auto en zet hem tegen die paal. Je klimt erin, het touw om je schouder. Dan gooien. Slingeren. Misschien mislukt het een keer. Twee keer. Elke keer het touw terughalen, oprollen, mikken en opnieuw. Hij zal hijgen, de dader. Dan lukt het. Hij viert het lange touw tot het uiteinde bijna beneden hangt. Zit er al een lus aan? Tijd is belangrijk. Hij heeft haast.

Als het touw goed hangt sprint hij naar de auto. Hij sleurt het lijk naar de paal, doet de strop om zijn nek en hijst. Het is zwaar, hij trekt fanatiek aan het andere eind van het touw, maar hij is zo kwaad dat het lukt. Inmiddels zweet hij als een gek. Dan een stevige knoop. Hij hangt. Klaar. Weinig tijd om van zijn harde werk te genieten. Snel wegwezen.

Wat een gedoe. Wie heeft daar nou zin in? Iemand met een heel grote motivatie, maar jezus zeg, wie, en waarom in godsnaam? Wat zou Mertens al weten, vraagt ze zich af. Heeft zij het hele plaatje al compleet? Weet zij hoe het is gegaan?

Lot snuffelt in de bosjes, de staart omhoog, de kop laag, en houdt tegelijkertijd goed in de gaten waar Kyra is. Ze is gek op die hond. Meteen toen ze de oude zusters beter leerde kennen had ze aangeboden het dier uit te laten. De oude dames hebben haar goed opgevoed. Ze zijn oud, maar weten precies wat ze willen, hoe de dingen moeten. Samen hebben ze meer dan tweehonderd jaar ervaring met het leven. En met de dood.

*

Als ze de keuken van de dames weer binnenkomt gaat ze even aan tafel zitten en vertelt over de dode docent.

'Toch niet die man die verderop op de dijk woont?' vraagt Ella, de oudste van het stel.

'Wel,' beaamt Kyra. 'Hij is het.'

'Och hemel,' verzucht Mina. 'Ik zag hem pas nog lopen met zijn vrouw.'

'Verdrietig,' zegt Nine hoofdschuddend. 'Maar hij heeft een mooi leven gehad. Mooie dingen meegemaakt. Dat wel.'

'Maar veel te vroeg.' Mina kijkt haar zussen aan. 'Veel te vroeg.'

'Ik heb een paar weken geleden over hem gedroomd,' zegt Ella. 'Er stond een stuk in de krant over een nieuw project van hem. Ik weet niet meer precies wat het was, maar die avond droomde ik van hem, althans, ik droomde dat wij een schilderij van hem hadden gekocht. Het was zo groot dat het niet in de keuken paste. We kregen ruzie omdat we het in wilden ruilen voor iets kleiners en toen wilde hij het alleen omwisselen voor een paar rollen bloemetjesbehang.'

Alle vrouwen schieten in de lach, alleen Ella lacht niet.

'Echt!' roept ze. 'Jullie geloven me ook nooit!'

'Ik geloof het wel hoor, Ella,' zegt Kyra lachend. 'Maar geef toe, wie wil er nou geen behang van Marc Gaullier? Hij had het toch wel zelf geschilderd, hè?'

Ella mompelt dat ze dat niet meer weet en buigt zich stuurs over haar breiwerk. Ze hecht de laatste steek af en knipt venijnig de draad door.

'Zo,' zegt ze. 'Af.'

Lot tilt haar kop op en besluit dat het niet tegen haar bedoeld was. Ze rekt zich tevreden uit in haar mand en valt in slaap.

'Toch triest hoor,' zucht Mina nogmaals. 'Echt heel verdrietig. En hij hing bij de pont? Waarom? Wie doet nou zoiets?'

'Iemand met een heleboel woede in zich,' zegt Ella. 'Iemand die vergiftigd is door haat. Hij zal spreken met vuur, met witte woede rond zijn lippen. Iemand die publiek wil voor zijn daden. Een podium. Hij is nog niet klaar. Let op mijn woorden.'

Er valt een stilte waarin Kyra nadenkt over de woorden van Ella. 'Nou,' ze staat op, 'Lot is helemaal moe gerend. Morgen kom ik weer.'

'Werk jij maar hard voor je school,' zegt Nine. 'Dat is bepalend voor de rest van je leven.'

'Doe ik.' Kyra glimlacht en ze glipt snel de deur uit, voordat ze weer een muts of shawl of veel te grote trui meekrijgt. Ze wil samenvattingen doornemen, de rest van de avond oordopjes in. Scheikunde wacht. En een echte moord.

# – 8 –

## *Dinsdag*

Het is waterkoud zo vroeg op de ochtend en Mertens vervloekt zichzelf omdat ze geen warmere jas heeft aangetrokken of tenminste een das in de auto heeft liggen. De kikvorsmannen maken zich gereed om het water in te gaan.

'Ik ben niet snel bang,' zegt Bingsten, 'maar je zult mij nooit in zo'n loodzwaar pak aan een paar slangetjes en touwtjes het water in zien gaan.'

'Ik heb vroeger wel gedoken,' zegt Mertens.

'Jij?'

'Bij Vinkeveen en in het Oostvoornsemeer. In Nederland zie je meestal niks. Onder water is het altijd mistig. Je duikt in een soort dunne erwtensoep.'

'Sadomasochisme is het.'

'Je hoort jezelf keihard hijgen. En als er gevaar is kun je bijna niets want je kunt je amper bewegen in zo'n pak met al die apparatuur aan je lijf.'

'Zie je wel.'

'Caissonziekte, daar had ik ook altijd allerlei visioenen van. Dat je bloed verandert in cassis en je een gruwelijke dood sterft door al die belletjes.'

Bingsten kijkt met een steeds benauwder gezicht naar de duikers die langzaam onder het wateroppervlak verdwijnen.

'En die jongens,' zegt hij, 'weten nota bene dat ze op zoek zijn naar een mens. Dat duikt dan op uit die groene mist van jou. Zo'n geest.' Bingsten steekt zijn handen diep in zijn zakken en trekt zijn schouders op.

'Ik heb gezegd dat ze alle met wier begroeide fietsen mogen laten liggen. Ik wil alleen wat er net pas ligt.'

Ze wachten en staren naar de luchtbellen die in grote hoeveelheden tussen de golven verschijnen.

'Gelukkig waait het niet zo hard,' zegt Mertens. 'Anders zie je daarbeneden helemaal niks.'

'Dat lijkt me eigenlijk nog het griezeligst. Dat je ineens een hand tegen je aan voelt, dat je ineens met je neus boven op zo'n opgeblazen waterlijk hangt.'

Mertens schudt haar hoofd en probeert het beeld van zich af te zetten. Een lichaam dat lang in het water heeft gelegen is inderdaad niet fraai om te zien. Elk lichaam gaat zwellen, trouwens. Ze was eens bij een man die al een paar weken dood was voordat iemand erachter kwam dat hij overleden was. Zijn buik was groen uitgeslagen door de rotting in zijn darmen en de huid op de benen was deels losgelaten door blaasvorming.

Geen koffie straks, denkt Mertens. Geen croissant van de bakker. Ik kan mijn maag beter even leeg houden. Tot haar ergernis ziet ze alweer een journalist aankomen. Hoe weten ze toch dat ze hier aan het werk zijn? Niet veel later stopt een busje naast café De Pont en stapt een hele cameraploeg uit. Ze kan er niets tegen doen. Het publiek heeft recht op informatie, en dat houdt kennelijk ook in dat journalisten met hun camera's boven elke beweging van de recherche mogen hangen. Misschien moet zij met haar team eens op het bureau van een redactie gaan zitten. In een kringetje achter het beeldscherm van de schrijvende verslaggever die zijn stukje typt. En dan onderling bespreken wat er geschreven wordt. Of het klopt. Of het goed verwoord is.

Ze gromt als even later een flinke hoeveelheid luchtbellen aan de oppervlakte verschijnt.

'Het zal toch niet...' zegt Bingsten terwijl ze dichter naar de waterkant lopen.

'Shit,' zegt Mertens. 'Dus toch.'

Twee kikvorsmannen komen naar boven met een glanzende metalen telescoopladder. De journalisten komen in beweging. Schrijven voor je leven, jongens, denkt Mertens. Filmen alsof je er een Oscar mee kunt winnen.

'Godver,' zegt Bingsten hartgrondig. 'Die hadden we bijna gemist.'

Mertens snuift. Kon toch ook verdomme niet anders. Waarom heeft ze dat niet meteen bedacht? Je hangt die vent op en gooit de ladder over het hek. Het snelst. Het gemakkelijkst. De minste kans op sporen. Als er al iets aan bewijsmateriaal aan zat is dat er inmiddels ongetwijfeld afgespoeld, maar je weet nooit. Dat ding moet straks onderzocht worden met een loep zo groot dat haar blinde oma het bewijs nog had gevonden.

Ze lopen op de vondst af. De duikers zijn al bezig het bewijsmateriaal in een vrachtwagen te leggen.

'Wacht,' roept Mertens en ze gaat in de laadopening staan. 'Zie je dat?' vraagt ze aan Bingsten. Hij knikt. Aan de zijkant van de ladder zitten een paar lange slierten grijze tape.

'Nog verder zoeken?' vraagt de commandant.

'Voor de zekerheid,' antwoordt Mertens. 'Nu jullie er toch zijn.'

Ze lopen terug naar de waterkant. Terwijl ze wacht gaat haar telefoon.

'Is het al zeven uur?' vraagt Bingsten terwijl ze opneemt.

'Goedemorgen lieverd.' De stem van haar moeder is zachter dan anders.

'Is alles goed met je?' vraagt Mertens.

'Ik ben moe.'

'Ga dan nog even naar bed.'

'Ik heb slecht geslapen.'

'Na het ontbijt even een tukje doen, mam.'

'Ik denk dat ik nog even ga liggen.'

'Goed zo.'

En haar moeder heeft alweer opgehangen. Zondag maar even langsgaan, denkt Mertens. Klagen over vermoeidheid is niets voor moeder.

Ze staan nog een halfuur te wachten en Mertens heeft steeds meer moeite haar geduld te bewaren. Weer dertig minuten verkloot. En dat terwijl de eerste achtenveertig uur cruciaal zijn.

'We gaan,' blaft ze tegen Bingsten, die haar al de hele tijd grijnzend aankijkt. Hij kent haar beter dan haar lief is, verdomme.

Ze rijden terug naar het bureau om de auto van Bingsten te parkeren en rijden daarna door naar het NFI voor de lijkschouwing van Marc Gaullier.

In de auto zwijgen ze, ieder verzonken in eigen gedachten. Mertens doet haar oortjes in en belt de verschillende betrokkenen om de agenda's en werkzaamheden op elkaar af te stemmen. Bingsten overlegt intussen met de eigen teamleden om te vragen hoe het met het onderzoek gaat. Mertens overweegt nog even Barbara Ruigbot te bellen over de persconferentie van gisteren en de ochtendkranten van vandaag, maar wat valt er eigenlijk te zeggen? In haar hoofd loopt ze na of ze nu echt niets meer over het hoofd ziet. De autopsie, dat is op dit moment even het belangrijkst. Ze denkt aan de dichtgelijmde mond en kan niet ontkennen dat ze uitziet naar het onderzoek.

Ze weet dat Bingsten er een hekel aan heeft om bij de lijkschouwing aanwezig te zijn. Haar doet het niet veel. Het moet nou eenmaal. Samen met de forensisch arts onderzoeken ze immers twee kanten van dezelfde dood: wat vertelt het lichaam, en wat vertellen de andere aanwijzingen? Het is belangrijk hiervan zelf getuige te zijn. Nog belangrijker is het om de informatie die eruit volgt zo snel mogelijk in de rest van het onderzoek te gebruiken. Dat is waarom zijzelf zou willen dat de autopsie alvast voorbij was: niet omdat het te gruwelijk is, maar omdat ze haast heeft. Altijd haast. Waardoor je dingen vergeet. Over het hoofd ziet. Dodelijk, die foutjes.

'Hier de afrit nemen,' zegt Bingsten en instinctief geeft ze een ruk aan het stuur. Kijkt daarna pas of ze kan gaan en geeft richting aan.

*

Het is stil in de kantine van het Damstede. Dinsdagochtend, halfnegen. De meeste scholieren zitten in een les terwijl de eindexamenkandidaten vlak voor het examen nog zenuwachtig een koffie in de kantine halen.

‘Moet ik nou blij zijn dat we de makkelijkste vakken het eerst hebben of juist niet?’ vraagt Sophie aan het groepje meiden dat bij Kyra aan het tafeltje zit. ‘Eigenlijk had ik wel met de moeilijkste willen beginnen, dan had ik dat maar vast gehad.’

‘Zo krijg je anders wel lekker veel zelfvertrouwen,’ antwoordt Luna. ‘Mij bevalt het wel.’

‘Vijf examens in drie dagen,’ zegt Kyra. ‘Lekker tempo. Donderdag en vrijdag en het weekend vrij.’

‘Ik heb deze week nog M&O,’ verzucht Sophie. ‘Ik wou dat ik vier dagen vrij had.’

‘Morgen kunst,’ zegt Kyra. ‘Dat is niet moeilijk.’

‘Cultuur van de kerk, hofcultuur, burgerlijke cultuur, massacultuur.’ Chantal kijkt er dodelijk vermoeid bij.

‘Hartstikke veel leerwerk, hoezo niet moeilijk?’ Sophie is het zoals zo vaak niet met Kyra eens. ‘Ik ga.’

‘Wacht.’ Kyra houdt haar tegen. ‘Ik wil een lijst opstellen van meisjes die bij Gaullier extra lessen hadden.’

Gek genoeg is de dood van Gaullier een prima aanleiding om af te maken wat ze een paar maanden geleden begonnen is. Het lijstje namen hangt op haar kamer, naast de foto van de dode man aan de galg.

‘Pardon?’ Luna weer, die zou nog uit haar vel springen als ze ten huwelijk gevraagd wordt.

‘Ik wil zelf onderzoek doen,’ zegt Kyra. ‘En we zullen de politie toch iets moeten vertellen. Ze komen het toch wel te weten, van die lessen. Dat het allemaal op het randje was. Of misschien over het randje.’

Ook Wim kan nu niet meer negeren wat ze al die tijd geleden al aan hem heeft verteld over Gaullier.

‘Hier hebben we het gisteren al over gehad,’ zegt Luna. ‘Wat overdrijf jij ineens. Hoe erg was het nou precies?’

‘Kom op,’ zegt Kyra. ‘Wees eerlijk. We weten allemaal dat het best erg was.’

Niemand zegt iets.

‘Dat vind jij,’ zegt Sophie ten slotte.

'Inderdaad.'

'Natuurlijk komen ze er niet achter. Wie zou het dan vertellen? Niemand.' Sophie kijkt haar kwaad aan.

'Ik wil gewoon een lijstje maken. Kijken of er een verdachte bij zit.'

'En ons op dat lijstje zetten?' zegt Luna bits. 'Doe effe normaal jij.'

'Zeg ik toch niet?'

'Jezus.' Chantal is ook pissig. 'Je doet net alsof er iets gebeurd is waar wij mee te maken hebben en waardoor Marc vermoord is. Waar heb jij het over?'

'Ik vond dat hij zich aan mij zat op te geilen,' zegt Kyra. 'Daar was jij toch ook bij? Dus wil ik een lijstje opstellen. Misschien dat er iemand geflipt is. En dat zou de politie moeten weten.'

'Mooi niet,' zegt Luna fel. 'Dat gaat ze geen zak aan.'

'Kyra, kom op,' valt Sophie Luna bij. 'Hij heeft toch niemand verkracht of zo? Ik denk dat we hier onze tijd niet mee moeten verdoen.'

Luna en Sophie schudden hun hoofd. Chantal zucht.

'Naaktmodellen schetsen.' Kyra wrijft met haar handen over haar wangen. 'En dan vragen of wij ook allemaal naakt gaan omdat het anders zo gênant is voor het model. Ik bedoel, sorry hoor. En hij er maar tussendoor lopen in zijn doorschijnende linnen hemd.'

'Je doet net alsof het smerig was!' roept Sophie. 'Dat was het helemaal niet!'

'We zouden allemaal een keer poseren,' zegt Luna. 'Allemaal. Logisch.'

'Jezus,' zegt Kyra. 'Jullie zien toch zelf ook wel dat dat niet normaal is. Echt raar was dat.'

'Vond ik helemaal niet. Toen niet in elk geval. Jij brengt het alsof... alsof... weet ik veel...'

'Het was gewoon altijd heel bijzonder, Kyra.' Chantal glimlacht melancholisch. 'Weet je nog die keer dat we naar de zonsopgang gingen kijken bij Het Twiske? Toen we daar een uur op die dijk hebben zitten mediteren? Dat was wat Marc deed. Allemaal van die bijzondere dingen. Omdat je moest voelen van hem. Ervaren.'

'Ik kreeg altijd zo'n *Dead Poets Society*-gevoel van hem,' zegt Luna.

'Hoe?'

'Je weet wel. Die ouwe film met Ethan Hawke. Heb ik met mijn moeder zitten kijken. Ook zo'n docent die met een groepje leerlingen allemaal bijzondere dingen doet.'

'Zoiets als *Freedom Writers* bedoel je?' Chantal glimlacht tevreden omdat ze bij het onderwerp kan aanhaken.

'Bizar,' zegt Kyra terwijl ze met haar ogen rolt. 'Bizarre dingen wilde hij. Bijzonder, maar dan eng. Trouwens, jullie willen toch ook dat die klootzak die dit heeft gedaan wordt gepakt?'

Waarom is zij de enige die het ziet? Waarom begrijpen ze haar niet?

'Ik vind dat we niet slecht over Marc moeten praten,' zegt Sophie. 'Hij was alleen maar anders dan de andere leraren. Hij wilde ons dingen laten voelen, niet alleen uit boekjes leren. En hij was echt betrokken. Geïnteresseerd. Moeten we hem daar nu voor straffen?'

'Over mezelf schrijf ik op dat we gezoend hebben,' zegt Kyra dwars. 'En een soort van gevreeën. Geen echte seks, maar strelen, voelen, dat soort dingen. Toen hij verder wilde gaan ben ik afgetaaid.'

'Wanneer was dat?' vraagt Sophie met een kwade blik.

'Een jaar geleden denk ik, iets langer misschien.'

'O, vorig jaar, nog voor de zomervakantie dus.'

'Ja, klopt,' zegt Kyra nadenkend. Sophie lijkt opgelucht.

'Chan?' vraagt Kyra.

Chantal tekent met haar vinger rondjes op tafel. 'Zoenen,' zegt ze na een tijdje. 'Verder niks. Hij vertelde over de fantasieën die hij over me had. Dat vond ik spannend. Maar uiteindelijk wilde ik niet. Ik vond hem toch veel te oud, weet je. En ik dacht ook: wat heb ik eraan? Als ik eraan toegeef is de spanning eraf, dan stopt het. Ik vond het spelletje leuk. Maar op een gegeven moment dwaalde zijn aandacht af naar andere meiden.'

'Oké,' zegt Kyra zakelijk. 'Loen?'

'Ik zeg niks, ik vind het gelul.'

Iedereen kijkt naar Sophie, die een kleur krijgt.

'Nee, nee,' zegt ze. 'Alsjeblieft. Ik wilde niets met hem. Ik wilde gewoon les. Leren. Ik dacht dat ik misschien mijn eigen cd-cover kon ontwerpen, dat soort dingen.'

Sophie heeft haar droom om te zingen duidelijk nog niet opgegeven. Na een superkort avontuur bij *The Voice of Holland* waar ze toch landelijke bekendheid mee wist te krijgen, werkt ze nu aan een eigen repertoire om mee te kunnen doen aan *De Beste Singer-Songwriter*. Prima, vindt Kyra. Overdreven, vinden de meeste vriendinnen.

'Andere namen?'

'Ik vind echt dat we hierover helemaal niets moeten zeggen,' zegt Luna nog een keer, nu feller. 'Het heeft gewoon niks met ons te maken. Ik wil me concentreren op mijn examen. Ik heb helemaal geen zin in dit gedoe. Waarom is hij niet twee weken later vermoord, zeg, na de examens.'

Kyra staart Luna met grote ogen aan.

'Bijzonder,' zegt ze. 'Die redenering.'

'Het is bijna negen uur.' Sophie staat op om aan te geven dat ze weg moeten gaan. 'De politie zoekt het maar uit. Ik bedoel, sjezus, het is toch niet iemand van óns die hem heeft vermoord?'

*

Het lichaam van Gaullier ligt naakt en bleek op ontleding te wachten.

'Tja, dat valt natuurlijk meteen op,' zegt de arts als Mertens en Bingsten de ruimte binnenkomen. Hij wijst naar de borstkas van de dode, waarop een aantal inkepingen zijn gemaakt.

'Met een heel fijn mes gemaakt,' stelt de arts.

'Geen letters, toch? Het lijkt ergens wel een M of tweemaal een N,' zegt Mertens.

'Volgens mij staat er niks,' bevestigt de arts. Hij glimlacht onzeker. 'Nou, dan ga ik maar beginnen.'

De autopsie blijkt een proef in zelfbeheersing. De forensisch arts bestudeert het lijk uitermate zorgvuldig. De wat gezette man, kaal met een grijze krans haar rondom zijn kruin, behandelt het lichaam alsof het van glas is. Hij werkt nog niet zo lang bij het instituut, maar Mertens heeft eerder een lijkschouwing van hem bijgewoond. Ook toen wilde ze hem toeschreeuwen een beetje vaart te maken. Verwondingen. Sporen van beknelling. Blauwe plekken. Incisies. Alles wordt gefotografeerd en uitgebreid beschreven.

De arts kijkt de rechercheurs aan en wijst naar de hals van het slachtoffer. 'Rode striemen,' zegt hij. 'Maar let op, de striem is keurig recht, zie je? Hij is dus niet verhangen, dan had de striem omhooggelopen, tot hier achter de oren.'

Hij wijst op de blanke, gave huid hoog in de nek van Gaullier.

Mertens knikt. 'Duidelijk.'

De arts bestudeert de binnenkant van de oogleden.

'Petechiën,' zegt hij. 'Kleine rode stipjes, daar. Zie je vaker bij verstikking.'

De arts zet het onderzoek voort. Mertens kijkt van zo dichtbij mogelijk toe. Bingsten staat iets verder weg.

Straks wordt de witte man op de ijzeren tafel opengesneden. Bloed. Roze vlees. Geel vet. Hoe vaak heeft ze het al niet gezien? Hart, longen, lever, maag, darmen, hersenen. Het enige interessante is de mond. Begon hij daar maar alvast aan. Ze wachten ongeduldig terwijl de arts verdergaat met zijn werk.

'Snijwonden,' zegt hij. 'Ondiepe, rechte lijnen op de borst.'

Hij beschrijft de verwondingen en laat alles vastleggen. Daarna pakt hij eindelijk zijn scalpel om ook de binnenkant van het lichaam te gaan bekijken. Hij tikt met de achterkant van het mesje tweemaal op de metalen tafel.

'Ik begin met de mond,' zegt hij. 'Die is dichtgelijmd.'

Hij neemt een paar monsters en begint daarna uiterst voorzichtig de lippen van Marc Gaullier open te snijden. Tussendoor tikt hij weer tweemaal met de achterkant van het scalpel op de tafel. Bingsten wrijft geërgerd met zijn handen over zijn gezicht. Trek je niets aan van die tic, zou ze hem willen zeggen, maar ze houdt wijselijk haar mond. Nu kan hij elk moment de kaken van elkaar trekken, de tong en de tanden aan een grondig onderzoek onderwerpen, maar hij blijft snijden. Snijden. Twee tikken met het mes. Nog verder snijden. Met toonloze stem geeft hij commentaar.

‘De lippen zijn met een flinke hoeveelheid lijm aan elkaar geplakt. Ik tref verschillende lagen, alle goed uitgehard.’

Dan schieten de kaken los en een penetrante lucht vult de ruimte. De arts deinst terug. Hij vergeet zelfs te tikken.

‘Verdomme,’ roept Bingsten. ‘Wat is dat?’

‘Feces,’ zegt de arts.

‘Stront,’ zegt Bingsten. ‘Heeft-ie zijn mond gevuld met stront?’

De arts knikt. ‘Daar lijkt het wel op.’

‘Die arme vent is dus gestikt in stront?’ vraagt Bingsten. ‘*Holy smoke*. Verdomme zeg.’

De arts begint de mondholte leeg te lepelen en Mertens probeert niet door haar neus te ademen. Probeert niet te denken aan de doodsstrijd die deze man gevoerd moet hebben. In plaats daarvan probeert ze zich voor te stellen wat voor monster zoiets doet. Hoe een mens een ander mens zoiets aan kan doen.

‘... de tong is weggesneden,’ hoort ze de arts zeggen. Tik. ‘De feces zijn...’ – hij lepelt en lepelt, de stank is niet te harden – ‘doorgedrongen tot in de neusholte, en de luchtpijp.’ Hij richt zich tot de rechercheurs. ‘De sporen van geweld rond de mond, de kaak en de neus die ik net beschreef zullen hiermee te maken hebben.’

‘Hij heeft de tong weggesneden, de mond volgepropt,’ zegt Mertens. ‘Daarna de lippen ingesmeerd met lijm, de kaken op elkaar geduwd tot de lijm droog was, en is toen de neus dicht gaan knijpen. Zie ik dat goed?’

Bingsten draait zijn hoofd weg en Mertens hoort hem nogmaals vloeken.

‘In het rapport stel ik mijn definitieve conclusie,’ zegt de arts. ‘Maar ik ben bang dat je er niet ver naast zit.’

‘Dit is de eerste keer dat ik als moordwapen een hoop stront tegenkom,’ zegt Bingsten onthutst.

‘Wel heel vriendelijk van de dader, om zijn DNA achter te laten.’ Mertens knikt naar de arts.

‘Natuurlijk onderzoeken we dat,’ zegt hij.

Na het onderzoek drinken ze koffie met de forensisch arts. Mertens brandt haar vingers zowat aan de hete drank die dwars door het dunne plastic heen gloeit en ze probeert het bekertje bij de rand vast te houden.

'Hij was zeker vierentwintig uur dood toen hij opgehangen werd,' zegt de man. 'Hij moet vastgebonden zijn – af te leiden uit de verkleuringen op zijn polsen, enkels en hals – en gemarteld voordat hij stikte. In zijn maag vond ik, naast wat ontlasting, alleen resten van yoghurt en muesli en koffie. Ontbijt, neem ik dan maar aan. Verder een kerngezonde man.'

'We zitten dus met een vermiste tong,' stelt Mertens.

'Inderdaad,' antwoordt de arts. 'Ik had nog even verwacht die in de maag aan te treffen, misschien in stukjes, maar helaas.'

'Helaas,' herhaalt Bingsten.

De arts haalt zijn schouders op. 'Nou ja, hoe zeg je dat?'

'Tijdstip van overlijden?' vraagt Mertens.

'In de nacht van zaterdag op zondag. Ik zal een zo nauwkeurig mogelijke tijdspanne in mijn rapport opnemen.'

'Bedankt,' zegt Maud Mertens terwijl ze de laatste slok koffie achteroverslaat. 'Ik wacht met spanning op je rapport.'

# – 9 –

Het hol is schoon. Klaar voor een nieuwe ronde, het volgende slachtoffer van zijn lijst. Verkeerd woord, slachtoffer. Alsof je medelijden zou moeten hebben. Er is geen plek voor dat soort gevoelens. *Meedogenloos.* Hij zou het op een van de muren moeten schrijven. Liefst recht voor de smoel van zijn prooi. Hoe groter de angst, hoe alomvattender het genot, heeft hij de laatste weken geleerd. Laten ze hem maar uitlachen. Laat ze allemaal maar medelijden met hem hebben, hem niet aan durven kijken van schaamte en schuld. Laat ze hem maar negeren of hem hooguit, uit een misplaatst gevoel voor rechtvaardigheid, in hun nabijheid gedogen. Laat ze maar. Die argeloze gekken. Ze denken dat hij op de grond crepeert terwijl zij ergens boven hem zweven. Niemand weet wie hij diep vanbinnen werkelijk is. Die lieve jongen. Wat de macht is die hij over het hele zooitje narcisten heeft.

Het mooiste is dat hij zich zo rustig voelt de laatste tijd. Ja, hij was woedend. Maar niet meer. Het is weg, die smeulende lava. In plaats daarvan is keihard steen gekomen. Niks kan hem meer raken. Niet nu hij een plan heeft. Een levensdoel.

En dan de bonus. Hij had nooit verwacht dat het genot zo intens zou zijn. De huid die toegeeft aan de druk van het mes. De fijne rode lijn. Bloed als ultiem bewijs van zijn macht. En dan het allerbeste: de angst. De trillende, kotsende en pissende angst.

Hij schroeft de smalle plank aan de muur en stapt tevreden achteruit om het resultaat te bekijken. Perfect. Hij pakt de pot met de tong op sterk water en zet hem op de plank. Het is een schitterend gezicht. Uitlichten van onderen zou nog mooier zijn. Hij gooit zijn hoofd naar achteren en lacht.

Jammer dat hij van het eerste stel niets heeft, maar goed, hij leert nog. Daar bedenkt hij wel wat voor. In gedachten deelt hij de plank op. Een stuk of tien potten op een rij. Minimaal twee rijen als hij nog een plank ophangt en dat is voorlopig meer dan genoeg. Tegen de tijd dat zijn *wall of fame* vol raakt, is hij een echte professional en dan houdt helemaal nooit meer iemand hem tegen. Dan wordt het tijd voor de volgende fantasie. Het echte werk.

Hij laat zijn hand even over de gladde zitting van de stoel glijden, controleert de riemen en de kettingen die hij aan het gevaarte bevestigd heeft. Verschuift de katoenen lap die over de rugleuning hangt en stelt zich voor hoe het zal gaan. Hoe hij de bewusteloze man vast zal snoeren. De angst op het gezicht als hij wakker wordt en door begint te krijgen in wat voor shit hij verzeild is geraakt. Het moment dat de urine op de grond spat. De ultieme vernedering. Het verzet. Hoe het spel begint.

# – 10 –

'Vertel me nou maar eens een keer hoe het komt dat je zo snel ter plekke was,' zegt Mertens als Kyra Slagter tegenover haar zit. Bingsten schenkt drie plastic bekertjes koffie in. Met een klap slaat ze de map met de briefjes waarop toestemming voor de gesprekken is gegeven dicht. Het is de tweede dag dat ze op het Damstede docenten en leerlingen vragen stellen en ze heeft het gevoel dat het allemaal nergens toe leidt.

Ze is moe en geïrriteerd en ze heeft nog een lange dag te gaan. Voorlopig kan ze niet veel met de bevindingen van het NFI. Het is nu wachten op de resultaten van het lab. Wachten, niet iets waar ze goed in is. In de tussentijd wil ze zo veel mogelijk leerlingen interviewen. Iemand moet iets weten. De broer van Gaullier heeft de namen van de zakelijke relaties in Brussel gemaild. Daar wil ze vandaag ook nog achteraan.

Tot nog toe heeft nog geen enkel gesprek iets opgeleverd. De docenten die ze gisteren sprak vonden Gaullier allemaal een prima collega, een toffe docent, een aardige man. Bevlogen, betrokken, spande zich in voor kansrijke én kansarme leerlingen, nooit te beroerd om dat beetje meer te doen – kortom, een held. Uit de leerlingen komt überhaupt niet veel. Wel is duidelijk dat ze hem allemaal bewonderden.

Met een licht verveelde toon in haar stem vertelt Kyra het verhaal dat Mertens eerder al van Jarno Slagter heeft gehoord. Dat haar broer het lichaam vond en meteen haar belde. Dat ze er snel was. Blijkbaar is zij – en haar broer trouwens ook – zo iemand die bij een ongeluk stil gaat staan, die snel de fiets pakt en naar een brand rijdt. Een kijker. Later zal ze files veroorzaken op de snelwegen.

Ze praten over school en Kyra blijkt eindexamen vwo te doen, en is er zeker van dat ze gaat slagen. Ze staat gemiddeld een zeven. In de derde is ze blijven zitten.

'En volgend jaar?' vraagt Mertens, terwijl ze eigenlijk niet goed weet waarom ze het vraagt.

Kyra valt even stil. 'Wilt u niet liever meer weten over Gaullier dan over mij?' zegt ze. 'Ik kan u best veel over hem vertellen.'

'Zoals wat?' vraagt Bingsten.

'Nou, om te beginnen hield Marc Gaullier er een hele berg liefjes op na. Het was een verschrikkelijke charmeur.'

Maud Mertens gaat meteen rechtop zitten en leunt voorover. God, waarom heeft nog helemaal niemand hier iets over gezegd?

'Hij kon echt heel geïnteresseerd in je zijn,' zegt Kyra. 'Alleen duurde die interesse nooit lang.'

'Hoe weet je dat?' vraagt Mertens. Ze kan niet geloven dat deze belangrijke informatie niet eerder boven water is gekomen. Oké, dit is pas de tweede dag van het onderzoek, maar het kan toch niet anders dan dat zijn collega's dit wisten? En als Kyra het weet dan weten andere leerlingen het toch ook?

'Ik weet het gewoon,' zegt het meisje. 'Iedereen weet het, maar niemand praat erover.'

Maud Mertens wiebelt met haar been. Als Marc Gaullier grondig en veelvuldig naast de pot gepist heeft dan kan dat iets zijn. Dit kan zeker iets zijn. Maar is het waar?

'Zou je ook iets van bewijs kunnen leveren voor jouw theorie?'

Uit haar ooghoeken ziet Mertens dat Bingsten zijn ogen nadenkend samenknijpt. Ze weet dat hij het kind nu meteen flink onder druk zou willen zetten, maar ze vindt het nog te vroeg. Ze schraapt haar keel en kijkt hem kort aan.

'Ik heb geen foto's van geheime ontmoetingen of zo,' zegt Kyra. 'Ik ben geen privédetective. Maar het is echt waar. Ik weet het zeker. Vraag het maar aan Chantal, of aan Sophie Verster. Die zullen het bevestigen.'

'Je baseert je mening op een verhaal van een vriendin van jou?'

'Natuurlijk niet.' Kyra gaat vooroverzitten en legt haar beide handen plat op tafel. 'Marc Gaullier had een schilderclubje. Hij nodigde leerlingen die hij goed vond uit bij hem in het atelier en dan gaf hij ze les. Er gaan de wildste verhalen rond over die avonden. Daar geloof ik niet alles van, maar ik weet zeker dat hij bijvoorbeeld af en toe een naaktmodel had. Meestal een oud-leerling, soms een leerling.'

Kyra kijkt haar verwachtingsvol aan.

'Nou ja, dat gebeurde natuurlijk niet elke week, hè,' vervolgt ze. 'Dat waren de exclusieve avondjes, voor een klein groepje.'

'Een genootschap?'

'Dat klinkt kinderachtig. En alsof het meer inhield, maar dat is niet zo.'

Mertens begint het idee te krijgen dat Kyra misschien zelf wel straalverliefd op de man is geweest, maar geen kans bij hem maakte. Heeft ze daarom zo'n hekel aan hem? Is ze daarom bereid om zijn vuile was buiten te hangen?

'Marc kon heel overtuigend zijn,' zegt Kyra rustig. Ze haalt een hand door de lange blonde paardenstaart. 'Hij praatte tijdens de lessen vaak en veel over allerlei dingen. Gaf graag zijn interpretatie van de wereld, die hij bekrompen en kleingeestig vond. "Daar staan wij boven, daar heb ik jullie op uitgezocht," zei hij.'

'Zei hij?'

'Ja, dat zei hij. Zo legde hij het uit. Hij gaf ons het gevoel dat we met zijn allen heel bijzonder waren. Zo bijzonder dat anderen ons nooit echt zouden begrijpen. Hij had allemaal van die handige theorietjes.'

'Je was erbij?'

Kyra trekt haar handen van de tafel, houdt ze open omhoog en trekt haar schouders weer op.

'Ik was erbij, ja. Ik heb een tijdje bij dat clubje gezeten. Maar ik had er al snel geen zin meer in.'

'Je hebt zelf opgezegd?'

'Ja.'

'Was daar een aanleiding voor?'

Kyra lijkt even te twijfelen voordat ze antwoord geeft. Ze speelt met het puntje van haar rommelige paardenstaart.

'Kijk, als Marc je wilde versieren, dan zei hij dat je een groot talent was. Dat er iets speciaals was aan jouw manier van werken. Hij kon heel overtuigend zijn. Hij had het dan over je talent laten rijpen en vertelde over zijn eigen loopbaan. Iedereen weet dat hij vet geld heeft verdiend met die kunstwerken van hem en wie wil dat nou niet, zijn geld verdienen met een beetje schilderen? Hij kon er ook voor zorgen dat je een expositie kreeg. Of dat je werk verkocht zou worden in zijn galerie, of andere bekende galeries. Dat heeft hij ook voor Juliëtte Jansen gedaan en die is nu best bekend. Dus begrijp je, dat is verleidelijk. Je trapt er snel in. Dan kreeg je bijles van hem. In zijn atelier. Meestal moest je voor hem poseren. Ik wel tenminste. Maar goed, ik ben ermee opgehouden voordat er iets gebeurd is. Ik voelde me er helemaal niet fijn bij. Zijn vrouw was soms gewoon thuis als hij dit soort dingen in zijn atelier deed. Ik vond het gewoon... ja, smerig eigenlijk. Ik denk dat ik aanvoelde dat hij alleen maar spelletjes speelde. Kinderachtige spelletjes, als je het mij vraagt. Je mocht een paar rondjes meedoen en dan moest je weg. Het leidde allemaal nergens toe.'

'Hoe lang heeft dat tussen jullie geduurd?'

'Er heeft niks geduurd. Ik was lid van het clubje, een maand of drie, vier, denk ik. Elke woensdagavond schilderen. En ik denk dat ik een keer of vier privéles van hem heb gehad, meer niet. Je zou kunnen zeggen dat er iets heeft gesmeuld. Maar er was geen vuur.'

Mertens krijgt een steeds viezere smaak in haar mond en dat ligt niet alleen aan de slechte koffie. Als Kyra daadwerkelijk getuige is geweest, als ze uit eerste hand kan verklaren wat er speelde, dan hebben ze echt iets bruikbaars in handen.

'En je weet zeker dat hij dit ook met andere meiden deed?'

'Ja, hij deed het altijd. Maar – dat moet ook gezegd – ik denk echt niet dat hij met die meiden naar bed ging. Dan zou hij ontzettend in de problemen komen als docent. Hij nam risico's, maar wist wel waar de grens lag. Denk ik.'

'Wat gebeurde er dan wel?'

'Een hele hoop erotisch om elkaar heen draaien. Allerlei aanrakingen, onder het mom van aanwijzingen. Beetje zoals een tennisleraar dat zou kunnen doen, of een golfleraar. Vlak naast je gaan staan, mooie vloeiende bewegingen maken, houtskoollijnen vervagen, met zijn lange vingers over de heupen op de tekening gaan, of over de borsten, zacht wrijven om de illusie van een ronding aan te brengen. Met een hard stuk kool een donkere lijn plaatsen, om iets te accentueren, een rand onder een bil, of in een dijbeen. Filosoferen over welke keuzes je maakt in het beeld, de compositie, waar het donker en licht is, hoe je unieke persoonlijkheid naar voren komt in wat je maakt. Nog dichterbij komen staan, zodat zijn lippen je wang bijna raken. Dat je weet: als ik me nu omdraai, een klein beetje maar – dan zoenen we.'

Er valt een stilte.

'Kijk, ik weet het zeker van mezelf...' – ze telt op haar vingers – 'en van Luna, Chantal en Sophie. Die zijn ook lid geweest van het schilderclubje. Luna was dat nog steeds. En van een paar andere meiden vermoed ik dat er iets broeide, maar ik weet het niet honderd procent zeker. Je praat niet met iedereen over die dingen.'

Bingsten zet met een klap zijn plastic koffiebeker neer.

'Stel voor ons een lijstje met namen op,' zegt hij.

Kyra knikt langzaam.

'Oké,' zegt ze. 'Ik zal het er met de meiden over hebben. Dan weet ik zeker dat er niemand vreselijk in de problemen komt.'

'Nou...' begint Bingsten.

'Liever niet,' zegt Mertens stellig. 'Ik heb die lijst zo snel mogelijk nodig. Nu, eigenlijk.'

'Ik heb examen,' zegt Kyra op haar horloge kijkend. 'Scheikunde begint zo.'

Examen. Daar valt weinig tegen in te brengen.

'Vanavond,' zegt Mertens. 'Mail het me.'

'Daar heb ik wel even tijd voor nodig,' stamelt Kyra. 'Vanavond lukt nooit. Ik moet ook leren voor kunst morgen.'

'Is er nog meer dat we zouden moeten weten?'

Kyra schudt haar hoofd. 'Ik denk het niet,' antwoordt ze.

Mertens en Bingsten knikken haar gezamenlijk – keurig synchroon – gedag.

‘Wat heb jij met dat meisje?’ vraagt Bingsten. ‘Je bent veel te aardig tegen haar.’

‘Ik vraag haar net die lijst meteen te maken.’

‘Het is toch geen vriendin van Roos?’

‘Roos zit nog steeds op school in Zuid. Die kent helemaal niemand in Noord. Wil ze ook niet.’

‘Ik verhoor haar de volgende keer wel,’ zegt Bingsten nors. ‘Beetje de druk opvoeren kan geen kwaad.’

*

Als Kyra de deur achter zich dichttrekt, beseft ze dat ze er niet aan ontkomt de rechercheurs een lijstje te geven. Uiteindelijk. Die Bingsten lijkt haar een man die vriendelijk overkomt, maar keihard kan zijn. Hij kneep de hele tijd zijn ogen tot spleetjes en hing achterover in zijn stoel, de armen over elkaar geslagen. Waarom heeft Wim dan ook niets met haar verhaal gedaan? Hij had meteen in actie moeten komen. Niet bang moeten zijn dat wat er tussen hen gebeurde aan het licht zou komen en in verband zou worden gebracht met de praktijken van Gaullier. Dat had nou eenmaal niets met elkaar te maken en niemand wist ervan.

Goed, ze zal een lijstje aan de rechercheurs geven, maar dan niet van haar vriendinnen, maar alleen van de meiden met wie er zeker niets speelde. Dan kunnen ze aan de slag, Mertens en Bingsten, en dan heeft zijzelf wat meer tijd om de andere meiden vragen te stellen. Ze twijfelt kort of ze wel de juiste beslissing neemt, maar als ze zich de woede van haar vriendinnen inbeeldt, weet ze dat ze voorlopig niet anders kan. Snel sprint ze door de gang naar het gymlokaal. Examen nummer drie.

# – 11 –

## *Kildermorie, Schotse Hooglanden*

*Het meisje kromp ineen. Hoe kon ze zo idioot zijn het voedsel daar te laten liggen? Ze keek naar het broodzakje alsof ze het met magische krachten naar zich toe kon trekken. Ze moest het hebben. Het verlangen was groter dan de angst. Voorzichtig duwde ze zich een klein stukje naar voren en stak haar hand uit.*

*Toen ze het ronde gezicht van een blonde vrouw boven de grond zag verschijnen slaakte ze ongewild een kreet van angst. De vrouw krijste van schrik terug.*

*'Jezus!' riep ze, nadat ze uit beeld verdwenen was. 'Ik zei het toch? Phil!'*

*Het meisje schoof snel terug, zo ver mogelijk naar achteren, tot ze klemvast zat tussen het immense rotsblok en de aarde. Ze bibberde over haar hele lijf en sloot haar ogen, zachtjes en onverstaanbaar voor zich uit prevelend.*

*'Het is een kind,' zei het mannenhoofd dat nu voor de opening hing.*

*'Of een puber, een jonge vrouw misschien,' zei de vrouw. Ze sprak met een of ander snerpend accent. 'Kom meisje, kom naar buiten, wat doe je daar in vredesnaam?'*

*De man trok de broek naar zich toe.*

*'Zijn dit nou haar kleren? Mabel, is ze bloot naar binnen gekropen?'*

*Mabel lette niet op haar man – dat deed ze al jaren niet meer – en probeerde te zien wat het meisje had willen pakken. Langzaam, geheel tegen haar voorzichtige aard in, liet ze zich op haar buik zakken en schoof iets naar voren zodat ze het zakje naar zich toe kon trekken. Het meisje in de spelonk piepte en gromde tegelijkertijd, maar ze verroerde zich niet.*

*'Voedsel,' zei Mabel na een tijdje. 'Daarvoor komt ze wel naar bui-*

*ten.' Ze legde een stuk van het brood boven op het zakje, schoof het iets naar binnen en wachtte af. Er gebeurde tien minuten niets.*

*'Maar wanneer?' vroeg Phil ten slotte.*

*Mabel trok een pruillip. Typisch Phil. Met slechts twee woorden haalde hij haar heldendaad naar beneden.*

*'Wat is jouw plan dan?' vroeg ze op een toon zo zoet als baklava.*

*'Praten?'*

*'Praten?' sneerde Mabel. 'Jij?'*

*'Of jij,' zei Phil schouderophalend. 'Of we bellen de politie.'*

*Van angst kon het meisje niet goed denken. Het enige wat ze wilde was verdwijnen. Opgeslokt worden door het grote rotsblok en onzichtbaar zijn, onkwetsbaar. Ze was verlamd van paniek bij het idee dat mensen vragen zouden gaan stellen, dat ze het verhaal moest vertellen waar ze nog niet eens één seconde aan wilde denken. De pijn die dat deed was ondraaglijk. Net als de schaamte. De schuld.*

*Ze had geen idee hoe lang ze al rondzwierf. Weken. Maanden. Haar hele leven, leek het. Er was maar één ding belangrijk en dat was lopen. Zo snel mogelijk. Zo ver mogelijk. Veilig zijn. Weg, weg, weg van alles en iedereen. Ze wist ook niet meer waar ze vandaan kwam. Of misschien wilde ze het niet meer weten. Ze herinnerde zich haar vader en moeder. Hoe ze een eeuwigheid geleden tussen hen in liep. Haar handen elk in een grote sterke hand, hoe die haar met een grote zwaai lieten vliegen, het gevoel in je buik als je van hoog in de lucht terug naar de aarde viel, en hoe je dan weer veilig landde. Hoe die handen je nooit zomaar loslieten.*

*'Lief kind,' zei de vrouw weer en ze bleef doorpraten. Er waren meer mensen bij gekomen. Eerst had ze geprobeerd er niet op te letten, maar dat lukte niet meer nu er voor haar gevoel een hele menigte voor de spelonk stond. Ze had auto's aan horen komen. Er klonken mannenstemmen. Hard, zakelijk.*

*Ga weg, zei ze in gedachten. Laat me.*

*De vrouw kwam steeds terug. Ze lag daar al een hele tijd, eerst met het brood, later zelfs met koek, met chocolade. Die lekkernijen had ze weerstaan. Met een immense krachtsinspanning. Haar angst was te groot. Toch leek de vrouw niet op te geven. Ook nu lag ze weer op de grond, pratend, babbelend. Zin na zin van onverstaanbaar Engels gooide zij de spelonk in. Maar het meisje beheerste die taal niet. Kom, ga, ja, nee, doe dit, doe dat – dat soort woorden kende ze, de bevelen, de verwensingen. Ze had een pesthekel gekregen aan de overdreven klanken.*

*Toch zat er een warme toon in de stem van de vrouw. Het meisje hield er niet van om getroost te worden, uit angst om in een miljoen stukjes te breken, maar er was iets met die stem. Het zachte. Ronde. Vriendelijkheid, dat was het. Vriendelijkheid.*

*Afschuwelijk.*

*Toch sloot ze haar ogen en ze luisterde. Ze nam de onbegrijpelijke woorden in alsof het pijnstillers waren. Ineens, als in een vlaag van gekte, wilde ze dat die vrouw haar vasthield. Als een moeder. Met handen die over haar hoofd zouden strelen. Over haar rug zouden wrijven. De vrouw zuchtte, liet haar voorhoofd even op haar handen rusten en stond toen moeizaam op en verdween.*

*'Nononono,' zei het meisje met een vreemd dikke stem. Ze herkende haar eigen geluid niet meer. Ze had zo lang gezwegen. Maanden. Of was het jaren? Had ze ooit gesproken?*

*Het vriendelijke gezicht kwam terug.*

*'Kom,' zei de vrouw weer. 'Kom naar mij.' De klank was zo warm, zo zacht, zo... liefdevol. Ze begon te trillen. Ze wilde niet, durfde niet, maar ze kon niet anders. Ze moest. Voorzichtig schoof ze iets vooruit. En nog iets. Tot ze niet verder kon omdat haar voet klem zat. Ze probeerde haar voet te draaien, en haar been, maar dat lukte amper. Ze was zo ver naar achteren gekropen. Had zich zo ver, met zoveel kracht die grot in geduwd. Nu kon ze niet meer terug naar buiten. Ze trok uit alle macht haar been naar voren, maar er zat geen beweging in.*

*'Goed zo,' spoorde de vrouw haar aan. 'Kom.'*

*Het meisje klauwde met haar handen naar voren, probeerde zich af te zetten met haar vrije voet. De vrouw schoof naar voren en greep haar hand. De menselijke aanraking veroorzaakte een siddering door het lijf van het meisje. De oudere vrouw trok. Zelf zette ze zich uit alle macht af, maar het hielp niet. Haar enkel brandde van de pijn, maar ze schoof niet het kleinste stukje op. Ze zat vast. Muurvast. Tussen de aarde vol met stenen en een immens rotsblok. Duizenden kilo's drukten haar naar beneden, vertelden haar dat het allemaal geen zin had. Dat ze niet ontsnappen kon, wat ze ook probeerde. Iets wat ze al die tijd wel geweten had, diep vanbinnen. Ze voelde zich moe worden, dodelijk moe. Ze had zo ver gelopen, was zo ver gekomen, had zoveel doorstaan, en nu zou het allemaal hier eindigen, onder een tonnen zware grafsteen, in een kille stenen bankschroef. Ze sloot haar ogen. Sloot haar geest af. Het was genoeg geweest.*

## – 12 –

Mertens overweegt alle richtingen waarin haar onderzoek gaat en kijkt naar de startpagina van Google. Letters in primaire kleuren. Een lege witte balk en een knipperende cursor, die hoe langer hij knippert des te harder lijkt te zeggen dat ze niet weet wat ze in moet typen. Waar is ze naar op zoek? Tegenwoordig kun je Google alles vragen. Een seconde overweegt ze *wie is de moordenaar van Marc Gaullier* in te typen. Ha, als het zo gemakkelijk was... *Marc Gaullier* dan maar. Gewoon beginnen bij het begin. Het is halfdrie en ze heeft het gehad met technisch onderzoek, met het interviewen van duffe docenten en naïeve leerlingen, met media en collega's met allerlei vragen van zich afslaan.

Boven aan het zoekresultaat staat de webpagina van zijn galerie. Daaronder een groot aantal nieuwsberichten. Gisterenavond laat bekeek ze de uitzending van *Pauw en Witteman*, waar eindeloos gediscussieerd werd over veiligheid van docenten. Alsof al vaststond dat zijn dood verband hield met zijn werk. Stel je voor dat ze iets hadden geweten van de mond vol stront. Wat zou dat voor media-explosie teweegbrengen?

Ze klikt op de link van Gaulliers galerie. Niet omdat ze verwacht er een aanwijzing te vinden, maar omdat ze ineens bedenkt dat ze het werk van de arme man nog nooit heeft gezien. Sinds de lijkschouwing is ze meer gemotiveerd dan ooit om deze misdaad op te lossen. Misschien was hij wat te veel begaan met zijn leerlingen, misschien wilde hij ze te graag stimuleren om wat van hun leven te maken, maar zijn manier van sterven is zo gruwelijk geweest dat de man tenminste de gevangenneming van zijn nemesis verdient.

Wat maakte hij eigenlijk? Hollandse landschappen? Abstracte streepjes en stipjes? Portretten? Op de homepage staan naast een overlijdensbericht verschillende werken van Gaullier. Maud Mertens fronst terwijl ze de rest van de pagina bekijkt, waarop ook het werk van andere kunstenaars staat, onder wie inderdaad Juliëtte Jansen. Het werk van het meisje is abstract, in zachte kleuren, bijna waterig als een aquarel. Mertens klikt op de naam van Gaullier en ze fronst nog sterker als ze op de pagina komt waar zijn werk wordt getoond. Ze wrijft met haar handen over haar gezicht en duwt, zonder zich daarvan bewust te zijn, met de toppen van haar vingers haar mond in vreemde vormen terwijl ze naar het beeldscherm staart en nadenkt. Dan laat ze haar handen door haar halflange haar gaan, vouwt haar vingers boven haar hoofd in elkaar en leunt achterover.

'Niels,' roept ze na een tijdje.

Hij kijkt meteen op.

'Wat zeg jij hiervan?'

Hij komt naast haar staan, met zijn handen op haar bureau rustend.

'Oké,' zegt hij langzaam terwijl Mertens over de pagina scrolt. Hij knikt.

Gaulliers werk bestaat uit vrouwenlichamen. Een mix van figuratief en abstract. Sommige delen zijn levensecht geschilderd, heel fijntjes en precies, andere delen zijn vervormd en abstract. Op sommige schilderijen lijken uitgescheurde stukken van foto's in de schilderijen te zijn verwerkt. Jonge, nog niet volgroeide borsten, smalle tailles, minuscule slipjes, strakke billen, gladde venusheuvels, lange slanke benen; en dan de gezichten, stralend en eigenwijs, zoals Roos eruit zou zien als ze niet zoveel zwarte make-up zou gebruiken – allemaal zo... onschuldig is niet het goede woord, nee, het is meer dat je kunt zien dat het leven nog voor ze ligt, in plaats van al voor een groot deel achter ze. Alles kan nog. De mogelijkheden, misschien is dat het, dat je het gevoel krijgt dat alles nog kan. Een groots leven, gelukkig zijn, tevreden. Echte liefde, een stel kinderen dat van je houdt, ouders die lang en gezond leven en je onvoorwaardelijk steunen, vrienden met wie je je geest scherp kunt houden en magische momenten beleeft.

'Allemaal vrij jong,' zegt Bingsten. 'Voor zover je dat kunt vaststellen.'

Mertens zucht geërgerd. Als iemand zoiets van Roos zou maken... godsakke.

'Het wekt in elk geval de suggestie van jong,' zegt ze. 'Fris, onaangetast nog. Soort David Hamilton, maar dan gemixt met abstracte schilderkunst.'

'Hamilton.' Bingsten zegt het met een lage stem, waar een zekere grimmigheid in verscholen ligt die hij buiten de deur probeert te houden.

'Smeerlap,' zegt hij desondanks na een minuutje.

'Er staan geen prijzen bij.'

'Wordt vast heel goed voor betaald. Daar is een markt voor. Een grote markt.'

Ze bladeren zwijgend door de werken.

'Je kunt er niets van zeggen,' stelt Mertens vast.

'Je kunt er alles van zeggen,' antwoordt Bingsten. 'Maar je kunt er niets mee doen. Dit is niet strafbaar. Maar het geeft wel heel duidelijk weer hoe die man in elkaar zat. Ik ben bang dat die praatjesmaker Kyra Slagter een punt heeft.'

Maud Mertens knikt.

'Ik wilde mevrouw Gaullier toch nog een bezoekje brengen vandaag. Laten we dat nu maar doen. Kunnen we meteen het atelier bekijken. Is er al iets van een rapport van de TD?'

'Nog niet. Nog geen resultaten uit het huis of zijn computers. Niks.'

Ze kijken allebei nog naar het beeldscherm, alsof ze zeker willen weten dat ze het niet verkeerd hebben gezien, maar hoe Mertens ook door de kunstwerken bladert, het blijven allemaal portretten van naakte jonge vrouwen. Als ze teruggaat naar Google en op 'Afbeeldingen' klikt vindt Mertens meer werk van de kunstenaar. Ze leest de Wikipediapagina. In eerste instantie maakte Gaullier voornamelijk landschappen. Echt bekend werd hij pas toen hij vrouwen begon te schilderen, steeds naakter, steeds jonger.

*

Kyra kijkt om zich heen en ziet haar klasgenoten met rood hoofd en lichte paniek over hun examenpapieren gebogen zitten. Tot nog toe vond ze niets moeilijk. Nederlands is vast wel gelukt, tekenen van vanochtend ook en deze, scheikunde, heeft ze binnen, weet ze – tenzij ze helemaal gek is. Dat zijn er dus al drie van de acht, denkt ze, en straks sta ik buiten met hyperactieve klasgenoten die roepen dat ze alles vreselijk slecht gemaakt hebben en doen we een wedstrijdje wie het het meest verprutst heeft. Het drama Gaullier van gisteren is alweer vervangen door het drama van vandaag, dat eindexamen heet.

Ze staat op, stopt haar spullen in haar rugzak en levert de scheikundepapieren bij de docent in.

'Dat is snel,' zegt hij glimlachend.

'Ik ben klaar,' antwoordt Kyra schouderophalend. 'Sorry.'

Ze loopt de gymzaal uit, zonder achterom te kijken. Op de gang blijft ze staan. Wim heeft liever niet dat ze naar hem toe komt op school, maar ze besluit dat hij dit keer pech heeft. Ze wil hem spreken. Moet hem spreken. Het is gek dat hij haar gisteren niet even gebeld heeft. Echt belachelijk.

Hij zit niet op zijn eigen plek en ze loopt naar de lerarenkamer om te zien of hij daar is. Als ze hem ziet klopt ze op de openstaande deur. Hij staat te praten met de andere kunstdocent en beiden kijken met een vragende blik op.

'Willem,' zegt ze. 'Eh... heb je even?'

'Natuurlijk,' zegt hij met een afstandelijke glimlach. 'Ik kom eraan. Als je daar even wacht.'

Hij loopt naar het andere eind van de tafel om zijn papieren te pakken.

'Ik spreek je vanmiddag,' hoort ze hem verontschuldigend tegen zijn collega zeggen. 'Nu met het overlijden van Marc hebben sommige leerlingen even wat extra aandacht nodig.'

Net als ze overweegt snel weg te lopen, staat hij voor haar.

'Kyra. Wat kan ik voor je doen?'

Ze kijkt hem aan. Die grijsblauwe ogen, die blonde krullen. Hij is al vierendertig maar hij heeft de uitstraling van een jongen die net twintig is. Jong, maar wel zeker van zichzelf, vastberaden. Ze maakt zich los van zijn blik. Zijn handen houden de stapel papieren losjes vast. Zijn onderarmen zijn bedekt met een laag fijne, blonde haartjes. Ze ziet de spieren rollen als hij zijn arm beweegt. Spieren waarvan ze weet hoe die reageren als je ze streelt. Heel licht, onnoemelijk licht, zodat het bijna geen aanraking te noemen is.

'Ik dacht...' stamelt ze. 'Ik dacht dat we elkaar even moesten spreken. Nu met Marc en zo...'

'Dat begrijp ik,' zegt hij met een bijna niet merkbaar verveeld toontje, maar natuurlijk hoort ze het toch. Ze heeft die flinterdunne bedoelingen onder de oppervlakte altijd door. Hypersensitief is ze voor wat mensen niet zeggen.

'Ik moet me nu even concentreren op mijn verantwoordelijkheden,' vervolgt Wim. 'Juist door dat gedoe met Marc. En dan nog de examens en zo.'

Hij begint te lopen en ze loopt met hem mee.

'Thuis gaat het ook niet zo lekker,' zegt hij terwijl hij schichtig om zich heen kijkt.

'Dat begrijp ik,' zegt ze en ze probeert diezelfde verveelde toon na te bootsen, maar het lijkt erop dat Wim haar hint niet doorheeft. 'Had jij Marc nog gesproken?' vraagt ze zacht. 'Heb je nog iets gedaan?'

'Nee,' zegt hij kortaf. 'Daar was ik nog niet aan toegekomen.'

Hij wil nog steeds niet toegeven dat hij gewoon geen zin had om Marc te confronteren met wat Kyra hem in vertrouwen had verteld. Dat hij het hypocriet vond om dat te doen, terwijl het negeren van wat er gebeurde eigenlijk juist belachelijk was. Willem de Jong loopt zo snel dat Kyra moeite heeft hem bij te houden.

'Het is nogal een rare tijd,' zegt hij verontschuldigend.

'Dus...?' vraagt ze.

'Ik moet nog iets voorbereiden voor morgen.'

Ze knikt. Denkt aan kunst en biologie, die morgen voor haar op het programma staan. Vijf examens in drie dagen.

'Niemand kan het weten,' zegt ze.

'Misschien,' antwoordt hij, 'moeten we even...'

'Laat maar,' valt ze hem in de rede. Ze schudt haar hoofd en loopt weg, zonder om te kijken, en hij komt niet achter haar aan.

*

Deze keer hoeven ze maar één keer aan te bellen.

'Ik zag u al aan komen lopen over de dijk,' zegt Myrthe Gaullier en ze stapt opzij om de rechercheurs binnen te laten. Ze draagt geen make-up en toch is ze ontegenzeglijk knap. Van de kwetsbare soort. Die beschermd moet worden. De grauwe kleur van de dag ervoor is uit haar gezicht verdwenen en ze heeft een gezonde blos op haar wangen.

'Kom binnen,' zegt ze rustig. 'Wilt u iets drinken? Mijn tante is even boodschappen doen. Die is zo terug.'

'Heel vriendelijk, maar nee, dank u.'

Myrthe Gaullier gaat in de hoek van de bank zitten, waar ze zo te zien al even bivakkeert. Er liggen een deken, een krant en een paar tijdschriften. *Happinez. Flow. Linda.* Op de vensterbank staan een glas water, een glas met een bodempje thee en een grote koffiemok.

'Ik krijg geen hap door mijn keel,' zegt Myrthe Gaullier glimlachend. 'Dus is ze lekkere dingen halen.'

'U moet goed voor uzelf zorgen,' bevestigt Mertens. 'Dat is belangrijk in deze zware tijd.'

Ze houdt zich een minuut in en dan stelt ze de vraag waarvoor ze is gekomen: 'Wij willen graag even in het atelier kijken.'

'Is er al meer bekend?' vraagt Myrthe Gaullier. 'Over hoe hij...'

'Dat rapport hebben we nog niet binnen. Zodra er meer bekend is vertelt de familierechercheur u dat.'

'Hij komt vanmiddag,' zegt de weduwe tevreden. 'Hij heeft beloofd meer te vertellen over wat jullie allemaal doen, over jullie aanpak.'

'Is het goed?' vraagt Bingsten. 'Van het atelier? Dat we even rondkijken?'

'Uw collega's zijn ook al geweest.'

'Dat klopt,' stelt Bingsten. 'Dat was de technische recherche, die zoeken technisch forensisch bewijs. Wij zijn tactische rechercheurs.'

Myrthe Gaullier kijkt hem fronsend aan.

'Aha,' zegt ze.

'We willen graag een zo goed mogelijk beeld krijgen van uw man,' zegt Mertens. 'En van het werk waar hij mee bezig was in de periode voor zijn dood. Als we weten wat hem bezighield dan kunnen we misschien een aanwijzing krijgen over een motief, wat er aan de hand was.'

Myrthe Gaullier knikt. 'Ik begrijp het,' zegt ze. Ze staat op en pakt een briefje uit de la van de salontafel. 'De pincode van het slot en tegelijk het alarm. U kunt door de keuken naar buiten, de trap af naar beneden.'

Het atelier van Marc Gaullier is een langwerpig modern gebouw met veel hout, ijzer en glas, zeker vijftien meter breed, dat de hele waterkant beslaat. Er staan betonnen plantenbakken vol teer groen en vrolijk paarse voorjaarsbloemen. Bij de deur staat een ijzeren bord met het woord ATELIER uit het verroeste metaal gestanst. Mertens haalt de deur van het slot en de twee rechercheurs stappen het verlaten atelier binnen. Het licht is uit, en het ruikt er naar een mengeling van geurkaarsen en olieverf. Door de grote ramen aan de waterkant valt voldoende licht naar binnen om de ruimte een warme gloed te geven en toch rilt Mertens als ze om zich heen kijkt.

Tussen de twee ramen, voor de houtkachel en naast twee grote schildersezels, staat een grote leren fauteuil, donkerbruin, met een hoge rug en brede armleuningen, als een soort troon, streng en ongenaakbaar – een stoel waar je niet zomaar in durft te gaan zitten. Links langs de muur staat een grote hoeveelheid doeken in een kast die de hele wand bedekt. Ook tegen de kast staan werken geleund. De muur naast de deur wordt in zijn geheel in beslag genomen door een grote wasbak, wat tafels en planken met verf, kwasten, bakjes, doosjes, papier en andere materialen, ingeklapte schildersezels en bakken met grote vellen papier. Aan de muur rechts hangen twee grote werken van de meester zelf. Kwetsbare vrouwenfiguren, die in een blauwgroen mistig landschap lijken te staan. Waternimfen, denkt Maud Mertens. In de schemering van de dageraad zou je ze zo in een meertje kunnen zien verdwijnen.

'Jij die kant?' vraagt Bingsten met een hoofdknik naar rechts. 'Pak ik die kast daar.' Hij loopt naar de linkermuur en begint de doeken te bekijken. 'Waar zoeken we eigenlijk naar?'

'Geen idee,' antwoordt Mertens naar waarheid. 'Maar als je het ziet dan weet je wat je zocht.'

Zwijgend loopt ze door het atelier, naar de paar ezels die nog uitgeklapt staan. Op twee ervan staan werken. Ze staan zo opgesteld dat het werk het zonlicht vangt. Op de muur naast het raam hangen een aantal foto's.

'O,' zegt ze, als ze bij de grootste aankomt.

Bingsten kijkt op.

'Ik denk...' zegt Mertens en ze kijkt naar de foto's aan de muur en weer naar het portret. 'Ik kan me vergissen, maar ik denk dat dit een van zijn leerlingen is.'

Bingsten duwt een werk terug in de kast en komt naast haar staan.

'Je vergist je niet,' zegt hij. 'Alleen weet ik even niet hoe ze heet.'

Ze staren naar het onvoltooide portret van een jonge vrouw die in de bruine fauteuil zit. Ze leunt achterover, de armen voor haar lijf, de vingers losjes tegen de lippen, nadenkend naar de kijker starend. Naakt, op een ruimzittend slipje na, dat zodanig opzijgeschoven is dat een schaamlip zichtbaar is. Het werk is in zachte aardetinten geschilderd en heeft iets dromerigs. De kunstenaar heeft extra aandacht aan het gezicht besteed, waarvan met name de blik levensecht is.

'Tja...' zegt Maud Mertens. 'Het is knap geschilderd.'

'Smeerlap.' Niels Bingsten staat met zijn armen over elkaar geslagen naast haar. 'Daar in die kast staan er ook een paar van blote meisjes, maar jonger dan deze. Veel jonger nog.'

'Staat dit in het verslag?' vraagt Mertens. 'Kan ik me niet herinneren.'

'Het rapport is nog niet binnen. Maar in het korte verslag staat wel iets over naaktportretten, maar niet als iets bijzonders.'

'Wie heeft dat verslag opgesteld?' vraagt Mertens grimmig. Als ze ergens een hekel aan heeft dan is het wel aan mensen die geheel zelfstandig besluiten dat bepaalde details er niet toe doen. Het zijn juist de details waardoor je een zaak oplost.

'Geen idee.' Bingsten haalt zijn schouders op.

'Maak even wat foto's,' zegt ze terwijl ze haar telefoon uit haar jaszak haalt. 'En laat die op groot formaat printen. Ik wil dit in het overleg bespreken. Lijkt me duidelijk dat we hier meteen iets mee moeten.'

Ze draait zich om en loopt naar een van de grote ramen die over het water uitkijken. Een buurman hoost een roeiboot leeg met een half afgesneden plastic melkpak.

'Dag Kyra,' spreekt ze de voicemail van het meisje in. 'Ik moet je dringend spreken. Ik heb haast met de namenlijst waarover wij gesproken hebben. Bel me.'

Ze draait zich om en helpt Bingsten met het fotograferen van de kunstwerken. Als ze klaar zijn brengen ze het papiertje met de toegangscode van het atelier terug naar Myrthe Gaullier.

'Mag ik u nog iets vragen?' zegt Maud Mertens tegen de vrouw die met een tijdschrift op de bank zit. 'Iets persoonlijks.'

De weduwe kijkt de rechercheur met licht samengeknepen ogen aan. Mertens gaat op het andere uiteinde van de bank zitten. Ze legt haar handen in haar schoot en glimlacht voorzichtig.

'De kunstwerken van uw man,' zegt ze rustig. Ze doet haar best om elke vleug van een waardeoordeel uit haar toon te houden. 'Hoe is dat voor u als echtgenote?'

'Ik vind ze prachtig.'

'Afgezien van schoonheid,' zegt ze. 'Bent u er nooit verdrietig om geweest? Maakt het u niet onzeker?'

De kleine vrouw kijkt haar met grote ogen aan.

'Hoe kun je nou verdrietig worden om zoiets moois? Het raakt me, dat wel. Die schoonheid van die jonge vrouwen, dat is zo echt, zo puur. Dat kon Marc als geen ander, dat vangen, die echtheid.'

Ze schraapt haar keel.

'U heeft nooit woorden met uw man gehad over zijn relatie met zijn modellen?'

Myrthe Gaullier draait haar blik van rechercheur Mertens weg en kijkt naar buiten. Ze haalt diep adem, opent haar mond, maar wacht met spreken.

'Marc was een heel bevlogen mens,' zegt ze alsof ze heel lang over deze woorden heeft nagedacht. 'Hij was altijd scheppend bezig, uren achtereen kon hij in zijn atelier doorbrengen. Soms was hij dagenlang onaanspreekbaar, omdat hij helemaal in zijn werk opging. Dan stond hij tijdens het eten op en ging hij terug naar zijn doek omdat hij ineens begreep hoe iets moest, wat voor kleur het moest krijgen, of wat precies de nadruk moest krijgen. Ik kom zo terug, zei hij dan, maar dat was nooit waar. Zelfs de lessen op school kostten hem moeite als hij zo'n bui had, daar moest hij zich dan helemaal voor opladen.' Ze werpt haar blik op Mertens. 'Zijn werk verteerde hem. Dát vond ik moeilijk. Niet wat u bedoelt. Ik vond het lastig om machteloos toe te moeten kijken. In zo'n periode leek het alsof hij wegkwijnde. Hij begon pas op te krabbelen als het werk of de hele serie klaar was. Bij de vernissage was hij vaak weer de oude en dan stond hij iedereen stralend te woord, dan leek het alsof het hem allemaal helemaal geen moeite had gekost.'

Ze zucht.

'De mensen denken dat het makkelijk is, een schilderij maken. Soms werd er smalend over zijn werk gedaan. Dat hij gewoon een fotootje in reepjes scheurde en met wat verf op een doek plakte. Er zijn zelfs weleens critici geweest die hem ervan beschuldigden foto's op doek te laten printen en die dan over te schilderen. Ze begrijpen de combinatie van fijnschilderkunst en abstract niet. Allemaal zo onterecht. Heel naar.'

'Dus u zegt dat uw man geen relaties met zijn modellen onderhield?' Mertens zegt het dan maar duidelijker. Dit is een vrouw die je geen ontsnappingsroute moet bieden, dan is ze weg.

'Natuurlijk had hij relaties met ze,' antwoordt ze geërgerd. 'Met elke persoon van wie je een portret schildert, of wiens ziel je op het doek probeert te vatten, ga je een relatie aan. Het is heel intiem. Ineens werk je een halfuur aan iemands mondhoek, of ben je uren bezig om de blik in haar ogen precies goed te krijgen. Dat is heel persoonlijk. Dat moet wel.'

'Ik bedoel liefdesrelaties.'

'Pfff...' Myrthe Gaullier blaast haar ergernis weg en maakt een gebaar alsof ze een vlieg verjaagt. 'Wat doet dat ertoe?'

'Dus u wist het wel?'

'Ik ken de roddels, als u dat bedoelt. Die ken ik ja. Maar dat zijn roddels, hè. Vuige praat.'

'En de leeftijd van de modellen?'

'Allemaal ouder dan zestien,' snuift Myrthe Gaullier. 'Allemaal met toestemming geschilderd. Daar is niks onoorbaars aan.'

'Oké.' Mertens staat op. 'Hartelijk bedankt voor uw tijd.'

'Eén vraag nog,' haast Bingsten zich te zeggen. 'Waar was u het afgelopen weekend? Van zaterdagochtend tot en met zondagavond?'

# – 13 –

Het is jammer dat het bijna over is. De voorbereidingen geven hem zoveel lol dat het zonde is om ermee te stoppen, maar het is niet anders. Hij zit in kleermakerszit tussen de struiken. Met veel plezier heeft hij een paar maanden geleden, toen hij begon met het uitwerken van zijn plannen, zijn uitrusting voor dit soort operaties aangeschaft. Het is jammer dat hij uiteindelijk nooit in het leger heeft mogen dienen. Die ervaring had hij nu goed kunnen gebruiken, maar je ziet maar weer, uiteindelijk kun je jezelf ook alles eigen maken. Hij is een autodidact op alle gebieden. Het bevalt hem.

Langzaam brengt hij de verrekijker omhoog en hij houdt het ding voor zijn geschminkte gezicht. Heel even moest hij lachen toen hij voor de spiegel stond. Het was alsof hij zich verkleedde voor een feestje. *Dresscode: to kill,* dacht hij en hij herinnerde zich de vele feesten die zijn ouders vroeger gaven. Minimaal eens per jaar kreeg zijn moeder de kolder in haar kop en dan werden er tenten besteld en cateraars gebeld en muziek uitgezocht. Altijd met een thema. Altijd groots. Altijd een hossende, dronken menigte en uiteindelijk altijd hysterie. Zijn moeder die de laatste champagnefles naar het hoofd van zijn vader gooide. Een grote vaas met rozen die sneuvelde. Zijn moeder had een kwade dronk en het ergste was dat ze niet van haar fouten leerde.

De prooi zit met zijn vrouw in de woonkamer. Mooie vrouw, trouwens. Lang blond haar. Hij zoomt in. Even staat hij zich toe te fantaseren wat hij allemaal met haar zou doen als zij de prooi was, en dan zoomt hij weer uit. De haard brandt. De klootzak leest de krant en het wijf leest een boek. Ze zeggen niets. Jammer. Heeft hij al die moeite gedaan om die zender binnen te krijgen, en dan blijkt dat ze amper met elkaar praten. Hij hoort het ritselen van de krant. Het neerzetten van theekopjes.

'Ik ga naar bed,' zegt die lul ineens.

'Hmmm.' Die vrouw geeft geeneens normaal antwoord. Ze kijkt haar man niet aan. 'Kom zo. Even dit hoofdstuk.'

'Anders slaap je maar in de gastenkamer.'

'Hoeft niet.'

'Niet langer dan een kwartier,' zegt hij.

'Weet ik.'

Klootzak staat op en vouwt de krant zorgvuldig op. 'Je weet...'

'Ja. Ik weet het. Ik zorg ervoor dat je nog niet slaapt als ik naar boven kom. Ik weet het.'

De klootzak zegt niets meer en loopt de kamer uit. Hij probeert hem te volgen met de kijker, maar pikt hem pas weer op als hij in de badkamer zijn tanden staat te poetsen. Even richt hij de kijker weer op de begane grond. De vrouw zit nog steeds in de kamer te lezen. Zo gaat dit bijna elke avond. Iedereen heeft zijn rituelen. Gesprekken die eindeloos herhaald worden. Mijn god, zo is hij verdomme zelf ook geweest. Diezelfde soort stompzinnige conversaties heeft hij ook gehad. Ineens begrijpt hij waarom ze zo weinig tegen elkaar zeggen. Het hoeft helemaal niet. Het is al gezegd. Een keer of duizend.

Ja, nu staat ze op. Na een minuut of tien, zoals wel vaker. Volgens hem doet ze het gewoon om die lul te pesten. Het is een daad van verzet. Zodat ze weet dat hij die volle tien minuten twijfelt of ze wel op tijd zal zijn, of hij maatregelen moet nemen of toch niet.

Avondenlang heeft hij hier gezeten. Weken volgt hij hem al. Jaren eigenlijk, al was hij toen nog die lieve jongen en was het geen volgen, maar meer op de hoogte blijven. Zoals je elkaar in de gaten houdt op LinkedIn. Op Facebook of op Twitter. Je komt elkaar tegen op netwerkborrels, op recepties, zelfs op begrafenissen. Je hoort via via waar iemand mee bezig is. Dat is hij altijd blijven doen. Zijn vragen werden als vriendelijke interesse geïnterpreteerd. In werkelijkheid was het huiswerk. En niet te vergeten jaloezie, afgunst zelfs. Langzaam aanzwellend tot pure haat. Haat met een grote glimlach.

De vrouw poetst nu ook haar tanden. Hij telt de ramen en jawel, daar is de klootzak. Hij loopt door de slaapkamer. Sluit de gordijnen aan de andere kant van de kamer, om de hoek, en dan loopt hij naar het raam. Kijkt even naar buiten, de duisternis in, precies zijn kant op.

Tot snel, denkt hij grijnzend. Alles is klaar. Alle details kloppen. Nog even.

# – 14 –

Er is niets wat nog herinnert aan de gruwelijke vondst die haar broer hier gisterenochtend vroeg deed. Met Lot naast zich loopt Kyra tussen de volgestouwde fietsenrekken door naar het water. De hond snuffelt fanatiek aan de grond en blijft vervolgens in aanvalshouding staan. Meeuwen. Kyra draait zich om en kijkt naar de lantaarnpaal die naast het bankje bij het water staat. *Staging.* Komt bijna nooit voor.

*The Black Dahlia.* De moord op Elisabeth Short in 1947. Een van de eerste staging-gevallen uit de literatuur. Klassiek voorbeeld. Kyra heeft de zwart-witfoto's in een van haar boeken bekeken. De jonge vrouw was in tweeën gesneden. Ze lag langs een weggetje in het gras, haar handen met de palmen omhoog naast haar hoofd, als een baby. Haar mond van oor tot oor opengesneden. Haar onderlijf een paar decimeter van haar bovenlijf af, de benen gespreid. De seksuele agressie was duidelijk: mond, tepel en onderbuik waren met een mes bewerkt.

Jezus, wat zou het cool zijn als ze de moord op Gaullier oplost voordat die Mertens dat doet. Ze moet bewijzen dat ze het kan, dit soort raadsels oplossen. Want als ze dit kan, dan kan ze ook het andere. Het belangrijkste. Sarina.

Het wordt steeds donkerder. Vanuit het westen komt een donkerblauwe, bijna zwarte lucht aandrijven. Het lijkt alsof de wolken in de verte alles verzwelgen op hun pad, de kranen van de havens, de hoge gebouwen aan het IJ.

Kyra pakt een half doormidden gebeten tennisbal uit haar zak.

'Ga pakken!' Kyra gooit de bal richting de loopbrug naar het EYE en Lot stuift ervandoor. Bijna rent ze tegen een fietser aan, die eerst de hond en daarna Kyra uitscheldt. Kyra kijkt de gehaaste man na.

Hij fietst naar de pont, die net aanlegt. De laadbak wordt neergelaten en een zwerm voetgangers, fietsers en scooterrijders waaiert alle kanten uit.

Waarom heeft de moordenaar Gaullier zo opzichtig tentoongesteld? Hier, op deze openbare plek. Als hij het had gewild, had hij het lijk ook ergens in een bos kunnen verstoppen. In het Vliegenbos desnoods. Staging is zo zeldzaam. Komt in minder dan één procent van de moordzaken voor. Meestal gebeurt het om een doodsoorzaak te verbloemen. Om een moord op een roofmoord te laten lijken bijvoorbeeld. Dit is anders. Deze moordenaar kan toch onmogelijk denken dat het nu op zelfmoord leek. Eigenlijk is het zelfs meer *posing*, bedenkt ze. Nog zeldzamer. Dit lichaam is niet alleen maar gemanipuleerd, nee, het is expres op deze manier neergehangen. Het is een boodschap, en meestal zijn dit soort boodschappen seksueel.

*

Als een van de laatsten loopt hij de pont af. Bijna wordt hij omver gefietst door een of andere minkukel met haast. Hij trekt de capuchon van het sweatvest over zijn hoofd en stapt de kade op. Het gaat straks regenen, ziet hij, en niet zo'n beetje ook. Met één hand grijpt hij de panden van de legerjas bij elkaar en drukt die tegen zijn hals. Pokkenweer.

Bizar om te zien hoe alles hier gewoon zijn gang weer gaat. De pont meert aan. De passagiers doen het gebruikelijke wedstrijdje wie er het eerst aan wal stapt. De volgende lading wacht ongeduldig tot ze aan boord kunnen en doen op hun beurt het wedstrijdje wie het eerst zijn voet op het veer zet. Simpele zielen zijn het. Argeloze kuddedieren, allemaal.

Die blik op de smoel van Gaullier toen hij hem van zijn fiets trok. Hoe zijn ogen wegdraaiden nadat hij hem de kofferbak in had geslagen. Klepje dicht en daar ging die machteloze klootzak. Op weg naar zijn lot.

Terecht. Met zijn smerige knappe hoofd. Strontkop. Ha. Serpent.

Met zijn gluiperige, kleffe stem. Succesvol zakenman, succesvol kunstenaar, succesvol alles, godverdomme. Succesvol leugenaar. Oplichter. Succesvol aanrander. Hij mocht dankbaar zijn dat hij zijn tong had afgesneden en niet zijn lul.

*

Kyra staat een tijd om zich heen te kijken. Bestudeert de lantaarnpaal. Het bankje. Het kunstwerk – een grote tafel met twee immense stoelen – dat aan de kade staat. Ze draait zich om en loopt richting het filmmuseum. Een soort ruimteschip lijkt het gebouw, dat felwit afsteekt tegen de donkere lucht.

Boven op de brug draait ze zich om en blijft staan. In tegenstelling tot wat je zou verwachten toonde het lichaam geen tekenen van seksuele razernij. En waarom zulke waanzinnige risico's nemen? Hij kon gemakkelijk gezien worden. Vanaf hier, vanaf de pont, of door een late of juist vroege Noorderling. Hij liep een grotere kans sporen achter te laten. Deze moordenaar heeft al die gevaren voor lief genomen, alleen maar om... om te vernederen? Om aandacht te vragen? Om te laten zien waartoe hij in staat is? Om een lange neus te maken?

Hoe dan ook, het is iemand die durft. De hele daad is een vreemde verwijzing naar de historie van Amsterdam, naar een van de grootste kunstenaars die Nederland gekend heeft, en schreeuwt in feite: *fuck you!*

Ze kijkt om zich heen, probeert te bedenken wat de moordenaar gevoeld heeft toen die hier zijn werk deed. Opwinding. Tevredenheid. Wat beweegt die man?

Razende woede, zei Ella over de moord op Gaullier. Koele berekening. Ook. De moord is met de nodige voorbereiding gepleegd. Ella zei ook nog dat hij niet klaar was, de moordenaar. Wie heeft dan nog meer zijn woede gewekt? Wie staat er op zijn lijst? En als hij echt een lijstje heeft, wat maakt dan dat je daarop terechtkomt?

*

Hij vecht tegen de neiging om naar de lantaarnpaal te lopen. Hij kijkt de andere kant op, naar het filmmuseum. Daar, aan de andere kant van de kade, midden in de kluwen ijzer van de afgetrapte fietsen van de museumbezoekers, had hij de Batavus van Gaullier neergezet. Keurig onderhouden. Blinkend van degelijkheid. Zonder slot. Zoals hij al had verwacht had het ding daar nog geen dag gestaan en was in elk geval nooit door de politie gevonden.

Hij kijkt om zich heen. Forensen. Toeristen. Studenten. Een blond meisje met een donkere herder loopt de andere kant op, ze laat zich meevoeren met de stroom mensen die richting het EYE gaat. Boven op de brug staat ze stil.

Snel loopt hij het café binnen om te voorkomen dat hij toch bij de lantaarnpaal gaat staan. Hij zou willen weten of de energie daar nog hangt. Of hij zijn moment van glorie en voldoening nog steeds kan voelen als hij op die plek is.

Zijn geduld was ruimschoots beloond. Het dividend op zijn investering om Gaullier weken, maandenlang zelfs, te observeren was onvoorzien groot. En om hem juist te grazen te nemen toen hij op weg was naar Brussel was een briljante ingeving geweest. Het moest blijkbaar zo zijn.

'Cappuccino,' zegt hij tegen de serveerster. Ze kijkt hem met een hooghartige blik aan, maar glimlacht dan toch naar hem. Lach maar, meisje. Jammer dat jij niet blond bent. Of fijn juist. Voor jou. Nog niet. Het kost hem geen moeite zijn fantasie te beheersen. Dat komt nog. Eerst moet hij het verdienen. Door nog professioneler te worden. Meesterwerken. Daar moet het allemaal toe leiden. Afgezien van die eerste twee amateuristische schetsen, is hij met Gaullier niet zo gek van start gegaan. Voor zijn volgende prooi heeft hij een schitterend vervolg bedacht op zijn kunststukje bij de lantaarnpaal.

Hij had geoefend. Lang van tevoren. Logisch dat je voor zoiets in training gaat. Geen sporter die een medaille haalt zonder afzien. Toch was Gaulliers levenloze lichaam veel zwaarder geweest dan hij had gedacht. Hij had in de auto zitten wachten tot de pont richting Centraal Station vertrok. Dat het mistte was een teken. De bevestiging van wat hij al wist: namelijk dat het goed was wat hij deed, dat het moest.

Terwijl hij het lichaam uit de auto trok en over zijn schouder naar de lantaarnpaal droeg had hij niet aan zijn prooi gedacht. Het was alsof hij oefende. Tijd. Snelheid. Zandzak. Touw. De oefening was onpersoonlijk. Emotieloos. Pas toen die klootzak daar hing had het gevoel hem recht in zijn buik, zijn kruis zelfs, geraakt. Godverdomme, wat lekker was dat geweest.

*

Lot rent op haar af met de halve tennisbal in haar bek. Het wordt steeds donkerder. De regenbui kan nu echt ieder moment losbarsten.

'Kom,' zegt Kyra. Ze loopt terug richting het café. 'We gaan naar huis.'

Het begint te druppelen. Ze trekt de capuchon van haar jas over haar hoofd, kromt voorover en jogt langzaam langs het café, richting de sluis. Ze wil het profiel van de moordenaar op papier zetten, maar morgen heeft ze examen kunst en biologie.

Haar mobiel trilt en ze vist de telefoon uit haar broekzak. Het is een voicemailbericht van Mertens. Met haar serieuze politietoontje zegt ze dat ze het lijstje met namen wil hebben. Prima, maar dat wordt dan wel het lijstje waar haar vriendinnen niet op staan. Wim deed niks met haar waarschuwing over Gaullier. Hij beschermde zijn collega, en misschien zichzelf. Nu moet zij haar vriendinnen beschermen en bovendien eerst zelf onderzoek doen.

Op de Meeuwenlaan, nadat ze de sluis overgestoken is en langs de moskee is gerend, stopt ze noodgedwongen met rennen en vervolgt gehaast haar weg naar de Nieuwendammerdijk, naar het winkelpand van de oude zusters.

'Jij maakt je druk over de dader,' zegt Ella tegen Kyra terwijl ze in een grote pan met soep roert.

Kyra maakt de lijn van Lot los van de halsband. 'Die klootzak moet gepakt worden,' antwoordt ze.

Lot loopt naar de mand in de keuken en gaat met een zucht liggen.

'Misschien moet je naar de andere spelers in het verhaal kijken,' zegt Ella. 'Het is nooit het verhaal. Dat vindt Nine belangrijk, ik niet. Voor mij zijn het de personages, de karakters. Wanneer ze opkomen en wanneer ze van het toneel verdwijnen.'

'Oké,' zegt Kyra nadenkend. Ella zegt vaak dingen die ze later pas begrijpt.

'Ik heb een bakje soep klaargezet.' Ella kijkt haar goedmoedig aan. 'Neem maar mee naar huis.'

Kyra bedankt haar en vliegt de deur uit. Thuis roept ze, maar weer is het huis leeg, dus neemt ze de soep mee naar haar kamer. Eten en dan eerst kunst en later vanavond biologie. Tien minuten later pakt ze haar boeken en loopt naar Sarina's kamer, waar ze aan het bureau gaat zitten leren. Telefoon uit. Mac uit. Concentreren.

# – 15 –

'Ik weet dat de weduwe aangeeft dat de modellen allemaal zestien jaar of ouder waren. Maar wat als dat nou niet waar is?' Maud Mertens zwijgt geërgerd. Ze zit aan haar gehavende bureau vol kringen en krassen en kijkt Niels Bingsten veelbetekenend aan. Het is half-acht. Het team heeft de hele dag straf doorgewerkt. Ze houdt de telefoon iets van haar oor af. Bingsten zit aan het bureau tegenover haar en ze ziet hem verschillende keren zijn mond openen om iets te zeggen. Ze kijkt de andere kant op. 'Je maakt een fout,' besluit ze. Ze verbreekt de verbinding en kijkt op haar telefoon of Kyra Slagter nu eindelijk eens een berichtje heeft gestuurd. Niks. 'Kinderporno is niet de kant die Barbara Ruigbot op wil met Gaullier,' legt ze uit aan Bingsten. 'Vooral niet gezien al die publieke discussies die er al over zijn werk zijn gevoerd.'

'Dat lijkt me nou juist een reden om het wel te onderzoeken!'

'Ik weet het.'

'Seksuele handelingen met minderjarigen dan? Of met leerlingen van zijn school?'

'Ze vindt het een goed idee dat we dat spoor volgen, maar alleen als motief. Ze wil er richting Gaullier zelf niets mee doen.'

'Ze vindt het een goed idee? Als die zaak stinkt dan moet het tot op de bodem worden uitgezocht. Wat als die andere docenten het wisten? Of die Willem de Jong zelfs medeplichtig was? Ik zeg je, Maud, dit klopt niet.'

Bingsten zwijgt, maar ze hoort hem denken.

'Ook grachtengordel zeker, die Ruigbot,' moppert hij dan. 'Wat lach je?'

'Ik wist dat je dat ging zeggen,' zegt ze terwijl ze opstaat. 'Gaullier woonde niet aan een gracht, trouwens.'

'De dijk is de gracht van Noord. Daar wonen alleen blabla-figuren of mensen die een blabla-figuur willen zijn. Trouwens, die weduwe wil ik hier op het bureau uitnodigen. Ik vertrouw haar niet.'

Mertens knikt bedachtzaam en kijkt op haar horloge. 'We moeten gaan. Heb je het rapport van het NFI?'

Bingsten schudt zijn hoofd. 'Nog niet.'

Met allebei een kladblok in de hand lopen ze de kamer binnen waar het team zich verzameld heeft voor overleg. Maud vliegt door de feiten heen. Iedereen heeft uitstekend werk verricht en ze kan niet anders dan tevreden zijn over de uitkomsten, ook al is er weinig wat tot nader onderzoek aanleiding geeft. Het meest wordt verwacht van het onderzoek naar de poep. Misschien, heel misschien, is het DNA-profiel al opgenomen in de database.

Het team is het erover eens dat tot nog toe alleen het feit dat Myrthe Gaullier een nog vermogender vrouw is geworden een motief kan zijn.

'Maar dan dit,' zegt Mertens. Ze heeft het beste voor het laatst bewaard en staat met de posterprints met de recente kunstwerken van Gaullier in haar handen. Net als ze die wil ophangen gaat de deur open. Het hele team kijkt verbaasd op als de recent aangestelde burgemeester binnenkomt.

'Let niet op mij,' zegt hij. 'Ga gewoon door, alsjeblieft.'

De lange, magere man trekt een stoel bij en gaat zitten. Hij haalt een hand door zijn korte grijze haar en glimlacht.

'Ik ben er niet,' zegt hij.

Er valt een stilte waarin iedereen zijn adem in lijkt te houden. Dat een burgemeester onaangekondigd aanschuift tijdens een overleg is nog nooit gebeurd.

'Dus,' concludeert Mertens. Ze vraagt zich af of ze al het voorgaande nu ineens moet samenvatten. Ze besluit van niet. 'Het belangrijkste spoor is voorlopig dit.'

Ze hangt een paar posterprints van recente kunstwerken van Gaullier op. Iemand fluit tussen zijn tanden. Kennelijk is iedereen de burgemeester al weer vergeten.

'Oké dan,' zegt Thomas Kuipers. 'Die zijn jong.'

'De modellen – bijna allemaal leerlingen van hem – zouden allemaal boven de zestien zijn geweest,' licht Mertens toe.

'Dan heeft hij ze wat plastische chirurgie gegeven,' stelt Kuipers. 'Ze een beetje jonger gemaakt.'

'Het OM heeft liever niet dat we kinderporno als insteek nemen,' zegt Mertens met een zo neutraal mogelijk gezicht. Meteen steekt er een storm van protest op.

'Maar' – ze verheft haar stem – 'we zullen onderzoeken hoeveel Gaullier nu precies rommelde met zijn leerlingen. Kyra Slagter heeft daar al een verklaring over afgelegd. Misschien leidt het spoor naar een boze vader of jaloerse vriend.'

Mertens probeert een reactie af te lezen van het gezicht van de burgemeester, maar hij schenkt zichzelf met een pokerface koffie in.

'We weten dat hij speciale lessen organiseerde voor groepjes meiden,' vervolgt Mertens. 'Sommigen hadden privélessen. En blijkbaar hebben er ook flink wat voor hem geposeerd.'

'Geposeerd,' herhaalt iemand van Zeden geïrriteerd.

'Het is allemaal heel dubieus,' zegt Mertens. 'Maar in elk geval geldt dat we die meiden goed moeten ondervragen. Doelstelling nu is om ze aan de praat te krijgen.'

Ze wacht even.

'Ik zal de portretten doornemen met Kyra Slagter, zodat we weten wie erop staan. Zij moet ook achtergrondinformatie over die meiden hebben. Verder ga ik een verzoek indienen tot grootschalige inzet van Zeden,' vervolgt ze. 'Dit kunnen we niet alleen. Bovendien wil ik het snel.'

Bitter zucht. Hij lijkt de burgemeester met opzet te negeren. 'Doe je best, met die krappe budgetten.'

'Ik vraag zoveel budget aan als ik nodig heb,' zegt Mertens beslist. 'Wat mij betreft worden de gangen van Gaullier met een loep onderzocht zodat we bij de moordenaar uitkomen.'

Zo, dat is maar gezegd. Ten overstaan van iedereen.

De burgemeester staat op. 'Het is wat ongebruikelijk dat ik hier kom binnenvallen,' zegt hij. 'Misschien mag ik hier iets over zeggen. Eric Tijssen is op dit moment in overleg om te zorgen dat jullie capaciteit wordt uitgebreid. Tijdens het overleg morgenochtend schuiven we aan en dan worden de plannen gepresenteerd.'

Niemand zegt iets.

'Jullie krijgen dus hulp, wil ik maar zeggen.'

'Weet Tijssen dat u hier bent?' vraagt Mertens.

'Ik was toch in de buurt,' zegt de burgervader met een uitgestreken gezicht. 'Ik was al lang van plan een keer een overleg bij te wonen. Dit leek me een mooie gelegenheid. Morgen komt Tijssen alles toelichten.'

'Fijn,' zegt Mertens. 'Bedankt.' Ze probeert geen enkele toon in haar stem te leggen, maar weet niet of het lukt. Iedereen heeft de afspraak met Tijssen, de grote baas, die ochtend al in de agenda zien staan. Het bericht zoemde al een tijdje rond de bureaus en de koffiemachine.

'Ik wil de weduwe nogmaals ondervragen,' zegt Bingsten ineens. 'Vandaag nog. Jaloezie kan voor haar ook een motief zijn geweest.'

Mertens knikt. De burgemeester schraapt zijn keel. Iedereen kijkt zijn kant op.

'Ik wil me nergens mee bemoeien,' zegt hij alsof het niet zijn bedoeling was de aandacht te vragen. 'Maar persoonlijk zou ik me over andere dingen druk maken.'

'Ze is een belangrijke informatiebron,' verdedigt Mertens het plan van Bingsten. Of werd dat nou niet impliciet aangevallen?

'Goed,' zegt Mertens. 'Allemaal: praat niet over de zaak. Niet met je partner, niet je moeder, niemand. Dit moet uit de media blijven.'

'Ik help het je hopen,' zegt Thomas Kuipers. 'Gisteren stond er een cameraploeg voor de school.'

'Nog één ding,' zegt Mertens. 'We hebben contact gehad met de zakenpartners van Gaullier, de mensen die hem in Brussel zouden ontmoeten. Blijkt dat hij daar nooit aangekomen is.'

'Was te verwachten,' zegt Bingsten.

'Hij is iets voor zevenen de deur uit gegaan,' vervolgt Mertens. 'De afspraak in Brussel was om elf uur die ochtend.'

'Dan is hij dus rond zevenen verdwenen,' zegt Bingsten. 'Ervan uitgaande dat hij van huis meteen naar het CS is gereisd.'

'Tenzij hij uit de trein zelf is gehaald,' zegt Kuipers. 'Bij een van de tussenstations.'

'Kan,' zegt Mertens. 'Vooralsnog gaan we ervan uit dat hij tussen zijn huisadres en het CS ontvoerd is. Er wordt een team gezet op het navraag doen bij buschauffeurs die die ochtend op de route reden. Goed. Verder alles duidelijk?'

'Kan hij met de fiets zijn gegaan?' vraagt Myrna.

'Hij had een fonkelnieuwe Batavus,' zegt Bingsten. 'Die is inderdaad weg. Niet gevonden bij de pont, of elders op de route van zijn huis naar het CS. Buurtonderzoek op die route volgt ook nog.'

Mertens sluit af. 'Morgen. Acht uur. Met de baas dus. Voor vandaag zijn we klaar.'

'Shit,' verzucht de burgemeester. Hij kijkt naar het scherm van zijn mobiel. 'Shit.'

'Pardon?' vraagt Ivo Bitter.

De burgemeester houdt zijn telefoon omhoog, het scherm naar het team gekeerd.

'NOS bericht dat Gaullier een dichtgelijmde mond vol poep had toen hij gevonden werd.'

Mertens kijkt op de klok, net als de rest van het team. Het is even na achten. Dus de hele wereld weet het. Iedereen die het nieuws digitaal volgt, maar ook iedereen die gewoon het achtuurjournaal kijkt. Ze schudt haar hoofd en sluit haar ogen even.

'Hoe is dat mogelijk?' valt de burgemeester uit. 'Vertel me hoe dat kan.'

'Ik weet het niet,' zegt Mertens. Ze begint te zweten. 'Ik dring elke vergadering aan op geheimhouding. Er zijn zoveel mensen die het weten. Hier, bij het NFI, het lab, justitie...'

'Allejezus.' De burgemeester staat op en duwt zijn stoel met de achterkant van zijn knieën hard naar achteren, waarna hij zonder iets te zeggen de kamer uit beent.

'Dat wordt leuk,' zegt Kuipers droog. 'Succes, Maud.'

Als om te bewijzen dat Thomas Kuipers gelijk heeft begint Mertens' telefoon te jengelen.

'Niels?' zegt Mertens, die de oproep wegdrukt. Ze maakt gebruik van het feit dat iedereen tegelijk begint te praten en ze snelt het zaaltje uit. Bingsten komt haar achterna.

'Wat denkt hij nou?' vraagt hij. 'Iemand moet die gast even de regels van het spel uitleggen.'

'Nog nooit meegemaakt dit,' zegt ze. 'Een burgervader die aanschuift.'

'Fijne timing ook, met dat kaknieuws. Ik durf te wedden dat hij Myrthe Gaullier kent van de grachtengordel. Of de dijkgordel, of hoe je het ook noemen wilt.'

Mertens knikt ten antwoord. 'Wat doen we aan het lek?' vraagt ze.

'Niet op letten,' zegt Bingsten. 'Iedereen weet dat dit soort nieuws lekt. Vast een of andere laborant, of iemand van een postkamer, een systeembeheerder die de mail kan lezen – iemand die ergens laveloos in een café heeft staan lullen. Zo gaat dat. Je krijgt straks op je kop, net als iedereen, en dat was het. Trouwens, ik interview Myrthe Gaullier morgenochtend.'

'Prima. Ik haal Kyra Slagter erbij en zorg dat die lijst met namen er eindelijk komt.'

'Zeker nog niks van haar gekregen?'

Mertens schudt haar hoofd.

'Ik zei toch dat je haar veel meer onder druk moest zetten?'

Ze nemen afscheid en terwijl Mertens het bureau uit loopt belt ze Kyra. Voicemail. Dat schiet niet op, verdorie.

*

Aan de wand van de container heeft hij de kaart van Amsterdam gehangen. Op verschillende plaatsen heeft hij een rode punaise gestoken. De gracht. Het Amsterdamse Bos. De pont.

Hij is niet lang bij de pont gebleven. Dat hij uiteindelijk niet naar de lantaarnpaal is gelopen vervulde hem met een stille trots. Beheersing. Gaat samen met meedogenloos zijn. Anders verlies je de controle. Hij moet zichzelf blijven testen. Trainen.

Hij sluit de deur van het hol zorgvuldig en loopt door de lange loods naar de stacaravan die binnen, vlak naast de roldeuren, staat en waar hij sinds een jaar woont. Hij kijkt op zijn horloge. Net op tijd voor het achtuurjournaal.

Hij pakt een halve liter Heineken uit de koelkast, grist de afstandsbediening van tafel en laat zich tevreden op de bank vallen. Wat zouden ze nu weer over Gaullier hebben? Elke dag is hij wel in het nieuws. Of eigenlijk niet Gaullier. Hij is zelf in het nieuws. Iedereen praat over de moordenaar. De toedracht. Ze weten niets en daarom fantaseert iedereen er maar op los.

*Er worden steeds meer gruwelijke details van de moord op Marc Gaullier bekend*, zegt de nieuwslezer. *Zo blijkt nu dat de mond van de man was dichtgelijmd en dat hij waarschijnlijk gestikt is in... eh...*

Hij gaat rechtop zitten. Hebben ze dat bekendgemaakt? Nee, dat moet gelekt zijn. Schitterend!

*Poep*, zegt de nieuwslezer zichtbaar ongemakkelijk. *In de afgesloten mond van het slachtoffer is een hoeveelheid ontlasting aangetroffen. De recherche doet onderzoek naar de herkomst van het materiaal. Het slachtoffer miste zijn tong.*

Schitterend! In één keer drinkt hij het halve blik bier leeg. Nou gaat het feest beginnen. Met nog meer overtuiging zullen ze het gedrag van Gaullier in kaart brengen. En allemaal zullen ze op het verkeerde spoor belanden. Precies zoals hij had bedoeld.

*

Edwin heeft risotto gemaakt, met champignons en kaas. Hij serveert Maud een bord vol geurige rijst, toefje peterselie erop. Tevreden kijkt hij haar aan. Een grote man, beetje rossig, grote handen, grote grijns. Ze heeft het nooit hardop uitgesproken maar hij heeft haar gered van een diepe depressie toen de vader van Roos zo snel na haar geboorte ineens vertrok. Maud neemt een hap en daarna nog een slok van de pinot grigio die ze heeft opengetrokken.

'Ik vind echt dat je wat strenger moet zijn voor Roos,' zegt ze met haar mond vol. 'Ik wil dat ze door de week gewoon thuis eet. Ze heeft school morgen. Telkens zo laat gaan slapen is niet goed voor je brein.'

Terwijl ze het zegt kijkt ze op de grote metalen stationsklok die in hun moderne keuken hangt. Bijna halftien.

'Ze heeft het moeilijk met de verhuizing,' zegt Edwin rustig. Niets brengt hem ooit van zijn stuk. Rust en redelijkheid, dat kenmerkt hem. Allebei met een hoofdletter.

'School, dáár zou ze zich druk over moeten maken. Heb je nog gekeken hoe ze ervoor staat?'

'Ze zegt dat het goed gaat.'

'Maar heb je zelf nog ingelogd op Magister?'

'Dat kun jij toch ook doen?' Edwin leunt achterover, zijn overhemd staat strak over zijn buik gespannen. Hij zou moeten afvallen. Zij zou moeten afvallen. Ze neemt nog een hap.

'Ik heb die inlogcode toch niet,' moppert Mertens. 'Die heb jij.'

'Ik mail het je wel even.'

'Heb je nou gekeken of niet?'

'Nee.'

'Dat hadden we wel afgesproken, Edwin.'

'Ik heb er een hekel aan als je me ineens Edwin gaat noemen als we een discussie hebben. Het klinkt alsof je me straf geeft.'

'Hou op met die onzin. Je weet dat ik dat niet bedoel.'

'Als jij nou eens wat meer interesse voor Roos had en wat losser met haar omging. Je zit al dagen non-stop met je neus in die zaak. Roos heeft een losse hand nodig, geen strakke. En een beetje aandacht.'

Maud zet haar glas wijn op tafel. Ze probeert niet kwaad te worden. Ze moet toch in staat zijn om kritiek te accepteren. Feedback. Vanbinnen kookt ze.

'Ze draagt alleen nog zwarte kleding,' zegt ze. 'Elke ochtend tekent ze grote zwarte kringen om haar ogen. Ze heeft blauwe strengen in haar zwart geverfde haar. Ze is amper nog thuis en ze ziet zo bleek als... als... Ze gaat veel te laat naar bed.' Ze ziet hem zijn best doen om wat te zeggen maar ze geeft hem geen kans. 'En ik moet losser zijn? Nog minder van haar eisen? Iedereen kan zien dat het helemaal de verkeerde kant op gaat.'

'Dat uiterlijk is een fase. Ze zet zich tegen alles en iedereen af.

Zelfs tegen het brave uniform van haar vriendinnen uit Zuid. Ze is zichzelf. Daar moet je trots op zijn. En kijk...'

'Een fase? Een fase waar ze misschien nooit uit komt als het zo doorgaat.'

'Nee, kijk...'

'Straks ziet ze er niet alleen uit als een zombie, maar wordt ze er ook een, zo een met een fles in haar tas en een spuit in haar arm.'

'Bedankt voor je vertrouwen, mam.'

Ze draait zich vliegensvlug om en ziet Roos achter haar staan. Ze leunt tegen de deurpost van de keuken. Nonchalant. Zogenaamd onberoerd.

'Roos!' Mertens' stem hapert. Ze wil alleen maar dat het goed is, tussen hen, en met haar. Andermans geluk is een zware verantwoordelijkheid die ze meer dan serieus neemt. 'Ik...'

'Je hoeft het niet uit te leggen hoor. Ik weet allang hoe je over me denkt.'

'Roos. Ik bedoel alleen...'

'Kijk trouwens eens achter je, wilde ik zeggen,' zegt Edwin chagrijnig.

'Hou op jullie allebei. Verdomme! Je weet best wat ik bedoel, Roos. Ik wil alleen maar dat het goed met je gaat.' Ze roept het tegen een lege deuropening. Roos is al weg. Naar boven, naar haar kamer. Ze twijfelt of ze erachteraan moet gaan. Dat heeft ze eerder gedaan. Toen stond ze tegen een gesloten deur te schreeuwen. Dat de vorige bewoners van het huis een slot op die slaapkamerdeur hadden laten zetten was haar niet eens opgevallen toen Roos voor de verhuizing de kamer geclaimd had. En haar dochter is niet van plan dit privilege op te geven. Ook hierover heeft ze al heel wat discussies met haar dochter en met Edwin gehad.

Boos grijpt ze haar glas wijn weer en ze neemt een grote slok. 'Shit zeg,' zegt ze in een poging geen afgrijselijk scheldwoord te roepen en in de hoop dat Edwin haar geruststelt of zegt wat ze moet doen. 'Godver!'

# – 16 –

## *Woensdag*

'Kan ik je auto lenen?' vraagt Kyra als ze haar moeder 's ochtends vroeg in de keuken tegenkomt. 'Ik wil morgen even weg.'

Ze gaapt. De nacht leek op de een of andere manier korter dan anders. Sophie en Luna reageren niet op haar berichtjes. Mertens heeft twee keer gebeld en drie berichten gestuurd. De rechercheur wil het lijstje met namen hebben en alhoewel ze probeert dat te vertragen, gaat ze nu toch terugbellen. Met het nieuws over de poep in de mond van Gaullier is haar nieuwsgierigheid onhoudbaar geworden. Poep. Te smerig. Welke gek verzint zoiets? De tong wegsnijden en de mondholte vullen met poep. Niemand hoeft nu nog te twijfelen over de intenties van de moordenaar. Vernedering. Overkill.

Kyra ziet toe hoe haar moeder kip met groenten voor ontbijt maakt. Nieuwe rage: kwaliteitseiwitten, groente, fruit. Een soort licht avondeten als afwisseling voor het eeuwige eitje en het bakje yoghurt. De koolhydraten zijn al een tijdje in de ban. Getver.

'Jij zit midden in je examens,' zegt haar moeder. 'Dus hoezo wil jij even weg morgen?'

'Donderdag en vrijdag heb ik niks, maandag pas weer,' antwoordt ze. 'Ik wil morgen even mijn hoofd leegmaken.'

'Volgende week nog vier examens, toch?'

'Klopt.'

Haar moeder legt het vleesmes neer, steekt haar hand omhoog en telt op haar vingers. 'Donderdag, vrijdag, zaterdag, zondag. Precies vier dagen. Eén examen per dag voorbereiden.'

Ze kijkt haar dochter aan alsof de conclusie daarna zo logisch is dat ze het niet hoeft uit te spreken. Kyra gebaart: *dus...*

'Jij gaat morgen nergens heen.' Holly Slagter pakt haar mes weer op en concentreert zich op het snijden van kipfilet. 'Nog even volhouden, meis, dan kun je doen wat je wilt.'

Kyra sluit haar ogen. Die vanzelfsprekendheid waarmee haar moeder bepaalt wat ze wel en niet mag doen.

'Mam, ik ben straks om een uur klaar. Ik kan vandaag alvast met natuurkunde beginnen. Dan neem ik morgen even vrij.'

'Heel slecht idee. Je hebt net drie examens achter de rug...'

'Na vandaag vijf.'

'Nou, daar heb je het al. Dus dan is het slim als je vanavond even rust neemt en dan morgen keihard aan de slag. Ik ben de komende dagen ook thuis,' zegt haar moeder. 'Dus ik ga je morgen vroeg wakker maken, een ontbijtje klaarzetten en zorgen dat je gaat leren. Zal ik je overhoren? Zullen we de samenvattingen doornemen?'

O, alsjeblieft.

'Ik heb de laatste vier jaar alles alleen gedaan, mam,' zegt ze en ze weet dat het gemeen is, maar ze kan het gewoon niet laten. Nu ineens, op haar negentiende nota bene, begint ze de ideale moeder uit te hangen. Ze wil de woorden binnenhouden, maar het is alsof ze er geen controle over heeft. 'Dus die paar dagen kunnen er ook nog wel bij.'

Haar moeder kijkt verschrikt op, het mes in haar ene en een plofkipfilet in haar andere hand, en meteen heeft ze spijt. Waarom doet ze dit toch?

'Jarno heeft een kamer gevonden,' zegt haar moeder. 'Bij Stefan en Robin. Op de Mauritskade.'

Sjezus. Dus haar broer gaat uit huis.

'Hij kan er volgende week al in.'

Volgende week. Als zij met haar neus in de boeken zit is haar broer dozen aan het inpakken om te vertrekken. Mijn god, dan woont ze hier alleen. Alleen met haar afwezige vader en haar egocentrische moeder, die het ene moment niet in de gaten heeft dat ze überhaupt bestaat en het andere moment als een kloek boven op haar zit en haar wel even zal vertellen hoe ze haar leven moet leiden.

'En het maakt me niet uit wat jij allemaal te zeggen hebt,' zegt haar moeder pinnig. 'Tijdens je examens ga ik ervoor zorgen dat jou niets in de weg staat. Dit is belangrijk, schat. Voor de rest van je leven, en je kunt me van alles verwijten maar niet dit. Ik ga ervoor zorgen dat je het haalt.'

Zíj gaat ervoor zorgen dat ze het haalt. Zíj. Zodat zíj het op haar lijstje met activa kan bijschrijven. Ze is al zeven jaar aan het blokken en in de laatste week gaat zíj er in haar eentje voor zorgen dat ze het haalt.

'Doe normaal,' zegt ze bits. Alweer vliegen de woorden er tegen wil en dank uit. 'Ga jij je nu ineens met mij bemoeien?'

'Ik ken mijn verantwoordelijkheden. Doe niet alsof dat niet zo is!' Ineens schreeuwt ze. Typisch haar moeder, als het met rede niet lukt, dan maar met volume, hysterie.

'Ik vind het best hoor. Als je maar niet gaat zeggen dat ik het allemaal aan jou te danken heb. Ik sta dikke voldoendes. Ik kan voor mezelf zorgen!' Opeens staat ze ook te schreeuwen.

'Ik spreek jou nog, als je later volwassen bent!' gilt haar moeder terug. 'Als je begrijpt wat ik allemaal voor jou over heb gehad, wat ik heb opgegeven! Vier jaar ben ik thuis geweest. Voor jou, ja. Nu ga ik die laatste dagen niet ineens loslaten zodat jij er een zootje van kan maken!'

Wat? Thuis geweest voor haar? Voor háár? Ze was thuis omdat ze te lamlendig was om te bewegen. Omdat het gemis haar verteerde. Lamsloeg. Omdat Sarina de Kwetsbare vermist was. De dochter die ze eerst anorexia in had gejaagd met haar idiote mix van verstikken en tegelijk negeren wat er echt toe doet. De dochter met wie ze altijd ruzie had en die na haar verdwijnen ineens heilig was verklaard. Verdomme zeg.

'Naar je kamer,' zegt haar moeder. 'Nu.'

Kyra beweegt niet. Ze houdt haar adem in omdat ze op geen enkele manier durft te reageren.

'Aan de slag. En die computer uitlaten. Denk erom. Je telefoon, waar is die? Ah, ik zie hem al.' Ze grist de mobiel van tafel. 'Die houd ik maar eens even bij me.'

Mijn god, ze is gek geworden. Er welt een woede in haar op die als een tsunami in kracht toeneemt. Een breuk die ergens onder water een klein golfje in beweging zet en aanzwelt en aanzwelt. Niets zeggen. Niets doen. Niet reageren. Je kent dit gevoel. Je kent het toch? Dus waarom verbaast het je? Waarom laat je je op je kop zitten?

'Ik moet naar school,' zegt ze. 'Examen, weet je wel.'

Ze draait zich om en loopt de deur uit.

*

Kyra Slagter neemt haar telefoon nog steeds niet op. De tijd dringt en de hele wereld verwacht resultaat. Heeft ze iemand die haar cruciale informatie kan geven, is ze niet bereikbaar. Of nee, die meiden zijn vergroeid met hun telefoon. Kyra kiest er gewoon voor om niet te reageren. Thuis is het al net zo. Als ze Roos iets vraagt wordt ze ook genegeerd. Nee, niet genegeerd, Roos maakt steeds vaker de bewuste keuze haar wel te horen, maar alleen te reageren met een norse grom of het rollen van haar ogen.

Ze rekt zich uit, handen boven haar hoofd, leunt naar achteren en kijkt op de klok. Tien uur. Bingsten is samen met de familierechercheur naar de weduwe Gaullier. Zogenaamd om informatie te geven, maar in feite om te proberen ook informatie los te krijgen. Zelf probeert ze een spoor te vinden dat via het misbruik door Gaullier – mag ze het zo al noemen? – naar zijn moordenaar zal leiden, maar op de een of andere manier kan ze niet helder denken. Die gebroken nachten ook. Als ze niet over de zaak ligt na te denken, maalt ze over Roos.

Ineens staat Erik Tijssen naast haar bureau. Nooit zie je hem en ineens is hij vandaag niet weg te slaan. 'Maud, heb je even?'

Ze staat op. 'Natuurlijk.' Of zal ze zeggen dat ze het te druk heeft, met die onderbezetting van tegenwoordig? Ze voelt de ogen van haar collega's in haar rug branden als ze achter de baas aan loopt. Het is een lange, maar toch vierkante man, die bekendstaat om zijn militaire precisie en de verschillende zwarte banden in oosterse vechtsporten die hij volgens de geruchten heeft gehaald. Het team was vanochtend muisstil toen hij zijn praatje hield.

'Hier maar even,' zegt hij en hij houdt de deur van een vergaderzaaltje open. Ze ruikt zijn vaag zoete aftershave en zoals altijd verbaast ze zich over zijn zware Amsterdamse accent.

'Wat kan ik voor je doen, Erik?' vraagt ze. Beter maar de leiding nemen in het gesprek. Anders wordt ze zo snel het slachtoffer.

'Hoe kijk jij tegen het onderzoek aan, Maud?' Hij zit onbeweeglijk aan het bureau. Zijn natuurlijke gezichtsuitdrukking is grimmig. Het haar gemillimeterd. De handen ontspannen voor hem op het bureau.

'Ik wil graag onderzoeken of het werk van Gaullier, erotisch getinte portretten van jonge meisjes, een rol speelt in deze moordzaak,' zegt ze. 'De weduwe moet steviger ondervraagd worden. Ik wil de rol van de school, collega's en leerlingen, beter in beeld.'

Ze zwijgt even.

'Dat zijn de belangrijkste punten. Naast standaard buurtonderzoek en dergelijke.'

Tijssen knikt. Hij zegt niets. Ze trapt er niet in. Zwijgen doet hij namelijk altijd als hij probeert iemand een uitspraak te ontlokken. Ze wacht af. Voor haar gevoel een uur lang.

'Ik vind het belangrijk dat we uitvinden wie er naar de pers gelekt heeft,' zegt hij ten slotte.

'Ik ook,' antwoordt Mertens en als er weer een stilte valt trapt ze er toch in. 'Ik kan me niet voorstellen dat het bij mij vandaan komt.'

Tijssen staat op en leunt met beide handen op de rugleuning van de stoel. 'Ik verwacht je rapport daarover morgen.'

Als ze ademhaalt om te zeggen dat dat onmogelijk is, vervolgt hij snel: 'Het mag duidelijk zijn dat ik niet blij ben met de actie van onze burgemeester. Ik heb mijn handen vol aan hem en Ruigbot. Dan is het extra pijnlijk als er binnen onze eigen gelederen iets misgaat. Zoiets staat niet goed op je dossier, Maud. Ik verwacht een naam. Zoek het tot op de bodem uit.'

Mertens gaat staan. Haar hart klopt als een dolle. Ze heeft het warm.

'Het komt niet bij ons vandaan,' zegt ze stellig. 'Dat zal ik aantonen.'

Tijssen kijkt haar onbewogen aan.

'Ik heb over een halfuur een afspraak met de conrector van het Damstede,' vervolgt Mertens, veel te gretig naar haar eigen smaak. 'Verder heb ik een contactpersoon in de groep meiden die mij wat meer kan vertellen.'

Tijssen opent de deur van de kamer om aan te geven dat het onderhoud afgelopen is. Ze groeten elkaar en Mertens loopt naar de printer om de foto's die ze van de kunstwerken van Gaullier hebben gemaakt op te halen. Ze heeft het niet zo op Tijssen. Het is geen nare vent, maar ze krijgt gewoon niet echt hoogte van hem. Juist daardoor wil ze zich te graag tegenover hem bewijzen. Ze probeert het gevoel dat ze alles verkeerd doet van zich af te zetten.

Terug op haar plek pakt ze de klassenfoto's en de prints en begint de kunstwerken te vergelijken. Ja, deze, een blond meisje met een dromerige blik. Ze draagt een dun, openhangend bloesje. Haar borsten zijn bloot, een tepel houdt zich schuil achter het kledingstuk, de andere kijkt onbeschaamd om de hoek. Het kind draagt geen slipje, maar het schilderij eindigt precies voordat je iets ziet. De foto toont hetzelfde meisje, maar dan gekleed in een spijkerbroek en een trui. Ze lacht, een klasgenoot heeft haar arm om haar schouders geslagen. Mertens schrijft het cijfer 1 naast haar gezicht en een 1 op de print van het schilderij.

Een kwartier is ze met groeiend ongeduld en oplopende irritatie bezig om de schilderijen en de foto's met elkaar te verbinden en dan geeft ze aan zichzelf toe dat het een zinloze actie is. Kyra zou dit veel sneller kunnen en bovendien zou ze meer informatie kunnen geven. Opnieuw pakt Mertens haar telefoon en belt het nummer van het kind. Ze vloekt. Alweer geen gehoor. En waar blijft Bingsten? Ze zouden Willem de Jong nog gaan aanpakken.

Niels Bingsten komt binnenlopen met een gezicht dat op onweer staat.

'Dat ging zo te zien heel goed,' zegt ze opgewekt.

'Geen onvertogen woord over haar man,' moppert Bingsten. 'Alles was liefde daar. En een alibi voor zaterdag. Sportschool. Lunchen en winkelen met vriendinnen. Bioscoopbezoek. Toen ze die avond laat thuiskwam sprak ze nog een buurvrouw op straat. Zondag is ze naar een kring geweest, iets van healing met kristallen of zo. Begreep het niet helemaal, maar in elk geval heeft ze daar ook een hele groep getuigen van. Die avond gegeten met een vriendin.'

'Bijna sluitend alibi.'

'Precies.' Bingsten loopt naar zijn bureau en ploft op zijn stoel.

'Is er nou al nieuws van het NFI?' vraagt ze hem. 'Al iets over die stront?'

'Niet schelden!' roept een lollige collega van achter zijn beeldscherm.

'Niks,' antwoordt Bingsten. 'Kyra?'

'Geen gehoor.'

'We kunnen haar thuis opzoeken.'

'Misschien moeten we dat doen.' Mertens staart naar het papierwerk voor haar. 'Ik moet nog rapporten schrijven,' zegt ze met een vies gezicht.

'Als jij dat doet,' zegt Bingsten bijna troostend, 'dan bel ik het NFI en haal ik straks een broodje voor je bij Van Willes.'

'Best.' Mertens staat op en grist haar jasje van de bureaustoel. 'Maar eerst Willem de Jong.'

*

'Hoe ging het?' vraagt haar moeder als Kyra na het examen biologie thuiskomt.

'Goed hoor,' zegt ze zo neutraal mogelijk. Ze kijk haar moeder niet aan en loopt de trap op.

'Ik heb stroopwafels,' roept haar moeder naar boven. 'Van de bakker.'

Ze geeft geen antwoord en sluit de deur van haar kamer achter zich. Hoe is het toch mogelijk dat ze twee zulke sterke en tegenstrijdige gevoelens voor haar moeder heeft? Of ze baalt zo verschrikkelijk van haar dat ze haar liever ontloopt, of ze trekt zich het verdriet van haar moeder zo sterk aan dat ze haar niet om zich heen verdraagt. Walging en medelijden. Met vermijding als resultaat.

Geïrriteerd start ze haar Mac op en ze opent het document met de namen van meisjes van wie ze weet dat die iets met Gaullier hebben gehad, in wat voor vorm dan ook. Ze opent een ander document met een lijstje namen van meisjes van wie ze zeker weet dat ze helemaal niets met Gaullier hadden. Een tijdlang probeert ze nog meer namen te bedenken, maar ten slotte print ze de lijstjes uit. Zo irritant dat haar moeder haar telefoon heeft afgepakt. Moet ze nu langsgaan bij die meiden of zo?

*

Willem de Jong was goed voorbereid. Bijna te goed. Hij had lijsten gemaakt met alle leerlingen en hun contactgegevens. De school heeft een brief opgesteld over wat er aan de hand is en waarom er medewerking met de politie wordt gevraagd.

In alle toonaarden ontkende hij iets te hebben geweten van Gaulliers gerommel met leerlingen.

'Dat lijkt me onmogelijk,' had hij gezegd toen Mertens twee uurtjes geleden bij hem zat. 'Welke docent doet nou zoiets? Dat is niet ethisch.'

Niet ethisch. Ja, ja. Helaas had ook hij een sluitend alibi voor het hele weekend.

Uit haar ooghoek ziet ze Myrna naar de koffiemachine lopen en ze staat op, grist haar mok van haar bureau en loopt achter de jonge vrouw aan.

'Even wat cafeïne,' lacht Myrna. 'Dat heb ik wel nodig.'

Mertens knikt. 'Myrna,' zegt ze. 'Jij had het over die vriendin van jou die bij de televisie werkt.'

'Op de redactie,' zegt Myrna trots.

'Jij hebt toch niet...'

Myrna schrikt zichtbaar. Ze krijgt een kleur en haar ogen worden groot. 'Nee,' stamelt ze. 'Natuurlijk niet.'

'Dat dacht ik wel,' zegt Mertens geruststellend. Voor zover ze het kan beoordelen, is het kind eerlijk. 'Ik moet het vragen.'

'Natuurlijk.' Myrna heeft zich hersteld. Het moet ook niet makkelijk zijn, als jongste van de club. 'Dat begrijp ik wel.'

'Mooi,' zegt Mertens. 'Dan is dat ook weer uit de lucht.'

Niels, Thomas, Jolanda, John – in de tussentijd heeft ze bijna haar hele team gesproken over het lek. Komt niet bij hen vandaan. Natuurlijk niet. Maar moet allemaal wel nog even in duizend rapportjes aan de hoge heren bevestigd worden.

Hoe langer Mertens op haar toetsenbord zit te rammelen, hoe groter haar ergernis wordt. Ze moet de deur uit. Aan de slag. Mensen spreken, vragen stellen, doorvragen en nog eens doorvragen. Er is altijd iemand die iets weet, iemand die iets gezien heeft. Nog nooit is er een moord opgelost door de hele dag aan een bureau te zitten tikken.

Ze kijkt naar het verrijdbare memobord waarop ze de belangrijkste aanwijzingen in het onderzoek naar de moord op Gaullier hebben verzameld. Foto's. Velletjes papier met opmerkingen over de belangrijkste onderwerpen die met zijn dood te maken kunnen hebben. De meeste lijstjes zijn verdomd kort. Er is ook nog niets bruikbaars van het lab binnengekomen. De lijm bleek niets bijzonders: een mix van soorten superlijm die je overal kunt kopen. Ze heeft Myrna op pad gestuurd om bij de lokale bouwmarkten te zien of ergens een aankoop van een flink aantal tubes lijm geregistreerd staat. Je weet nooit.

Het beste spoor is wrok. Woede. Haat. Misschien voortkomend uit jaloezie. Marc Gaullier was op zoek naar aandacht, bewondering, seksuele opwinding. Onverzadigbaar moet hij zijn geweest. Steeds arroganter. Denkend dat hij onkwetsbaar was, dat afgewezen of gestolen liefde hem nooit als een boemerang in de nek zou treffen. Ieder ander ja, maar niet hem. Hij moet gedacht hebben dat hij zijn goddelijke gang kon gaan met die meisjes. Maar dan nog, als dit het waarom verklaart, dan blijft nog de vraag: waarom nu? Wat was de aanleiding? Want het waarom is interessant, maar zij is vooral op zoek naar het wie.

'Maud.' Ineens staat Bingsten naast haar. 'Heb net het NFI gesproken.'

Ze hoort aan zijn stem dat er nu iets komt. Toe, denkt ze, toe, geef me iets waarmee ik verder kan.

'Het is hondenstront.'
'Pardon?'
'Zijn mond zat vol met hondenpoep.'
'Je meent het.'
'Geen DNA dus, of althans, niet van de dader.'

# – 17 –

## *Kildermorie, Schotse Hooglanden*

*Zo was dus het einde der tijden. Het meisje twijfelde er niet aan. Dit was het, met oorverdovend lawaai, met trillen en schudden en mensen die schreeuwen. Ze dacht dat ze het ergste had gehad. Daar met de ketens, het ijzer – nee, ze kan er niet aan denken, weg met die herinneringen –, daar met de anderen – het bloed, het gegil, haar hart breekt –, alsjeblieft, denk er toch niet aan. Denk niet aan de angst waardoor je verlamd raakt, je hersenen niet meer werken, je dingen doet waar je van walgt, zodat je jezelf haat, niet meer herkent, en je na een tijd helemaal niet meer weet wie je bent, hoe je ook al weer was voordat dit alles begon. Denk niet aan hem – haar geest wordt zwart… Ga naar een veilige plek. Er is maar één veilige plek. In de zon. De lentezon. Met papa en mama. Hand in hand in hand. Lopen. Eindeloze wandelingen. De hond. Blij en springend en kwispelend. Vliegen. Naar de blauwe lucht. Smetteloos blauwe lucht. En dan terug naar de aarde. De grond onder je voeten. Een aanloop. Een zwiep, en weer. De veiligheid. De knuffels. Dat is wat ze ziet, wat ze voelt, telkens weer. De blauwe lucht, de vogels, vliegen, papa en mama.*

*Phil had niet voor niets jaren als engineer gewerkt en hij bemoeide zich overal mee. Mabel zag het tevreden aan. Als voormalig verpleegkundige maakte ze zich natuurlijk ernstig zorgen. Mijn god, als ze haar er maar uit kregen. Als er maar niets met haar gebeurde. Als ze maar veilig was.*

*Het was aandoenlijk om te zien hoe al die mannen zich inspanden om het meisje uit de spelonk te krijgen. Alleen leken ze te vergeten dat onder dat technische probleem een mens verstopt zat. Een meisje dat zich diep in de aarde gedrukt had omdat ze zo bang was. Niemand leek zich te bekommeren om haar angst. Hoe moest het wel niet zijn als je daar lag, onder een immens rotsblok, vastgeklemd onder tientallen tonnen steen, terwijl de wereld om je heen verging. Wat een herrie maakten die graaf- en boormachines. Ineens hield ze haar adem in en een stekende pijn flitste door haar buik. O, hemel. Waarom had ze daar niet aan gedacht? Wat was ze voor een slechte... beschermengel... moeder... wat dan ook.*

*Ze liep naar voren. Negeerde de mannen die haar tegen wilden houden. Stak haar armen in de lucht en zwaaide, als een verkeersregelaar op Heathrow, met rechte armen, heen en weer, gekruist boven haar hoofd en weer open. De mannen hielden verschrikt op met hun werk. Ze griste een van de gehoorbeschermers van het eerste het beste hoofd en liet zich – voor de zoveelste keer – op haar buik vallen. Met de beschermers in haar handen kroop ze naar voren. Het gat was al behoorlijk dus ze kwam veel verder dan eerst. Ze boorden aan de linkerkant, waar de voet klem zat. Het meisje leek haar niet te zien. Haar wang lag tegen de rots en ze staarde voor zich uit, leek wel blind. Haar gezicht was compleet uitdrukkingsloos.*

*Mabel kroop verder. Haar rug schaafde tegen het plafond van de smalle ruimte, maar ze trok zich er niets van aan. Ze duwde zich nog iets verder, stak haar armen met de gehoorbeschermer voor zich uit. Het meisje reageerde niet. Dat had ze al gedacht. Het arme kind. Ze moest voor haar zorgen. Zelf kon ze dat niet. Geen idee wat ze had meegemaakt, maar het kon niet veel goeds zijn.*

*Mabel plaatste de gehoorbeschermer over de oren van het meisje en controleerde of hij goed zat. Ze liet het toe. Leek niet eens verbaasd. Reageerde in het geheel niet. Och, de schat. Wat moest dat worden?*

*Mabel schoof terug, voorzichtig, langzaam. Ze negeerde de woedende en verbaasde blikken van een aantal werklui, accepteerde de klap op haar schouder van een ander en ging met een nors gezicht naast Phil staan. Hij glom van trots. Ze probeerde niet te lachen.*

*Nou, opschieten dan, gebaarde Phil naar de mannen.*

*'Ik ga mee,' snauwde Mabel een uur later tegen een ambulancebroeder. 'Ik laat haar nu echt niet alleen. Wat denken jullie wel niet?'*

*'U kunt met uw man meerijden,' zei de man vermoeid. 'Als u achter ons aan rijdt, mist u niks.'*

*'Missen, wie heeft het over missen? Ik laat haar niet alleen en daar is geen discussie over mogelijk.' Met een snelheid die je niet van haar zou verwachten stapte Mabel de ambulance in, ging naast het meisje op een krukje zitten en trok haar handtas met een boos gezicht op schoot.*

*'Ik laat je niet alleen, lieverd,' zei ze met zachte stem tegen het meisje, dat vastgesnoerd lag op de brancard. Ze reageerde niet, knipperde niet eens met haar ogen.*

*Mabel legde haar hand op het been van het meisje. Nog steeds geen reactie. Maar wat had ze dan gehoopt? Dat het kind haar huilend in de armen zou vallen? Dat alles goed zou komen, binnen vijf minuten? Natuurlijk niet. Ze keek naar het besmeurde en ingevallen gezichtje. Naar de doffe blik in de ogen die niets ziend naar de wand van de ambulance staarden.*

*De broeder stapte de wagen binnen. De deuren werden gesloten en met een brom kwam de ambulance tot leven. Hobbelend reed hij over het ruwe terrein. Het ging langzaam, maar toch moest Mabel zich aan haar stoel vasthouden om niet te vallen.*

*Terwijl de broeder een infuus aanlegde en een klem op de vinger van het meisje zette om de bloeddruk en dergelijke te meten – alles normaal, zag ze –, vroeg Mabel zich voor de zoveelste keer af wat er in vredesnaam met het meisje gebeurd was. Waar kwam ze vandaan? Wie had dit veroorzaakt? Misschien was ze weggelopen van twee brute ouders. Was ze mishandeld door haar vriend. Je zou ze toch... Als die lamstraal hier voor haar zou staan dan zou ze hem een hengst geven met haar tas. En nog een, als het nodig was. Ze hield de broeder met argusogen in de gaten. Ook verplegend personeel kon onbehouwen zijn. Grof in de bewegingen. Routineus handelen was misschien wel vertrouwenwekkend, maar niet zorgzaam. Ze tolereerde het niet. Ze tolereerde het niet toen ze hoofdzuster was en ze tolereerde het nu al helemaal niet, nu dit heel kwetsbare meisje om de een of andere reden aan haar toevertrouwd was.*

*Ze herinnerde zich de geboorte van haar dochter, meer dan veer-*

*tig jaar geleden. Een probleemloze zwangerschap was het geweest. Eenenveertig volle weken. Toen haar tweede kind eindelijk geboren werd, had een enorm gevoel van verdriet haar overvallen. Dat gevoel had haar platgedrukt, haar de adem benomen, totaal onverwacht. Je hoorde je toch blij te voelen? Opgetogen? Euforisch zelfs, voor zover haar Britse opvoeding zoiets toeliet. Ze had het tegenovergestelde gevoeld. In plaats van rijkdom voelde ze verlies, in plaats van blijdschap zielenpijn. Ze huilde, maar niemand had op haar gelet.*

*'We moeten haar onderzoeken,' had de arts gezegd en weg was hij. Met haar kind. Ze had het nog niet eens kunnen bekijken. De nachtmerries hadden haar jarenlang achtervolgd. Nog steeds – ook al was ze er helemaal niet bij geweest – zag ze voor zich hoe haar kleine meisje door grote handen werd betast, beklopt, hoe de koude stethoscoop op haar lijfje gedrukt werd, hoe iemand haar oogleden opentrok en met een lamp recht in de kleine pupil scheen. En het ergste, hoe de slang voor de beademing naar binnen werd geduwd. Met grof geweld, daar was ze zeker van. Het lichaam van haar dochter was roze geweest toen ze net geboren was. Een paar uur later, toen ze eindelijk bij haar mochten, was het wit geweest. Op dat moment had Mabel, zittend in de rolstoel naast het kleine wiegje waarin haar kind lag, geweten dat het niet meer goed zou komen.*

*Ik laat je niet alleen, meisje, dacht ze, terwijl ze zich vasthield aan het bed in de ambulance. Ik laat je niet alleen.*

# – 18 –

Mertens probeert Kyra nog een paar keer, maar die neemt nog steeds niet op. Irritant. Bloedirritant. Ze zal die broer bellen, Jarno, die het lijk van Gaullier gevonden heeft, en hem ertoe bewegen die zus van hem eindelijk eens contact met haar te laten opnemen.

En nu? Zoveel te doen en dan ineens loopt ze vast. Ze had haar hoop stiekem gevestigd op het mogelijke DNA dat uit de mond van het slachtoffer zou komen. De moordenaar van Gaullier kan haast geen onbekende van de politie zijn.

Ineens pakt ze de namenlijst van de leerlingen die kunst volgen. Ze logt in het zoeksysteem in en probeert de eerste achternaam. Bieling. Niks. Van Drommelen. Niks. Na een paar namen maakt de oorspronkelijke opwinding plaats voor moedeloosheid. Wat had ze gedacht? Dat het zo simpel was? Natuurlijk niet. Rechtsonder aan haar scherm ziet Mertens dat er een mailtje binnenkomt en ze opent haar mailbox. Het NFI. Voorlopig rapport van de lijkschouwing. Ze staat half op om Bingsten te roepen en ziet dat hij precies hetzelfde doet. Ze kijken elkaar aan, knikken en verdwijnen allebei weer achter het beeldscherm.

'De persco begint zo,' zegt Bingsten. 'Dus deze informatie kan niet meer mee.'

'Een aantal dingen zijn veelzeggend,' meent Mertens. 'Alleen weet ik nog niet precies hoe ze ons verder helpen.'

'Dacht ik ook al aan.'

'Oké, hij is serieus gemarteld. Heeft zeker een etmaal vastgesnoerd gezeten. Daar leid ik uit af dat de moordenaar goed voorbereid was. Hij wist wat hij deed. Heeft in elk geval een plek waar hij dit soort grappen kan uithalen.'

'Hij heeft zich hierop verheugd,' zegt Bingsten. 'Materialen gekocht, iets geknutseld waarop hij zijn slachtoffer heeft vastgemaakt.'

Ze zwijgen allebei.

'En dat alles voor één enkele man, één enkel slachtoffer? Ik moet hier goed over nadenken,' zegt Mertens ten slotte. 'Ik print het wel en neem het mee naar huis.'

'Eens.' Bingsten staat op.

*

'Kyra!'

Ze hoort haar moeder roepen onder aan de trap. Nu kan ze haar niet nog een keer negeren natuurlijk. Eerlijk is eerlijk, haar moeder heeft haar met rust gelaten. Normaal komt ze naar boven, bemoeit zich met van alles, maar nu niet. Ze staat op en loopt naar de overloop.

'Ja?'

'Eten. Gegrilde kipspiesen en salade.'

Als ze de keuken binnenkomt ziet ze dat haar moeder de tafel op het terras buiten heeft gedekt.

'Het is zo warm ineens,' zegt ze. 'Terwijl het vanmiddag toch geregend heeft.'

'Er schijnt warm weer aan te komen,' antwoordt Kyra. Zo moet het misschien maar zijn tussen haar moeder en haar. Praatjes maken die nergens over gaan.

Haar moeder legt haar telefoon op tafel, naast de waterkan. 'Een uurtje,' zegt ze. 'Een uur per dag. En dan weer inleveren. Wat vind je daarvan?'

'Wat is er gebeurd? Normaal verander je niet snel van gedachten.'

'Jarno vond het onzin,' zegt haar moeder schouderophalend. Ze schept Kyra's bord vol salade.

Snel kijkt Kyra op haar telefoon. Nog meer berichtjes van Mertens. Ze besluit dat ze haar meteen het lijstje zal sturen met de namen van meiden waar Gaullier niets mee had. Afleidingsmanoeuvre. Straks even snel wat meiden bellen, morgen nog een paar, desnoods even langsfietsen en dan kan ze over een paar dagen alsnog het andere lijstje aan Mertens geven. Waarom heeft Wim dan ook niets met haar tips gedaan? Waarom zijn haar vriendinnen totaal niet geïnteresseerd in het oplossen van de zaak?

'Leg eens weg als we aan het eten zijn,' zegt haar moeder, en ze vervolgt met een verontschuldiging: 'Ik wil niet te streng zijn. Ik doe mijn best.'

*

Maud Mertens zit aan de keukentafel met het rapport van de lijkschouwing en een grote mok zwarte koffie. JAGERTEE, staat er op de beker. Gekocht op een wintersportvakantie in Saalbach, Oostenrijk. Toen Roos nog een schattig tienjarig meisje was. Met twee dunne blonde vlechtjes die onder haar helm uitstaken. Een wanstaltig grote skibril op het voorhoofd. Toen Edwin en zij de longen uit het lijf hadden gejuicht toen ze met de rest van het klasje – zonder vallen! – slalommend de kleine piste af was gekomen. Edwin zegt dat ze minder streng moet zijn voor Roos. Haar even moet laten gaan. Moet bewijzen dat ze vertrouwen heeft in haar kind.

Haar telefoon geeft twee korte piepjes. Een mail van Kyra, eindelijk. 'Bij dezen een lijstje.' Ze klikt op de bijlage en ziet een achttal namen met leeftijden erbij. Twee meiden zijn nog geen zestien. Meteen zet ze het mailtje door aan de collega's.

'Bedankt,' mailt ze terug. 'Ik wil je spreken,' vervolgt ze. 'Morgen.'

'Oké,' antwoordt het meisje. Kort van stof. Als alle jeugd. God, wat een dag. Elk onderzoek heeft wel zo'n fase. De eerste paar verhoren van de leerlingen van het Damstede hebben niets concreets opgeleverd. Zoals Kyra al zei: een hele hoop suggestief om elkaar heen draaien en niks doen. Misschien moeten ze toch de druk bij alle betrokkenen eens opvoeren. Morgen, denkt ze. Nu ben je thuis. Concentreer je op je gezin.

Ze pakt haar telefoon en kijkt op de Facebookpagina van Roos. Misschien heeft ze vandaag een foto geplaatst, of iets gezegd. Zo ver is het gekomen, denkt ze, dat moeders op de Facebookpagina van hun kinderen moeten kijken om te weten wat ze bezighoudt. Ze weet dat ze iets moet doen om het patroon te doorbreken, maar ze weet niet wat. Vanochtend bij het ontbijt had ze aan Roos gevraagd of ze zin had om naar de bioscoop te gaan.

'Leuk,' had haar dochter lusteloos gezegd. 'Doen we.'

En daar ging ze, naar de andere kant van de stad, waar ze naar school gaat en god-weet-wat doet. Edwin heeft gemakkelijk praten met zijn loslaten. Hij heeft Roos helemaal gratis gekregen toen hij met haar ging samenwonen. Hij heeft geen vierentwintig kilo vocht, vet en kind mee hoeven torsen, geen hoge bloeddruk en zwangerschapsvergiftiging hoeven trotseren. Hij heeft niet maandenlang 's nachts in zijn eentje gewaakt en gevoed en verschoond. Hij kwam pas toen het leuker en leuker werd.

Zo mag ze niet denken. Het ligt aan haar, dat weet ze best. Er is tussen haar en haar dochter een scheidingswand opgetrokken en ze weet niet hoe ze dat verdomde ding weer kan afbreken. Is het misschien beter om haar inderdaad maar alvast los te laten? Dan hebben we dat maar vast gehad. Is die pijn al gevoeld.

Maar als ze daaraan denkt, als ze probeert te beseffen dat dit het dan was, een kind hebben, dit en niet meer, mijn god, als ze die gedachte toelaat, dan heeft ze haar kans gemist en wordt ze gek.

Ze staart in de lege mok en steekt haar hand uit naar de halfvolle wijnfles die nog op tafel staat. Wat doet het ertoe, denkt ze en ze schenkt de wijn in de beker, neemt een grote slok en loopt naar de keukendeur.

Misschien hadden ze nooit moeten verhuizen. Roos is er van het begin af aan mordicus tegen geweest. Mertens loopt de tuin in. Daar was het haar om te doen. Een tuin. En kijk wat ze daarvan heeft gemaakt. Een hoop aarde en een bestraat stuk met zo'n quasimoderne tuinbank. Ze loopt door, draait zich om en leunt tegen de schutting vlak naast het kleine schuurtje dat standaard bij het huis werd opgeleverd.

Op elke verdieping brandt licht. Begane grond, eerste verdieping, zolder. Daar was het Edwin dan weer om te doen. Eindelijk een plek om zijn drumstel neer te zetten en te gebruiken. Maanden is hij bezig geweest met het isoleren van wat hij de studio noemt. Terwijl hij piepschuimplaten tegen de muren en het plafond schroefde, en Roos koppig rondhing in haar oude buurt, verdiepte zij zich in tuinboeken en realiseerde zich steeds meer dat een tuin aanleggen een plan vereist – dat dit niet in de zon kan en dat juist wel, dat het hele ding wekelijks onderhoud vergt en sommige planten gewoonweg afsterven na één keer bloeien. Ze maakte lijstjes, tekeningen, en uiteindelijk was het herfst en shitweer en gebeurde er niets in de tuin behalve dan dat ze een hele middag een zak met bollen in de natte zwarte grond had staan duwen en ziedaar, nu staan er bossen verlepte donkerroze tulpen in haar achtertuin.

Ze kijkt op haar horloge. Elf uur. Roos is er nog steeds niet.

# – 19 –

Het parkeerterrein bij de sportschool is ideaal. Geen camera's. Veel ruimte. Het abonnement van die tent is waarschijnlijk niet te betalen, vandaar dat het nooit druk is. Bovendien blijft zijn prooi op woensdag altijd even hangen, waardoor die klootzak vaak de enige is op het parkeerterrein.

Hij heeft zijn auto een paar plaatsen van de auto van zijn prooi, die altijd voor de deur parkeert, gezet. Gisteren heeft hij de lamp van de straatlantaarn kapotgegooid, wat hem een prettige duisternis geeft. Hij is handig in dat soort dingen. Raak gooien. Touw slingeren. Altijd geweest. Hij grijnst. Nooit had hij gedacht dat hij zoveel lol zou hebben van al die vreselijke jaren bij scouting.

Hij staat al omgedraaid. Hij kan straks meteen wegrijden. Achter de Mazda staat een scooter. Precies voor het nummerbord. Heel goed. Hij draagt een hippe muts, zoals veel jongeren dat tegenwoordig doen, en hij heeft voor de gelegenheid zijn gezicht ingesmeerd met een donkerkleurige vrouwencrème. Foundation, zei de verkoopster. Voor mijn vrouw, had hij gezegd. Zelfs als er toch onverwacht iemand komt, kunnen ze hem later onmogelijk herkennen.

Ja, daar is zijn prooi. Snel opent hij het autoportier en stapt uit. De klootzak kijkt niet eens om. Met zijn ogen strak op de prooi gericht loopt hij snel en beheerst over de lege plekken tussen de twee auto's. Zonder een moment te aarzelen slaat hij met zijn knokkels tegen het hoofd van de man. Hij valt kreunend neer. Meteen gebruikt hij het verdovende middel. Hij haakt zijn armen onder de oksels van de half bewusteloze man. Niet aarzelen nu. Als hij het portier opentrekt en de man op de passagiersstoel zet, zoeft toch de deur van de sportschool open. Kolere. Een blonde vrouw, midden dertig, scherpe blik, sleutelbos in de hand, kijkt hem aan. Een van de dames van de zumbalessen. Waarom komt dat wijf nu al naar buiten? Normaal zijn ze nooit zo snel.

'Goedenavond dame.' Hij probeert te lachen en komt omhoog. De prooi murmelt iets.

'Sorry,' excuseert hij zich bij de vrouw en hij bukt weer om het hoofd van de man weg te draaien van de vrouw. Gelukkig staat ze aan de andere kant van de auto.

'En nu voorzichtig met die enkel hoor,' zegt hij een beetje te geforceerd vrolijk terwijl hij het portier dichtslaat. De vrouw loopt een klein stukje door, maar blijft dan naast haar fiets staan. Snel loopt hij om de auto heen. Rustig blijven. Ze vermoedt niets. Hij stapt in en gaat op de bestuurdersstoel zitten, iets naar voren om de vrouw het zicht op zijn prooi te benemen.

Adrenaline giert door zijn lijf. Hij zit doodstil, maar zijn hart hamert als een gek. Hij leeft. Hij leeft. Als er iemand is die leeft dan is hij het. Alles aan hem is wakker en scherp en vibrerend. Hij heeft moeite zijn ademhaling onder controle te houden, maar hij doet alsof hij heel rustig met zijn geblesseerde vriend overlegt en pakt zijn telefoon om het toneelstukje realistischer te maken. Hij lacht en knikt en probeert in zijn ooghoeken te zien wat dat wijf doet. Ze staat daar maar.

Als ze zijn kant op komt, kijkt hij om zich heen. Niemand. Hij weet precies hoe het moet. Het is een koud kunstje om dit nog een keer, precies zo te doen. Voorzichtig pakt hij het verdovende middel uit zijn jaszak.

Kom.

Kom dan.

Waarom niet meteen deze ook meenemen? Waarom wachten met de ultieme fantasie tot leven brengen totdat het werk gedaan is? Hij legt zijn vingers onder het handvat, trekt er voorzichtig aan en opent de deur een centimeter.

'Het ziekenhuis is hier vlakbij,' roept de vrouw. Ze wijst. 'BovenIJ.'

Hij opent het raampje. Ze is lang en slank. De strakke zwarte sportkleding benadrukt haar sportieve figuur. Ze is vast gespierd. Daar houdt hij van. Hij houdt niet van weerloos. Hij houdt van verzet. De fantasie is dat hij een sterke vrouw breekt, niet een muisje.

Ze bukt en maakt het kettingslot los, met een krachtige slag haalt ze het ijzeren ding tussen het fietsenrek vandaan en slingert het om de zadelpen. Hij zou niet moeten improviseren. Vasthouden aan het plan is belangrijk. Afwijkingen zorgen voor sporen.

'De eerste hulp is aan de achterkant,' voegt de blonde vrouw toe. Ze kijkt hem indringend aan. Hij opent het portier. Ze heeft hem en zijn prooi veel te goed kunnen zien.

## – 20 –

## *Donderdag*

Weer die droom. Een variant erop. Kyra bedwingt de neiging om op te staan. Ze ligt klaarwakker, maar met haar ogen dicht in bed. Slaap. Slaap dan.

*Mama huilt. Ze staat in de keuken eten te maken en ze huilt aan één stuk door, zonder er aandacht aan te geven. De tranen lopen over haar wangen, hangen aan haar kin en het puntje van haar neus en vallen in een eindeloze stroom in de lege pan die op hoog vuur staat. Het snikken hoort ze niet. Wel het sissen.*

Een moord uit wraak, met een ongewoon wapen, het lijk op een openbare plaats, zoiets komt in minder dan vijf procent van de bestudeerde gevallen voor. Kyra bestudeert figuur 13.1, *Justifications for violence*, in *Investigative Psychology*. Het onderzoek van Emma Barret onderscheidt *retribution*, *disrespect*, *defence*, *symbol* en *unintended*. Een paar bladzijden later komt ze nog een interessante grafiek tegen. *Bite marks, beaten, victim burned*. Kyra probeert het overzicht te begrijpen. Ze buigt voorover om de kleine letters beter te kunnen lezen.

*Sarina staat voor haar neus. Ze is nog langer geworden, nog dunner, maar ze heeft een gezonde kleur en ze lacht.*

*'Kom je ook op mijn feestje?' vraagt ze opgetogen. Ze klapt in haar handen.*

*Kyra knikt. 'Natuurlijk.'*

*Parts missing*. De woorden staan in het vakje *Victim as Object*. De tong. De andere beschrijvingen lijken niet op Gaullier van toepassing. Onthoofding, brandwonden, nee, allemaal niet. *Gagging* en *Strangulation*, dat kan wel van toepassing zijn en die woorden staan in het vakje *Victim as Person*. Wonderlijk. De moordenaar zag

Gaullier dus tegelijk als mens en als voorwerp. Of afwisselend misschien. Wispelturigheid, misschien is dat een kenmerk van de man die ze zoekt.

*Kyra probeert haar zus duidelijk te maken dat ze moe is maar op de een of andere manier kan ze niet goed praten. Ze schudt haar hoofd en Sarina lacht, stapt op haar af en pakt haar handen vast. Ze draaien rondjes. Rond en rond en rond en dan ineens is Sarina verdwenen en Kyra raakt zo uit evenwicht dat ze valt en valt en valt.*

Met een schok wordt Kyra weer wakker. Die shitdromen ook altijd. Jezus. Sarina... Ze droomt bijna nooit van Sarina. Vaak van haar moeder, meestal van Jarno, soms van haar vader, maar haar zus zelf komt bijna nooit in haar dromen voor. Vandaag is Sarina's verjaardag. Drieëntwintig zou ze zijn geworden. Hartstikke volwassen. En toch past dat woord helemaal niet bij haar zus. Ze hebben nooit meer iets aan haar verjaardag gedaan. Er is geen graf om naartoe te gaan. Geen zekerheid dat ze dood is of leeft. Haar moeder koopt altijd een prachtige bos bloemen en staat wat vaker bij Sarina's foto. Maar wee je gebeente als je de verjaardag noemt.

Kyra slaat het dekbed van zich af en kleedt zich aan. Halfzeven. Het heeft geen zin om te blijven liggen. Het plan was toch al om vroeg weg te gaan. Dan nog maar wat vroeger. Ze droomt niet voor niets van Sarina. Zie je wel dat ze dit moet doen?

Met haar sneakers in haar hand sluipt ze de trap af. Waar is haar mobiel? Haar moeder heeft hem gisteren weer ingenomen. Een uurtje per dag, alsof ze in groep acht zit, verdomme. Belachelijk. Ze zoekt in de keuken, heel voorzichtig trekt ze de lades open. Niks. In de kastjes, op de planken dan. Niks. Dan maar zonder. Ze vist de autosleutels van haar moeder uit het vakje en glipt de deur uit.

De files staan de andere kant op. Naar Amsterdam toe. De drukte begint nog maar net. Elke ochtend een uur sukkelen heen en na een dag op kantoor weer een uur sukkelen terug. Of langer nog. Gadver zeg. Nooit, nooit, nooit zo worden. Nooit.

Kyra probeert haar ergernis weg te zuchten. Als dat niet lukt zet ze de radio aan en probeert het gevoel weg te zingen. '*Because I'm happy!*' zingt ze luidkeels, en ze denkt: ja, ja, goeie timing, ik doe mijn best.

Dat irritante gedoe van haar moeder ineens. Ze is compleet gek geworden. Haar vader had haar uit het niets aangesproken op haar gedrag. Ook al zo achterlijk. Alsof hij erbij was geweest. *Goed je best doen, naar je moeder luisteren, gedraag je een beetje en kun je zaterdag de vergadering over het Universal Health Center notuleren?* Ze bekijken het maar. Allemaal. Ook Wim, met zijn gedraai op school gisteren. *Ik moet me nu even concentreren op mijn verantwoordelijkheden.* Duh... *Juist door dat gedoe met Marc. En dan nog de examens en zo. Thuis gaat het ook niet zo lekker.* Zijn verantwoordelijkheden. Fijn. Daar hoort zij dus duidelijk niet bij. Wil ze ook helemaal niet bij horen. Ze wil helemaal niemands verantwoordelijkheid zijn, verdomme. Ze zorgt wel voor zichzelf. Daar is ze akelig goed in geworden de laatste jaren.

Den Helder is toch nog bijna anderhalf uur rijden vanuit Amsterdam en het is halftien als ze de auto op de grote parkeerplaats achterlaat en naar het loket loopt om een kaartje te kopen. Afvaart om halfelf. Dat is vroeger dan toen Sarina hier aankwam. Op letten de volgende keer. En met de trein gaan. Dan wil ze exact dezelfde reis maken, op exact dezelfde tijden. Misschien kan ze dezelfde datum uitkiezen, bedenkt ze. Vier jaar geleden. Op weg naar haar vriendinnen die een dag eerder op de camping bij De Koog waren aangekomen. Een week zand en strand in het vooruitzicht. Het was prachtig weer toen, een ongekende zesentwintig graden. Een graadje of zes warmer dan nu.

Ze schuift haar kleine rugzak iets hoger over haar schouder en loopt naar buiten. Beton. IJzeren hekken. Kale trappen. Hier word je nou niet echt overvallen door een vakantiegevoel. Er is een klein tentje waar je koffie en broodjes kunt halen. Goed idee, maar dan ineens bedenkt ze dat Sarina daar nooit naar binnen zou zijn gegaan, allergisch als ze was voor etenswalmen. Kyra staart door het grote raam naar binnen. Saucijzenbroodjes. Kaasbroodjes. Gevulde koeken. Ze draait zich om en loopt door, achter een vrouw aan die een grote rode koffer met zich meetrekt en lijkt te weten waar ze heen gaat. Even later staan ze bij de toegang naar de veerboot. Het hek is nog dicht. De vrouw gaat naast haar koffer staan en glimlacht naar Kyra. Ze glimlacht terug en bestudeert de omgeving. Onder haar rijden de auto's straks het veer op. Boven haar is nog een verdieping. Ze voelt zich ingeklemd tussen metersdik beton en grote stalen constructies. Iemand heeft de opdracht gegeven de hekken turquoise te schilderen. Hier en daar schemeren roestvlekken door de verf. Over het beton onder haar voeten hangt een vaag groen waas.

Hier stond haar zus. Net zo oud als zij nu is. Hier, bij deze poort, met haar rugzak. Wist ze wat ze ging doen? Dat ze haar vriendinnen in de pizzeria zou laten zitten, haar rugzak bij de receptie van de camping achter zou laten en weg zou gaan? Had ze een plan?

Het was een mooie zaterdag geweest. Warm en licht bewolkt. Er was die dag geen regen gevallen. Sarina had het altijd koud, dus ze had haar winterjas nog aan, een zwart truitje en een spijkerbroek. Wat ging er door je heen, zus? Je had net je examen gedaan. Was je opgelucht? Wist je dat je het gehaald had? Nee, waarschijnlijk zat ze vol twijfels. Wim had de cijferlijst uit de archieven gehaald.

'We hebben je ouders de uitslag nooit gegeven,' zei hij. 'Jij bent de eerste die ernaar vraagt.'

Ze had naar het papier gestaard. Een zes en een zeven, de rest allemaal achten en een negen voor Engels. Toen, een halfjaar geleden, in de kamer van de conrector, met het diploma van Sarina in haar handen – de handtekening van de rector rechts onderaan en een leeg vak waar haar zus had moeten tekenen – werd ze opnieuw overvallen door een bodemloos verdriet. Sarina was geslaagd. De schooltas had aan de vlaggenstok gekund. Er had een borrel moeten zijn, een eindexamenfeest misschien wel. Wat zou ze gigantisch blij zijn geweest, haar onzekere zus. Jezusmina. Toen Kyra in tranen was uitgebarsten had Wim haar voor het eerst in zijn armen genomen. Goedkoop zeg, nu ze erover nadenkt. Jugh.

Langzaam verzamelen zich meer passagiers rondom haar. Voetgangers. Fietsers. Ze ziet de veerboot aanmeren. Hoort de auto's ergens op de verdieping onder haar starten, de motoren van de vrachtwagens boven haar tot leven komen. De grond trilt ervan.

Ze is er inmiddels van overtuigd dat Sarina niet meer terugkomt. In tegenstelling tot haar moeder, die nog steeds de hoop niet opgegeven heeft, al beweert ze om het hardst dat ze realist is. Op het moment dat haar moeder hoorde dat haar oudste dochter verdwenen was raakte ze in een soort afgrijselijke trance. Vanaf dat moment stond elke ademhaling in het teken van zoeken. Weken, maanden. Zij en papa. Jarno had heel even mee mogen doen, maar moest zich na die eerste weken op school concentreren van haar ouders. Zelf werd ze er zo veel mogelijk buiten gehouden. Bescherming, noemden ze dat. Omdat ze nog zo jong was.

Precies een jaar nadat Sarina verdween startten haar ouders nog een actie, hingen ze opnieuw posters op, haalden de media erbij. Op de tweede verdwijnverjaring gingen haar ouders weer naar Texel.

'Dit moeten we alleen doen,' zei haar moeder, 'als ouders.'

Ze gooiden rozen in de zee en werden dronken. Toen ze terugkwamen in Amsterdam wilden ze het er niet meer over hebben.

'Ze komt niet meer terug,' zei haar moeder. 'Ik ben een realist. We moeten door.'

Maar je kon van een kilometer afstand zien dat ze zichzelf totaal niet geloofde.

Kyra laat zich opgaan in de stroom passagiers die aan boord gaat. Ze schuifelt mee in de smalle gangen van de boot, trap op, draaideur door, tot ze in het restaurant uitkomen. De meeste mensen lopen zo snel mogelijk naar een tafeltje aan een raam. Er staat al snel een rij bij de kassa van de selfservice. Ze loopt door, naar buiten, en gaat op een van de banken daar zitten. Het waait hier hard en ze ritst haar jas verder dicht.

Haar ouders hebben het nog maar weinig over Sarina – alleen dat verdomde altaar staat nog in de woonkamer, het heiligdom van haar moeder, niemand mag er iets bij leggen, alleen zij mag dat. Nog minder hebben haar ouders het over de verdwijning zelf en helemaal nooit heeft nog iemand het over hoe dat gebeurd kan zijn. Terwijl Kyra nou juist het hóé, en niet het dát, de meest interessante vraag vindt. De recherche – een heel ander team dan nu bij Gaullier – had het over de mogelijkheid van weglopen. Dat beledigde haar moeder tot op het bot. Ze heeft iemand ontmoet, zei ze, en is zomaar ineens meegegaan. Maar waarom kwam ze dan niet terug? Waarom liet ze niets horen? Langzaam veranderde haar moeder haar verhaal: iemand heeft haar ontvoerd. We moeten haar helpen te ontsnappen. Maar waar was ze dan? Nog steeds op het eiland? Zo groot is Texel niet en ongeveer alles was door de politie en een paar handenvol vrijwilligers overhoopgehaald. Na een paar maanden werd het verhaal van haar moeder: Sarina moet de zee in zijn gegaan, ze is gaan zwemmen, ze was zo sportief, maar ze heeft kramp gekregen, ze heeft een ongeluk gehad, het kan niet anders. Ze hield zich zo hardnekkig vast aan dit laatste scenario dat uiteindelijk niemand meer durfde te zeggen dat haar kleding dan gevonden moest zijn, of tenminste haar hardloopschoenen. Dat haar lichaam ergens aangespoeld zou moeten zijn, al was het kilometers verder.

Vanaf haar plek op de boot ziet Kyra Texel al liggen, een dunne bruingroene reep die maar net boven de bleekblauwe zee uit komt. Het is maar vijftien minuten varen van het vasteland. Als ze de andere kant op kijkt ziet ze Den Helder. Het marinecomplex. Industrie. Hoogbouw.

Nadat haar ouders twee jaar geleden thuiskwamen van hun afscheidsceremonie, wilden ze niets meer horen van een terugkeer naar het eiland. Texel was voorgoed verboden gebied. Heel Noord-Holland werd gemeden als de pest. Haar moeder weigerde om ook maar een paar honderd meter noordwaarts over de A9 te rijden. Hoorn, daar was Kyra een keer met het gezin geweest, naar een of andere markt, maar via de andere kant van de provincie, langs Edam en Volendam, beslist niet langs de Noordzee, maar langs dat deel van Noord-Holland waar de hoge dijken de Zuiderzee op afstand houden. Buiten het zicht zelfs. Sinds haar veertiende is Kyra niet meer met haar ouders op een strand geweest, niet in Nederland, maar ook niet in vakantieland Frankrijk. Sinds de vermissing van Sarina brengen ze hun vakanties door in Oostenrijk, de Pyreneeën, de binnenlanden van Spanje, de Dordogne, ver weg van de zee.

De veerboot drijft langzaam de haven binnen. Automobilisten worden opgeroepen naar hun auto's te gaan. Een paar minuten later staat Kyra op het eiland waar haar zus verdwenen is. Voor haar uit loopt een jong stel met drie jonge kinderen naar de bushalte. Twee meisjes en een jongetje.

'Geef elkaar een handje,' zegt de moeder terwijl ze haar rugzak vastmaakt. De kinderen lopen naast elkaar. Rugzakjes om. Hand in hand. Op weg naar plezier, denkt Kyra. Zo moet het zijn.

## – 21 –

Het moment was zomaar verdwenen. De vrouw was weggefietst en zijn enige optie was haar klemrijden en overmeesteren. Veel te riskant, had hij tegen zichzelf gezegd.

Hij ijsbeert door de loods.

Ze kan het nummerbord niet gezien hebben. Maar toch. Vannacht sloeg ineens de twijfel toe. Hij pakt zijn glas jenever en neemt een flinke slok.

Zeik niet. Wat was het plan? Het plan was de prooi vangen. En is dat gelukt? Ja. Die zit vastgesnoerd op de stoel in zijn hol.

Alles was goed gegaan. Dat hij de oude Mazda MX5 had gekozen was ook goed. Wel opvallend, maar klein en laag, waardoor je niet makkelijk naar binnen kon kijken.

Hij zet het glas nog een keer aan zijn mond en slaat het bodempje drank achterover. Hij was rustig weggereden van het parkeerterrein, en vloeiend opgegaan in het verkeer op de ringweg. Opgegaan in een stroom auto's die dag en nacht voortraast, cirkels trekt rond de stad, een tyfoon van verkeer waaraan hij later weer ontsnapte.

Hij moet zijn gedachten verzetten. Aan iets moois denken. Aan zoete wraak. Hij stelt zich voor wat hij allemaal met zijn prooi zal doen. Welke gereedschappen hij zal gebruiken. Hij heeft een vaste volgorde. Vuist. Mes. Tang. De riemen. Naast structuur heeft hij ook vrijheid nodig. Hij laat zich inspireren door wat voorhanden is. Zoals de lijm. De hondenstront. Perfect materiaal om de leemte van de leugenachtige tong op te vullen. *Stik erin!* roept hij weer, nu hij aan het moment denkt. *Stik erin!*

Hij begint te ontspannen. Hij ontstijgt de ellende van de laatste jaren. Het lege huis toen hij die eerste werkdag na de vakantie laat thuiskwam. Het zongebruinde gezicht van zijn vrouw de dag ervoor, op een terras in Spanje, toen ze hem overhaalde om kreeft te bestellen. Omdat het de laatste dag was. Van de vakantie, dacht hij. Van hun huwelijk, bedoelde zij. De scheiding. De bedragen waar Mia allemaal recht op bleek te hebben. Het onrecht. Alles was ineens anders. Hij was alle controle kwijt, maar nu heeft hij het stuur teruggepakt en hij geeft het niet meer weg. Alleen jammer dat hij genoegen moet nemen met binnenpretjes. Hij heeft de hoofdrol in een film maar niemand ziet hem. Eeuwig zonde.

– 22 –

# *Edinburgh*

*'Hoe zullen we haar noemen?' vraagt Mabel aan Phil. Of eigenlijk is het meer een mededeling, want gewoonlijk wacht Mabel het antwoord van haar man niet af. 'We kunnen haar toch onmogelijk Het Meisje blijven noemen.'*

*Ze zitten in de wachtkamer van een van de afdelingen van het Royal Infirmary. Net als Phil iets wil zeggen roept de assistente hun naam.*

*De psychiater is een lange, bijna kale man met het uiterlijk van een doodsgraver. Over zijn ingevallen gezicht hangt een grijs waas en zijn ogen staan flets. Hij stelt zich voor als dokter Hardburry en vertelt dat hij specialist is op het gebied van sociale angststoornissen.*

*'Fysiek gaat het niet zo goed met haar,' legt hij uit. 'Ze is ondervoed en uitgedroogd. Dit is al langere tijd zo. De effecten hiervan zijn verwoestend voor het lichaam. Het is alsof ze anorexia heeft. De lichaamsfuncties sluiten zichzelf af. Organen functioneren steeds minder goed. Gelukkig eet ze wel, dus we zijn nu heel gedoseerd voedingsstoffen aan het lichaam aan het geven. Wat de schade op de lange termijn is kunnen we op dit moment nog niet zeggen, maar normaal gesproken moet ze er fysiek wel weer bovenop kunnen komen.'*

*Hij neemt een slok van zijn kop thee.*

*'Is er sprake van ander trauma?' vraagt Mabel. 'Heeft ze verwondingen? Breuken? Is ze...' Hier aarzelt ze even. 'Is ze misbruikt of iets dergelijks?'*

*De arts neemt nog een slok thee voordat hij antwoordt. Iets wat Mabel irriteert. Hij heeft zijn cliënten niets aangeboden.*

*'Ik kan niet alle medische informatie met u delen,' zegt Hardburry. 'Er loopt vanzelfsprekend ook een politieonderzoek.'*

*'De inspecteur heeft ons beloofd dat we op de hoogte gehouden worden,' snauwt Mabel. 'Ik heb een officieel verzoek ingediend om toeziend voogd te zijn totdat haar familie is gevonden.'*

*'Daar ben ik me van bewust. Maar ik weet niet... Het is niet zeker hoe een en ander vanaf nu gaat verlopen.'*

*'Laten we ons op dit moment concentreren op wat we wel mogen weten en wel voor haar kunnen doen,' komt Phil tussenbeide.*

*De arts schuift heen en weer op zijn stoel en verstopt zich in het dossier.*

*'We vermoeden dat Jane ongeveer vijfentwintig jaar oud is.'*

*'Jane?' zegt Mabel scherp.*

*'Eh... dat is hoe we haar voorlopig noemen, Jane Doe.'*

*'Dat begrijp ik,' valt Mabel hem in de rede. 'Natuurlijk. Nou ja, toe maar dan.'*

*'Zoals ik al zei, ongeveer vijfentwintig jaar. Verder heb ik niet veel bijzonderheden die ik u kan meedelen. Vanuit psychiatrisch oogpunt kan ik zeggen dat ze aan* selective mutism *leidt. Ze kan niet meer spreken. Dat zien we wel vaker. Vooral bij kinderen of jongvolwassenen die een ernstig psychologisch trauma hebben meegemaakt. Het is een aandoening die ook wel spontaan voorkomt, bij ongeveer drie tot acht op de tienduizend kinderen. We weten er helaas niet zoveel van. Vaak verbergen ouders de aandoening. Of ze denken dat het kind er wel overheen groeit. Je zou het een vorm van zeer ernstige verlegenheid kunnen noemen, alhoewel die term de aandoening geen recht doet.'*

*'Selective mutism,' zegt Mabel nadenkend. 'Gekozen stilte, maar wil ze niet of kan ze niet praten?'*

*'We nemen aan dat ze zou kunnen spreken,' vervolgt Hardburry. 'Er is niets mis met haar tong of haar stembanden bijvoorbeeld. Ze is ook niet doof. We hebben gemerkt dat ze op geluid reageert.'*

*'En dit is uw specialisme?'*

*'Sociale angststoornissen, ja, daarin ben ik gespecialiseerd. Maar selective mutism bij volwassenen is niet iets wat ik vaak zie. Dat moet ik toegeven.'*

*'Hoe is het ontstaan?' vraagt Phil.*

*'En wat kunnen we eraan doen?' voegt Mabel toe.*

*'Zoals ik al zei is het een reactie van de geest op ernstig trauma. Bij elke zeer bedreigende situatie – of dat nou fysiek of psychisch is – gaan we automatisch in een overlevingsmodus. We rennen weg, of we vechten.'*

'Fight or flight,' *zegt Phil.*

*'Exact. Vaak dringt het pas later door hoe vreselijk iets precies was. Als er rust komt, en stilte, dan komt het besef. Vaak zien mensen lange tijd de beelden voor zich van wat er is gebeurd, dat overvalt ze op de meest ongelukkige momenten. Vaak zijn er jaren later nog nachtmerries.'*

*'Och hemel,' zegt Mabel. 'Heeft Jane ook nachtmerries? Arm kind.'*

*'Ze slaapt onrustig.' Hardburry neemt nog een slok thee. 'Ik vermoed dat de hele situatie – het feit dat ze kennelijk op de vlucht was, dat ze al eerder trauma's meemaakte en dat ze vast is komen te zitten onder die rots – heeft geleid tot iets wat we een totale* shutdown *noemen. Vechten of vluchten was immers niet meer mogelijk. De geest kiest dan een andere ontsnappingsroute. In feite is de hele stoornis een overlevingsmechanisme, moet u weten.'*

*'Hoe lang kan dit duren?' vraagt Phil.*

*'U lijkt de inspecteur wel,' lacht Hardburry. 'Ik heb werkelijk geen idee.'*

*'Wat is de behandeling?' Mabel begint genoeg te krijgen van alle uitleg. Allemaal heel interessant, maar wat gaan ze doen om haar weer beter te maken?*

*'Er is geen standaardprotocol voor,' zegt de psychiater. 'Ik denk dat het zaak is om haar eerst aan te laten sterken.'*

*'Lijkt me een goed plan,' beaamt Phil.*

*'Eens,' zegt Mabel. 'Eén vraag nog: hoeveel patiënten met selective mutism heeft u de afgelopen jaren behandeld?'*

*De arts kijkt haar onbewogen aan.*

*'Niet een,' zegt hij.*

# – 23 –

De bus stopt ten oosten van het dorp. Kyra heeft de kaart al zo vaak bestudeerd dat ze niet hoeft te vragen waar ze naartoe moet. Ze kijkt vluchtig om zich heen – naar het hotel en het bungalowpark in de verte, naar de naastgelegen kartbaan en het parkeerterrein, de lelijke jarenzeventigbouw aan deze kant van De Koog – en begint richting de duinen te lopen. Ze kijkt even de hoofdstraat in, waar restaurant naast restaurant ligt, afgewisseld met souvenirshops, een bakker, een boekhandel. Het is mooi weer en er zijn redelijk wat mensen op de been. De vakanties zijn nog niet begonnen, maar in mei begint de drukte blijkbaar al op gang te komen. Een man met een witte korte broek en zo mogelijk nog wittere benen loopt op slippers de winkelstraat in. Optimist.

Sarina is meteen doorgelopen, dat weet ze zeker. Elk normaal meisje ging direct op zoek naar haar vriendinnen, maar niet Sarina. Die moest natuurlijk eerst hardlopen. Was vast bang dat ze anders de kans niet meer zou krijgen.

Haar ouders hadden haar niet geloofd toen ze naar hen toe was gekomen om ze te waarschuwen.

'Het gaat niet goed met Saar,' had ze gezegd. 'Ze doet achterlijk veel sit-ups elke dag.'

Haar moeder was in de lach geschoten. 'Prima toch,' had Holly geantwoord. 'Beweging is goed.'

'Maar niet zo heavy, mam. Ik zweer je dat ze er dagelijks een paar duizend doet.'

Nog harder gelach. Een paar duizend, dat was totaal onmogelijk, zei haar vader. Wist ze wel hoeveel tijd dat zou kosten?

'Ze zet de wekker vroeg. Dat hoor ik toch. Ik hoor haar tellen, niet tot honderd, maar veel meer. Ze doet er wel een halfuur over, misschien langer. En 's avonds begint ze weer opnieuw.'

'Ga toch weg.' Haar moeder lachte niet meer.

'Nee, echt!'

Daarom doucht ze twee keer per dag, had Kyra willen zeggen, omdat ze de hele dag sport, valt dat jullie niet op? Ze eet ook niet meer. Maar ze wist dat alles wat ze zei als onzin afgedaan zou worden, dus ze hield haar mond. Ook over de oorzaak van Sarina's gedrag sprak ze niet. Dat zouden haar ouders ook niet geloven. En haar zus zou haar vermoorden als ze erover zou praten. Twaalf was ze toen. Sarina zestien.

De straat loopt recht op de duinen en een groot appartementencomplex af. Ze loopt langs een winkel met toeristische spullen. Emmertjes, schepjes, zonnebrillen, crème met factor twintig, tassen, ballen. Ze glimlacht als ze een piratenvlag ziet. Zo een hadden ze er zelf vroeger ook. Hij hing aan de tent als ze gingen kamperen.

De weg loopt hier omhoog, om vervolgens vrij steil af te dalen naar een soort kom in de duinen. Ze loopt langs de parkeerplaats, die halfvol staat met voornamelijk Duitse auto's, naar de camping. Er staan best wel wat caravans en tenten. Verscholen in de duinen. Ingegraven lijkt het wel, tegen de harde wind van zee. Het vakantieoord loopt evenwijdig aan de duinen, langgerekt tot verder dan ze kan zien. De receptie is een halfrond gebouw dat in het dal ligt. Het ziet er gezellig uit. Hier, tussen de groene duinen, vol vrolijk wuivend helmgras en kleine struiken, onder de felblauwe lucht en de knalwitte wolken – hier is het vakantie. Alle dagen van het jaar.

Ze stapt het receptiegebouwtje in, iemand groet haar en ze loopt naar het rek met folders zodat ze voorlopig niet hoeft te praten. Ze probeert zich voor te stellen dat Sarina informeert naar haar vriendinnen. Ze krijgt een papier aangereikt met de plattegrond van de camping en een cirkel om de staanplaats. Ze bedankt vriendelijk, met de stralende lach waarmee ze iedereen altijd voor zich wint, en vraagt of ze zich even om kan kleden en haar bagage in de lockerroom kan zetten zodat ze eerst kan gaan hardlopen.

Het dichtstbijzijnde toiletgebouwtje wordt haar aangewezen en ze loopt weg. Snel, struikelend bijna, omdat ze zich altijd gelukkig voelt als ze gaat hardlopen. Kyra loopt achter haar aan, het pad over, naar de toiletten waar later haar vingerafdrukken ook zijn gevonden. Ze ziet hoe Sarina zich snel omkleedt. Sport-bh, strakke paarse haltertop, ruimvallende trui erover, driekwart zwarte broek, paarse sokjes en haar zwarte hardloopschoenen. Ze zwaait de rugzak om haar schouder en loopt terug naar de receptie.

Kyra blijft buiten staan en denkt na. In de rugzak is later alles teruggevonden. Althans, dat denkt men. Haar moeder beweert bij hoog en bij laag dat alles compleet was, maar Kyra heeft dat altijd betwijfeld. Alsof haar moeder Sarina's hele garderobe kende. Ze kon met gemak een kleine tas met spullen meenemen zonder dat haar moeder dat doorhad. Ook dat heeft ze gezegd. Maar ook dat werd niet serieus genomen. Haar moeder was zelfs kwaad. Of ze dacht dat zij niet wist wat er aan kleding miste. Alsof ze haar dochter niet goed genoeg kende. Kyra ging aan zichzelf twijfelen, besloot dat ze het vast verkeerd zou hebben, maar nu ze hier zo staat, weet ze het ineens zeker. Sarina heeft een aantal spullen in een kleine rugzak gedaan en is gaan rennen.

'Ik zie je, kleine,' had Sarina gezegd en in de deuropening, met haar grote rugzak op haar rug en de kleine in haar hand, had ze Kyra een knuffel gegeven. 'Tot volgende week!'

Ze loopt achter de geest van haar oudere zus aan. Gehaast, omdat Sarina rent. De camping af, de brug over naar het hotel en de strandtent, over de top van de duinen en naar beneden, het strand op. Het is gezellig druk, vooral omdat het weer zo mooi is. Er staan van die halvemaanvormige windtentjes op het strand, kinderen en honden rennen achter ballen aan. Ze hoort de hoge stemmen van schreeuwende en lachende kinderen vermengd met het brutale gekrijs van de meeuwen die rond de viskar zwermen. Kibbeling, haring, paling, gefrituurde inktvisringen. Heerlijk. Sarina zou er heel snel en met afgewend hoofd voorbij zijn gerend.

Kyra loopt naar de waterkant. Ze hoort het ruisen van de zee, die rustig is omdat er haast geen wind staat vandaag. Schelpen knisperen onder haar schoenen en ze krijgt de neiging om blootsvoets verder te gaan en, ook al is het water veel te fris, toch haar kleding uit te doen en de zee in te rennen. Maar daarvoor is ze hier niet. Niet vandaag.

Naar het noorden of naar het zuiden? Overal is het even druk. Verderop zuidwaarts is het bos. Misschien wilde ze oorspronkelijk die kant op rennen, en dan tussen de bomen door terug. Maar ze is noordwaarts gegaan. Getuigenverklaringen. Een lang, mager meisje dat verbeten over het drukke strand rende. Een warme dag trekt gasten naar de zee en Sarina is door tientallen mensen gezien.

Noordwaarts staan kleine strandhuisjes. In de verte is het leeg en zonnig. Ze begint te lopen. Versnelt haar pas. Kyra houdt helemaal niet van dat geren. Niet van het gezwoeg en gemaal met de armen, het gebons van benen, het hameren van je volle gewicht op de knieen, borsten die aan je huid trekken. Het gehijg en het zweet dat in je ogen stroomt. Sarina leek daar immuun voor. Had ook geen borsten. Bijna geen gewicht om vooruit te stuwen.

Kyra rent niet maar ze loopt zo snel mogelijk. Sneller, en nog sneller. Ze snelt tussen spelende kinderen door. Tussen frisbee gooiende jongeren. Blaffende en springende honden. Het strand wordt steeds leger. Ze begint te zweten, hoort haar ademhaling, voelt de steken in haar zij. Ze had verdomme iets moeten eten. Nee, zo zou Sarina niet denken, die zou denken: vandaag tweeduizend sit-ups, tien kilometer, zal ik straks nog een paar keer een trap op en af rennen... niks eten en wel verbranden. Straks een glas vers sap met veel water. Heel veel water. Goed zo.

Ze probeert een ritme in haar stappen te vinden, een snelheid die haar niet uitput, die ze vol kan houden. Ze probeert zelf niet na te denken, maar te doen alsof ze Sarina is. Wat gaat er door haar heen? Waar is ze naartoe op weg?

Naarmate Sarina naar het noorden rent, worden de getuigenverklaringen minder, evenredig met het aantal strandgasten. Na drie kwartier staat Kyra ineens voor een breed water. De Slufter. Uniek natuurgebied, een plek waar het water door de duinen is gebroken en een soort zoutwatermoerasgebied heeft gecreëerd. Ze stopt. Als ze zou willen kon ze verder, maar niet zonder natte voeten te krijgen. Ze blijft staan. Hier is ze voor het laatst gezien.

Getuigenverklaringen beginnen vanaf dit punt tegenstrijdig te worden. De ene groep toeristen weet zeker dat ze aan de zuidkant van het water stond. Een eilandbewoner beweert bij hoog en bij laag dat ze het water overgestoken moet zijn want hij heeft haar gezien aan de noordkant. Kyra draait rond, bekijkt het uitgestrekte gebied. Hier is nog het meest gezocht. Ze was er niet bij, maar ze weet het. Door politie, vrijwilligers, door speurhonden, zelfs met helikopters met speciale opsporingsapparatuur is gezocht, ook nog dagen na haar verdwijning. Ze hebben niets gevonden. Geen stukje kleding. Geen voetstap. Hier, op dit stuk strand, tussen de toeristen die het zand en de Noordzee koesteren, is haar zus zomaar ineens spoorloos verdwenen.

Kyra laat zich op het zand vallen. Ze gaat zitten en kijkt om zich heen. Een enorm breed strand is het. Achter haar de immense vlakte met ondiep water en een gigantische hoeveelheid vogels. In de verte het groen. Rondom haar hoge duinen en voor haar de eindeloze zee. Grijsblauw. Wit schuim spugend alsof het water kwaad is.

Wat heb je gedaan? Wat heeft iemand gedaan? Waarom? Wie? Was het pech? Of ben je ergens in getrapt? Heeft iemand jacht op je gemaakt? Heel even flitst een beeld voor haar ogen van haar zus, rennend – maar dit keer niet vanwege de obsessie met calorieën, maar doordat iemand haar achternazit. Ze voelt de spijt, de paniek, de doodsangst.

Ze springt op en loopt een stuk langs het water, richting het moerassige gebied, en ze weet dat Sarina hier niet is. Nee, niets voor haar, zelfs niet ongewild. Maar wat is hier dan wel gebeurd, want dit is zo'n gekke plek. Hier hangt een bijna magische energie. Dat is wel iets voor Sarina. Om hier iets af te spreken. Ze wilde altijd zo ontzettend graag bijzonder zijn. Ongelooflijk romantische dingen meemaken. Niet voor niets keek ze altijd romantische comedy's. Kyra ziet de camera al ronddraaien, hoort de violen aanzwellen en schiet in de lach. Wie zegt dat Sarina hier daadwerkelijk dit soort gedachten had? Ze draait zich om en begint terug te lopen naar De Koog. Tempo. Ze kijkt op haar horloge. Hoe laat ging die veerboot nou ook al weer? Ieder heel uur, ieder halfuur? Ze weet het niet meer, maar het is nog een stuk lopen. Met de bus, de veerboot en dan nog naar huis rijden.

Een krap uurtje later loopt ze het duin weer op, terug door de badgasten, mensen die in bikini's en zwembroeken achter hun windscherm zitten. De geluiden zijn hetzelfde, de geur van zonnebrand en gebakken vis hangt nog steeds in de lucht, maar de zon staat lager en de wereld kleurt warmer, geler, meer oranje. Vakantie. Vrijheid. Niets moeten. Doen waar je zin in hebt. Maar wat zocht haar zus hier nog meer?

# – 24 –

Met zorg kiest hij een mes uit van de wand met gereedschap. Bij Gaullier, de kunstenaar die hem gouden bergen beloofde maar hem met een hoop stront het bos in stuurde, was een fijn mesje wel toepasselijk geweest. Als een marterharen kwast had hij het ding over die kale borst gehaald. Kunstig. Keurige rechte lijnen. Maar dat past niet bij IJzer. Gedecideerd pakt hij een robuust mes van zijn nieuwe set uit het rek. Hij draait het rond. Groot lemmet. Schuin aflopende top. Prima.

Hij draait zich om en kijkt zijn prooi aan. De man begint te briezen en te kronkelen in zijn stoel.

'Ik versta je niet,' zegt hij pesterig en hij gaat voor hem staan.

IJzer zet grote ogen op en murmelt onverstaanbare woorden die blijven haken in de tape die over zijn mond zit.

'Gaullier,' zegt hij. 'Ken je die?'

IJzer schudt verwoed van niet. Er hangt een sliert snot aan zijn neus.

'Dacht ik al. Heb jij ook niets mee te maken. Maar misschien herken je het volgende scenario: iemand legt een contact voor je en dat levert een mooi zakelijk project op. Grote bedragen. Vette winsten.'

Hij buigt naar de man toe. Hij kan het angstzweet ruiken.

'Er worden overeenkomsten opgesteld. En dan ineens bedenk je dat het zonde is om een deel van je marge aan die tussenpersoon te geven.'

Hij geeft de klootzak een klap voor zijn bek. Rustig beginnen. Hij heeft geen haast. Hoe langer het duurt, hoe beter het is. Hij pakt het mes en snijdt het sportshirt van de klootzak open. Met de punt van het mes trekt hij, zonder hem te verwonden, een lijn over de borstkas van de man. Hij piept.

'Ik doe niks,' zegt hij. 'Wat zeur je nou?'

Dan ineens zet hij kracht en gefascineerd kijkt hij toe hoe de huid openbarst en hoe het bloed begint te stromen. Schitterend. Meedogenloos. Hij hoort het geklaag van zijn prooi niet. Hij ziet alleen de wond, de rode randen, het roze vlees, de rode druppels. Schitterend. Hij voelt het in zijn kruis. Opwinding. Geen seksuele, maar wel iets wat daarop lijkt. Hij is de baas. Hij bepaalt wat er gebeurt. Niemand kan hem nog als lulletje behandelen. Nog een snede. Schitterend. Dieper nu. Hij moet pijn lijden, die klootzak. Zoals hij zelf ook pijn geleden heeft.

'Dus jij dacht dat je ermee weg kon komen. Jij dacht dat ik niet doorhad waarmee jij allemaal bezig bent. Denk je dat ik gek ben?'

Hij haalt uit en slaat de klootzak met zijn vuist in één keer knock-out. Zakkenwasser. Verdiende loon. Twee projecten probeerde IJzer hem door de neus te boren. Misschien wel meer. De locatie aan het water. De verkoop van het vakantiepark. Teringveel geld mee gemoeid. Miljoenen. Hij neemt nog een flinke slok jonge jenever. Vijf procent was alles wat hij vroeg. Maar vijf procent van veel is veel. Godver, hij was zelfs met de helft akkoord gegaan. Maar niemand praatte met hem over dat soort dingen. Ze negeerden hem gewoon. IJzer en al die andere klootzakken. Na die glorieuze vechtpartij met zijn eerste slachtoffer was hij naar de wc gegaan en had in één keer alle onverteerbare vernedering uitgescheten. Hij had zich lichter dan ooit gevoeld en hij wist: zo moet het. Daarna was hij in de eerste diepe slaap sinds jaren gevallen en wakker geworden met een vastberadenheid die hem tot op dit moment voortdreef. Eindelijk is hij wie hij is.

Hij gaat op het krukje bij de deur van de container zitten. Tevreden haalt hij de flacon met jenever uit zijn broekzak en hij neemt een grote slok. Lekker. Godverdomme, wat is dat lekker.

# – 25 –

Het is halfzeven 's avonds en Kyra loopt met Mertens over de Nieuwendammerdijk. Een geluk dat Mertens haar via Jarno te pakken had gekregen. Tof dat haar broer het voor haar opnam, zodat haar moeder helemaal van het idiote idee van maximaal een uur mobiel per dag was afgestapt.

'Dat eerste lijstje leverde zeker niets op?' vraagt Kyra mismoedig. Het gevoel dat ze een wedstrijd doet met Mertens is weggeëbd en ze realiseert zich dat het oplossen van dit moordraadsel tijd kost, en inspanning, in het beste geval van haar en Mertens samen.

'We hebben inmiddels het grootste deel van de leerlingen gesproken,' zegt Mertens. Kyra hoort de voorzichtigheid in haar stem.

'Ik heb nog een ander lijstje gemaakt, maar ik heb daarover ruzie met mijn vriendinnen,' zegt ze. Sophie negeert haar al twee dagen. Luna ook. Chantal praat nog wel met haar, maar daar is dan ook alles mee gezegd. Ze probeert er niet over na te denken en houdt zich vast aan de gedachte dat na het examen alles weer normaal wordt.

'Ze zijn allemaal bang dat ze ook op dat lijstje terechtkomen,' vervolgt ze. 'Niemand wil dat uitkomt dat ze met Gaullier hebben gerotzooid.'

Mertens glimlacht. 'Iedereen heeft zijn eigen belangen,' zegt ze. 'Het is een hele kunst om die helder te krijgen en ze dan voor je te laten werken in plaats van tegen je.'

Belangen. Dat is waar ze niet erg goed in is, realiseert Kyra zich, beseffen welke belangen voor wie spelen.

'Je moeder keek niet erg gelukkig toen ik je kwam halen,' zegt Mertens.

'Ze is kwaad op me.' Kyra twijfelt of ze zal zeggen waarom. 'Ik had de auto gepakt en ben naar Texel gereden. Ze had gezegd dat dat niet mocht.'

'Waarom moest je naar Texel? Voor één dag?'

'Lang verhaal,' zegt Kyra terwijl ze het tuinpad inslaan dat naar Gaulliers atelier loopt.

'Doe dan een samenvatting,' zegt Mertens terwijl ze een papiertje uit haar jaszak haalt.

'Vier jaar geleden is mijn zus vermist geraakt,' zegt Kyra zacht. Ze spiekt op het briefje van de rechercheur. Simpel zeg. De postcode. Gevolgd door een B en een hekje. Ze schraapt haar keel. 'Ze verdween op een zaterdag in mei, op een strand vol mensen. Op Texel.'

Mertens toetst de code in, maar de deur gaat niet open. 'Dat heb ik gehoord,' zegt ze nadenkend. Ze kijkt Kyra aan. 'Ik heb nooit aan die zaak gewerkt.'

Mertens toetst de code nogmaals in en nu schiet het slot wel open.

'Ik was toen net vijftien,' zegt Kyra terwijl ze de code voor de zekerheid in gedachten herhaalt. Postcode. B. Hekje. 'Mijn ouders wilden me niet meenemen naar Texel op hun zoektocht.'

'Hm.'

'Mijn moeder zei letterlijk dat ze zich op Sarina moest kunnen concentreren en dat ze dan geen tijd had om ook nog op mij te letten.'

Ze voelt het nog steeds, elke keer als ze erover nadenkt, elke keer als ze erover droomt en zeker nu ze het vertelt. Normaal praat ze er niet over.

'Ze hebben een paar weken gezocht,' gaat Kyra verder. 'Mijn broer Jarno, die was toen zeventien, was wel mee. En een heleboel andere mensen. In elk geval heeft niemand ook maar iets gevonden. Niet dat ik nou verwachtte vandaag wel iets te vinden, maar ik wilde gewoon die plek een keer bezoeken.'

'Midden in de examenweek?'

'Volgende week is het vier jaar geleden dat ze verdween. Ze had eindexamen gedaan, net als ik nu doe. Ze was negentien, net als ik nu ben. Het is raar. Bovendien is vandaag haar verjaardag. Ik wilde iets doen om haar te eren.'

Mertens duwt de deur open. 'Nu begrijp ik het,' zegt ze.

Het atelier is leeg en stil. Meestal had Marc klassieke muziek op staan. Chopin. Bach. Hij had haar verteld dat hij hier elke ochtend werkte. Heel vroeg, als iedereen nog sliep, maakte hij zijn werk. Hij liet haar zien waar hij aan werkte. Sprak over de materialen die hij gebruikte, de kleuren en op welke manier hij zijn ziel in het werk probeerde te leggen. Ze zou hier niet stiekem naar zijn werk moeten gluren. Ineens begrijpt ze haar vriendinnen. Welk recht hebben zij allemaal om elk aspect van zijn leven onder de loep te nemen, om zijn geheimen bloot te leggen? Maar toch, de moordenaar moet gevonden, berecht, opgesloten. Belangen. Welke belangen zijn het die hem de dood in hebben gejaagd?

'Kijk,' zegt Mertens. Ze staat bij de muur waar Marc veel van zijn werken bewaarde en haalt een paar schilderijen uit het rek. Ze zet ze tegen de wand en pakt er nog een paar. Na een paar minuten staart een hele rij vriendinnen haar aan. Wat zijn ze naakt, wat kijken ze zwoel.

'Chantal,' zegt ze en ze wijst naar een van de schilderijen. 'Luna, Sophie, Anne, Jolein, nog een keer Chantal. Dat is nog een keer Luna. Deirdre. Annet. Semra.'

Mertens noteert. 'Zijn deze meisjes allemaal zestien jaar of ouder?'

'Allemaal.'

Terwijl Maud Mertens een paar andere rekken leeghaalt en op een rij neerzet, onderzoekt Kyra zo onopvallend mogelijk het atelier. Er moet toch ergens een concrete aanwijzing zijn? Mertens vindt de schilderijen kennelijk een spoor. Ze heeft gelijk, maar er moet meer zijn, alhoewel ze zo snel niets kan vinden. Jammer dat ze camera's heeft zien hangen op de oprit van het atelier, anders zou ze hier vannacht op zoek gaan naar hints.

'Nog meer,' zegt Mertens. Weer somt Kyra de namen op. Bevestigt weer dat er geen minderjarige meiden bij zitten. Het daglicht valt door de ramen, precies op de blote borsten, dijen en billen van haar vriendinnen. Mertens gaat door en zet de schilderijen tegen de tafels met tubes verf, tegen de wasbak, tegen de wand aan de andere kant van het atelier. Een hele kolonie halfnaakte meiden staart haar aan. Hebben zij dit allemaal gewild? Hebben ze allemaal gehoopt dat hij hen zou uitkiezen? Wat waren de belangen? Aandacht. De alles verterende wens om bijzonder te zijn.

'Ik denk dat hij heel precies wist waar hij mee bezig was,' zegt Kyra. Ze loopt bij de schilderijen weg en bestudeert een beetje nonchalant de tafels en de kasten. 'Dat hij heel precies wist wat hij wel en wat hij niet kon doen. Ik denk dat zijn angst voor die schande groter was dan zijn lust.'

'Nog wel,' stelt Mertens.

In de hoek van het atelier staat een grote ijzeren kast en zonder te aarzelen trekt Kyra die open. Verf. Kwasten. Papier. Gewoon voorraad, shit.

'Je ziet vaak dat het steeds een stapje verder gaat,' zegt Mertens. 'Een onmerkbaar klein beetje. Tot het op een punt is waarvan je van tevoren gezegd zou hebben: dat doe ik niet.'

Het is waar. Als iemand van tevoren had gezegd dat zij en haar vriendinnen naakt zouden poseren, dan had ze diegene smakelijk uitgelachen. Maar Luna had er geen probleem mee gehad. Die lag al naakt op een matras in het atelier – een hand onder haar kin, de andere losjes over haar heup gedrapeerd – voordat iemand nee had kunnen zeggen. En eerlijk is eerlijk, het was leuk om een naakt lichaam te tekenen. De vormen, de schaduwen. Voeten en handen waren moeilijk. Borsten en billen helemaal niet. De houtskoolschetsen gaven haar het gevoel dat ze een soort Leonardo da Vinci was, een Rubens of een klein Rembrandtje. Een jonge oude grootmeester. Ze stelde zich voor dat ze in een lang hemd met een plofmutsje op haar hoofd achter een grote schildersezel stond. De meester die over haar schouder meekijkt. Kyra doet de kast dicht. In het atelier is niks te vinden. Trouwens, de recherche zal het vast ondersteboven hebben gehaald. Het is moeilijk winnen van de vakmensen.

'Iedereen kon hier zijn fantasie de vrije loop laten,' zegt ze tegen de politievrouw. 'Wij, en Gaullier al helemaal. Dat was de sfeer die hij kon creëren. Hij gaf mensen het gevoel dat ze tot grotere dingen in staat waren dan ze ooit gedacht hadden.'

'Het laatste paar,' zegt Mertens en ze wijst naar twee grote schilderijen die ze net heeft neergezet. Kyra houdt haar adem in en voelt zich licht in haar hoofd worden. Ze loopt naar voren.

'Jezus,' zegt ze.

Het magere, blonde meisje op het schilderij kijkt haar verlegen aan.

'O, god...'

Kyra heeft het gevoel dat ze om zal vallen.

'Sarina...'

'Is dit je zus?' Mertens is overduidelijk geschokt.

'De klootzak!' roept Kyra uit. 'De gore...' Haar stem gaat over in een snik. 'Hij heeft me opgevangen toen mijn zus verdween,' zegt ze bijna onhoorbaar. 'Hij nam me onder zijn hoede op school. Wierp zich op als mentor. Ondanks zijn inspanningen bleef ik zitten in de derde.'

Hij was zo aardig toen. Zo lief. Een van de weinige volwassenen die echte aandacht voor haar had. Het leek alsof hij haar begreep. Helemaal, alles van haar. De woede op de moordenaar van haar zus. Maar ook de woede op haar ouders, haar broer. Niet te vergeten haar woede op Sarina. Hoe haalde haar zus het in haar hoofd om vermist te raken?

Ze schudt haar hoofd. 'Maar hij heeft nooit iets gezegd over Sarina,' zegt ze ineens fel. 'Nooit!'

Ze staart naar de schilderijen. Wat ziet ze er kwetsbaar uit. Zo dun. Zo bleek. Zo wanhopig.

'En Sarina ook niet,' zegt ze grimmig.

## – 26 –

Meedogenloos. Hij blijft het maar herhalen. Meedogenloos. Hij trekt de riem om de hals strak. Kijk hem zitten met zijn uitpuilende ogen, het snot dat uit zijn neus druipt. Huilt hij?

Verdomd, hij huilt.

Hij controleert de riemen om de enkels, om de polsen, om de borst, en stapt naar achteren om zijn kunstwerk te bekijken. Want dat is het. Kunst. Die grote stoel, midden in de ruimte. De worstelende, machteloze klootzak in de riemen. Nu negeer je mij niet meer. Ik maak dat onmogelijk. Ik. En maar denken dat je boven mij stond. Mijlenver. Als een satelliet in de ruimte hing je. Af en toe zoomde je in op het klootjesvolk maar zelf zorgde je dat niemand doorhad dat je van grote hoogte de boel bestuurde.

Hij neemt een slok van zijn jenever en voelt de opwinding toenemen. Hij leeft. Hij leeft en hij is de baas. Het is alsof hij dronken is en hij heeft nog maar één glaasje op. Hij bukt en klemt zijn vingers stevig om de tang.

‘Welke zullen we doen? Een grote of een kleintje?’

Zie hem daar nou zitten. Nog even en je zeikt in je broek, hondenlul.

Hij pakt een kleine, zodat hij nog wat leuks overhoudt. Opwinding raast door zijn lijf en lijkt samen te komen in zijn onderbuik. Zijn handen tintelen.

‘Een, twee...’ zegt hij en de klootzak krimpt ineen.

‘Geintje!’ roept hij en als de prooi iets ontspant slaat hij toe. Knip. Wat gaat dat makkelijk, zo’n teen. Nog eentje dan.

Hij stapt naar achteren om van zijn werk te genieten. Slokje erbij. Lekker. Zijn prooi huilt en kermt als een klein kind.

Niet iedereen kan dit. Hij is ontdekkingsreiziger. Kunstenaar. Meedogenloos.

Zorgvuldig sluit hij de container en hij blijft staan, net als die eerste keer, om te horen of er iets van geluid naar buiten dringt, maar zoals hij al eerder vastgesteld had is het ijzeren gevaarte goed geïsoleerd.

Voordat hij de stacaravan bij de ingang van de loods in stapt rekt hij zich uit. Alles onder controle. Een geluksgevoel overvalt hem. Meedogenloos. Dat woord smaakt nog steeds goed. Morgen wordt een mooie dag.

Hij vist een witte boterham uit de trommel en draait de pot pindakaas open. Even ziet hij zijn prooi weer voor zich. Onder het bloed. Bang. Doodsbang. Wat is wit brood met pindakaas toch lekker. Hij weet dat hij het niet zou moeten doen – vetten, koolhydraten, al die ellende – maar hij smeert nog een broodje. Hij heeft wel iets verdiend. Morgen moet hij vroeg op. Werken. Het spel met de prooi voltooien. Twee volle dagen mag hij zich met zijn prooi vermaken. Als hij daaraan denkt maakt een vers soort opwinding zich van hem meester. Hij gaapt, probeert zijn hoofd leeg te maken, neemt een slok jenever en zet zijn tanden in het kleffe brood.

## – 27 –

## *Vrijdag*

Mertens zwerft midden in de nacht door het huis. Je kind loslaten, hoe doe je dat? Ze ruimt de vaatwasser uit en weer in. Poetst het aanrecht schoon. Trekt de koelkast open en staart naar het bord met zuurkool, spekjes en rookworst dat keurig afgedekt met huishoudfolie op Roos staat te wachten. Niet boos zijn, heeft Edwin gezegd, gewoon laten gaan. Wees blij dat ze laat weten waar ze is en hoe erg is het nou precies als ze wat vaker bij Julia slaapt?

Is het waar dat ze een zeurende moeder is geworden? Niet omdat ze zo'n voorbeeld heeft gehad. Haar ouders stelden geen eisen. Alles wat ze deed was altijd goed. Ze werd altijd op handen gedragen. Niemand nam het ze kwalijk, na Ton. Wat is de kans dat je door een spookrijder wordt doodgereden? En waarom moest dat nou juist die goedzak van een broer van haar overkomen?

Het is zo jammer dat Roos hem niet gekend heeft. Ze was pas twee toen hij overleed. Gek was hij op zijn kleine nichtje. Sleepte het ene na het andere truitje mee van de Cuyp, waar de dames van de kledingkraampjes hem maar wat graag attendeerden op dit koopje en dat voordeeltje. Ach, Ton.

Het is vier uur. Ze kan nu niet gaan staan stofzuigen, midden in de nacht. In een poging om toch wat slaap te pakken gaat ze op de bank liggen, trekt een van de dekentjes die daar liggen over zich heen en knijpt haar ogen stijf dicht. Als ze terug naar bed gaat maakt ze Edwin misschien wakker en die heeft zijn slaap hard nodig met dat harde werken van de laatste tijd. Slaap. Slaap dan. Shit, dat wordt niks zo.

Ze staat op, schrijft een briefje voor Edwin en gaat de deur uit. Ze pakt de auto. Edwin heeft sinds een paar dagen een nieuwe fitnessbui en hij heeft besloten vanaf nu alles alleen nog fietsend te doen. Bij het stoplicht naar de IJdoornlaan probeert ze zich voor te stellen dat er een lijk op de achterbank ligt. Of in de kofferbak. Was hij bang om betrapt te worden, of dacht hij daar niet aan? Was hij te vol van zichzelf, van zijn daad en van de plannen die hij nog had om aan de risico's te denken? Denkt hij misschien dat hij onfeilbaar is?

Hij vindt voldoening in dit alles, dat kan niet anders. Het bevredigt hem dat iedereen gruwelt van wat er met Gaullier is gebeurd. Het is zijn manier om aandacht te krijgen en te domineren.

Ze rijdt over de Kamperfoelieweg en dan over de Van der Pekstraat. Je kunt je niet verstoppen hier. De straatlantaarns branden, maar de weg is verlaten. Achter café De Pont stopt ze. Het veer ligt aan de overkant. De kade is leeg op wat achtergelaten fietsen na. Nog geen mens te zien.

Ze stapt uit de auto en loopt naar de kade. Het water klotst zachtjes tegen de wal. Het beweegbare deel van de steiger schuurt bijna onmerkbaar heen en weer.

Hoe langer ze nadenkt over de vindplaats, hoe minder gek ze de hele operatie vindt. Toen ze het lichaam vier dagen geleden zag hangen dacht ze dat het onmogelijk was om dit snel en ongezien voor elkaar te krijgen. Nu denkt ze dat het veel minder moeilijk is dan gedacht.

Ze loopt terug, start de auto en rijdt langzaam weg. Pas vlak voor de rotonde bij de Johan van Hasseltweg komt ze andere nachtbrakers tegen.

*

Kyra bekijkt de berichten op haar telefoon. Of eigenlijk meer de afwezigheid van berichten. Ze is gewend aan de rode bolletjes op Facebook die aangeven wat er actueel is, en aan de nog te lezen berichten op WhatsApp, maar het is verdacht stil. Ze gooit de telefoon aan de kant en trekt het dekbed over haar hoofd. Het is nog vroeg, maar ze is weer wakker geschrokken van een nachtmerrie. Eigenlijk zou ze meteen moeten opstaan om te gaan leren. Ze zucht en rolt op haar rug, staart naar het plafond met de open balken en de twee kleurrijke, stoffen vogels die ze daar jaren geleden bovenop heeft gezet. Samen met Sarina.

Gekregen van tante Gerda na die rampzalige logeerpartij. De tante die helemaal geen tante was, maar zo noemde haar moeder nou eenmaal volwassenen die op de een of andere manier vriend van de familie waren.

'Een weekje op het platteland is goed voor jullie,' had Holly gezegd. Gerda woonde in een boerderij aan de rand van een dorp tegen de Duitse grens. Sarina was toen vijftien en kon het zo goed vinden met Gerda's dochter van dezelfde leeftijd. Kyra mocht ook mee logeren. Ze waren onafscheidelijk, toen. Al scheelden ze vier jaar en waren ze nog zo anders. Kyra interesseerde zich totaal niet voor make-up of ingewikkelde toestanden met haardracht. Sarina deed nog liever een hele week de afwas dan dat ze een boek las. Maar als Sarina een vlecht maakte van Kyra's haar, bleef zij stilzitten en genoot intens van het gepruts aan haar hoofd. Als Kyra voorlas terwijl Sarina de vlechten maakte en zichzelf daarna versierde met verschillende soorten oogschaduw, dan luisterde haar zus ademloos. Kyra had vaak gedacht dat Sarina helemaal niet oplette. Tijdens het lezen ging ze dan ineens verder, op precies dezelfde toon: *en het meisje zat aan haar kaptafel, eindeloos te klooien met een borsteltje en een kammetje, ze probeerde blauw oogpotlood en groen en geel en lichtgevend...*

*Kyra!* reageerde Sarina dan. *Wat doe je? Ga nou door!*

Als ze niet zo nodig mee had gemoeten naar die logeerpartij dan was het nooit gebeurd. Ze had het nooit hardop gezegd, maar het schuldgevoel had haar lange tijd in zijn greep gehouden.

Buiten het dorp stond een sportcentrum. Met een zwembad en tennisbanen. Je kon er op de fiets naartoe, dan moest je door de dorpskern, maar je kon ook lopen, dan ging je via het weiland en een randje bos. Tante Gerda had speciaal leenfietsen voor ze geregeld. Toch liepen ze liever naar het bad. Dat deed Sanne, Gerda's dochter, ook altijd.

Het was een fantastische week geweest. Ze waren de hele tijd buiten. Sarina was voor het eerst verliefd. Ook Sanne deed haar best iets te krijgen met een jongen op wie ze al heel lang verliefd was. Kyra hobbelde zo veel mogelijk overal achteraan en vond die hele andere wereld waarin ze terecht waren gekomen intrigerend. Op de laatste avond was er een feest in het clubhuis bij de sportvereniging, waar Sarina wel naartoe mocht en Kyra niet. Veel te jong, vond Gerda. Onzin, vonden de meiden. Het plan was dat Sanne en Sarina Kyra stiekem op zouden halen en na een uurtje feesten ook weer stiekem naar huis zouden brengen, maar juist op het moment dat Kyra naar huis moest, wilde Sannes vriendje eindelijk met haar slowen. Dus bracht Sarina haar alleen terug, gehaast, want zij wilde snel terug.

Al dat gedoe om een uurtje in een lelijke kantine – er hingen niet eens vlaggetjes – naar pubers te kijken die bier dronken. Kyra voelde de opwinding meer dan dat ze die begreep.

'Ga maar snel terug naar Gino,' zei Kyra tegen haar grote zus toen ze vlak bij het huis van Gerda waren. Ze zag het huis al liggen.

'Nee, ik breng je tot de achterdeur.'

Dat was het moment dat Gino op het pad verscheen. Gino, die al auto en tractor reed, en die rookte. Gino, die een paar vrienden had waar Kyra stiekem bang voor was en die met hem waren meegekomen. Ze kwamen heel, heel dicht bij de meisjes staan. Gino zat aan Sarina's haar. Een van de jongens gaf haar een duwtje.

'Ren weg,' beval Sarina haar kleine zusje, maar Kyra stond als bevroren.

Ik moet Gerda halen, dacht ze. Maar Gerda mag niet weten dat ik hier ben. Toch rende ze, ze haalde Gerda en haar man Herman en ze kwamen te laat.

Sarina zat op het bospad en huilde. Ze weigerde te vertellen wat er was gebeurd. Sanne werd van het feest gehaald door een razende vader. Gerda gaf iedereen thee en probeerde Sarina over te halen om te praten. Ze zei niks. Kyra begreep er niets van. Wat kon er nou helemaal gebeurd zijn in die paar minuten dat zij als een speer heen en weer was gerend?

De volgende dag kwam Holly Slagter haar twee dochters halen en terwijl de meisjes cola dronken in de tuin sprak ze met Gerda in de keuken. Op de terugweg zweeg haar moeder. Ze zei niets, ook niet toen ze thuiskwamen, en ze stuurde de meisjes naar hun kamers. Er hing de vreemdste sfeer ooit in huis. Papa kwam thuis en na het eten nam hij Sarina mee naar een collega-huisarts. Toen Saar thuiskwam ging ze op bed liggen. Ze wilde nog steeds niet praten. Kyra kon maar één ding doen en dat was Sarina's haren vlechten. Ze ging naast haar zitten en maakte een heleboel onregelmatige vlechtjes en toen ze klaar was haalde ze die uit en begon opnieuw. Daarna was het nooit meer hetzelfde geworden.

*

'Hé Maud,' begroet Jenny van de receptie Mertens. 'Jij bent vroeg.'

'Iemand moet het werk doen.'

Jenny grijnst. 'Iemand moet het werk góéd doen,' zegt ze.

'Dus ik offer me op,' antwoordt Mertens in het voorbijgaan. 'Maar niet zonder koffie.'

'Gelijk heb je.'

Ze grist haar beker van haar bureau – DOODSKOP, staat er heel flauw op, een sinterklaascadeautje van Roos uit de tijd dat nog niets wees op de ramkoers die ze blijkbaar ingezet hebben – en vult hem met automaatkoffie. Ze zou thee moeten drinken. Groene thee. In plaats van naar kantoor te gaan had ze ook kunnen gaan hardlopen. Omdat ze geen brood heeft meegenomen, haalt ze een gevulde koek uit de machine die naast het koffieapparaat staat. Weer een overdosis suiker, ook dat nog.

Ze zet haar computer aan. Nog een aantal verslagen van de jongeren die verhoord zijn in verband met Gaullier. Maar wat verwacht ze te lezen? Hoe vaak heeft haar vriendin Corine Stadman van Zeden er niet over gesproken? Het trauma van seksuele intimidatie leidt vaak eerst tot ontkenning. Door te doen alsof het iets onbelangrijks was, kun je jezelf wijsmaken dat je het zelf nog in de hand had. Dat je die onbelangrijke hand door je haar, in je nek, die vluchtige kus in je hals, op je mondhoek, dat je dat zelf toegestaan hebt omdat het niets voorstelde. Dat je eigenlijk had moeten zeggen dat je het niet wilde, die hand op je borst, aan de binnenkant van je dijbeen, die duim die even vluchtig over je gulp streek – maar ja, had je er dan niet al veel eerder iets van moeten zeggen? Die tong in je mond en die erectie die tegen je aan werd gedrukt, dat was, shit, ja, confronterend, maar verdomme, het was gebeurd voordat je er erg in had. Dan komt het besef dat het vanaf het begin af aan vies en vervelend voelde en dat je er iets tegen zou moeten doen. Maar wat?

De vraag is bij welk meisje Gaullier echt te ver is gegaan en bij welk meisje – of welke vader of broer – dat zulke grote wraakgevoelens heeft opgeroepen.

Ze neemt de lijst met namen door en zoekt opnieuw in de database. Waar was ze gebleven? Bij de twaalfde naam is het dan toch raak. Shereen Putman. Dochter van een bekende van de politie, zoals dat zo mooi heet. Lid van de grote vriendenkring van justitie. Geen kleine jongen. Ze staat op, schrijft de naam op het bord en omcirkelt die.

Haar telefoon gaat en ze neemt het gesprek aan.

'Dag mam.'

'Er is een Amsterdammer doodgegaan.'

'Het was moord.'

'Iets met zijn rikketik?'

'Klopt, die doet het niet meer.'

'Maar ik heb geen tijd. Dus je moet het zelf doen.'

'Goed.'

Haar moeder hangt op. Mertens legt haar mobiel op haar bureau en rolt haar hoofd van links naar rechts. Haar nek knakt. Zeven uur inmiddels. Bingsten uit bed bellen. Die Putman wat vragen stellen. Maar eerst koffie.

'Goedemorgen mevrouw.' Bij de koffiemachine komt Mertens Myrna tegen.

'Wil je vroeg naar huis vandaag?' vraagt Mertens.

Myrna kijkt haar verlegen aan.

'Omdat je zo vroeg bent?' probeert Mertens nogmaals. 'Je ziet er uit alsof je dat wel kunt gebruiken.'

'Ik wilde u eigenlijk iets vertellen,' zegt het meisje en even denkt Mertens dat het kind in huilen uit zal barsten.

'Dat nieuws, over Gaullier. Ik denk dat ik dat toch ben geweest.'

'Denk?'

'Ik heb het aan mijn vriendin verteld. Van de televisie.'

'Mijn god.'

'Zij heeft het niet gebruikt,' zegt Myrna snel. 'Echt niet. Maar zij vertelde het aan haar vriendje, Joris Verstraten, en die is journalist bij de krant.'

'O shit.'

'En hij heeft het gebruikt, een stukje geschreven en doorgespeeld aan de NOS. Ze heeft het uitgemaakt, mijn vriendin.'

Mertens knikt bedachtzaam. Myrna staat met een opgewonden kleur voor haar. Ze buigt haar hoofd. 'Ik heb het verder aan niemand verteld. Ik... ik schaam me.'

Mertens zucht diep. 'Loop maar even mee.'

# – 28 –

De onverwachte scheiding van een beruchte voetballer en een bekende actrice voert ineens de boventoon in het nieuws. Overspel, bijna nog leuker dan moord. Dat, en de verdwijning van een of andere zakenman die zich verrijkt heeft ten koste van het bedrijf – iets met een maatschappelijk belang – waar hij werkte en waar iedereen al weken schande van spreekt, domineert het nieuws. De storm rondom Gaullier is gaan liggen. Of nee, niet gaan liggen, de tornado heeft zijn weg vervolgd.

Mertens zucht en pakt zonder haar blik van het scherm te halen haar koffiemok. Pas als ze de beker aan haar lippen heeft en probeert een slok te nemen merkt ze dat het ding leeg is. Ze staat op en loopt naar de automaat, waar ze Bingsten treft.

'Nieuws?' vraagt hij gapend.

'Wakker?' kaatst ze terug.

'Ja,' zegt hij.

'Nee,' vervolgt Mertens. 'Geen nieuws.'

'Rapport al gelezen?' Het haar van Bingsten zit zoals altijd in de war, wat niet verbeterd wordt door het feit dat hij er zijn handen steeds doorheen haalt.

'Ik heb het twee keer doorgenomen,' zegt Mertens. 'Maar ik zie toch niets wat we niet al wisten. Of waar we wat mee kunnen. Jij?'

'Heb ik je al gemaild. Wie is hier nu slaperig?' Bingsten grijnst en hij neemt een slok van zijn koffie.

Mertens schudt haar hoofd. Ze loopt samen met Bingsten naar haar bureau terug. Voor het bord van Gaullier blijven ze staan en drinken ze zwijgend hun koffie.

'Putman dus,' murmelt Bingsten.

'Zijn zestienjarige dochter Shereen zit op het Damstede. Bij

Gaullier. Heeft ook bijles van hem gehad.'

'Mooi meisje?'

Mertens zwijgt. Wat doet dat ertoe? Ze weet het niet, trouwens.

'Die Putman is geen lekkertje. Motorclub. Geweldpleging. Verdacht en verhoord voor drugshandel, bezit van wietplantages, maar nooit voor iets groots veroordeeld.'

'Beetje voor de hand liggend, vind je niet?'

Mertens drinkt haar koffie. Natuurlijk. Hij heeft gelijk, maar wat moeten ze dan?

'Maar wel de moeite van het onderzoeken waard,' zegt Bingsten. 'Laten we gaan.'

De familie Putman is, in tegenstelling tot wat Mertens had gedacht, wakker en klaar voor de dag. Gekapt, geschminkt, voorzien van immense oorbellen en een enorme hoeveelheid armbanden rommelen moeder en dochter met het ontbijt terwijl vader en zoon aan de keukentafel koffiedrinken.

'Bingstermans,' groet vader Putman de rechercheur hartelijk. 'Lang niet gezien, man. Hebbie niks te doen? Moetje koffie? En wie is dat dan?'

Mertens stelt zich voor en wordt door moeder Putman aan de keukentafel neergezet, naast Niels. Binnen een paar seconden staan er twee geurende bakken koffie voor ze.

'Wat kan ik voor je doen?' vraagt Putman. Hij gedraagt zich alsof het de normaalste zaak van de wereld is dat de recherche 's morgens voor achten aan je keukentafel zit om vragen te stellen.

Bingsten begint met een beleefdheidspraatje. Hij informeert naar de familie. De moeder van Putman, die overleden blijkt te zijn. De mondhoek van de gespierde man trekt een beetje als hij daarover vertelt.

'We zijn hier in verband met de dood van Marc Gaullier,' zegt Bingsten uiteindelijk.

'Die docent van Shereen,' licht moeder Putman toe. 'Die gozer van kunst, weet je wel.'

Mertens bestudeert de man oplettend. Als mijn Roos zo door

iemand geschilderd was, denkt ze, als Roos zo open en bloot door Gaullier neergezet was, als hij haar schaamlippen, al was het maar virtueel, met zijn penseel had aangeraakt, dan...

'Heel mooi wat die man maakt,' zegt Putman. 'Heel mooi. Net echt. Die van Shereen was heel tof. Ze hebt hem telkens gefotografeerd met haar mobiel. Tot op het laatst dan. Toen-ie af was wou-ie dat niet meer. Moest een verrassing blijven tot aan de tentoonstelling.'

'Die gaat zeker niet door nou?' vraagt de moeder van Shereen.

'Hé, ik zou dat schilderij wel krijgen hoor,' zegt Shereen. 'Dat hebt-ie beloofd.'

'U vond het niet ongepast?' vraagt Mertens.

'Dat plaatje?' briest Putman. 'Helemaal niet. Al dat gezeik over porno. Sla eens een blaadje open, zou ik zeggen. Stap eens een tankstation binnen. Daar heb je zoveel van die plaatjes. Maar dat zijn foto's. Op een stom stukkie papier. Dit is een schilderij. Op doek. Een echte. Nee, ik vind het een kunst hoor. Een hele kunst as je dat kan.'

'Geen jaloezie van iemand?' probeert Mertens nog terwijl ze Shereen aankijkt. 'Je vriend misschien?'

Shereen proest. 'Darryl?' zegt ze. 'Nee, die wou dat ding juist hebben. Maar ik heb gezegd dat dat niet ken. Hij is voor ma.'

'Eerst moet-ie op de tentoonstelling,' zegt moeder. 'En je weet nooit wat er dan weer gebeurt. Misschien is het goed voor d'r carrière. Ze wilt model worden, weet u.'

'Heb je iets gehoord over Gaullier?' vraagt Bingsten aan vader Putman. 'Iets anders misschien, wat niets met dat schilderen te maken had?'

'Was-ie actief, bedoel je? Nooit iets van gehoord. Ik ken die hele kerel niet. Alleen van Shereen dan.'

'Nog koffie?' vraagt moeder Putman.

'Ik ga naar school,' zegt Shereen en ze grist haar helm van tafel. 'Anders ben ik te laat.'

Mertens kijkt moedeloos naar de grote mok koffie die moeder Putman heeft ingeschonken. Bingsten praat inmiddels met de familie over mensen die ze niet kent. Die ze niet wil kennen. Ze wil door. Moet door. Alle sporen lijken dood te lopen en hoe langer het onderzoek duurt, hoe sneller het zand door je vingers glipt. Terwijl ze de keuken bestudeert – wit glimmende kastjes met gouden richels, goudkleurige handgrepen, in bogen opgenomen vitrage, een foto van een poedel aan de muur – probeert ze in gedachten haar lijst langs te gaan. Persoonlijke informatie, wat er over Gaullier op internet staat, zijn laptop, pc, het huis, atelier, echtgenote, buren, werk, financiën, rechtszaken – van het slachtoffer is zo langzamerhand alles wel onderzocht. Lijkschouw, lab, pd, foto's, filmmateriaal van de vindplaats – tot nog toe niks. Misschien komt er iets uit het onderzoek waar ze Myrna aan heeft gezet. Ergens is een lijntje, een aanwijzing. Iemand weet iets. Ergens knippert een hint als het rode lampje van een ouderwets antwoordapparaat, maar ze ziet het niet. Verdomd, ze ziet het niet.

# – 29 –

## *Zaterdag*

Kyra heeft de hele ochtend geleerd en besluit dat ze braaf genoeg is geweest.

Ze sluit de deur van haar kamer en rolt de brede kast – wat een vondst, meubels op wielen – opzij totdat die voor de deur staat. De bureaustoel zet ze aan het voeteind van haar bed en ze ploft neer.

Hey zus. Paar dagen geleden alweer, dat ik je gezien heb. Sarina lacht. Haar grijze ogen stralen en ze houdt haar magere nek verborgen onder een flinke coltrui. Haar foto hangt links naast de plattegrond van Texel. Als het lachende middelpunt van een zon met zwarte stralen aan wiens uiteinden aanwijzingen hangen. Een lijst met gebeurtenissen en hun exacte tijdstippen van die laatste dagen. Een uitdraai van de nummers die ze gebeld had en die haar gebeld hadden rondom haar verdwijning. Haar telefoon had Sarina in haar rugzak gelaten. Een van de grote raadsels, vond de politie. Maar Sarina rende nooit met haar telefoon op zak. Ze had een mini-mp3-speler voor haar muziek. Ze werd zenuwachtig van alle berichtjes die binnenkwamen als ze rende. En ze beeldde zich in dat ze met de telefoon gevolgd kon worden. Dat wilde ze niet. Ze wilde niet dat iemand wist hoeveel kilometers ze per week hardliep.

Naast de kaart van Texel hangt ook een print van de route die ze hoogstwaarschijnlijk gerend heeft. De lijst met spullen die ze in haar rugzak had. De namen van de vriendinnen met wie ze op Texel was. Namen van mensen die verklaringen afgegeven hebben. Toeristen die haar gezien hebben, campingmedewerkers, de buschauffeur. Feiten hangen links, conclusies rechts.

Zeker een halfuur zit ze naar de wand te staren en in gedachten maakt ze de reis van gisteren nogmaals. Loopt ze over de duinen, over het strand, blijft ze bij de Slufter staan.

Ze heeft trek dus ze stopt een paar kokindjes in haar mond. Haar speekselklieren reageren meteen op de zacht zoete dropjes. Ze geniet van de textuur, hoe ze onder haar kiezen breken. Oef, die smaak, die heerlijke smaak van salmiak en suiker. Gevarenzone, straks eet ze de hele zak leeg.

Kyra draait zich om, pakt een vel papier en schrijft in grote letters:

*Afspraakje*

*Weggelopen*

Haar ouders, de politie, de media, iedereen is er altijd van uitgegaan dat Sarina slachtoffer is geworden van een of andere gek. Dat ze enorme pech heeft gehad door toevallig daar op die plek te zijn op het verkeerde moment. Er is overal gezocht. Niet alleen door de politie, ook door eilandbewoners en toeristen.

Hoe langer ze erover nadenkt, nu ze daar op het strand heeft gestaan, op de plek waar Sarina gestaan moet hebben, des te sterker vraagt ze zich steeds af of haar zus wel zomaar van het strand ontvoerd is. Waar is ze dan mee naartoe genomen? Naar een of andere schuilhut? Uitkijkpost? Vogelkijkhuisje? Dat kan niet, want daar zijn altijd mensen, al helemaal om twee uur 's middags op een mooie warme dag in mei. Naar iemands woning of vakantiehuis? Wat is er dan uiteindelijk met haar lichaam gebeurd? Of zou ze toch nog leven? Is ze door een gekke toerist van het eiland gesmokkeld? Verdoofd in een achterbak of zo? Leeft ze nu nog steeds, ergens in een kelder? Steeds vaker komen er berichten in de media van idioten die vrouwen ontvoeren en als slaaf in de kelder vasthouden.

Ze gelooft het niet. Het moet iets anders zijn. Het is zo jammer dat het al vier jaar geleden is. Er is niets recents te zien op Facebook of in Sarina's mail, op haar telefoon. Er zijn geen mensen meer aan wie ze vragen zou kunnen stellen. Wie weet er na zo lange tijd nog iets van? Wie herinnert zich haar nu nog?

De zoektocht naar Sarina is gestart op Texel en toen haar ouders haar daar niet bij wilden hebben is ze veel te lang boos en beledigd gebleven. Ze had die kinderachtige gevoelens al veel eerder van zich af moeten zetten, veel eerder en veel overtuigder aan haar eigen speurwerk moeten beginnen. Door koppig niets van de hele toestand te willen weten, heeft ze de dader een gigantische voorsprong gegeven. Van een jaar of drie, verdomme. Maar hij moet niet denken dat hij niet in te halen is.

Ze pakt het oudste van de drie schriften die ze sinds Sarina's verdwijning vol heeft geschreven en bladert door haar aantekeningen. Dan ineens krijgt ze een ingeving en pakt haar eigen dagboek van de periode voor Sarina's verdwijning. Haar hart klopt als een dolle. Dat ze daar nooit eerder aan heeft gedacht. Ze was zich blind aan het staren op haar zus, op wat er allemaal met haar gebeurde. Nooit heeft ze aan zichzelf gedacht als getuige.

Ze begint op de dag voor die noodlottige zaterdag en bladert terug. Wat schrijft ze veel over school. Over vakken en cijfers en docenten. Sophie, Luna, een examen kungfu – toen ging ze op voor haar oranje band – en vooral veel over Sarina, haar ouders, gewoon de normale dingen die een bijna vijftienjarige bezighouden. Ineens komt ze een aantekening tegen over de FRIS-feesten waar ze toen naartoe ging. Ze baalde ervan dat Sarina al echt uit kon. Naar Dansen bij Jansen en zo.

*Ik kom alleen maar saaie mensen tegen,* schrijft ze. *En Sarina doet alle spannende dingen, ontmoet spannende mensen, drinkt wijn met toffe Amerikanen, en ik sta cola te hijsen met Bram. Pfffff...*

Ze kijkt naar de datum. 8 april. Zes weken voor Sarina's verdwijning. Ze weet het weer. Een van de vele hysterische verliefdheden van Sarina. Na de week bij tante Gerda was Sarina nooit meer verliefd zoals toen. Dat was lief en zacht en verlegen verliefd. Daarna was het alleen nog maar agressief en hysterisch verliefd. Ze fantaseerde de meest absurde dingen over die jongens – als een meisje van acht, over rijkdom en roem en op handen gedragen worden door een niet realistische prins. Ze gaf zich zonder voorbehoud en compleet over aan haar fantasieën en die jongens. Gênant was het. Je schaamde je dood als je ergens samen was of achteraf de verhalen hoorde. Vlak voor haar verdwijning had Sarina een Amerikaan ontmoet in de stad. Ze hadden gefeest, gelachen, gepraat, en Sarina was woest op zichzelf omdat ze *hard to get* had gespeeld en nu zijn telefoonnummer niet had. Alleen een naam. Ze sluit haar ogen en probeert zich te concentreren. Jezus, wat was het ook al weer? John? Chris? Iets normaals... Ze weet het niet meer. Tim? Nee. De achternaam was iets Slavisch. Eindigend op -aya of -inski of zo. Tim Strawinksi. Nee, ze moet er zelf om lachen. Waarom heeft die achterlijke zus van haar haar dagboek dan ook zo goed verstopt? Dat was het eerste waar ze naar gezocht hadden. Allemaal, wekenlang, het hele huis was ondersteboven gekeerd en niemand had het gevonden.

'Welkom allemaal.' Haar vader kijkt de kring rond en draait een pen rond tussen zijn vingers. 'Dank dat jullie allemaal zo flexibel zijn geweest om de vergadering van donderdagavond naar zaterdagmiddag te verzetten.'

'Dat is nu de tweede keer,' zegt een van de aanwezige dames. Haar aantekenblok ligt klaar. Het schrijfgerei als bestek eromheen. 'Ik vind het echt heel onhandig.'

Er wordt instemmend gebromd.

Kyra heeft koffie, thee en water klaargezet voor de vergadering over het Universal Health Center. Ze zit naast haar vader om te notuleren. Ze betalen vijfentwintig euro voor twee uur werk en met eens in de twee weken is dat toch vijftig euro per maand.

Haar vader begint met het opnoemen van de aanwezigen (huisartsen, medische specialisten, een fysiotherapeut, een vastgoedman en een soort manusje-van-alles-zakenman) en de afwezigen (iemand van de gemeente die nooit komt, ze begrijpt niet waarom die nog steeds op de lijst staat) en daarna leest hij de agenda voor. Kyra probeert niet te kijken naar de pen in zijn hand, die hij gedachteloos en steeds sneller ronddraait.

Ze notuleert braaf wat er gezegd wordt en probeert haar gedachten niet af te laten dwalen naar Sarina. Ze moet een spoor uitkiezen en dat volgen. Tot in het kleinste detail. Ze moet Sophie te pakken zien te krijgen. Die ruzie slaat nergens op. Mertens had haar lijstje achteraf helemaal niet nodig. Het was bizar hoe die avond in het atelier bleek dat het lijstje meiden van wie Kyra wist dat er iets gespeeld had, overeenkwam met de portretten die het meest suggestief waren.

'Het wachten is op het stadsdeel,' zegt haar vader en hij laat plotseling de pen uit zijn hand vallen. Zonder er een woord aan te besteden pakt hij het ding weer op en begint hem opnieuw tussen zijn vingers rond te draaien. 'De locatie moet definitief worden. Jeroen?'

Kyra kijkt verbaasd op. Haar vader spreekt de manus-van-alles aan en niet de vastgoedman.

'Ik zou Hemstra donderdag spreken,' zegt Jeroen van Vliet, doelend op de man van het stadsdeel die de portefeuille beheert. De grote man is duidelijk al een tijd niet naar de kapper geweest, maar hij draagt een puik pak en een modern overhemd. 'Maar het is voor de derde keer kort van tevoren afgezegd,' vervolgt hij. 'Ik heb een nieuwe afspraak. Maandag over twee weken.'

'Verder niks met hem besproken?'

'Het contact loopt via het secretariaat.'

De man heeft een zenuwtrek, ziet Kyra. Het valt bijna niet op, maar om de zoveel minuten trekt hij zijn linkerwang een minimaal stukje op. Zijn mondhoek schiet iets omhoog, en de huid op zijn neus plooit een klein beetje. Twee meter lang, denkt Kyra, handen als kolenschoppen, een berg ervaring in de zakenwereld en dan toch diep vanbinnen onzeker.

'Rolf.' Haar vader kijkt de vastgoedman aan, een lokale makelaar, die ook betere tijden gekend moet hebben. 'Jij nog nieuws op dat vlak?'

'Ik geef de voorkeur aan dingen die via het netwerk lopen, Jeroen, en je kent hem goed, dat is mooi, maar er gebeurt nu al een hele tijd niets.' De makelaar, een lange, spitse man die iets weg heeft van een knaagdier, recht zijn rug, zet zijn ellebogen op tafel en plaatst bedachtzaam zijn vingertoppen tegen elkaar. Ook al iemand die stoerder doet dan hij is, denkt Kyra. Zijn ogen zijn bloeddoorlopen en op zijn T-shirt zit een vetvlek, precies onder zijn kin. 'In de tussentijd hebben wij een schitterende presentatie voorbereid.' Hij glimlacht tevreden. 'We hebben een samenwerkingsverband met een aantal grote namen en dat moet de deelraad wel overtuigen. Hemstra eist forse investeringen en een langetermijnexploitatie.'

'Ik trof hem vorige week nog bij 't Sluisje,' zegt Jeroen. 'Toen hebben we het er uitgebreid over gehad. Maar Rolf, als jullie graag willen scoren vind ik het best. Als je maar niet vergeet wie de boel heeft opgezet en wie de assist heeft gegeven.'

'We kunnen het op korte termijn rondmaken,' zegt Rolf ijzig. Hij gaat vooroverzitten en grijnst op een beetje enge manier. 'Het Universal Health Center speelt een belangrijke rol in de plannen. En vergeet niet dat ik als eerste jullie attent heb gemaakt op de locatie.'

'Laten we het eerst maar eens voor elkaar krijgen,' zegt een van de huisartsen. 'Ik wil graag door. Ik word op een verjaardag verwacht.'

Er wordt nog gesproken over het investeringsplan en met name over de verbouwing. Ongelooflijk saai dit project, denkt Kyra. Ze snapt niet dat haar vader er zo druk mee kan zijn naast zijn baan als huisarts, die toch ook veel tijd vraagt.

Ze sluiten af met het obligate 'wat verder ter tafel komt' – zo'n absurde vergaderuitdrukking.

'Wat hoor ik nou van je vader,' vraagt makelaar Rolf Janssen als ze klaar zijn. 'Was jij erbij toen ze die docent gevonden hebben?'

Ze schrikt, ineens kijkt iedereen aan tafel naar haar.

'Ja,' stamelt ze. 'Nou, Jarno, mijn broer, heeft hem gevonden. Die belde mij en toen ben ik meteen gaan kijken.'

'Dan was je er heel snel,' zegt Jeroen van Vliet. Hij heeft het laatste deel van de vergadering stuurs voor zich uit zitten kijken, maar ineens komt hij weer tot leven.

'Een minuut of vijf, misschien tien nadat ze hem vonden.'

'En?' vraagt de makelaar weer.

'Wat bedoelt u?'

'Hoe zag hij eruit? Wat gebeurde er allemaal?'

Hij is de zoveelste die de vraag stelt. Klasgenoten, wat, de hele school wilde het weten. De vrouw van de mediatheek. De man van de kantine. Blijkbaar is het heel belangrijk hoe hij eruitzag. Of hij blauw was, of wit, enge verwondingen had en een gruwelijk vertrokken gezicht, of heel sereen aan een touwtje hing. Of ze bang was.

‘Was het typisch een gehangene?’ vraagt Jeroen. ‘Puilden zijn ogen uit of zo?’

‘Zeg!’ Fysiotherapeute Anja roept Jeroen tot de orde.

‘Nou ja,’ verontschuldigt hij zich. ‘Ik kom niet elke dag iemand tegen die zoiets van dichtbij heeft gezien. Ik hoor dat hij zwaargewond was en helemaal niet door verhanging om het leven is gekomen.’

‘Dat heb ik niet goed kunnen zien,’ zegt Kyra. Jullie zouden dat filmpje van mij wel willen zien, hè, denkt ze. Niemand weet dat ze het heeft. Zelfs Jarno, die haar toch heeft zien filmen, lijkt het vergeten te zijn.

‘Zo’n bizarre moord zie je niet vaak,’ probeert Jeroen nog, maar iedereen staat op en pakt zijn papieren bij elkaar. Rolf is de eerste die de deur uit gaat. Arrogant en tegelijk schichtig neemt hij afscheid. Hij heeft iets van een muis, denkt Kyra grinnikend. Hij loopt in elkaar gedoken, alsof hij op elk moment een klap van iemand kan krijgen. Vreemd genoeg loopt hij druk pratend met zijn rivaal Jeroen de deur uit.

Een bizarre moord. De woorden van Van Vliet klinken na. Hij heeft gelijk, het is een bizarre moord.

Kyra zit aan haar bureau en tikt haar pc tot leven. De kast staat weer voor Sarina’s muur en ze staart naar de muur die ze over de moord op Gaullier aan het samenstellen is. *Moord in Amsterdam*, typt ze in. Voor iemand die een meter vol crime- en profiling-lesboeken in de kast heeft staan – ze leest nu *De lijkschouw in de praktijk*, vol wetenswaardigheden over lijkvlekken, insecten, maden, rigor mortis, opzwelling en indroging van lijken – weet ze maar heel weinig over de moorden die in haar eigen stad gepleegd worden. Ze komt op misdaadkaart.nl uit. *Al meer dan 632.842 misdaden doorzoekbaar*, staat er vrolijk. *Klik hier om een nieuwe misdaad direct per e-mail te ontvangen.* Jezus. Even twijfelt ze, maar dan vult ze toch haar gegevens in. Waarom niet?

Ze zoekt door. *Misdaden bij u in de buurt.* Alsof het om banketbakkers gaat. Ze pakt haar nieuwste aantekenblok en klikt op ‘Amsterdam’. *Moord/doodslag/overlijden.* Er wordt geen onderscheid gemaakt tussen een ongeluk of een aanslag op iemands leven. *Dit jaar eenentwintig misdaden van het type...* Eronder een lijst van doden, aanklikbaar met locatie. Ze klikt ze een voor een aan en leest de details. Eenentwintig zaken ellende en verdriet. Van een klein jongetje dat verdronken is tijdens een uitstapje, tot een afrekening in het criminele circuit en andere geweldsmisdrijven met dodelijke afloop. Ze schrijft alleen de doden op waarbij er een misdrijf vermoed wordt. Een op de Slauerhoffstraat, een in de Elisabeth Boddaerstraat – wat een chique namen allemaal. Een dode op de Korte Papaverweg, de Den Helderstraat, en een op de IJdijk. Verder iemand die in de Keizersgracht is gevonden en een die ergens in het Amsterdamse Bos lag. Wat is er toch een boel ellende waar je niets van weet. Alleen over de doden op de Slauerhoffstraat en de Den Helderstraat heeft ze eerder iets gelezen – afrekeningen, denkt de politie – en de man die in de gracht gevonden is, was ook uitgebreid in het nieuws. Ze staat op, gaat een kop thee halen en besluit over de laatste tien moordslachtoffers zo veel mogelijk informatie op internet te zoeken.

# – 30 –

## *Edinburgh*

*In een kleine, onpersoonlijke kamer zitten Mabel en Phil aan tafel met de assistente van Hardburry, de Schotse arts die het meisje onder zijn hoede heeft. Mabel heeft de aangeboden koffie en thee afgeslagen. Gek wordt ze van die zoethoudertjes.*

*'Ze kan niet bij ons thuis,' zegt ze stellig.*

*Phil trekt zijn wenkbrauwen op. Zegt ze dit echt?*

*'Het is niet verstandig. Niet wat het beste is voor haar. Ze heeft gespecialiseerde zorg nodig.'*

*Phil wacht af. Nu komt er een maar, waarmee ze alles omdraait, wedden?*

*'Dus ik heb wat mensen gebeld.' Hier zucht ze lijdzaam. 'En ik heb de beste plek voor haar gevonden. The Priory Hospital Roehampton heeft een afdeling waar patiënten intern kunnen. Daar heeft ze de beste zorg van de wereld, vierentwintig uur per dag, in een neutrale omgeving. Een briljante psychiater. Iemand die tot haar door kan dringen.'*

*Phil knikt. Vandaag wordt er niets omgedraaid. Dat is nieuw.*

*'En dat is in Londen?' vraagt de assistente van Hardburry.*

*'Vlak bij waar wij wonen,' zegt Mabel stellig.*

*'Dus ze moet vervoerd worden?'*

*Er valt een stilte, totdat Phil die doorbreekt. 'Dat lijkt me duidelijk.'*

*'Per ambulance?' De rode lippen van de assistente van Hardburry veranderen in een korte, rechte streep. 'Per vliegtuig? Hoe ziet u dat voor u?'*

*'Ik...' Mabel stamelt. 'Ik heb er niet over nagedacht. Ik...'*

*'Het ziekenhuis heeft genoeg kosten voor deze patiënt gemaakt.'*

*'Maar ze moet toch geholpen worden,' fluistert Mabel. Hij kan ho-*

*ren dat ze buiten adem is. Onrecht is het enige wat Mabel stil krijgt.*

*'Ze... ze kan met ons meereizen.'*

*'Ik neem aan dat we daarvoor toestemming van de politie moeten hebben,' zegt de assistente. 'We kunnen haar niet zomaar meegeven.'*

*Phil kucht. Ze kunnen haar niet zomaar meegeven. Alsof ze een ding is. Een doos die ergens in een archief staat. Een apparaat dat afgeschreven is, maar waarvan toch niemand afstand wil doen. Waarvan iedereen het eigendom claimt, maar niemand het onderhoud wil dragen. Hij heeft het gezien, vaak genoeg.*

*'Wellicht dat ze onder politiebescherming vervoerd moet worden,' verzucht de assistente. 'En wat mag dat dan wel niet kosten?'*

*'Over die kosten gaan we niet moeilijk doen.' Phil is duidelijk geërgerd. Het gaat hier de hele tijd over de verkeerde dingen. Over formulieren en financiën, zaken die op de laatste plaats zouden moeten komen, niet op de eerste. 'Ik sta garant.'*

*'Het ziekenhuis heeft een eigen budget voor dit soort dingen,' legt de assistente van Hardburry uit. Ze kijkt hem verschrikt aan. 'We kunnen voorzieningen aanvragen. Als ik...'*

*'Hoe lang duurt dat?'*

*'Ik weet het niet, misschien een week. Ik kan zelf even langslopen.'*

*'Laat het. Ik schiet het voor. Regel dat maar achteraf.'*

*'Hoe langer dit duurt, hoe moeilijker ze hieruit te halen is,' zegt Mabel, terwijl ze meer rechtop gaat zitten. 'Dat heb ik op internet gelezen, in een heel goed artikel, dus ik geloof het.'*

*'De commissaris van de politie moet toestemming geven dat u haar in de auto meeneemt.' De assistente aarzelt. 'Stel je nou eens voor dat u... Dat ze op de vlucht was voor u... en dan geven we haar zomaar mee.'*

*Mabel fronst zo sterk dat Phil een rimpel of wat extra ziet verschijnen. Hij weet dat ze nu tot tien zit te tellen.*

*'Natuurlijk is ze een slachtoffer,' zegt Phil rustig. 'Ze moet goed beschermd worden.'*

*Er valt een ongemakkelijke stilte.*

*'Ik stel voor dat we met onze auto gaan en dat er een politiebeambte meerijdt. Ik overleg het even met de inspecteur.'*

*'Dat klinkt goed.' De assistente is overduidelijk opgelucht. 'Spreken we het zo af.'*

*'Jane,' zegt Mabel even later als ze aan haar bed zitten. Ze strijkt heel voorzichtig over de haren van het meisje. Ze ziet er nog steeds kwetsbaar uit, mager en haast doorschijnend, maar ze is schoon, heeft schitterend donkerbruin haar, groenbruine ogen. Eerlijk gezegd is het een knappe meid. Heel knap.*

*'Ze hebben je Jane genoemd,' zegt Mabel. Phil kijkt naar de twee vrouwen. Ineens is er een meisje aan het gezin toegevoegd en zij beheerst de laatste dagen zijn leven. Best een contrast, de jonge, verwarde vrouw in een simpel ziekenhuishemd en zijn nette, beetje mollige, kleine vrouw, met haar keurig in model geföhnde haar en haar wat ouwelijk aandoende blazer die ze over een blouse met kleine bloemetjes draagt. 'Zolang we niet weten wat je echte naam is, gebruiken we deze maar.'*

*Mabel geeft een analyse van de naam, neutraal, klinkt wel aardig, niet haar eerste keuze, maar goed. Phil weet dat ze graag tegen Jane praat. Ze praat om te praten, omdat ze denkt dat Jane alles wel registreert, maar gewoon niet reageert. Net als een comapatiënt, waarvan men ook zegt dat ze veel meer horen en weten dan wij denken. Ze wil haar brein activeren.*

*Mabel probeert oogcontact met haar te krijgen, maar dat is tot nu toe nauwelijks gelukt. Zelfs niet als je je gezicht recht voor het hare houdt. Afgezien van de schreeuw in de grot, en het vastgrijpen van Mabels hand toen het meisje probeerde zichzelf van de klemmende stenen te bevrijden, is er geen contact geweest. Geen enkele communicatie.*

*Het is hem opgevallen dat Jane altijd naar het raam staart. Als ze haar in een andere houding proberen te krijgen, of als ze – wat bijna niet voorkomt – zelf rechtop gaat zitten of juist onderuitzakt, draait ze haar hoofd altijd naar het raam. Als ze weggaan zet Mabel meestal de televisie aan, vaak op een zender met natuurdocumentaires, soms op een nieuwszender, maar Jane kijkt nooit naar de bewegende beelden, ze kijkt naar buiten. Hij vraagt zich af wat ze daar ziet. Het kan toch niet zo zijn dat haar brein een groot leeg gat geworden is? Ze moet toch denken, zich dingen herinneren? In elk geval is ze ergens bang voor, zoveel is duidelijk. En wat of wie het ook is, hij zal ervoor zorgen dat het haar niet te pakken krijgt. Nooit meer. Als hij alleen maar wist waar hij haar precies tegen moet beschermen.*

# – 31 –

Zaterdag en geen afspraken. Niks heerlijker. Misschien ook goed voor de zaak want die zit zo vast als een huis. Meestal werkt het als je even afstand neemt, er niet over nadenkt, zodat je geest vrij is om andere wegen in te slaan.

Mertens haalt de boodschappen uit de Albert Heijn-tas, bergt de spullen voor het avondeten op en laat de ingrediënten voor de appeltaart op het aanrecht staan. Ze weegt bloem, suiker en boter af. Raspt wat citroenschil. Breekt een ei, zet de keukenmachine aan en strooit wat zeezout over het deeg in wording.

Wat doe je als een moordonderzoek vastzit? Ze heeft het zich al zo vaak afgevraagd. Out of the box denken, leren ze je op cursus. Benader het probleem eens van een heel andere kant. Oké, wat zou ze doen als ze Nigella Lawson was? Of Heston Blumenthal? De chef-kok die radicaal vernieuwt. Ze pakt een zakje rozijnen, leegt dat in een ondiepe schaal en giet er een mix van citroenlimonade en jenever over. Ze pakt een mesje en begint de goudrenetten te schillen. Als ik chef-kok was zou ik kijken naar gif. Maar de lijkschouw heeft hier geen aanwijzingen voor. Geen sporen van vreemde stoffen gevonden. Alleen bewijs voor alcoholgebruik de avond voor zijn dood. En een vermoeden van cocaïnegebruik in een van de dagen voor zijn sterven. De man dronk een glas wijn op vrijdagavond. Nam incidenteel een lijntje. Geen schade aan de lever of ander soort schade die je bij verslaafden ziet.

Mertens snijdt de appels in kleine stukjes en strooit op gevoel basterdsuiker en kaneel over het fruit. Citroensap erbij. Ze schept de stukjes appel om. Ze twijfelt. Vroeger deed ze ook weleens stukjes walnoot door de taart. Dat vond haar vader zo lekker. Of stukjes perzik uit blik, voor de kleine Roos. Nee, dit keer niet. Gewoon klassieke appeltaart wordt het.

Ze zet de oven aan, botert de taartvorm in en laat het deeg en de appelmix even rusten. Klassieke appeltaart. Klassieke moord. Motief: woede, jaloezie, winst, wraak. Effect van het ophangen van het lijk aan het IJ: aandacht, macht.

Ze loopt de woonkamer binnen en begint de tafel op te ruimen. Straks stofzuigen, de vloer dweilen, een bos bloemen halen.

De beste aanwijzing is toch echt de galg. De hele tijd heeft ze zich blindgestaard op de meisjes. De schilderijen. Waarom? Omdat het haar persoonlijk raakte. Omdat ze Roos daar al zag zitten in het atelier. Naakt. Met zo'n viespeuk dichtbij. Die haar aan wil raken, haar jeugdigheid wil lenen.

Ze haalt de stofzuiger uit de garage en valt de zandkorrels en stofnesten op de vloer aan. De galg. Een man aan een galg op wat eeuwen geleden het galgenveld van de stad was. Waar de lijken rond putten hingen. Ze stofzuigt rondom de tafel en zet de laptop aan, typt het wachtwoord in en zuigt de keuken schoon terwijl het ding opstart.

Galgenveld. Pas in de negentiende eeuw helemaal verdwenen uit Nederland.

*... dat de Galgen, Raderen en Geesselpalen, op vele plaatsen langs de openbare wegen opgerigt, niet anders te weeg brengen, dan dat dezelven een treurig schouwspel opleeveren van de Barbaarsheid van vroegere tijden, waardoor aandoenlijke harten gevoelig worden getroffen, terwijl de boosdoeners daar door niet van het kwaad worden afgeschrikt;*

schrijft de provincie Holland in 1795. Pas daarna gingen andere provincies en steden langzaam overstag. De galgenvelden verdwenen. Voor die tijd was in elk geval in Amsterdam het galgenveld van Volewijck een geliefde plek. In 1662 werd het Tolhuis gebouwd, waar families op een vrije dag naartoe gingen om te recreëren tussen de terechtgestelden. En eerder stond er blijkbaar al een koek-en-zopie kraampje.

Mertens klikt op 'Afbeeldingen'. De eerste plaat die ze ziet is de tekening van Gerrit Lamberts uit 1795. De stenen put waar de lichaamsdelen in vielen als de vogels en het weer hun werk hadden gedaan. De radstaken waarop het lijk zittend wordt tentoongesteld. Het gezin dat staat te kijken. De moeder, vader, het jonge kind. De vader wijst. Het is koud, er lijkt sneeuw te liggen.

Een regel lager ziet ze een tekening die opvalt. Ze klikt erop. Verdomd. Dezelfde galgenput, maar met een ladder tegen de zijkant. Een ladder. Ze kijkt nog eens goed, klikt terug naar de andere afbeelding. Ja, destijds hingen de lijken ook zo hoog. De stenen rand van de put was al manshoog. Verdomd. Gaullier hing net zo. En de ladder. Zijn er nog meer overeenkomsten?

Ze zoekt verder. Klikt de tekening van Rembrandt aan. Een triest gezicht, het dode meisje aan de paal. Ze hangt niet aan haar nek trouwens. Ze hangt ook niet boven de put, maar is vastgebonden aan een paal. Het lichaam is een beetje naar beneden gezakt, waardoor de armen iets omhoog zijn gekomen en het lichaam een nog grotere hulpeloosheid uitstraalt. Alsof ze haar schouders ophaalt. Alsof ze het opgegeven heeft omdat er niet tegen te strijden was. Het moordwapen, de bijl, hangt aan een touwtje naast haar hoofd.

'Heej.'

Ineens staat Roos achter haar.

'Ziet er gezellig uit.'

'Galgenveld,' zegt Maud. 'Hier in Noord, aan het IJ, tot ergens in de negentiende eeuw.'

'Waar die docent hing.'

'Precies.'

'Zie je wel dat je niet in Noord moet wonen? Slecht karma, man. Heel slecht.'

'Hoe is het met Julia? Wonen haar ouders nog steeds apart?'

'Gaat wel. Weet ik niet. Zie die man nooit meer, dus het zal wel.'

Roos loopt naar de keuken en pakt de broodzak uit de trommel. Ze houdt het plastic verkeerd om en de boterhammen en zeven miljoen kruimels vallen op de grond.

'Shit.' Haar dochter bukt om het brood op te pakken, duwt de boterhammen terug in het plastic, houdt er twee uit en pakt een pot stroop.

Niets van zeggen, spreekt Mertens zichzelf toe. Gewoon straks opnieuw stofzuigen, niet de sfeer verpesten.

'Wat ruik ik?' vraagt Roos. Ze draagt een zwarte broek, skinny voor de verandering, en een enorm zwart T-shirt met een doodshoofd van zwarte glimmende steentjes.

'Appeltaart.'

Ze reageert niet. Wat had ze verwacht? Dat haar dochter van blijdschap zou juichen?

'Zullen we vanmiddag...' – winkelen, wil ze zeggen maar ineens lijkt dat idioot. Hoeveel zwarte T-shirts heeft Roos nog nodig? – 'een film kijken?'

'Is papa thuis?'

'Ja.'

'Ik ga nu naar de stad, winkelen met Julia.' Ze laat een stilte vallen. 'Maar ik kan eind van de middag wel thuis zijn.' Het klinkt niet van harte.

'Leuk. Ik heb hapjes gehaald. We kunnen tapas maken.'

'Oké.'

'Hoe laat ben je er?'

'Weet niet.' Roos propt de boterham met stroop naar binnen. 'Ik zie wel.'

'Goed. Nou, leuk. Tot straks dan,' roept ze achter haar dochter aan. Roos is al buiten.

Mertens zucht. Het beeldscherm van de laptop laat nog steeds galgen en lijken en een zielig dood meisje zien. Ze klapt het ding dicht.

*

Na een paar uur speuren op Google, AT5 en regionale websites heeft Kyra een lijst van zes doden die interessant zijn. De meest opvallende is een of andere modekoning die in januari voor zijn kantoor in het water van de Keizersgracht is gevonden.

*De eenenveertigjarige John Meijers van het duo John en Johnson is woensdagnacht rond twee uur dood aangetroffen in de gracht voor zijn kantoorpand op de Keizersgracht. De succesvolle modeontwerper was het weekend daarvoor nog aanwezig bij zijn show op de Fashion Week in Milaan, waar hij samen met Mike Johnson – sinds twaalf jaar zijn zakelijk partner – de nieuwe collectie op de catwalk bracht. Mogelijk is John Meijers het slachtoffer geworden van een overspannen fan. De regionale eenheid van de politie Amsterdam laat weten enige weken geleden een onderzoek te hebben ingesteld naar de vermeende stalker, tegen wie Meijers aangifte deed.*

Verspreid op internet vindt ze het verhaal over de zakelijke successen, de internationale faam. Hippe rocksterren die zijn jurken dragen. Een actrice die op *Oscar night* zijn creatie droeg. Ergens wordt de vraag opgeroepen of John Meijers het slachtoffer is geworden van een gek, of gewoon dronken in het water is beland. De politie gaat uit van het laatste. Uit de autopsie zou zijn gebleken dat hij flink gebruikt had, en niet alleen drank. De hoofdwond was waarschijnlijk veroorzaakt door de val, waarna hij bewusteloos te water was geraakt.

Een andere dode die Kyra opvalt is een internetmiljonair die flink in de energiebusiness had geïnvesteerd. Schone energie. *De aarde in goede staat doorgeven aan de volgende generatie,* staat er op zijn website. Nadat hij zijn zakken had gevuld met projecten voor oliemaatschappijen en de transportsector, was hij zich blijkbaar ineens bewust geworden van zijn maatschappelijke verantwoordelijkheid. Ruud Felthoven werkte volgens de artikelen op internet aan een bepaald soort transformator die het verlies van energie in het stroomnet kan tegengaan.

'Met deze apparatuur,' zegt de zakenman in een interview, 'is een enorme lekkage tegen te gaan. We kunnen miljarden besparen. Om maar te zwijgen van de milieuwinst.'

Kort na de pr-campagne over het revolutionaire apparaat was Ruud Felthoven dood gevonden, midden in de natuur van het Amsterdamse Bos.

Twee dode zakenmannen binnen een paar maanden. En nu Marc Gaullier. Zakenman? Bekende Nederlander? Kunstenaar? Docent?

Ze plakt de aantekeningen aan Gaulliers muur en legt twee velletjes papier op haar bureau. *Daderprofiel*, schrijft ze op de een, en *Slachtofferprofiel* op de ander.

Ze begint met de slachtoffers. Daarvan zijn feiten bekend. Zekerheden. Naar de dader of daders kan ze alleen maar gissen.

Heel zorgvuldig maakt ze een overzicht met de kenmerken aan de linkerkant van het papier – geslacht, leeftijd, ras, beroep, doodsoorzaak, vindplaats –, en erboven de namen van de doden, en ze begint het overzicht in te vullen.

Ze pakt *Criminal Profiling* erbij, slaat het boek bij een van de geeltjes open. *Personal, Digital, Residence, Relationship, Employment, Financial, Medical, Court Package.* Een halfuur later staat ze met het gevoel iets totaal onzinnigs te hebben gedaan op. Wat weet ze weinig van haar docent. Uit gewoonte plakt ze het papier aan de muur. Dan staat ze op en kleedt zich om. Even lopen met Lot, en dan die Mertens maar eens te pakken zien te krijgen. Ze heeft veel meer informatie nodig.

Nadat Kyra Lot heeft opgehaald loopt ze tot verbazing van de herder en tot haar eigen verrassing niet naar het Vliegenbos. In plaats daarvan loopt ze de dijk over, oostwaarts, en voor het houten huis van de Gaulliers blijft ze staan.

Minstens tien argumenten om Myrthe met rust te laten gaan door haar gedachten, maar ze negeert ze en belt aan. Het is niet de tijd om netjes op afstand te blijven. Wie onderzoek wil doen moet risico's nemen. Myrthe Gaullier zelf doet open. Ze kennen elkaar van de buurtfeestjes en van het bouwen van het decor van de schoolmusical twee jaar geleden.

'Kyra,' zegt ze met een vermoeid lachje.

'Ik laat Lot uit,' zegt Kyra alsof dat haar bezoek verklaart. 'Ik moest aan je denken.'

'Wil je binnenkomen?'

'Kan dat?' Ze knikt naar de hond.

'Geen probleem,' antwoordt de weduwe. 'Ik had vroeger ook een herder,' zegt ze terwijl ze Kyra voorgaat naar de woonkamer. 'Een Mechelse. Lief beest.'

'Hoe gaat het met je?' vraagt Kyra als ze met een kop thee in de woonkamer zitten. Lot is languit op de grond gaan liggen, haar kop tussen beide voorpoten, de oren gespitst en een verongelijkte blik in haar ogen.

'Ach...' zegt Myrthe Gaullier. 'Hoe het gaat... Zoals het gaat, denk ik. Ik ben moe. Ik kan het niet geloven. Het is... boven alles vreemd. Heel vreemd.'

'Heb je al iets van de recherche gehoord?'

'Zijn lichaam is in beslag genomen. Hij is niet van mij. Hij is nooit van mij geweest, maar nu is hij van justitie.' Haar ogen vullen zich met tranen. 'Van mensen die hem niet kennen. Die niet om hem geven.'

'Dat moet je niet zeggen.'

'Hij ligt in een la, in een koelcel. Met een kaartje aan zijn teen.'

'Maar er zijn mensen hard aan het werk om zijn zaak op te lossen. De officier... de recherche...'

Myrthe kijkt haar onbewogen aan.

'Ik weet het,' zegt Kyra.

Even valt er een stilte. Ze drinken thee. Lot valt in slaap.

'Myrthe,' begint Kyra. Ze aarzelt. Het voelt verkeerd om vragen te stellen. Het is niet aan haar. Maar aan de andere kant moet ze het leren. Is ze misschien de enige die de juiste vragen stelt. Mertens volgt alleen het spoor van de meisjes, de liefde. Mag je zo arrogant zijn? Mag je denken dat zij het weet en anderen niet? Kan ze iets in het vak bereiken als ze niet zo denkt?

'Mis je iets van Marc?' vraagt ze. 'Zijn tas, telefoon, een agenda, een dossier over iets zakelijks waar hij mee bezig was?'

Myrthe Gaullier neemt een slok thee voordat ze antwoordt.

'Ik weet het niet,' zegt ze nadenkend. 'De recherche heeft het huis uitgeplozen. Ze vroegen aan mij of hij een riem om had toen hij wegging. Maar ik wist het niet.'

'Een broekriem bedoel je?' Natuurlijk. De afgezakte broek zonder riem. Zou dat betekenen dat de dader die heeft meegenomen? Als souvenir misschien? Dat is vreemd. De meeste souvenirs zijn persoonlijker. Vaak neemt de dader een sieraad mee, of een lichaamsdeel. Een Nederlandse moordenaar verborg de afgezaagde voet van zijn slachtoffer onder de vloer van een schuur. Ed Gein gebruikte de schedels van zijn slachtoffers als koffiemok.

'Ze hebben zijn laptop meegenomen,' vervolgt Myrthe. 'En de Mac. Ik ga ervan uit dat zij zijn telefoon hebben. Ik weet het eigenlijk niet. Hij had die bij zich toen hij naar Brussel vertrok. Neem ik aan.'

Ze staat op en pakt met trillende handen haar telefoon uit haar tas. Ze klikt wat aan op het scherm en wacht.

'Ik heb hem nog helemaal niet gebeld,' zegt ze terwijl de tranen over haar wangen lopen. 'Ik heb hem niet eens gebeld.'

Het is niet logisch om een dode te bellen, wil Kyra zeggen, maar ze wacht tot Myrthe wat rustiger is geworden.

'Heb je zelf zijn spullen nagekeken?' vraagt Kyra. 'Zijn werkkamer?'

'Kom.' Myrthe gaat haar voor naar de ruime studeerkamer van haar man. Er staat een oud bureau, waarop goed te zien is dat de pc ontbreekt. Er liggen een keurige stapel papier en een klein stapeltje enveloppen. Naast het bureau staat een kleine tweezitsbank, met grote bolle kussens. Een bank die uitnodigt om op rond te hangen. Lot, die hen achternagekomen is, ploft opnieuw neer.

'Marc was altijd heel geordend,' deelt Myrthe mee. Ze wijst naar een grote boekenkast. 'Mappen met zakelijke projecten. Mappen met dingen van school. Alles over de galerie. Dat is allemaal al oud.' Ze gebaart naar de onderste planken. 'De recherche heeft dit allemaal doorgenomen.' Nu gebaart ze naar de bovenkant van de kast. Ze zwijgt. 'Dat was zijn leven. Kunst verkopen, kunst maken, kunst doceren.'

'En waar stond jij?'

De weduwe reageert niet. Ze loopt naar de kast en houdt haar hoofd scheef. Met haar vinger gaat ze langs de grijze ringbanden.

'Alles is er,' zegt ze langzaam. 'Alles... behalve... ja, het dossier van het project met de Belgen.' Ze komt overeind. 'En dat is logisch want hij had een afspraak over dat project.'

'Dat had hij bij zich.'

'Ga ik van uit.'

'Was het een groot project waar hij aan werkte? Ging het om veel geld?'

'Weet ik niet.'

'Ging het om een bedrag van, zeg, boven een miljoen euro? Investering, of winst?'

'Ik weet het niet. Hij heeft alleen gezegd dat het iets groots was. Een wereldwijd concept. Dus er zal wel een groot bedrag mee gemoeid zijn geweest. Maar ik weet het niet.'

Ze zwijgt en kijkt Kyra nadenkend aan.

'Waarom vraag je dat?'

'Verder geen persoonlijke spullen die je mist?'

'Wat bedoel je?'

'Spullen waarvan je niet had verwacht dat hij die mee naar België zou nemen. Ik weet het niet. Een bepaald kunstwerk? Iets anders?'

Ze kijkt om zich heen. Er moet iets zijn. Ergens ligt een aanwijzing. In het atelier heeft ze niets gevonden. Alleen de bijna-naaktportretten van haar vriendinnen. Ze pakt een stapel papier op en bladert. Huiswerk van de vierde klas. Kyra legt de stapel terug en kijkt om zich heen.

'Hij reisde altijd per trein.' De stem van Myrthe Gaullier klinkt koel. 'Dan neem je geen kunstwerken mee. Daar had hij een speciale transporteur voor.'

'En dit?' Kyra trekt een schildersdoek achter de bank vandaan. Ze houdt haar adem in. Op het schilderij staan twee jonge vrouwen, naakt. Ze staan tegen elkaar aan. De een heeft het hoofd op de schouder van de ander gelegd. Ze heeft haar ogen halfgesloten terwijl de andere vrouw met haar ene hand de tepel van de ander betast en met haar andere hand haar buik.

'Luna,' fluistert Kyra. 'Met Sophie.'

Myrthes houding verandert. Ze knijpt haar ogen een beetje dicht, houdt haar hoofd schuin en steekt haar kin naar voren.

'Waar ben jij mee bezig?' vraagt ze en ze grist het kunstwerk uit Kyra's handen. 'Wat moet dat met al die vragen? Wat kom je hier eigenlijk doen?' Myrthe Gaullier stapt op haar af. 'Ga maar weg jij.'

Kyra deinst achteruit. 'Ik wil alleen maar... Ik probeer...'

'Ik heb genoeg van al die aasgieren,' sist Myrthe. 'Van mensen die komen zeiken over geld. Of die zo goed weten hoe Marc was. Beter dan ik dat weet. Werk je voor een krant?' Ze gooit haar hoofd in haar nek en lacht kort en hard. 'Schrijf je soms iets voor de schoolkrant? Dat is het, nietwaar? Je wilt een leuk stukje schrijven. KUNSTENAAR AFGESLACHT OM NAAKTPORTRET. Lekker vette koppen. Sensatie. Leuk. DOCENT DOOD OM MILJOENENPROJECT.'

De weduwe komt op haar af en Kyra deinst naar achteren. Lot springt gealarmeerd op.

'Nee. Echt niet. Ik wil alleen maar...'

Myrthe Gaullier duwt haar de gang uit. Ze jaagt haar op, twee handen met de palmen vooruit naast haar zij, alsof ze een dier de gewenste kant op jaagt.

'Myrthe,' stamelt Kyra. 'Het spijt me. Echt.'

Ineens lijkt het verdriet verdwenen en spat een immense woede omhoog.

'Weg!' gilt de weduwe. 'Weg jij!'

## – 32 –

Hij heeft de riemen losgemaakt en tilt de arm van zijn prooi op. Als hij loslaat valt de hand met een klap op de met bloed besmeurde armleuning. Sukkel. Nog een keer tilt hij de arm op. Laat los. Bam. Hij bestudeert de beweging. Hij weet dat lijkstijfheid veroorzaakt wordt door de eiwitten die in de spieren het bewegen mogelijk maken. Ze klonteren ineens samen. Pas na een dag of twee, misschien drie – afhankelijk van de temperatuur van de omgeving – vergaan die eiwitten en wordt het lijk weer slap. Maar hij is vergeten wanneer de stijfheid precies begint. Nog een keer tilt hij de arm op, zo hoog mogelijk, en laat hem weer vallen.

Hij stapt naar achteren, gaat op het krukje bij de deur zitten. Tevreden neemt hij een slok jenever uit zijn zakflacon. Hij weet dat hij het beter niet kan doen, maar toch pakt hij zijn mobiel en hij maakt een foto. Het is een prachtig gezicht, die gigantische stoel in het midden van de container. De witte ruimte. Het bloed op de grond. Het gereedschap aan de ene kant, de plank met zijn trofee aan de andere kant. Dit keer neemt hij de hand. De rechterhand, waarmee die klootzak zijn contracten ondertekende. Tenen zijn helemaal niks als je ze eenmaal afgeknipt hebt. Dat kan hij geen trofee noemen, maar een hele hand...

Hij bestudeert de man die in een onnatuurlijke houding in de stoel zit. Hij wordt op zijn plek gehouden door de riem om zijn hals, om zijn benen, middel en pols. De losgemaakte arm hangt slungelig naast de stoel. Zielig hoopje mens is die kerel nu ineens.

'Moet 'es in de spiegel kijken,' zegt hij terwijl hij nog een slok neemt. 'Ziet er niet uit.'

Zijn mond staat open. De tong hangt er een stukje uit, dik en paars.

'Lul.'

Het is de vraag wanneer de dood precies intreedt. Nu hij het al een paar keer van dichtbij – heel dichtbij – heeft meegemaakt, is hij tot de conclusie gekomen dat sterven een fascinerend proces is.

*Met blijdschap geven wij kennis van de geboorte van Pietje. Geboren op 4 augustus, om 14.23 uur. Hij is 48 centimeter en weegt 3715 gram.* Wij moeten alles altijd precies weten. Tot op de gram, de centimeter en de minuut.

Vreemd, die behoefte. Bovendien, alsof geboorte het moment is waarop het leven begint. Dacht het niet. Ook raar dat mensen heel nauwkeurig willen weten wanneer iemand sterft, alweer tot op de minuut nauwkeurig – alleen spelen de lengte en het gewicht ineens geen rol meer, dat staat nou nooit op een rouwkaart. Allemaal onzin. Je kunt het onmogelijk zo exact zeggen. De natuur trekt zich geen zak aan van de zekerheden waar mensen zo'n behoefte aan hebben.

Met beide duimen trekt hij de oogleden van de lulhannes in de stoel omhoog. Die zak kan niets meer, helemaal niets. Al zou hij hem recht in zijn bek spugen. De pupillen zouden nu vervormd moeten zijn. Hij buigt zich voorover. Met genoegen blaast hij zijn levende adem tegen de dode bek. Hij grijnst. Ovaal geworden inderdaad, die pupillen. Geinig. Hij laat de oogleden los en stapt achteruit.

Hij neemt nog een flinke slok uit de flacon om het te vieren. En nog een.

Bewustzijn verliezen is maar één ding. Als je stopt met ademhalen kun je weer tot leven gewekt worden. Spiercellen leven nog uren nadat je gestorven bent. Er zijn cellen die dagen later gewoon nog leven. Zaadcellen. Zelfs als je dood bent zou je het leven nog door kunnen geven.

Gek genoeg – en ook dit heeft hij van heel dichtbij gezien – is het ook andersom. Lijkvlekken verschijnen voor de dood aanklopt. Darmen die rotten terwijl het bloed nog koppig stroomt. Toen deed het hem niet zoveel, hij was geïntrigeerd, maar beslist niet zo hevig als hij nu is. Hij was zich vooral bewust van het mensonterende.

Kutzooi, dacht hij. Kunnen ze hier niet gewoon een einde aan maken? Ik weet zeker dat moeder dit niet zou accepteren als ze er nog iets over te zeggen had. Zijn moeder had vijf dagen over het sterven gedaan.

Nu staat hij met zijn gezicht vlak voor dat van zijn prooi en hij vraagt zich af hoe dood die kerel nou precies is. Welke cellen nog leven ondanks het feit dat de man die uit die cellen is opgebouwd er niet meer is.

Hij kijkt op de klok. Het is eigenlijk te vroeg. Hij had het spel langer willen rekken, maar hij beheerst de techniek nog onvoldoende. Opletten, denkt hij. Wel professioneel blijven. Straks, als hij voldoende geoefend heeft op deze idioten die gewoon krijgen wat ze verdienen, als hij het spel eindelijk kan spelen met iemand waarmee het hele spel gewoon een droom is, een fantasie – dan zal hij het sterven zelf beter bestuderen. Een blonde vrouw, enigszins gereserveerd, met lichte ogen en een spottend lachje om haar mond. Dat is het. Zo'n type, dat is zijn droom, dat is waarvoor hij traint.

# – 33 –

## *Londen*

*De televisie staat de hele dag aan. Het beweegt en flikkert en schittert en de mensen praten de godganse dag maar door en ze kan niet horen wat ze zeggen, want het geluid staat uit en wat is het nut van een geluidloze tv?*

*Buiten is het blauw en er zijn geen wolken. Jammer. Blauwe lucht. Witte watten. Een paard. Een hond. Dat is fijn. Kijken en fantaseren. Dieren denken. Maar dit is ook fijn om naar te kijken. Naar mooi blauw. Heel mooi. Als de zon schijnt is alles vrolijk.*

*Ze moet uit bed. De zuster is er. Plassen. Douchen. Ze willen dat ze dat zelf gaat doen. Rechtop zitten. Voeten over de rand van het bed. Opstaan. Een voet voor de ander. Andere voet voor de een.*

*Ze ziet haar vuile voeten. De korsten. Ze voelt de pijn van het blootsvoets lopen. Van bevroren tenen. Nog steeds heeft ze het koud.*

*Ineens weet ze weer dat ze in het ziekenhuis is. Op deze plek is ze nog niet lang. In deze witte kamer met de gordijnen van stof in plaats van plastic. Met de bloemen op een tafel aan het voeteneind van het bed, zodat je ze zelf ook kunt zien en niet alleen het bezoek.*

*De verpleegster veegt het zweet van haar voorhoofd. Hoe kan ze het toch zo warm hebben? Het is hier zo koud, zo vreselijk koud. Ze voelt of het touw nog vastzit om haar middel. Als de broek maar niet afzakt. Er is niks. Geen touw. Geen broek. Alleen een lang hemd. Ze schrikt. Wil niet meer bewegen. Ze kijkt naar beneden en ze ziet haar schone voeten. Ze hoeft niet naar de wc. Ze hoeft helemaal niet te douchen. Ze is al schoon. Wat gaan ze doen? Wat gaan ze met haar doen? Ze zijn iets van plan. Iemand wil iets met haar doen. Is hij er? Heeft hij dit allemaal bedacht? Speciaal voor haar. Als pesterij. Dat is het natuurlijk.*

*'Kom,' zegt iemand. Een vrouw in een wit pak. Ze lacht en wijst naar de douche.*

*Een warme douche. Warm. Heel warm. Dat wil ze wel. Warm water dat je schoonmaakt. Je haren. Je oren. Je gezicht. Je oksels. Alles. Helemaal alles.*

*Ze laat zich uitkleden. Luistert naar het kletterende water. Kijkt naar de damp die in de doucheruimte ontstaat. Ja, dat wil ze. Warm water. Warm worden. Als ze ooit maar weer warm zou worden.*

*Ze stapt onder de waterstralen en huilt omdat ze hier nooit meer weg wil. Altijd zo zou willen staan. In de hitte. In het water dat je streelt met warme handen en je toch nooit vastpakt. Dat alle smerigheid van je afspoelt.*

*Daarbeneden zijn haar voeten weer. Het vuil stroomt van haar af. De modder verdwijnt in het putje. Het donkere water komt omhoog. Stroomt over haar benen. Te veel vuil. Verstopping. Iedereen zal verdrinken in haar modder. In haar vuiligheid.*

*'Jane?'*

*De vrouw in het wit is er weer. Met een witte handdoek. Alles is hier wit. Ook de vloer van de douchecabine. Ze huilt. Het gaat vanzelf. De kraan gaat uit en de waterstralen stoppen en de tranen stromen langs haar wangen.*

# – 34 –

Op de salontafel staan *albóndigas*, kleine gehaktballetjes in tomatensaus, komkommerschijven met tonijn, cherrytomaatjes gevuld met Hollandse garnalen. Er is camembert, roquefort en kruidenroomkaas. Ze heeft vers sap geperst voor Roos en voor Edwin en haar een lekkere witte wijn gehaald. De gordijnen zijn dicht en de tv staat aan.

'Heb ik al gezien,' zegt Roos zo ongeveer bij elke film die Edwin aanklikt.

'Deze dan?'

'Ik hou niet van die romantische films.'

'Oké. Thriller? Actie?'

'Kijk eens bij Fantasy.'

Roos hangt achterover op de bank en speelt met haar mobiel. Maud belegt toast met Franse kaas.

'*De Hobbit*?' vraagt Edwin.

'Niet voor de derde keer, dank je.'

Edwin scrolt met de afstandsbediening door de films die on demand te zien zijn.

'Kijk eens of *City of Bones* al beschikbaar is,' vraagt Roos. Ze kijkt niet op van haar mobiel. '*The Mortal Instruments: City of Bones*. Die serie boeken heb ik gelezen.'

'Ja, die is er.'

'Oké, doen we die.'

Godzijdank, iets wat Roos leuk vindt. Zelf geeft Maud niet bijzonder veel om dit soort films. Draken, heksen, toverdrankjes – allemaal heel leuk, maar zo ongeloofwaardig. Voor jongeren is het wel leuk. Van *Harry Potter* heeft ze zelf vooral genoten omdat Roos het zo prachtig vond.

Edwin bestelt de film en Maud dwingt zichzelf om in haar stoel te zakken. Ze neemt een hap tonijn. Pakt alvast een toastje met kaas. Edwin pakt zijn glas wijn en Roos staart nog steeds naar haar mobiel.

Een geheimzinnig, opzwepend muziekje. Een grote stad vanuit de lucht. Wolkenkrabbers. Bruggen. Een tarotkaart, met een afbeelding van de dood erop geschilderd, in een raamkozijn, naast een bol knoflook. Een huis, iemand die door een raam alles in de gaten houdt. Een meisje van een jaar of zestien, zeventien dat met haar vriendje belt. Ze is jarig.

Sjezus, wat is die actrice die de moeder speelt onder het mes geweest. Al die Amerikaanse films zijn fantasy, nu ze er goed over nadenkt. Niet alleen de verhalen, ook de acteurs zijn nep.

Roos werpt pas een blik op de film als het meisje in een club belandt. Harde, scheurende muziek. Jonge mensen in donkere capes, met strak naar achteren getrokken haar, jongens met korte leren jacks en tattoos. Iemand steekt iemand neer, het meisje gilt, ze rent met haar vriendje de club uit. Roos pakt haar telefoon weer op en rekt zich gapend uit. Maud neemt een gehaktballetje.

Ze probeert zich op de film te concentreren, wat niet moeilijk zou moeten zijn omdat het verhaal voortraast. Vechtpartijen. Vluchtpogingen. Bijna-ongelukken. Monsters. Helden. Maud merkt dat ze meer naar haar dochter kijkt dan naar de film. Roos zit aan één stuk door op haar mobiel te typen. Niet vragen wat ze doet. Niet zeggen dat ze moet kijken. Gewoon zitten en genieten van een avondje tv met het gezin. Ze kijkt opzij, naar Edwin, die moeite heeft om zijn ogen open te houden.

'Jongens, dit is het avondeten,' zegt ze. 'Het is nog vroeg, maar ik ga niet meer koken straks.'

Edwin schrikt op en knikt. Roos reageert niet.

'Ik heb alleen nog appeltaart,' zegt ze. 'Vanochtend gemaakt. Die kunnen we straks als toetje nemen.'

'Lekker hoor,' mompelt Roos afwezig. Edwin glimlacht naar Maud. Alsof ze iets doet waardoor hij trots op haar kan zijn. Eindelijk. Dan gaat haar mobiel.

Roos werpt haar een vernietigende blik toe. Edwin buigt voorover om zijn wijn te pakken.

'Jij zit de hele tijd met dat ding hoor,' verdedigt Maud zich tegenover Roos. Ze staat op en loopt de kamer uit.

'Ja?'

'Goedemiddag Maud. Bitter hier. We hebben een probleempje met Myrthe Gaullier. Je kunt beter even naar haar toe gaan.'

'Ik? En de familierechercheur dan?'

'Ze vraagt specifiek naar jou.'

Mertens zwijgt. Normaal gesproken zou ze meteen gaan.

'Ik zit eindelijk even met mijn gezin,' begint ze en ze hoort hoe belabberd dat klinkt. Alsof je dat niet elke dag kunt doen.

'Het gaat om dat meisje Slagter,' zegt Bitter. 'Ze is blijkbaar bij de weduwe geweest. Dat is niet helemaal goed gegaan.'

'Oké.'

'Misschien kun jij de gemoederen tot bedaren brengen. Vooral omdat Myrthe Gaullier specifiek naar jou vraagt.'

'Nu?'

'Als het kan.'

Ze zucht.

'Het verzoek komt via Tijssen,' zegt Bitter nog. 'En via de burgemeester, die ze kennelijk kent van De Kring, die kunstenaarssociëteit.'

'Oké, oké.' Maud kijkt op haar horloge. Vijf uur. 'Ik ben over een kwartiertje bij haar.'

Als Mertens de deur van de Gaulliers achter zich hoort dichtvallen probeert ze te ontspannen. Ze heeft excuses gemaakt. Niet dat er iets te excuseren viel. Mertens heeft uitgelegd dat Kyra Slagter wat apart is, voor zover zij zelf heeft kunnen zien. Maar dat ze helemaal niets te maken heeft met haar team.

'Dat kind kwam hier allemaal vragen stellen die uw collega's ook hebben gesteld,' had de weduwe getierd. 'Over geld. Over onze relatie.'

'Het spijt me,' had ze gezegd. 'Het spijt me echt.'

Langzaam was de woede gedoofd. Of Myrthe Gaullier het echt geloofde, viel niet vast te stellen, maar in elk geval had het gesprek een wat vriendelijker wending genomen. Ze hadden gesproken over het onderzoek en Maud Mertens had haar zorg geuit. Had toegegeven dat deze fase van het werk moeilijk was, omdat er geen nieuwe aanwijzingen kwamen.

'Dat gebeurt vaak,' had ze gezegd. 'Het is lastig voor iedereen. Voor u natuurlijk helemaal, maar als ik eerlijk ben, ook voor ons. Wij willen graag succes hebben en vragen kunnen beantwoorden. Een misdaad is een afschuwelijk iets, en voor ons is de enige troost dat de dader opgepakt wordt. Wat kunnen wij nog meer doen?'

Myrthe Gaullier had vermoeid geknikt en Mertens had het moment benut, was opgestaan en had afscheid genomen. Nu loopt ze op de dijk, terug naar haar auto, en ze bedenkt dat Kyra Slagter hier vlakbij woont. Ze pakt haar mobiel en belt het meisje.

'Kyra? Maud Mertens. Ben je thuis?'

Ze loopt net de deur uit, zegt het meisje.

'Het Vliegenbos, natuurlijk ken ik dat. De tennisvereniging. Tot straks.'

Mertens gebruikt de kaart op haar iPhone om te zien waar ze is en hoe ze precies naar de tennisclub moet lopen. Vijf minuten later ziet ze Kyra bij de tennisvelden staan, op een bospad. Naast haar staat een grote herder, de oren rechtop, alert.

'Ik loop even met je mee als je dat goedvindt,' zegt ze.

'Oké...' In Kyra's stem klinkt verbazing door. Aarzeling. Ze pakt een dikke stok op en gooit die weg. De hond sprint erachteraan.

'Het onderzoek naar de moord op Gaullier zit vast,' zegt Mertens.

'Jullie zijn nog pas kort aan de slag.'

'Ik kom niet verder met financiën, niet met de werkomgeving.'

Ze wandelen langzaam verder, het bos in. Wonderbaarlijk hoe je midden in de stad toch zo buiten kunt zijn.

'Heb je nog met je vriendinnen gepraat, naar aanleiding van de schilderijen in het atelier?' vraagt Mertens. 'Ik vroeg me af of daar nog iets uit gekomen is?'

'Niemand wil praten. Ze vinden dat er niets is gebeurd. Dat vonden ze de hele tijd al, maar nu hij dood is, vinden ze dat gek genoeg nog meer.'

'Schaamte is een krachtig wapen.'

Mertens pakt een stok aan van de enthousiaste hond. Ze heft haar arm en het dier kijkt verwachtingsvol naar haar. Volledig gefocust, klaar om weg te sprinten. Ze gooit zo ver ze kan en de hond rent als een dolle weg. Leuk eigenlijk wel, zo'n beest. Niet veel later is Lot terug. Ze loopt naast Kyra, de stok trots in haar bek.

'Misschien zoekt u in de verkeerde richting.'

'Ik denk dat Gaullier veel teweeg heeft gebracht met zijn affaires,' zegt Mertens. 'Of bijna-affaires.'

'Niet alleen negatieve dingen.'

'Er zijn inderdaad veel mensen die hem beschermen, maar ik weet zeker dat er ook mensen zijn die hem haten om wat hij met jullie uithaalde.'

'Genoeg om hem te doden?'

Mertens zwijgt. Dat weet ze inderdaad niet zeker.

'Genoeg om hem op die manier op te hangen?' vraagt Kyra. 'Tentoon te stellen?'

Ze lopen verder.

'Zelf vind ik de manier waarop hij daar is opgehangen heel veelzeggend,' zegt Kyra. 'Ik denk dat het een cruciale aanwijzing is.'

'Wat leid je eruit af?'

'Iemand wil hem terechtwijzen,' zegt Kyra. 'Straffen. Maar tegelijkertijd wil hij ook aantonen hoe machtig hij is. Hij wil laten zien dat hij dit kunstje kan flikken. Hij maakt een lange neus naar de politie, naar het publiek en naar Gaullier. Het is een klootzak die niet opgeeft.'

'Ik vraag me af wat hem tot deze daad gedreven heeft.'

'Egoïsme,' zegt Kyra. 'Arrogantie. Narcisme. Het is gewoon een enorme eikel. Iemand zo ophangen. Heb je Twitter gezien? Facebook? Die foto van Marc Gaullier aan de galg stond overal. Walgelijk.'

'Daarom moeten we de dader juist begrijpen,' zegt Mertens rustig. 'Omdat het tot allerlei onrust leidt. Omdat we daders dan ook kunnen helpen.'

'Nee!' Kyra lijkt echt kwaad. 'We hoeven hem alleen maar te doorgronden omdat die kennis helpt om hem te pakken. Verder interesseert het me niet. Het is een zieke klootzak. Weg ermee. Opsluiten, voor de rest van zijn leven.'

'We leven niet in de Middeleeuwen, Kyra.' Voor een slim meisje heeft ze heel rechtlijnige ideeën.

'Pfff,' zegt ze fel. 'Als je dit soort dingen doet dan...'

'Ik loop al vijfentwintig jaar mee in dit vak,' zegt Mertens, nu toch geïrriteerd. 'En de meeste moorden worden uit ellende gepleegd. Het zijn gewone mensen die, soms al heel jong, in allerlei uitzichtloze situaties terechtkomen. We worden allemaal belazerd, bestolen. We zijn allemaal gefrustreerd, kwaad. Iedereen doet weleens iets wat niet goed is.'

'Dit soort eikels moet je niet vergelijken met andere mensen. Ze zijn verrot. Tot diep in hun ziel, en ze moeten weg uit de samenleving. Als een tumor moet je ze uitsnijden.'

'Elk slecht mens was ooit goed,' zegt Mertens.

'Jezus, als je de hele tijd die lieve daders gaat zitten begrijpen dan schiet je natuurlijk niet op met de zaak,' schampert Kyra. Ze gooit een tak weg en de hond stuift erachteraan.

Mertens schudt haar hoofd en zegt niets meer. Was ik ook zo, vraagt ze zich af. Zo slim en tegelijk zo dom?

'Sorry,' zegt Kyra na een paar minuten. Ze is kennelijk gekalmeerd.

Ze hebben een grote bocht gemaakt en lopen nu aan de zuidkant van het park. Aan de andere kant van het hek ligt de immense chemische fabriek Albemarle te stomen en te stampen. Een chemische fabriek midden in Amsterdam, denkt Mertens. Je moet er niet aan denken dat hier iets misgaat.

'Ik vind het niets voor een vrouw om zo'n moord te plegen,' zegt Kyra. Ze praat weer rustig. 'Wat ik nog het minst begrijp,' vervolgt ze, 'is het feit dat iemand zo'n groot risico neemt. Waarom al die moeite doen? Waarom dat lijk niet gewoon ergens dumpen? Waarom moest het snel gevonden worden? Wat is de boodschap?'

Ze lopen door. De hond rent in grote cirkels om ze heen. Snuffelend tussen de struiken, ze steekt haar neus in de half verrotte bladeren.

'Heb je sterke herinneringen aan je zus?' Mertens stelt de vraag voor ze er goed over na heeft gedacht. Ze houdt haar adem in terwijl ze op antwoord wacht.

'Ja,' zegt Kyra. 'Ik was net vijftien toen ze verdween. Het is pas vier jaar geleden.'

'Het lijkt me vreselijk als iemand zomaar verdwijnt. Dat het op vakantie gebeurde, gewoon hier in Nederland, maakt het nog wranger.'

'Het was haar examenreis. Tegenwoordig gaat iedereen naar Mallorca of Kreta of Portugal, maar haar vriendinnengroep ging naar Texel. Het was schitterend weer, dus dan hoef je ook niet ver.'

'Was ze daar met een grote groep?'

'Met zes vriendinnen. Die waren er al. Sarina had net een baantje bij een hele trendy modezaak en ze moest die ochtend voor het eerst werken. Heel vroeg beginnen, iets met het magazijn, en dan een paar uurtjes meelopen in de winkel. Daarom ging ze op vrijdag niet mee, maar vertrok ze pas zaterdag.'

'Haar vriendinnen hebben haar nooit gezien?'

'Ze hadden haar een berichtje gestuurd, dat ze bij de pizzeria zaten, maar Sarina heeft haar tas bij de receptie van de camping gezet en is gaan hardlopen. Dat deed ze nogal vaak. Obsessief eigenlijk.'

'En dat was het?'

Kyra knikt. Ze ziet er ineens veel ouder uit dan de negentien jaren die ze is. Moe ook. Heel even heeft Maud Mertens de neiging om haar arm om het meisje heen te leggen en te zeggen dat ze zich niet zo druk moet maken. Dan komt de herder aanrennen met een nieuwe, enorme tak en het moment is vervlogen.

Nu pas valt het Mertens op hoe donker het is in het bos.

'Ik moet ervandoor,' zegt ze.

'Ik loop mee.' Ze zetten weer koers naar de tennisvereniging bij de ingang van het park.

'Je kunt Myrthe Gaullier trouwens beter met rust laten,' zegt Mertens als ze de Nieuwendammerdijk weer op lopen. 'Die was nogal overstuur.'

Ze ziet dat Kyra schrikt. Het meisje wil iets zeggen, maar bedenkt zich.

'Sorry,' zegt ze uiteindelijk nog een keer.

Voor ze naar huis gaat, rijdt Mertens langs het bureau. Ze start haar pc op, logt in en print de belangrijkste dossiers over Sarina Slagter. Ze stopt de stapel papier in een map, sluit af en rijdt naar huis. Edwin zal het niet leuk vinden dat ze weer werk meeneemt, maar dat is dan maar zo.

Ze parkeert de auto voor de deur. Acht uur. De film is al afgelopen, maar de avond is nog jong. Misschien kunnen ze een spelletje doen. Kolonisten van Catan, dat vond Roos altijd leuk.

Ze trekt haar schoenen uit en loopt de woonkamer binnen. De lichten branden niet, maar de televisie staat nog aan. Edwin ligt in zijn stoel te slapen. De hapjes staan onaangeraakt op tafel. Naast de gehaktballetjes ligt een briefje van Roos.

# – 35 –

Gefascineerd bekijkt hij de rode strepen die op de huid zijn achtergebleven. Op beide polsen zijn schaafwonden ontstaan, van de muis van de hand tot op de onderarm. Hetzelfde geldt voor de enkels, ook daar vindt hij brede, roodpaarse striemen. Alleen de streep rond de nek is keurig recht, alsof iemand met een dikke stift alvast heeft aangegeven waar hij straks aan de slag zal moeten.

Even aarzelt hij, want hij realiseert zich dat hij dit deel van het plan onvoldoende heeft voorbereid. Maar al doende leert men, dat is het idee. Er is geen handboek voor moordenaars. Geen cursus moorden in de praktijk of instructiefilmpjes op YouTube.

Het beste is waarschijnlijk om de rugleuning van de stoel helemaal naar beneden te klappen, dan het lichaam op te schuiven zodat het hoofd vrij hangt en de hals mooi blootligt.

Hij kijkt naar het stopcontact en probeert in te schatten of het snoer lang genoeg is. Hij zal verdomme toch geen verlengsnoer nodig hebben? Zijn ogen schieten heen en weer van de muur naar de stoel. Nee, het moet genoeg zijn.

Hij zet zijn voet op het pedaal. Zitting omhoog, leuning naar beneden. Langzaam zakt het lijk mee naar achteren. Mooi, prima. Hij heeft alles onder controle.

Als de stoel een soort ligbed is geworden begint hij aan het hoofd te trekken, maar het lijk wil niet opschuiven. Klootzak, zelfs als-ie dood is. Hij steekt zijn handen onder de oksels en pas met een flinke krachtsinspanning schuift die zakkenwasser eindelijk op. Dood gewicht, het is maar weer bewezen dat het zwaarder is.

De hoofdsteun is te smal om de rug op zijn plaats te houden en hij probeert het lichaam stabiel te krijgen. Nog iets naar links, nee, te veel, iets terug, prima zo. Hij stapt naar achteren. Zo moet het lukken, ja.

In de hoek van de container staat een oude rol met dik, transparant plastic. Hij trekt er hele lappen vanaf, legt die onder en rond de stoel en plakt het spul hier en daar vast met tape. Hij pakt een emmer en zet die onder het hoofd. Wel op de goede plek zetten. Rustig stapt hij naar achteren en kijkt van een afstandje. Ziet er goed uit.

Hij draait zich om, steekt de stekker in het stopcontact en loopt met de elektrische zaag terug naar de stoel. Het snoer staat strak, maar hij kan er net – maar dan ook net – bij. Zijn ogen zijn op de hals gericht, hij brengt de zaag tot boven de rode lijn en net op dat moment begint het lijk langzaam van de stoel te glijden. Shit, razendsnel gooit hij de zaag aan de kant, hij bukt en is net op tijd om het lichaam op te vangen. Het hangt met de benen nog op de stoel en zelf zit hij op zijn hurken, de borst van die klootzak in zijn armen geklemd. Alsof het een geliefde is. Kutzooi. Alsof het nog wat uitmaakt dat die lul zijn nek breekt. Hij duwt het willoze, maar weerbarstige lichaam terug op zijn plek. Een been zakt langs de zitting naar beneden, een arm wurmt zich onder een leuning door.

'Daar en daar,' gromt hij terwijl hij de onwillige ledematen, die al een beetje stijf beginnen te worden, terugduwt. 'Teringlijer!'

Hij grist een rol tape van de plank langs de muur en rolt het plakband om de borst en om de rugleuning van de stoel. Zo, nu kan je niet meer ontsnappen, sukkel. Hij snuift van genoegen en grijnst.

Prima. Helemaal prima.

Met zijn linkerhand omklemt hij de beveiligingshendel, dan zet hij de grote zaag aan en hij hangt de scherpe tanden boven de keurige rode lijn op de hals. Daar, precies daar.

Het vlees is zo zacht dat de hals binnen een seconde door is. De nekwervels bieden even kort weerstand, maar hij schrikt als het hoofd eigenlijk meteen al omklapt.

Kolere, wat een rotzooi maakt dat. Het bloed spat door de ronddraaiende zaag alle kanten op en een flinke straal loopt in, maar vooral ook naast de emmer. Dan, als de laatste reep huid het gewicht van het hoofd niet meer kan dragen, valt het ding recht naar beneden, op de rand van de emmer, die omvalt. De plas bloed groeit meteen alle kanten op, over en naast het plastic dat hij heeft neergelegd. Snel zet hij, in een poging de chaos te beperken, de emmer weer overeind. Iets verderop ligt het hoofd, een bloederige, harige bal met uitsteeksels.

Met de zaag in zijn hand staat hij naar het tafereel te kijken. Uit de nek stroomt een straaltje bloed, het stompje ziet er vreemd en nutteloos uit, zo zonder hoofd.

Verdomme, hij zal die klotezooi moeten opruimen. Dit moet hij de volgende keer echt slimmer aanpakken, alhoewel hij eigenlijk niet van plan is om dit kunststukje te herhalen.

Hij bukt, pakt het hoofd op en staat met het onhandige ding in zijn handen te bedenken waar hij het neer kan leggen. Het moet schoongemaakt worden, niet helemaal, want voor het effect is een beetje bloed prima, maar je moet wel kunnen zien wie het is. Tenminste, dat is de bedoeling.

Omdat hij niet weet waar hij het hoofd moet laten, legt hij het op de benen van die klootzak en hij grinnikt. Wat ziet hij er belabberd uit. Zijn lippen zijn gezwollen, zijn ogen staren sullig naar wat er over is van zijn tenen en het vlassige haar is doordrenkt met bloed.

Hij kijkt om zich heen, naar zijn geliefde werkplek. In een snelle beweging zaagt hij ook de rechterhand van de prooi af en legt die op de tafel. Daarna begint hij vloekend het plastic los te trekken en in elkaar te proppen. Ja, ja, ja, natuurlijk lekt het, natuurlijk loopt het bloed over de vloer. Het idee van dat plastic was goed, maar dan had hij alles heel goed aan elkaar moeten plakken en van tevoren na moeten denken over hoe hij het weer los ging halen zonder te knoeien. Schijt, zoek het ook uit.

Hij duwt het plastic in een vuilniszak die hij heeft klaargezet – dat dan weer wel – en kijkt naar de smeerboel op de grond. Handdoeken. Een emmer water. Dweil. Maar beter eerst het lichaam klaarmaken voor transport. Hij grijpt een oude lap die in de hoek van de container ligt, veegt zijn bebloede handen af en trekt de metalen deur open.

'Hallo?' Een stem.

Kolere. Dat kan helemaal niet.

Heeft hij de deur van de loods opengelaten? Onmogelijk. Is nog nooit eerder gebeurd.

Even overweegt hij om de container weer in te duiken. Te laat. De deuren zijn hoog en log, ze piepen en kraken. In plaats van teruggaan moet hij zorgen dat hij zich uit de voeten maakt. Zo ver mogelijk weg van zijn hol. Hij neemt de route naar het middenpad, slaat rechts af voordat hij daar is en probeert ongezien de kraan achter in de loods te bereiken.

'Oh, hallo.' Een jonge vrouw kijkt hem verschrikt aan. 'Sorry, ik wist niet dat er iemand was. Ik heb de sleutel gekregen om iets op te halen. Eh, mijn tante heeft me gestuurd, ze zei dat u er niet zou zijn, dus ik...' Ze begint hard te lachen. 'Nou ja, ik schrik me rot.'

Ze is blond. Blond haar en blauwe ogen. Lang en dun. Er schieten beelden door zijn hoofd van wat hij met haar zou kunnen doen. Maar dat kan niet. Ze weten dat ze hier is en hij zou meteen ontdekt worden. Ze zouden hier gaan zoeken. Alhoewel. Ze denken dat hij hier juist níét is. Daarom heeft ze de sleutel gekregen. Nee. Niet doen. Niet improviseren. Planmatig blijven.

Ze steekt haar hand uit om zich voor te stellen, maar hij maakt een verontschuldigend gebaar.

'Verf,' zegt hij terwijl hij zijn handen probeert te verstoppen in de doek. 'Ik heb een pot verf omgestoten. Het is een beetje een zooitje geworden.'

'Ik kom de Mazda van mijn vader halen,' zegt ze. 'Mijn tante zei dat ze die achterin heeft laten zetten, aan het hoofdpad, zodat hij er altijd uit gehaald kan worden zonder dat de hele boel moet worden verplaatst.'

De Mazda. Maar die is nog niet schoon. Waarom van alle auto's die ze zou kunnen ophalen nu net de Mazda? Snel denken. Slim zijn.

'Ik was onderweg naar de kraan.' Hij wijst met de doek en laat haar voorgaan. 'Kom maar mee. Ik laat je zien waar hij staat.'

Haar steile, blonde haren raken haar billen. Hij staart. Ademt met openhangende mond. Het is onweerstaanbaar. Als hij nou werkelijk meedogenloos was dan liet hij zich niet tegenhouden. Meedogenloos. Meedogenloos.

# – 36 –

## *Zondag*

Om kwart voor zeven gaat haar telefoon. Alweer schrikt Mertens wakker uit een diepe slaap. Maandag. Heeft ze zich verslapen? Naast haar hoort ze Edwin kreunen. Zondag. Het is zondag. Vanmiddag op de koffie bij mam. Ze had beloofd Roos mee te nemen. Ze grist het mobieltje van het nachtkastje en gaat rechtop zitten.

Ze heeft haar sokken nog aan. Gisterenavond had ze zo lang met het dossier van Sarina buiten op de tuinbank gezeten, dat ze totaal verkleumd was en toen ze eenmaal in bed lag had ze haar sokken weer aangetrokken.

'Mertens,' zegt ze.

Ze luistert naar de melding.

'Onwaarschijnlijk,' zegt ze. 'Dat meen je niet.'

Verbaasd hangt ze op. Schiet in haar kleren. Edwin is wakker, maar vraagt niet eens meer wat er is.

'Tot later,' mompelt hij terwijl hij zich omdraait.

Ze vist de autosleutels van de tafel beneden, trekt een jas uit de kast onder de trap en rent de deur uit. Hoe lang is dat rijden? Nog geen vijf minuten. Ze rijdt de nieuwbouwwijk uit, slaat rechts af op de IJdoornlaan, links af de Banne Zuid in, en rijdt over de Kamperfoelieweg naar het Mosveld. Ze parkeert haar auto op de weg langs de markt en ziet haar collega's al staan. Twee agenten op het midden van het plein, waar drie keer per week een markt wordt gehouden, maar dat vroeg op de zondagochtend verlaten is. De pd is al afgezet.

Haar telefoon gaat. Maud Mertens sluit een moment haar ogen en zucht. Nee, ze kan het niet maken om niet op te nemen.

'Mam,' zegt ze.

'Kom je nog vandaag?'

'Vanmiddag. Ik heb nu geen tijd om te praten. Ik ben aan het werk.'

'Neem je Roos mee als je komt?'

'Ik doe mijn best.'

'Tot straks dan.'

'Ik doe mijn best.'

Ze hangt op, stapt uit de auto en loopt het marktplein op.

'Morgen,' groet ze haar collega's. 'Is Bingsten al onderweg?'

Er wordt geknikt. De stemming is anders dan een week geleden bij Gaullier. Als chef Bitter opzij stapt begrijpt ze waarom. Het lichaam heeft geen hoofd. Ze ademt scherp in en houdt de lucht even vast.

'Iedereen is gebeld,' zegt Bitter.

'Ben je Ruigbot niet vergeten?'

'Dit keer kan ze het lichaam in al zijn ellende zien,' antwoordt Bitter. 'Deze hoeft voorlopig niet verplaatst te worden. De tent is al bijna hier, trouwens.'

Mertens glimlacht droevig.

'Al enig idee wie het is?' vraagt ze.

'Nee, dat heb ik speciaal voor jou bewaard.'

'Ik kijk vast even,' zegt ze en ze schiet onder het lint door. Terwijl ze haar handen in die vreselijke plastic handschoenen wringt, loopt ze op het lichaam af. Een lichaam zonder hoofd. Shit, nu ziet ze pas dat ook de rechterhand ontbreekt. Bizar. De man draagt een overhemd. Alles, met name natuurlijk de stomp van de nek, is doordrenkt met bloed. Hij ligt op zijn rug, in een vreemde houding. De benen iets gebogen en de voetzolen tegen elkaar. De armen van het lichaam af. De linkerhandpalm is naar boven gericht.

Ze bukt en bekijkt de hand. De duim raakt de top van de middelvinger. Ze hurkt en bestudeert de vingers van dichterbij. Voorzichtig duwt ze tegen het punt waar duim en middelvinger elkaar aanraken. Precies wat ze al dacht. Aan elkaar vastgelijmd.

Snel voelt ze aan de jas van de man of er iets in zijn zakken zit. Ze hoopt op een portemonnee, een rijbewijs. Je weet nooit. Verdomd. Beet. Voorzichtig haalt ze het leren ding uit de zak van de man en ze maakt een schrikbeweging als ze een camera hoort klikken.

'Jezus, man,' zegt ze en ze komt overeind. 'Rot op.'

Ze gebaart naar haar collega's. 'Haal die gek weg!'

Naar de fotograaf schreeuwt ze: 'Ruik je het soms, de dood? Hou je ervan?'

'Het is mijn werk, Mertens,' zegt de man, die ze nu pas herkent als Joost van Dongen, freelancefotograaf. 'Dat weet je best.'

Ze draait haar rug naar hem toe en loopt weg. Laat de technische jongens straks de rest maar doen. Met een beetje geluk heeft ze alvast een ID. Dan kan meteen de familie worden opgespoord en ingelicht. Als Joost er al is dan zal hier binnen no time een hele zwerm journalisten staan. Godsakke. Weer de media erbovenop. Nu dubbel zo hard, wedden? Net nu de aandacht een beetje weggeëbd was en zij ongestoord haar werk kon doen. Ongestoord kon vastzitten, denkt ze schamper. En kijk nu. Een nieuwe zaak. Een lichaam dat een hand mist en een hoofd. En zo kort na Gaullier. Iedereen zal zeggen dat het iets met elkaar te maken heeft. En als dat zo is heeft ze te maken met een moordenaar die niet alleen zijn kunstje herhaalt, maar ook nog eens steeds gewelddadiger wordt.

Een rijbewijs. Gelukkig. Dat scheelt.

Jurgen IJzer. Waar kent ze die naam van? Dat is iemand. Ze staart naar het chagrijnige gezicht op de kleine foto. Ja, die man kent ze, maar waarvan?

'Jurgen IJzer,' roept ze naar Bitter. 'Zegt jou dat wat?'

Ze hoort het razendsnelle klikken van de camera van de fotograaf achter haar. Meteen heeft ze spijt dat ze de naam hardop heeft gezegd.

'Vastgoed,' zegt Bitter. 'Hij is de afgelopen maanden vaak in het nieuws geweest. Oplichting. Zelfverrijking. Mismanagement. Oneervol ontslagen. Weet ik veel. Hij is met een flinke handdruk vertrokken.'

'Zo een dus.'

'Vermist, weet je wel. Sinds woensdagnacht.'

Ze draait zich om en kijkt naar het misvormde lijk. De fotograaf staat te bellen.

Weer een bekend figuur. Een zakenbobo die in de schijnwerpers stond.

'Waar zijn de hand en het hoofd?' vraagt Mertens.

Bitter haalt zijn schouders op.

'Vraag een extra team om hier onderzoek te doen langs het plein,' zegt Mertens. 'Misschien zijn de lichaamsdelen in de buurt. Waar blijft die tent? Straks staat het hier zwart van de media, verdomme.'

Mertens laat een groter gebied afzetten en is opgelucht als de mannen met de tent er zijn voordat er meer publiek gearriveerd is.

'Ik denk dat we de woordvoerder ook maar meteen moeten briefen,' zegt ze tegen Bitter. 'Regel jij dat?'

Hij knikt en draait zich om zodat hij rustig kan telefoneren.

Maud Mertens staat alleen bij het lijk. Het plein is groot. Zeker honderd, honderdvijftig meter lang, en een meter of vijftig breed. Aan de ene kant huizen, aan de andere kant de verhoogde Johan van Hasseltweg, richting de stad en de A10. Het plein ziet er vreemd verlaten uit. Langs de kant staan twee vuilcontainers. Links van haar een rij betonnen plantenbakken vol roze geraniums. Daarachter, op de verste hoek van het plein, ligt het brede viaduct naar de Kamperfoelieweg. Onder het betonnen dak is een restaurant gevestigd. MAX, staat er met grote, rode letters op de gevel.

Ze gaat met haar rug naar het lijk staan en bestudeert de huizen. Oud. Een aantal ramen zijn dichtgetimmerd. Op de planning om gesloopt te worden. Vandaar dat aan het uiterste eind van het plein een noodgebouw staat van Albert Heijn. De supermarkt is alvast verplaatst. En als die grootgrutter in de buurt blijft betekent dat dat het stadsdeel grootse plannen heeft met dit stukje van de stad.

Vastgoed. IJzer heeft vast iets met die plannen te maken. Natuurlijk. Wat heerlijk als iets zo duidelijk is. Ze houdt van raadsels, anders was ze geen rechercheur geworden, maar na al het gepuzzel rondom Gaullier is een duidelijke zaak ook weleens fijn.

Zou een van die zaakjes rond het plein al open zijn? Ze kan best een bak koffie gebruiken. Ze loopt naar het restaurant, tussen de plantenbakken door, maar natuurlijk is alles nog dicht. Aan de andere kant van het viaduct, tegen de verste hoek van het gebouwtje, ligt een zwerver.

'Hé,' zegt Mertens. Ze hurkt en verbijt zich. Wat stinkt die kerel. 'Hoe lang ben je hier al?'

De man reageert niet. Mertens legt haar hand op zijn bovenarm en schudt hem wakker.

'Ben je hier al lang? Heb je gezien wat hier gebeurd is?'

De man murmelt iets onverstaanbaars over God. Een flinke alcoholwalm stijgt op. Mertens kijkt om zich heen. Van hieruit kun je de plaats delict niet zien. 'Kom je uit de stad? Ben je over het plein gekomen? Heb je iets gezien?'

De man boert. '*Le rouge*,' lispelt hij. '*Et le noir*.'

Mertens komt overeind. Hij ligt zeker honderdvijftig meter van de vindplaats af. Achter de hoge plantenbakken, om de hoek. Ze zou hem naar het bureau moeten laten brengen. Als hij morgen nuchter is, herinnert hij zich misschien wel iets. Je weet nooit. Alhoewel...

'Maud!' Bitter staat te zwaaien. 'Maud!' Hij rent haar kant op en snel loopt ze naar hem toe.

'Het hoofd!' roept hij. 'Gevonden!'

Ze begint harder te lopen. Hier? Op het plein?

'Stap maar in je auto,' zegt Bitter. 'Volewijckers. Stukje terugrijden. Bingsten is er al.'

In de auto belt ze hem.

'Volewijckers,' zegt ze. 'Waar is dat precies?'

'Nog voor het ziekenhuis,' zegt Bingsten. 'Bij de Buiksloterkerk.'

Het ziekenhuis, daar is ze net langs gekomen. Bij het kerkje rechtsaf en dan door tot aan de parkeerplaats, zegt hij. Kan niet missen. Dat zeggen mensen die de omgeving kennen altijd, dat het niet kan missen, maar toch is ze er heel goed in.

Twee minuten later rijdt ze het kerkje voorbij en ze keert op de Schepenlaan. Nooit eerder gezien, denkt ze als ze langs het kleine kerkje rijdt. Tig keer langsgereden en nooit echt naar gekeken. Ze slaat af, naar links, en een paar seconden later staat ze op het parkeerterrein van de voetbalclub. Ze parkeert haar auto naast die van haar collega's, groet de dienstdoende agenten en loopt het terrein op.

*

Kyra maakt haar fiets los en rijdt over de Nieuwendammerdijk, langs de bakker waar ze gisterenmiddag voor de gelegenheid nog een pak stroopwafels kocht, en steekt de brug over naar de Buiksloterdijk. Even later fietst ze langs de kinderboerderij naar de Banne Noord, waar Sophie woont.

'Sophie moet leren,' zegt Linda Verster als ze de deur opendoet.

'Alleen maar een kop thee,' kaatst Kyra terug. Ze houdt het pak stroopwafels omhoog en grijnst. 'Het is heel vroeg, ik ben zo weer weg, kan ze nog fijn de hele dag leren.'

Linda schudt haar hoofd en zucht. 'Vooruit dan maar. Heel even.'

'Hé.' Sophie klinkt mat. 'Ik heb niet veel tijd. Wiskunde is echt een ramp.'

'Even een suikerinjectie,' zegt Kyra naar de stroopwafels wijzend. 'Eén kop thee en een stroopwafel, dan kun je er weer tegenaan.'

Sophie schudt haar hoofd en zet water op. Gelaten ploft ze op een keukenstoel.

'Als ik terug ben ga je weer aan de slag,' beveelt Linda. 'Ik ga even hardlopen.'

Als Linda de deur achter zich dichttrekt valt er een gespannen stilte in de keuken. Sophie ontwijkt Kyra's blik.

'Hoe is het met je moeder?' vraagt Kyra. Neutraal beginnen, dat is misschien het beste.

'Gaat wel,' zegt Sophie en ze trekt met haar vinger een streep over de tafel. 'Ik wil er niet over praten.'

'Over je moeder? Diabetes is toch niks geks?'

'Over Marc. Daarvoor ben je toch hier? Je bent geobsedeerd door die vent, Kyra. Je kunt het alleen nog maar over hem hebben.'

'Helemaal niet. Ik wil gewoon...'

'We zijn het allemaal spuugzat, dat onderzoek van jou. Luna zegt ook dat je gewoon verliefd op hem was. Dat dit jouw manier van verwerken is.'

'Nou ja!'

Sophie kijkt haar met een blik aan die ze niet van haar kent.

'We begrijpen allemaal dat je nog steeds last hebt van dat gedoe met Sarina,' zegt ze. Haar toon is afstandelijk. Ze klinkt als een docent op school. 'Maar daar moet je ons niet mee lastigvallen. Al helemaal niet nu, tijdens de examens.'

Omdat ze niet weet wat ze moet zeggen pakt Kyra een stroopwafel en begint te eten. Belangen. Daar heeft Mertens het over gehad.

'Laten we het eens hebben over jou en Luna,' zegt ze nadat ze een hap van de zoete wafel met karamel heeft doorgeslikt.

'Waar heb je het over?' Sophie staat op en zet de theepot klaar. Ze rommelt in een kastje, op zoek naar een theezakje, en doet net alsof ze vergeten is waar ze het over hadden.

'Ik bedoel dat schilderij van Luna en jou dat Marc heeft gemaakt. Dat was geen normaal portret.'

'Ach, flikker toch op jij. Zie je wel dat je jaloers bent? Naakt hier en naakt daar. Jij zoekt overal een bedoeling achter die er helemaal niet is.' Sophie draait zich om en leunt tegen het aanrecht. 'Je moest maar eens gaan. Ik heb nog werk te doen.'

'Waar waren jullie mee bezig, Sophie?' Niet opgeven nu. 'Ik denk dat het belangrijk is voor het onderzoek.'

'De politie doet dat onderzoek, niet jij.'

'Ik heb nog niets over dat schilderij verteld aan de politie.'

'Nog niets? O, wat fijn, dat je je vriendinnen nog niet verraden hebt. Ik ben je eeuwig dankbaar.'

'Wat bedoel je met verraden? Wat is er te verraden dan?'

'Helemaal niks! Hij heeft gewoon een schilderij van ons gemaakt! Dat is het enige. Maar ik weet precies wat er gebeurt als de politie daar iets van hoort. Dan wordt het opgeblazen tot een of ander groot smerig ding.'

'O, en het stelde niks voor?'

'Nee.'

'Het is normaal dat een docent twee van zijn leerlingen naakt voor zich laat poseren? En dat hij die meiden dan vraagt om elkaar aan te raken? Dat noem jij normaal. Iets kleins?'

'Je weet er niets van.'

'Vertel het dan.'

'Ik wil dat je weggaat. Ik hoef je niet meer te zien. Ik wil me gewoon concentreren op mijn examen. En waag het niet om iets tegen die nieuwe heldin van jou te zeggen, die Mertens.'

'Of anders?'

Sophie zwijgt.

'Je maakt het jezelf erg moeilijk, Kyra,' zegt ze dan. 'Straks heeft iedereen een hekel aan je, dat begrijp je toch wel? Je plaatst jezelf volledig buiten de groep.'

Kyra staat op en loopt weg, zonder iets te zeggen, zonder om te kijken. Ze plaatst zichzelf buiten de groep. Alleen maar omdat ze op zoek is naar de waarheid. Dat is dus de kracht van belangen. Als je niet hetzelfde belang dient dan word je als een splinter door middel van een flinke ontsteking naar buiten gewerkt door het systeem. Maar ze is geen splinter. Zij is niet schadelijk. Wat ze doet is juist nodig. Ze moet niet bang zijn voor die verantwoordelijkheid.

Ze fietst weg, naar het Noordhollands Kanaal, en slaat rechts af, richting huis. Na het bruggetje staat een bankje en ze stopt en gaat zitten. Hier heeft ze uitzicht op de nieuwe entree van de Noorderbegraafplaats. Toepasselijk. Ze vraagt zich af wanneer Marc Gaullier begraven zal worden. Is zijn lichaam al vrijgegeven? Heeft zijn familie al afscheid kunnen nemen? Wat hij ook gedaan heeft, ergens is een spoor naar de moordenaar. Hij is niet vermoord omdat hij elke dag een halfje bruin kocht. De oplossing zit in een onfris detail. Dat kan niet anders. Wie bang is voor stinkende zaakjes moet geen rechercheur willen worden. Ze moet nu bewijzen dat ze uit het juiste hout is gesneden. Misschien leidt het erotische schilderij van Luna en Sophie naar iets groters. Dat moet wel. Misschien had hij een handel in dit soort half pornografisch materiaal. Ze ziet het schilderij van Sarina weer voor zich. Haar zus die er zo kwetsbaar uitzag. Zo zag hij haar, dun en bijna transparant. Hij verdiende zijn geld door weerloze meisjes te gebruiken. Smeerlap. Je oogst wat je zaait, denkt ze, maar hoe slecht was Gaullier precies?

In de verte begint een sirene te loeien. Politie. Ze pakt haar mobiel en kiest het nummer van Maud Mertens.

'Met Kyra,' zegt ze. 'Ik heb belangrijke informatie over Gaullier.'

'Ik heb nu geen tijd,' antwoordt Mertens kribbig.

De hele tijd zeurt de rechercheur aan haar hoofd voor achtergrondinformatie, nu belt ze en dan heeft ze ineens geen tijd. De sirenes komen dichterbij. 'Ik denk dat het belangrijk is,' probeert ze. De recherche zou onderzoek moeten doen naar de dode zakenmannen.

'Ik heb nu echt geen tijd,' zegt Mertens gehaast. 'Bel me in de loop van de dag maar terug.'

Kyra wil nog iets vragen, maar Mertens heeft al opgehangen. Meteen piept haar telefoon. Een *alert* van misdaadkaart.nl over een dode in Amsterdam-Noord. Ze checkt Twitter, waar het nieuws vaak als eerste te vinden is. Er is een tweet van @ilovenoord. *Onthoofde man op Mosveld.* Ze pakt haar fiets en begint als een dolle te fietsen.

*

Maud Mertens staat met Niels Bingsten op het voetbalveld. Het hoofd ligt op de middenstip. Keurig recht, de neus naar de lucht. Het haar is rommelig, hier en daar vol aangekoekt bloed. Het lijkt erop dat het gezicht gewassen is. Rondom de haargrens, bij de oren en onder de kaak zit opgedroogd bloed, maar het aangezicht is zo goed als schoon. De oogleden staan open en de irissen zijn dof. De mond is vervormd, de lippen zijn opgezwollen, er zijn wondjes zichtbaar en een aantal kleine donkerrode korstjes.

'Netjes recht afgesneden, zeg.' Bingsten staat voorovergebogen bij het lichaamsdeel. Maud Mertens volgt zijn blik. Hij heeft gelijk. Het stukje van de hals dat nog aan het hoofd vastzit vertoont geen sporen van bijlslagen of meerdere zaagsneden. Het vlees is redelijk glad, de huid vertoont zo op het eerste gezicht geen rafels, er zit alleen een klein flapje huid aan de achterkant van de nek. De moordenaar wist wat hij deed.

Mertens pakt het rijbewijs van de dode en hurkt om de foto met het hoofd te kunnen vergelijken. Het identiteitsbewijs toont een serieuze man met een licht arrogant trekje om de mond, het kapsel keurig opzij gekamd. *Hendricus Fernandus Jurgen IJzer*, staat er naast de foto. Zijn ouders hadden hem Hendrik genoemd, maar hij gebruikte zijn derde naam.

'Het is hem,' zegt Bingsten.

'Lastig te zien,' vindt Mertens. 'Maar ik denk dat je gelijk hebt.'

Ze komen overeind.

'En nu?'

'Het hele veld is verboden gebied,' zegt Mertens terwijl ze achteruit stapt. 'Laat overal maar linten ophangen.'

Mertens stapt nog verder naar achteren. De onthoofding roept beelden bij haar op van extremisten die filmpjes van hun misselijkmakende werk op internet zetten. Van slachtoffers die behandeld worden als vee. De pijn, de angst, de vernedering. Dat is het, realiseert ze zich. Vernedering. De moordenaar toont zijn absolute heerschappij en vooral zijn walging. Godzijdank hebben ze het terrein van de voetbalclub kunnen afsluiten. Dat moet de sensatiezoekers voorlopig wel op een afstand houden.

'Op het hoofdveld,' zegt Bingsten terwijl hij naar de tribunes kijkt. 'Leuk gekozen.'

Rond het veld staan verschoten reclameborden van plaatselijke adviesbureaus en Bakker Bart.

'Ik wil dit hele veld onderzocht hebben,' zegt Mertens tegen de leidinggevende ter plaatse. Er zijn een aantal mensen van hun zondagse uitslaapritueel beroofd nu er ineens twee vindplaatsen zijn. Ze geeft nog wat instructies en loopt dan weg om Barbara Ruigbot te bellen.

'Ik kan een tweede schouwarts laten komen,' zegt ze tegen de officier. 'Maar mij lijkt het beter dat een en dezelfde persoon beide lichaamsdelen onderzoekt.'

Ruigbot is het met haar eens. Mooi. Vooruitgang. Wie weet komen ze nog eens ergens.

'Zet vast een tent over het hoofd,' zegt ze tegen een paar collega's. 'Straks ligt hij in de zon en ik weet niet hoe lang ze nog op het Mosveld bezig zijn.'

Het belooft een mooie, droge lentedag te worden. Tussen de bomen die langs het hoofdveld staan ziet ze al de eerste nieuwsgierige dijkbewoners op hun balkons verschijnen.

'Snel graag,' zegt ze en ze wijst tussen het groen door naar een fotograferende man.

'Niet te geloven,' zegt ze tegen Bingsten. 'Ik snap niet hoe de moordenaar het voor elkaar krijgt. Twee keer ongezien een lichaam op zo'n typische plek dumpen.'

'Dit hier is niet zo moeilijk. Maar dat lichaam op het Mosveld wel.'

'Het is eerder tentoonstellen dan dumpen.' Kyra Slagter staat ineens naast haar. 'Wat wil hij ermee zeggen?'

'Hoe kom jij hier?' valt Bingsten uit. 'Die poort was toch dicht?' Hij kijkt Mertens kwaad aan.

'Ja,' beaamt Kyra. 'Die was dicht. Maar dat maakt niet uit. Er zit een gat in het hek. Iedereen weet dat. 's Nachts zitten hier vaak jongeren. Ik ben langs de achterkant van het trainingsveld gekomen.'

'Ik wil dat je weggaat,' zegt Mertens.

'Ik was net op het Mosveld,' zegt het meisje. 'Ik kreeg een bericht op mijn telefoon dat er een lijk op het Mosveld lag en ik hoorde een journalist daar tegen een collega praten over het hoofd hier.'

Ze fronst als ze naar de politieagenten kijkt die met de plastic tent worstelen. 'Wie is het trouwens?'

'Gaat je niks aan,' zegt Bingsten. 'En het is geen fraai gezicht, dus ik zou maar snel wegwezen hier.'

'Ik schrik niet zo snel,' zegt Kyra terwijl ze onbewogen naar het losgesneden hoofd kijkt. 'Sorry.' Ze loopt naar voren. 'Jullie hebben hem toch wel herkend, hè?'

Bingsten roept dat ze terug moet komen, maar Kyra stapt op het hoofd af. Ze staat er vlak naast en wijst.

'Dat is die vent die in het nieuws was,' zegt ze. 'Vanwege een of ander schandaal over geld, en hij is vermist.'

Ze draait zich van de rechercheurs af en buigt voorover. 'Echt waar, dat is Jurgen IJzer!'

Allemachtig, die meid houdt ook nergens rekening mee. Kruipt door gaten in gesloten hekken. Besmet haar pd. Egocentrisch als de pest.

'Luister verdorie eens een keer als je iets gezegd wordt,' valt Mertens uit. 'Opzouten daar!'

Ze zou Kyra rustig en beheerst willen zeggen dat ze rekening moet houden met anderen, dat ze niet zomaar overal binnen kan stormen en haar eigen gang kan gaan. Dat er iemand veroordeeld moet worden en dat ze het bewijsmateriaal niet mag verpesten door haar aanwezigheid. Wie weet wat voor vezels, haren, sliertjes of ander bewijsmateriaal ze daar per ongeluk kan verliezen. Als een of andere advocaat hier straks lucht van krijgt dan kan alles voor niets zijn. Maar in plaats van die argumenten te gebruiken, gebruikt ze scheldwoorden.

Kyra deinst verschrikt naar achteren en precies op dat moment flitst er een camera.

'Verdomme!' vloekt Mertens nogmaals. Ze kijken allemaal tegelijk om naar de journalist die aan de rand van het veld staat en een foto neemt. Mertens stormt op hem af.

'Sodemieter op, man,' roept ze. 'Laat ons eens ons werk doen.'

'Je kunt me niet wegsturen,' argumenteert Joost van Dongen.

'Laat mij maar.' Barbara Ruigbot is op het veld verschenen. Ze kijkt Mertens woedend aan en loopt op de fotograaf af.

Mertens blijft als bevroren staan.

'Ook dat nog,' zegt Bingsten.

'Ik ga,' zegt Kyra timide. 'Het komt later wel.'

Het meisje loopt naar de toegang tot het hoofdveld. Net voordat ze door het poortje wil glippen, bij het hokje waar je in vroeger – betere – tijden een kaartje voor de wedstrijd kocht, roept Ruigbot haar.

Mertens hoort niet precies wat er gezegd wordt, maar ze ziet het. Ruigbot is woest. Ze wijst – beheerst, ijzig – naar het hoofd op de middenstip en zwaait met haar vinger voor Kyra's neus heen en weer. Dan wijst ze naar de borst van het meisje.

'Dan houd ik jou verantwoordelijk,' zegt ze met verheven stem.

'Die Ruigbot.' Bingsten is naast haar komen staan. 'Ik wist niet dat ze emoties had.'

'Berg je maar,' zegt Maud Mertens terwijl Ruigbot op hen afkomt. 'Want ze is klaar met Kyra.'

# – 37 –

*Holy F*, weer een zakenman vermoord. Hoeveel bewijs wil ze hebben voor haar theorie? Kyra fietst zo hard ze kan over de dijk naar huis. Ze zweeft, ze vliegt, ze is net uitgescholden door de officier van justitie, maar het interesseert haar niet. Normaal gesproken zou ze daar een slapeloze nacht van hebben. Zou ze zich de allerblondste barbie ter wereld gevoeld hebben. Wie verkloot er nou een pd? Maar op dit moment is het helemaal niet van belang. Ze heeft een spoor. Een echt spoor. Zij heeft iets te pakken, terwijl de recherche zich blindstaart op blote meiden. Bijna was ze zelf ook in die val gestapt – sjezus, Sophie en Luna, hoe bedenk je het? – maar dat is het niet. Helemaal niet. De oorzaak zit in een of ander zakelijk project.

Shit zeg, had ze zich net voorgenomen om de rest van de dag toch maar aan natuurkunde en wiskunde te wijden, krijgt ze dit. Jurgen IJzer vermoord. Eerst maar eens meer over die man te weten komen. Er moet een link zijn tussen al die mannen, maar wat is het? Ja, geld. Maar geld waarvandaan, en waar naartoe? Belangen. Zie je wel. Mertens heeft gelijk. Eigenlijk zou ze nog meer met Mertens moeten samenwerken. De recherche heeft veel meer middelen om onderzoek te doen, maar op dit moment kan ze beter uit de buurt blijven. Toen ze weggestuurd was door die Ruigbot draaide die chagrijn zich om en stormde op de rechercheurs af, je kon de rookwolken zowat uit haar bleke oren zien komen.

Kyra trapt zo hard mogelijk haar pedalen rond en ze heeft spijt dat ze niet toch de scooter uit de schuur heeft gehaald. Ze fietst de dijk op, rijdt over de nieuwe brug boven de verlaagde snelweg die dwars door het Florapark loopt.

Natuurlijk heeft ze dat hoofd niet besmet. Wat is nou de kans dat er precies op dat moment een haar of zo van haar af waait en recht op dat hoofd terechtkomt? Of een of ander huidschilfertje? Of pluisje van haar trui? In die tien seconden dat ze daar gestaan heeft? En dan nog? Ze kunnen toch gewoon allemaal getuigen dat zij daar even gestaan heeft, dan is het hele probleem van het raadselachtige minieme spoor opgelost. Die paniek slaat nergens op.

Kyra trapt nog harder en schiet over de verlaten Nieuwendammerdijk. Thuis aangekomen zet ze haar fiets snel op slot, gooit de deur open en is al bijna bij de trap als ze Jarno's stem uit de keuken hoort.

'Alles goed met jou?'

'Hé, broer.'

Jarno zit aan de keukentafel. Zijn blonde haren hangen tot aan zijn kaak, en hij grijnst naar haar met zijn vrolijke lichtbruine ogen.

'Lukt het een beetje?' vraagt Jarno.

'Ja, het gaat goed. Ik heb iets ontdekt. Ik denk dat het groot is.'

'Ik bedoel je examens. Lukt het met je examens?'

'O, dat. Ja, dat gaat goed.'

'Thee?'

Ze laat haar tas op de grond vallen en probeert te ontspannen. Thee. Natuurlijk. Praten met je broer. Voordat die straks verdwenen is naar zijn nieuwe huis in de stad.

'Heb je alles al gepakt?' vraagt ze. Gek eigenlijk, dat ze nooit beneden komt. Het souterrain zou net zo goed niet kunnen bestaan. Ze heeft ook altijd een hekel gehad aan de ruimte, die ondanks de grote ramen toch altijd donker blijft. Aan het vocht dat ondanks alle specialistische behandelingen toch in de muren blijft trekken. Aan het gevoel dat je daar al bijna begraven bent.

'Zoveel is het niet,' zegt Jarno. Hij staat op en schept een bakje vol met kwark. 'Kleding. Wat zooi. Mijn hele bestaan past in een stuk of vier dozen.'

'Pap en mam zullen jouw slaapkamer straks wel nemen, denk ik.'

Jarno knijpt hard in de fles met honing en brokkelt een handvol walnoten in kleine stukjes.

'Volgens mij wil mam dat jij naar beneden gaat,' zegt hij. 'En dat zij dan de kamers boven nemen.'

Shit.

'Echt niet.'

'Ze hebben al zitten bedenken hoe ze het gaan inrichten.' Hij roert luidruchtig door de kwark. 'Eindelijk een studeerkamer voor mam en zo.'

'Ik ga niet in die kelder zitten. No way. Echt, dan ga ik wel in een tent in de tuin.'

Jarno neemt een grote hap van zijn ontbijt. 'Wanneer ben je klaar met je examens?' vraagt hij met volle mond.

'Donderdag.'

'Ga je wat leuks doen?'

'Weet niet. Misschien wat drinken. Ik zie wel.'

Misschien willen ze haar niet mee hebben. Sophie, Luna, Chantal. Lekker dan.

'Wat ben jij vroeg op trouwens.' Kyra schenkt een kop thee in uit de pot die Jarno heeft gezet. Ze gaapt en bedenkt dat ze ook zin heeft in zo'n bakje kwark.

'Steef vroeg of ik mee ging roeien. Hij probeert me al heel lang zover te krijgen.'

'Beweging. Heel goed voor je.'

'Hmm. Hoe is het met je moordhobby?'

'Ik denk dat ik een spoor heb.' Ze probeert nonchalant te klinken.

'Serieus?'

'Ik denk dat deze moord iets met die van Gaullier te maken heeft. Er is net weer een lijk gevonden.'

'Echt?'

'Een lichaam op het Mosveld en een hoofd op het Volewijckersveld.'

'No way!'

Kyra staat op en herhaalt het kwarkritueel van haar broer.

'Ik kom er net vandaan. Het is die IJzer die de hele tijd in het nieuws is.'

Jarno schiet in de lach. 'Ja, ja. En Mertens meteen jou bellen natuurlijk.'

'Er was een alert van misdaadkaart. En een tweet met de locatie. Ik was bij Sophie, ik was in de buurt...'

Haar broer kijkt haar hoofdschuddend aan.

'Doet er niet toe,' zegt Kyra. 'Het belangrijkste is dat ik een lijstje met zakenmannen heb. Dode zakenmannen, en ik denk dat de moordenaar met al die zaken iets te maken had. Vraag is alleen hoe ik in godsnaam achter al die zaken kom.'

'Zoek eens op de site van de Kamer van Koophandel,' zegt Jarno. 'Daar kun je zoeken op bedrijfsnaam en misschien kun je ook zien welke bedrijven met elkaar gelinkt zijn. Trouwens, ik denk ook dat die lichaamsdelen niet voor niets juist daar lagen. De Volewijckers was vroeger een grote club. Tijdens en na de Tweede Wereldoorlog speelden ze op het Mosveld. Ajax heeft daar ook een tijdje gespeeld, toen in de oorlog hun eigen terrein niet beschikbaar was. Pas later is de club verhuisd naar het park waar ze nu zitten.'

'Misschien...' zegt Kyra nadenkend. Ze neemt slurpend een slok van haar thee. 'Het lichaam op het Mosveld, het hoofd op het Volewijckersveld.'

'Maar wat had IJzer met de Volewijckers te maken?'

'Misschien is het een verwijzing naar voetbal in het algemeen. Of naar de plannen die de stad heeft met het Mosveld. Het was een vastgoedman, toch? Op het Mosveld gaat gebouwd worden.'

Een van de kippen van de buren begint ineens te kakelen alsof ze een haan is. Jarno schraapt met zijn lepel het laatste restje kwark uit het bakje. Kyra zit al na te denken waar ze informatie over de bouwplannen kan vinden. Goede suggesties van haar broer.

'Wanneer ga je nou precies verhuizen?' vraagt ze.

'Mam wil eerst nog een etentje geven of een borrel of zo, een soort afscheidsfeestje, en dan mag ik weg. Alleen weet ik niet wanneer ze dat gaat plannen.' Jarno neemt een slok thee en trekt een koekblik met speculaasjes open. 'Maar als ze daar te lang over doet, ga ik gewoon. Alles is klaar, ik kan eigenlijk nu al verhuizen.'

Terwijl hij het halve koekblik leegeet, leest Jarno de berichtjes op zijn telefoon. Eerst haar zus weg, nu haar broer. Ook al is het niet hetzelfde, ze wordt er toch somber van. Klote. Hand in hand met

Sarina naar de bakker lopen, dat is een van haar vroegste herinneringen aan de zus die er altijd was. De zus van de vlechtjes en het voorlezen, van tekeningen voor je verjaardag. En de zus die je hielp met werkstukken en met ruzies met vriendinnetjes.

'Denk je nog vaak aan haar?' vraagt Kyra na een korte stilte.

'Natuurlijk.'

'Vertel je me nog een keer van Texel?' Ze wil het al een hele tijd aan hem vragen, maar er is nooit een goede aanleiding.

'Dat heb ik toch al gedaan? Je weet toch alles?'

Niet alles, wil ze zeggen, helemaal niet alles, ik was er niet bij, jullie hebben erover gepraat, met elkaar, aan mij is niets uitgelegd en na een tijdje was het hele onderwerp van de verdwijning verboden gebied, dus praat met me – maar dan begint Jarno's telefoon muziek te maken en hij neemt op.

Kyra loopt naar boven, zet de bijgevulde mok thee op de hoek van haar bureau en brengt haar Mac tot leven. Ze pakt vier vellen papier, schrijft op elk vel de naam van een dode zakenman en hangt de papieren op aan haar muur. *John Meijers*, de modeman. *Ruud Felthoven*, de energiegoeroe. *Marc Gaullier*, kunstenaar. *Jurgen IJzer*, projectontwikkelaar. Indrukwekkend rijtje. Ze neemt een slok thee, opent Safari en begint te zoeken. Twee uur later heeft ze onder elke naam een lijstje met bedrijfsnamen staan. Tijd voor fase twee, denkt ze, de site van de Kamer van Koophandel. En daarna een studie maken van de plannen rond de Volewijckers en het Mosveld.

# – 38 –

Julia Hazelbrecht heeft heel even het idee dat ze wakker wordt met een enorme kater. Haar hoofd bonst onbehoorlijk en haar hele lijf doet pijn. Het is donker. Ze wil rechtop gaan zitten maar haar handen zitten vast. Haar enkels ook. Ze probeert te gillen, maar over haar mond is een stuk tape geplakt. Meteen gaat haar hart als een razende tekeer. Iemand heeft haar... Mijn god, waar is ze?

Zo hard ze kan maakt ze een of ander gedempt geluid. Ze probeert haar armen omhoog te trekken om de tape van haar mond te halen, maar ze merkt dat haar polsen ook aan haar enkels zijn vastgemaakt en ze kan er niet bij. Ze probeert weer te schreeuwen. Beweegt panisch haar armen, haar benen, komt half omhoog en stoot haar hoofd. Versuft valt ze terug. Ze ruikt benzine. Een kofferbak? Ligt ze in een kofferbak? Mijn god... waarom? De trouwdag van neef Louis. Volgende week. Ineens weet ze het weer. Ze zou de Mazda van haar vader maandag brengen. O god. De loods. En dan ineens die man. Wat is hij van plan?

Als een lawine raast een gevoel van paniek over haar heen, het drukt haar plat, ontneemt haar de adem. Ze wil vechten, schreeuwen, ontsnappen, maar ze kan geen kant op.

Snuivend probeert ze adem te halen. Nog een keer komen alle spieren in haar lijf in opstand en ze kronkelt, schopt, briest, maar het haalt niets uit.

Oké, oké, rustig blijven, rustig blijven, niet in paniek raken, je kop erbij houden. Rustig. Ze ademt diep in zoals ze dat geleerd heeft op de yogacursus.

Ze onderdrukt haar impuls om weer te schreeuwen, te gillen. Ze klemt haar vastgetapete lippen op elkaar en ademt nog steeds snuivend door haar neus.

Rustig blijven, rustig, alsjeblieft rustig blijven.

Ze huilt. Waar is ze in beland? Wat zal er met haar gebeuren? Is het hopeloos? Vast. Nee! Ze gaat hieruit komen. Dat moet. Ze is niet dom. Ze is sterk. Ze loopt hard, traint met gewichten. Waarom is ze verdomme niet voorzichtiger geweest? Hoe laat is het? Hoe lang ligt ze hier al? Iemand moet haar missen. Iemand zal haar gaan zoeken. Het is een kwestie van volhouden. Als ze maar lang genoeg volhoudt zullen ze haar vinden.

Ze probeert de touwen rond haar polsen los te rukken. Misschien zitten de knopen niet vast genoeg. Ze trekt maar het helpt niet. Met een immense krachtsinspanning weet ze zich op haar rug te manoeuvreren. Ze zet haar knieën tegen de klep en probeert te duwen, maar er gebeurt niets. Nog eens. Nee, dit lukt niet. Ze ligt even bewegingloos en probeert haar spieren te ontspannen, wat haast onmogelijk is in de houding waarin ze ligt. Yoga. Ze probeert wel vaker in absurde poses te ontspannen. Kom op.

Haar ogen beginnen te wennen aan het donker. De klep sluit niet helemaal goed en achter haar valt een heel klein beetje schemerlicht door een kier. Naast haar ligt een deken, en een snoer, een startkabel misschien. Ze draait haar hoofd de andere kant op en ziet de rode plastic hoes van een gevarendriehoek. Een stuk ijzer. Misschien een krik. Misschien kan ze daar iets mee. O god, laat het een krik zijn. Alles kan. Alles kan lukken als je je ertoe zet. Als ze sterk genoeg is. Rustig blijft. En als haar voldoende tijd is gegund, als die kerel lang genoeg wegblijft.

Alsjeblieft. Alsjeblieft.

Huilend schuift ze zo veel mogelijk naar achteren.

Alsjeblieft.

# – 39 –

Ongezien is hij een stuk opgeschoven. Van de ene hoek van de snackbar naar de andere. Er staat al een tent over het lichaam. Jammer. Toch geniet hij van de zenuwachtige drukte rondom het lijk. Briljant plan om de prooi over twee locaties te verdelen. Dat zal weer tot allerlei speculaties leiden. Nogmaals zet hij iedereen op het verkeerde been.

Tevreden krabt hij aan zijn kin. Omdat het bij zijn rol past boert hij nog een keer. Zelfs hem staat de geur van de smerige en met drank overgoten jas nu tegen. Hij moet weg hier. Die agent had hem net zo goed kunnen oppakken.

*

'Dit is een totaal andere MO,' zegt Barbara Ruigbot kribbig. Ze staan nog steeds midden op het voetbalveld. De wedstrijd van een van de jeugdelftallen is afgezegd. 'Hoe kom je op het idee dat dit het werk van dezelfde man is?'

'Deze moordenaar wil publiek,' zegt Mertens. 'Waarom anders dat gegoochel met lichamen?'

'Een Amsterdamse docent van een middelbare school en een grootverdiener in vastgoed uit, wat is het, Bloemendaal dacht ik? Ik zie het verband niet.'

'Misschien waren ze allebei betrokken bij dat gerommel met jonge meiden.'

'Een pedofielennetwerk?' Ruigbot lacht schamper.

'Pedofielen kan ik ze niet noemen, die meiden waren allemaal zestien jaar of ouder. Maar...'

'Dat bedoel ik,' valt Ruigbot haar in de rede. 'Ik denk dat je in een heel andere richting moet zoeken.'

'Ik dacht aan misbruik. Misbruik van positie, misbruik van macht.'

'Maud.' Ruigbot klinkt als een ongeduldige moeder die het gezeur van haar kind meer dan zat is, maar haar mislukte best doet om lief te klinken. 'Natuurlijk moeten we alle opties openhouden. Daar heb je helemaal gelijk in. Maar laten we de dingen wel in perspectief blijven zien. Verwurging is iets heel anders dan onthoofding. Een kunstenaar slash docent is iets heel anders dan een vastgoedspecialist. Ik stel voor dat je twee teams inzet en dat die onafhankelijk van elkaar – en met *open mind* – te werk gaan. We willen geen tunnelvisie in deze zaak.'

'Natuurlijk,' antwoordt Mertens.

'Ik rijd nu even naar het Mosveld.'

'Natuurlijk.'

Barbara Ruigbot blijft even staan en kijkt Mertens indringend aan. Elk moment verwacht Mertens een nare opmerking, maar dan groet de officier van justitie de aanwezige rechercheurs en vertrekt.

'Open mind slash domkop,' zegt Bingsten. 'Alle opties openhouden. Alle opties behalve dan de opties die haar niet aanstaan.'

'Rijd jij vast naar het bureau en haal het team bij elkaar,' zegt Mertens. 'Ik wil dat alle activiteiten van beide heren onder de loep worden genomen. Ergens zit een connectie. Misschien is het de school, of het atelier. Of toch een van de ouders van die meiden.'

'Hoe laat kom jij dan?'

'Ik wacht tot de schouwarts er is,' zegt Mertens. 'Dan kom ik eraan.'

Mertens kijkt Bingsten na, bespreekt nog een paar zaken met de leider plaats delict en loopt naar de rand van het veld. Ze duikt onder de ijzeren afzetting door en beklimt de trap naar de tribune. Ze gaat op de vierde rij zitten, in het midden, op een houten bank, onder een golfplaten dak. Ze ademt diep in. In de linkerhoek van het veld staat het scorebord. Twee – nul, denkt ze. Nul voor ons. Hoe doet hij dit? Hij rijdt door Amsterdam-Noord met dode mannen en lichaamsdelen. Hij parkeert zijn auto en sjouwt met lijken. Hij arrangeert ze op openbare plaatsen en lacht zich een bult om de sensatie en de schok die zijn daden teweegbrengen. Dat Ruigbot niet ziet dat dit dezelfde man is. Dat kan toch gewoon niet anders?

*

Zo snel hij kan loopt hij door het Florapark, langs het kanaal waar de stadsnomaden zoals elk jaar weer met hun bootjes aangemeerd zijn. Aan wal staan inmiddels zitbanken, vuurkorven. Iemand heeft een generator geplaatst. Hij versnelt als hij de bocht ziet. Na de bocht loopt hij de dijk op – rustig nu, voor het geval iemand hem ziet – dan slaat hij links af en vervolgt zijn tocht langs het kanaal.

Het neerleggen van de lichaamsdelen was gemakkelijker dan iemand zou vermoeden. Hij had gewoon de auto om de hoek in een smal straatje geparkeerd, de klomp vlees naar de markt gedragen en het plastic losgesneden. Hoppa. Niks aan het handje. Hij was naar de auto terug geslenterd en had koers gezet naar het veld langs het kanaal, achter de voetbalclub. Ook daar geen enkel probleem.

Het hoofd had hij in een boodschappentas van de Lidl gedaan. Geen tasje van traiteur Heuft voor die klootzak. Heel zorgvuldig had hij de kop van de prooi precies op de middenstip gelegd. Daarna had hij zich bij de auto omgekleed, een halve fles jenever over zijn jas gesprenkeld – eeuwig zonde – en was via een andere route terug gesneld naar het Mosveld. Showtime.

Hij kan de verleiding niet weerstaan en sluipt een meter of twintig tussen de struiken door om de activiteit op het hoofdveld te bekijken. Ook hier staat al een tent. Met genoegen kijkt hij naar de mannen en vrouwen in de witte pakken. Naar de rechercheur die op de hoofdtribune is gaan zitten. Een grote, donkerblonde vrouw is het. Met een steek in zijn kruis denkt hij aan het blonde pakketje dat thuis op hem wacht.

*

Mertens staat op en loopt het trapje aan de andere kant van de tribune af. Langzaam loopt ze een rondje om het veld, aan de buitenkant van het hek zodat ze de omgeving goed in zich op kan nemen. Langs de korte kant van het veld ligt een sloot met aan de overkant de tuinen van de huizen aan de dijk. Ook aan de lange kant van het veld ligt een sloot, maar daarachter ziet ze een veld, een dikke rij struiken en bomen. Terrein om je ongezien te bewegen. Precies op de hoek van de sloot ligt een dikke afvoerbuis. Je zou eroverheen kunnen. Maar niet gemakkelijk.

Ze somt de mogelijkheden voor het onderzoek voor zichzelf op. Buurtonderzoek. Camerabeelden. Van het Buikslotermeerpleingebied. Van alle wegen die Noord uit gaan, de ringweg op.

Ze loopt verder langs het veld. Er zijn geen andere plekken waar je gemakkelijk kunt oversteken. Ze slaat de hoek om, loopt langs het scorebord, tussen het hoofdveld en het trainingsveld door, terug in de richting van het clubgebouw.

IJzer is op donderdagochtend vroeg als vermist opgegeven. Zijn vrouw had tot laat een boek gelezen en was in de logeerkamer gaan slapen. Ze wilde haar man niet storen. Pas de volgende ochtend had ze gemerkt dat hij de avond daarvoor niet was thuisgekomen. Wedden dat ook dit slachtoffer al een tijdje dood is? Waar sluit deze moordenaar zijn slachtoffers op? Waar martelt en doodt hij ze? Waar is die hel die je in boeken of films soms tegenkomt, maar waarvan je je nauwelijks kunt voorstellen dat die echt bestaat?

# – 40 –

De rest van de ochtend heeft Kyra zichzelf gedwongen om met haar neus in de natuurkundeboeken te zitten, maar nu geeft ze het op. Ze staat op en rolt de zware boekenkast opzij. Sarina glimlacht. Kyra staart naar het nieuwe blaadje dat ze opgehangen heeft. *Afspraakje*, staat er. *Weggelopen*. En een naam, waarvan ze weet dat die niet klopt, maar toch heeft ze hem opgeschreven zodat ze de gedachtelijn niet zal verliezen: *Tim Strawinski*. *Dagboek!!!!* staat eronder. Ze pakt een stift en zet ook nog een dikke streep onder het woord.

Ze staat op en loopt naar haar slaapkamer, de oude kamer van Sarina. Ze duikt op het bed en bestudeert het plafond. Geen loszittende platen, weet ze uit ervaring. Geen verstopte dozen of blikjes. Ze staat op, klimt op de bureaustoel en trekt zich op aan een van de balken. Niks. Natuurlijk niet.

Ze gaat op de grond zitten en klopt op de vloer. Zoals ze al eerder heeft gedaan, een jaar of twee geleden toen ze bedacht dat iedereen op de verkeerde manier zocht, op de verkeerde plek. Misschien heeft ze toch iets gemist. Ze onderzoekt de plinten langs de wand, de vloer onder het bed, de wandpanelen, de boekenkast en de kledingkast. Niks en niks en natuurlijk niet want dit heeft ze allemaal al gedaan. Ze moet iets nieuws bedenken. Maar ook dat heeft ze al zo vaak geprobeerd.

Ze vloekt en loopt terug naar haar eigen kamer, trekt haar bureaustoel naar achteren en staart naar de muur met Gaullier. Naar de toevoeging over Jurgen IJzer die ze net heeft opgeschreven. Zakenmannen. Zakelijke projecten. Belangen. Ze draait rond op de bureaustoel en kijkt weg van de muur van Gaullier, opnieuw naar de muur van Sarina. Wat was haar belang? Of het belang van anderen dat te maken had met Sarina? Ze schudt haar hoofd. Legt haar handen op haar gezicht en probeert helder te denken. Wat een chaos. Wat een wirwar. Ze zou zich op natuurkunde moeten concentreren.

Ze staat op, duwt de boekenkast terug op zijn plaats en schrikt zich rot als haar moeder met een klop op de deur haar kamer binnen komt vallen.

'Wat is dat?' vraagt Holly Slagter boos als ze de papieren aan de muur ziet hangen. Haar kapsel is, als altijd, verzorgd en zorgvuldig met de stijltang behandeld. Ze draagt een roze trui en een strakke, donkerblauwe spijkerbroek.

'Mam, ik schrik me rot.'

Haar moeder zet een kop thee op Kyra's bureau en stapt naar achteren, alsof er iets gevaarlijks in de kamer huist.

'Je gaat niet opnieuw beginnen, hè? Met die onzin.'

'Jij hebt er ook vast over nagedacht, over wie het gedaan kan hebben.'

'Jij hebt daar niets mee te maken. Laat het met rust. Ik heb vorig jaar echt genoeg van die flauwekul gezien.'

Dit is eenzelfde soort reactie als vorig jaar, toen ze de muur van Sarina had ontdekt. Kyra had destijds gedacht dat de reactie van haar moeder vooral te maken had met het feit dat het Sarina's muur was. Maar nu, met de muur van Gaullier, lijkt ze net zo pissig.

'Denk je dat de achtergrond liefde is?' probeert Kyra eroverheen te praten. 'Jaloezie, dat soort dingen? Of denk je dat het met geld te maken heeft, met zakelijke belangen?'

'Kyra! Wat zeg ik nou. Ik wil niet dat je je met dit soort dingen bezighoudt. Dit is alleen maar negatief, je moet juist positieve dingen opzoeken. Het is examentijd. Focus je daarop. Haal je diploma en begin met je studie. Als dat niet lukt loop je straks nog een jaar vertraging op.'

Haar moeder staat als een blok onverzettelijke woede in de deuropening.

'Ik heb net de hele tijd aan natuurkunde gezeten,' zegt Kyra. 'Waar ik trouwens vet voldoende voor sta.'

'Als ik straks terugkom dan is die rommel van de muur,' stelt haar moeder. Ze draait zich om en loopt weg.

Kyra blijft even zitten, maar er komt niets uit haar handen. Haar gedachten zitten op slot. Ze heeft haar moeder nog niet verteld dat ze zich ingeschreven heeft voor de hbo-studie forensische recherche, in plaats van voor economische wetenschappen aan de universiteit.

Kyra staat op, sluipt de trap af en loopt naar de buurvrouwen.

'Ik kom Lot even halen,' zegt ze.

'Vanavond hebben we pilav.' Ella staat aan het aanrecht vlees te snijden. Nine en Mina zitten aan tafel en snijden de groente. Nine trekt een stoel naar achteren.

'Als je straks ook wat wilt.'

'Ziet er gezond uit,' zegt Kyra terwijl ze gaat zitten.

Toen Sarina verdwenen was en haar ouders halsoverkop met Jarno naar Texel vertrokken stond Kyra buiten voor de deur en zag de auto wegrijden. 'Schatje,' had haar moeder een kwartier eerder gezegd, snauwend bijna. Ze keek haar niet eens aan terwijl ze nog een trui in haar koffer propte. 'Jarno is zeventien, die kan meehelpen. Maar ik kan niet ook nog op jou passen daar.'

Vijftien, en dan iemand zijn op wie je moest 'passen'. Ze was woest geweest. Maar hoe ze ook stampvoette, vloekte en smeekte, haar ouders en broer reden weg zonder haar. Oma kwam. Om te koken. Om te babysitten. Om te sussen. Maar het waren de oude buurvrouwen die haar begrepen.

'Ze kunnen nu niet goed nadenken,' had Nine gezegd. Ze had gezien hoe haar ouders en haar broer wegreden en was naast Kyra gaan staan. Een kleine vrouw met een grote hond. 'Dat moet je ze vergeven,' zei Nine. 'Als je kind vermist is dan ben je niet normaal, dan neem je rare beslissingen. Wil jij de lijn even vasthouden misschien? Ze is wat sterk voor mij.'

Ze hadden samen over de dijk gewandeld, Kyra en Nine en Lot. Ze had er nog lang over nagedacht en tijdens het avondeten met oma, terwijl ze sperziebonen kauwde en een gehaktbal in kleine stukjes sneed, had ze besloten dat Nine gelijk had: als je kind vermist is dan ben je even niet normaal.

'Ik kom er niet uit,' zegt Kyra. De keuken ruikt naar vers gesneden ui en geplette knoflook. Nine zet een donkere boterham met appelstroop voor haar neer en dankbaar neemt Kyra een hap. 'De moord op Gaullier, de vermissing van Sarina,' mompelt ze met volle mond. 'Voor mijn gevoel loopt het allemaal door elkaar terwijl het niets met elkaar te maken kan hebben.' Ze zwijgt en denkt aan het schilderij van Sarina. Of misschien toch wel? Heeft de verdwijning van haar zus met haar docent en zijn praktijken te maken? Maar waarom is ze dan op Texel verdwenen en niet hier in de buurt? 'En dan is er ook nog een nieuwe moord,' vervolgt ze. 'Ik denk dat die wel echt aan Gaullier gelinkt is, maar ik heb geen idee hoe precies.'

Ze drinkt en eet terwijl de oude vrouwen fronsend de ingrediënten van de pilav snijden.

'Als je geboren wordt heb je simpele emoties,' zegt Mina. 'Angst. Geborgenheid. En alles wat daartussen ligt.'

'Hoe ouder je wordt,' vervolgt Nine, 'hoe meer dimensies er zijn.'

'Maar uiteindelijk,' zegt Ella na een korte stilte, 'kom je weer terug bij het begin.'

'Bij doodsangst dus,' zegt Kyra. 'En de wens om zo veilig mogelijk te sterven.'

'De vraag is,' Nine snijdt een ui doormidden en haar ogen vullen zich met tranen, 'door welke emotie de moordenaar wordt aangestuurd.'

'Woede,' zegt Kyra.

'Dus dan is het iemand,' meent Nine, 'die meer dimensies heeft dan angst en geborgenheid. Hij is oud genoeg om woede te voelen, en niet zomaar een eenduidige, kinderlijke woede, maar een volwassen, vernietigende.'

'Hij is oud genoeg om dit theaterstuk goed uit te voeren. En heeft geduld genoeg voor alle aktes.' Ella veegt de blokjes kip in een schaal en spoelt het mes onder de kraan af. Ze draait zich om. 'De grote vraag is of de woede uitgeraasd is.'

Kyra drinkt het bodempje thee op en roept Lot.

'We zijn zo terug,' zegt ze.

Als de ingang van het Vliegenbos in zicht is laat ze de hond los. Aarzelend begint ze te rennen. Rustig aan, joggen, heet het, niet sprinten. Ze probeert ontspannen te lopen, haar voeten af te rollen, een ritme te vinden dat ze kan volhouden. Ze slaat rechts af, het bos in, rent over het pad richting de camping en de ingang aan de Meeuwenlaan. Hier rende Sarina altijd. Zij zou geweten hebben hoeveel meter, nee, hoeveel calorieën een rondje Vliegenbos precies was. Kyra raakt buiten adem en ze voelt steken in haar rechterzij. Sarina kon dit. Urenlang zelfs. Hoe deed ze dat, twee uur rennen op alleen een glas verse jus d'orange per dag?

Lot springt om haar heen, verrast door de plotselinge verandering in het dagelijkse patroon. Eindelijk begrijp je het, lijkt ze te denken, zo doe je dat inderdaad, als je buiten bent. Dan sjok je niet een beetje in het rond, maar dan ren je.

Woede is een krachtige drijfveer. Het maakte dat Sarina verder kon rennen dan haar lichaam eigenlijk kon. Het maakte dat ze zichzelf uithongerde. Het maakt dat iemand mensen vermoordt en op afgrijselijke wijze tentoonstelt.

Na tien minuten houdt Kyra het niet meer vol. Ze wandelt verder en Lot duikt de bosjes in, op zoek naar een volgend interessant project. Hoe doe je dat, conditie opbouwen? Ze moet eens op zoek naar schema's. Die zijn vast te vinden op internet. Als Sarina het kan, dan kan zij het ook. Ze moet zich veel meer verplaatsen in de gedachtewereld van haar zus, anders vindt ze de ongelooflijke klootzak die haar vermoord heeft nooit.

Doelstelling: vijf kilometer kunnen rennen over zes weken. Tien kilometer over drie maanden. Moet kunnen.

Ze slaat links af, rent terug naar de ingang en probeert zich niks aan te trekken van de pijn in haar zij en de opkomende misselijkheid.

# – 41 –

O nee. Ze is flauwgevallen. In een reflex schiet ze omhoog en meteen stoot ze met een doffe dreun haar hoofd. Ze valt terug. Ligt stil. Hoe lang heeft ze hier liggen suffen, verdorie? Misschien maar even. Of misschien een paar uur. Sjezus. Opschieten nu. Snel, snel, snel. Straks komt die kerel en wie weet wat hij van plan is. Eindigt ze als slaaf ergens in een kelder of, mijn god, als lijk langs de berm van een door de duivel en iedereen verlaten zandweg.

Zover komt het niet. Iemand gaat haar missen en slaat alarm. Zeker. Natuurlijk.

Ach, klets niet. Tante An weet niet beter of ze heeft de auto opgehaald en de sleutels van de loods teruggegooid in de keukenla, waar ze al jaren tussen een berg paperclips, punaises, oude batterijen en andere sleutels nutteloos liggen te zijn. Wanneer zal zij die gaan missen? Shit. Louis verwacht de auto pas maandagavond. Een chaoot als hij gaat vast pas tegen elven bellen. Maandag is haar vrije dag. Niemand mist haar op het werk. O, shit, shit, shit, niemand gaat merken dat ze verdwenen is. Niet nu, niet snel, niet snel genoeg.

Hopeloos.

Geen tijd voor zelfmedelijden.

Als die tape eens van haar mond af was. Dan kon ze roepen. Er moeten hier toch mensen hun spullen komen ophalen. Ze probeert de tape los te krijgen door haar wang over het tapijt in de achterbak te halen. Ze probeert het tot haar hele wang gloeit, maar het spul zit niet losser.

De krik. Ze probeert zich op haar linkerzij te rollen. Negeert de pijn in haar hoofd, haar enkels, haar handen. Waar is dat ding? Ze tast in het donker rond, voor zover ze bewegingsvrijheid heeft met die vastgebonden handen. Schrikt als ze het koude metaal voelt. Ja, daar. Weer probeert ze het zware ijzeren apparaat met haar vastgesnoerde handen beet te pakken. Het moet naar de andere kant, over haar heen, dan neerzetten, vlak bij het slot van de klep, en op de een of andere manier opendraaien. Shit, wat is dat ding zwaar. Ze kan haar armen amper bewegen. Haar vingers lijken opgezwollen. Gevoelloos. Ze heeft geen kracht. Niet in haar armen, niet in haar vingers. Die eikel moet haar een of ander middeltje gegeven hebben. Daarom is ze zo slap. Zo duf. Valt ze flauw terwijl ze moet proberen te ontsnappen.

Kom op. Doorgaan.

Ze stelt zich voor hoe het zal gaan: ze wurmt de krik op zijn plek en draait, draait, de bovenkant komt tegen het kofferdeksel, dat buigt, knarst, kreukelt, vliegt open. Ze kan weg.

Zo hard ze kan trekt ze aan het ijzeren voorwerp, maar het lijkt alsof het apparaat een betonblok is. Trekken, trek, verschuif dan, kom op, verschuif. Er is ook geen ruimte tussen haar buik en dat kofferdeksel. Geen ruimte om te bewegen. Ze hijgt, of eigenlijk, ze snuift als een dolle door haar twee opengesperde neusgaten. Ze klemt haar kaken op elkaar en voelt een grimmige vastberadenheid. Niks kan haar tegenhouden. Zeker niet zo'n zielige figuur die alleen een vrouw kan krijgen als hij haar neerslaat, vastbindt en opsluit. Eikel. Zakkenwasser.

Ineens lukt het haar toch om de krik op haar buik te trekken. Nu door. Door naar de andere kant. Ze kantelt haar lichaam en zelfs dat kost zoveel kracht dat ze denkt dat ze gek geworden is, dat haar lichaam verlamd is.

Met een doffe klap valt de krik op de bodem van de kofferbak. Ze bevriest. Wat een indringend geluid. Als hij maar niet in de buurt is.

Ze wacht af. Ze klemt haar lippen op elkaar ook al kan ze met die dichtgeplakte mond bijna geen geluid maken. Er gebeurt niks.

In het donker gaat ze opnieuw op zoek naar de krik. Ze wurmt zich op haar zij en heeft het gevoel dat ze een berg heeft beklommen. Op blote handen en voeten is ze op zevenduizend meter hoogte gekomen en ze kan niet meer. Snuivend probeert ze zich te concentreren. De krik op de voet zetten. Ontdekken hoe je dat ding open krijgt. Iets draaien. Er moet een hendel aanzitten, iets wat je rond kunt zwengelen. Ze probeert zich voorover te buigen om het beter te kunnen zien. Knippert met haar ogen. Waar is het? Waar? Hoe moet het?

Ze telt tot drie. Als ze nu thuis was en dit ding stond op de keukentafel voor haar neus, dan was het geen probleem om uit te vogelen hoe het werkt, dus nu kan het ook.

Met haar vingers tast ze langs het koude staal. Ze voelt de scherpe randen. De bouten waarlangs het apparaat scharniert. De bediening zou in het midden moeten zitten. Daar. Daar is het. Langs het schroefdraad voelt ze alleen een oog. Alle hoop vervliegt. Dit is een oog dat rondgedraaid moet worden met een ander onderdeel. Dat ding heeft ze niet. Met de hand lukt dat nooit. Ze probeert het, maar haar vingers verliezen hun greep, ze is niet sterk genoeg.

Ze begint te trillen. Vervloekt zichzelf daarom. Ineens lijkt het alsof ze geen lucht krijgt in de afgesloten kofferbak. Ook al ligt ze, ze is draaierig. Kom op. Dit is haar enige kans. Die ellendige krik. Al vallen je vingers van je hand. Probeer het, probeer het dan.

Ze draait zich om, weer op haar andere zij. Tast over de vloer. Plastic zak. Oude lap, handdoek of zo. Een of ander doosje. De lange dunne hoes van een gevarendriehoek. Ze snuift. Als het onderdeel van de krik er al ligt, dan kan ze het in elk geval nu niet vinden.

Ze schuift op. Draait zich weer om. Trekt de krik verder naar zich toe. Sluit haar ogen. Niet nadenken. Helemaal nergens aan denken.

Beweging.

Ademhaling.

Hij is er. Ze krimpt ineen. Hoort ze het goed? Staat hij bij de auto? Ze houdt haar adem in.

Dan is het stil. En het blijft stil.

Hij is weg. Of misschien was hij er helemaal niet.

Doorgaan.

Haar duim en wijsvinger klemmen zich om het grote ijzeren oog en ze gebruikt al haar kracht. In godsnaam. Zonder geluid te maken huilt ze. Draai, draai, draai.

# – 42 –

Ze zal goede hardloopschoenen moeten kopen. En een sport-bh. Vast verstandiger dan bonkend en zwabberend je knieën en je tieten naar de gallemiezen rennen. Ze heeft maar tien minuten hardgelopen, maar toch zweet ze alsof ze een halve marathon heeft voltooid. In een hoog tempo loopt Kyra met Lot de dijk op en ze houdt in als ze voor haar huis Jeroen van Vliet ziet staan. Hij houdt zich met één hand vast aan het fietsenrek en met de andere hand zwaait hij heen en weer, de wijsvinger opgestoken. Ze kan niet zien wie er in hun deuropening staat. Haar vader, waarschijnlijk. Holly zou gewoon de deur dichtgooien.

'Jij wist 't!' hoort ze Van Vliet schreeuwen. Hij is rood aangelopen en zwaait vervaarlijk heen en weer. 'Ga niet staan beweren dat je 't niet wist, Hanno!'

Naast haar begint Lot te grommen. Een laag, dreigend geluid waarmee ze lijkt te zeggen dat er nog heel even het voordeel van de twijfel gegund wordt, heel even. Dan blaft ze en Jeroen van Vliet kijkt verbaasd om.

'Hé,' lispelt hij. 'Kyra.'

'Kan ik iets doen?' vraagt ze. Ze kijkt Van Vliet aan, maar de vraag is gericht aan haar vader en dat weet hij. De dronken man lijkt van zijn stuk gebracht.

'Jeroen en ik hebben even een discussie,' zegt haar vader rustig. 'Maar ik geloof dat we eruit zijn. Ik herhaal het nog maar eens, Jeroen. Het spijt me maar ik wist echt van niets en kan het nu ook niet meer beïnvloeden.'

'Je lult. Jullie lullen allemaal maar wat.' De man wankelt. 'Rolf, jij, Hem...'

'Zal ik een taxi bellen?' vraagt Kyra. Ze probeert Lot stil te krijgen maar de hond blijft grommen en blaffen.

'Lukt wel,' mompelt Jeroen van Vliet. 'Laamaar.' Hij draait zich om en zwalkt over de dijk, richting het kleine kroegje verderop.

'Hij zit wel vaker in de kroeg,' zegt haar vader mat. 'Meer dan goed voor hem is.'

'Waar ging dat over?' Kyra probeert op haar vaders gezicht te ontdekken welke emotie overheerst maar hij lijkt eerder vermoeid dan iets anders.

'Ach,' zegt hij. 'Het schijnt dat Hemstra dat pand aan het IJ aan een investeringsmaatschappij heeft toegezegd, waarbij hij zowel Van Vliet als Rolf heeft overgeslagen.'

'De fabriek waar jullie met het UHC wilden gaan zitten?'

Haar vader knikt mistroostig.

'Kan dat nu niet meer doorgaan?'

'Jawel. Het zal alleen een stuk duurder worden. Aan de andere kant...' – hij kijkt alweer iets opgeluchter – 'we hebben straks wel een hogere huur, maar we hoeven zelf lang niet zoveel te investeren. Geen grote leningen voor het vastgoed. Dat spreekt me wel aan.'

De haren op de rug van Lot zijn weer gaan liggen en de hond gaat zitten terwijl ze de wankelende man in de verte nakijkt.

'Waarom is hij zo kwaad dan?' vraagt Kyra. 'Ik zie het probleem niet.'

'Hij voelt zich zo bedonderd omdat hij nu geen commissie krijgt. Iedereen wil op dat pand verdienen. Rolf is, zonder daarover open kaart te spelen, al een tijdje geleden benaderd door de investeringsmaatschappij van Jurgen IJzer.'

'Jurgen IJzer?'

'Die vastgoedvent die in het nieuws was, weet je wel? Maar hij heeft Rolf belazerd en heeft de deal rechtstreeks met de gemeente gesloten. Daarover belde hij me net. Rolf bedriegt Jeroen en wordt vervolgens zelf bedrogen. Heel fraai allemaal. Je zou bijna begrijpen waarom die IJzer vermist is.'

'Hij is niet vermist, hij is dood.'

Haar vader kijkt haar verbijsterd aan.

'Volg je het nieuws niet?' zegt ze. 'Krant? Twitter?'

'Ik heb gewerkt,' stamelt haar vader. 'Wat zaken uitgezocht. Ik heb boodschappen gedaan.'

'Nou, hij is dood. Ik dacht dat het wel op internet zou staan inmiddels. Of in elk geval op allerlei nieuwsapps. Vanochtend lag zijn lichaam op het Mosveld, en zijn hoofd op het Volewijckersterrein.'

'Wat?'

'Zet je pc maar aan. Ik was daar.'

'Heb jij een onthoofde man gezien? Wat zeg je nou?'

O jee, daar is de huisartsentoon.

'Sorry pap, maar maak je geen zorgen, ik heb geen PTSS. Echt niet. Ik was bij Sophie geweest en toen sprak ik Mertens en er kwamen een sloot alerts over een dode man op mijn telefoon binnen. Ik was er vlakbij dus toen ben ik even langsgegaan.'

'Heeft die agent je laten komen?' Nu loopt haar vader rood aan.

'Eerlijk gezegd wilde zij me daar helemaal niet hebben. Dus ik was heel snel weer weg.'

'Ik vind dit niet best.' Haar vader schudt zijn hoofd. 'Bemoei je toch niet met dat soort dingen, Kyra.'

'Ik breng Lot even terug,' zegt ze. 'Zet jij maar thee. Kom ik er zo aan. Of heb je een lekkere wijn in de aanbieding?'

Ze laat haar vader hoofdschuddend achter in de deuropening. Hopeloos, die ouders. Hebben nog steeds niet door dat ze volwassen is.

## – 43 –

De Ford staat helemaal aan de andere kant van de loods. Godgloeiende, wat een koppijn heeft hij. Te veel mensen. Te veel emoties. Het is stil. Ook als hij vooroverbuigt, als hij zijn oor op het kofferdeksel legt, hoort hij niets. Ze zal toch goddomme niet al dood zijn? Opendoen of dicht laten? Is het beter haar hier te verstoppen of meteen in de container onder te brengen? Maar het is nog niet klaar. Hij moet het hol nog op orde brengen. Alles klaarmaken voor een heel nieuw spel, een nieuwe ontdekkingsreis.

Hij leeft. Voor het eerst in zijn bestaan kan hij zichzelf zijn. Hij grinnikt. Hij had een gruwelijke hekel gehad aan die gang naar de psychiater. Hij zou een 'aan autisme verwante stoornis' hebben, maar niemand wist welke. Hij werd verdacht van alexithymie, maar daarvoor was zijn gevoelsleven toch ineens weer te rijk. Het bedplassen paste niet bij zijn onverschrokkenheid, zijn verbale capaciteiten pasten niet bij zijn onvermogen om goed met andere mensen om te gaan, zijn woedeaanvallen pasten niet bij het geduld waarmee hij de meest ingewikkelde bouwpakketten – Messerschmidt, Junker, Heinkel! – in elkaar prutste. Laat me met rust, dacht hij zo vaak.

Het duurde jaren voordat hij zijn verzet opgaf, maar toen hij dat eenmaal had gedaan, toen hij begreep hoe het zat met de spelregels van de menselijke omgangsvormen en toen hij in de gaten kreeg hoe gemakkelijk het was waarover ze al die jaren tegen hem aan hadden gepraat, toen was het alsof er een knop was omgezet waardoor alles lukte.

Hij legt zijn handen op het kofferdeksel. Zij is zijn pakketje. Zijn bonus. De hele goegemeente liet hem als een uitgeknepen citroen vallen toen er niets meer te halen was. Toen de zaak failliet ging en de vrouw verdween. Andersom. Mia had alles in gang gezet. Zij was het die hem met een hooggehakte schoen over de rand schopte. Tyfuswijf. Net zijn moeder, die zijn vader hetzelfde kunstje had geflikt. Net als zijn vader ziet hij zijn kinderen niet meer.

Allemaal hetzelfde die wijven.

Het wordt tijd dat hij hieraan begint. Aan de volgende fase in de reis. Aan iets met lang blond haar en een uitdrukking van: mij heb je niet. Je dacht dat je me had, maar ik ben weg, ik smeer hem met alles wat je lief is, met alles wat jij eigenhandig hebt opgebouwd, wat van jou is, ik steel het van je en neem het mee, gebruik het naar eigen goeddunken, en wat sta jij daar nou te staan, lulletje? Dacht je dat je iemand was, nou, helemaal niet, je bent een zielige eikel, die zo hard zijn best heeft gedaan om erbij te horen, met je therapie en je lijstjes van hoe andere mensen zich voelen als jij dit of als jij dat, en je begrijpt er nog steeds helemaal niets van. Ik lach je recht in je gezicht uit, want kijk eens wie hier nu de baas is? Dat ben ik met mijn Mercedes en mijn vrijstaande huis en daar zit jij dan in je huurflat in een achterstandswijk en zelfs daarvan kan je de huur niet betalen.

Hij buigt zich voorover en gromt. Als een klein kind klemt hij zijn kaken op elkaar, laat zijn tanden zien en gromt. Harder en harder. Hij zal ze pakken, allemaal. De baas zijn. Hij bepaalt wat er met ze gebeurt. Hij schreeuwt. De spanning komt samen in zijn kruis en hij knoopt zijn broek open. Godskolere, zijn hand, zijn warme hand, hij spuugt erin, die zachte, natte... Hij spuit zijn zaad over de kofferbak. Zijn merkteken. Lichaamsvocht. Speeksel. Bloed. Zweet. Zaad.

# – 44 –

De weduwe van Jurgen IJzer zit kaarsrecht op haar stoel, handen op de knieën.

'Mijn man had vele vijanden,' zegt ze. Ze richt haar hoofd omhoog en kijkt naar de muur ergens achter Mertens. 'Maar hij was een goed mens.'

Ze zijn ontvangen in een grote kamer met een haard. Klassiek ingericht met leren fauteuils, boekenkasten en dikke tapijten. Het ruikt er vaag naar het vuur van de vorige avond.

'Vele vijanden, zegt u. Waren er hoogoplopende vetes?'

'U leest de krant?' vraagt de weduwe.

Mertens knikt.

'Dan weet u van de onverkwikkelijke zaken rondom zijn pensioen. Zo had Jurgen wel meer mensen om zich heen die gemaakte afspraken plotsklaps anders interpreteerden.'

Sylvia IJzer gaat verzitten. Ze strijkt met haar ringvinger een haar van haar slaap. Chanel No. 5 draagt ze, Mertens herkende het toen ze elkaar de hand schudden. Het luchtje van haar moeder.

'Heeft u iets gemerkt van vijandigheden?' vraagt ze.

'Jurgen sprak er weinig over. Ik volgde het wel.'

'Kunt u de belangrijkste conflicten noemen? En de betrokkenen?'

Mevrouw IJzer slaat haar armen over elkaar. 'De werkgever en het pensioenfonds, natuurlijk.' Ze ademt diep in. 'Dat is toch wel het belangrijkst. Maar ik neem aan,' zegt ze met een glimlach, 'dat een grote bouwonderneming of een pensioenfonds geen mensen laat vermoorden.'

Mertens glimlacht in antwoord op de ondiepe lach van de vrouw.

'Ach,' zegt de weduwe, nu toch merkbaar geïrriteerd. 'Er waren zoveel projecten waarover buitenstaanders zich boos maakten, net zoals Jurgen zelf zich vaak boos maakte over van alles en nog wat. Het subsidieproject in Afrika, waar de bouw niet snel genoeg ging. Een bouwproject in het Caribisch gebied waar hij eigenlijk vanaf wilde.'

Ze zwijgt even en kijkt Mertens nu langer dan twee hele seconden aan. Ergens in de verte ziet Mertens een diep verdriet sluimeren.

'Hij begon altijd vol goede moed aan de dingen,' verzucht de vrouw. 'Maar hoe meer mensen erbij betrokken werden en hoe meer belangen er gingen spelen, hoe vervelender het werd.'

'Hoe ging uw man daarmee om?'

'Vechten natuurlijk. Wie niet voor hem was, was tegen hem. En die moest het dan bezuren. Hij kon slecht tegen wat in zijn ogen onrecht was. Hij kon ook niet zo veel geduld opbrengen voor dat soort zaken. Of gevoel.'

'Als u iemand zou moeten noemen van wie u een agressieve daad richting uw man zou verwachten, wie zou dat dan zijn?'

De weduwe denkt na. In de kamer staat een antieke klok. Een groot ding met een geschilderde wijzerplaat. Het ding tikt onbehoorlijk hard.

'Ik denk dat u die vraag het best aan zijn advocaat kunt stellen. Ik ken de mensen met wie hij werkte, of probeerde te werken, niet.'

Het gezegde luidt dat je je vijanden dichter bij je moet houden dan je vrienden, denkt Mertens. Blijkbaar volgde IJzer deze wijsheid niet. Zijn vrouw heeft althans geen idee wie haar mans vijanden waren.

'Ik neem aan dat u de erfgenaam bent?'

De weduwe kijkt Mertens nu met onverholen walging aan. Ze kan goed toneelspelen, deze vrouw. Dat, of het is echt een feeks.

'Ja,' antwoordt ze. Ze heft haar kin weer op. 'Ik en mijn dochter.'

'Dat papierwerk is dodelijk,' zegt Bingsten als ze voor de tweede keer in een week in de auto zitten op weg naar het NFI. 'Casenummer, rapportnummer, werknemersnummer – alles is genummerd en als je iets zoekt kun je het evengoed niet vinden.'

'Ik kan mijn pin amper onthouden.'

'Het is een wonder dat je geen wachtwoord nodig hebt om 's avonds naast je vrouw te mogen liggen.'

‘Ik denk dat de vingers van IJzer aan elkaar gelijmd zijn.’

‘Nog een keer.’

‘Van de hand die hij nog heeft is de middelvinger aan de duim gelijmd.’

‘Waarom in godsnaam?’

‘De lichaamshouding is je opgevallen, toch? Ik denk dat het een grapje is.’

‘Een grapje.’

‘Ik zeg niet dat het een geslaagde grap is, maar ik denk dat de houding van de man mindfulness moest uitstralen. Iets zen-achtigs.’

‘Je hakt iemand zijn kop af en dan leg je hem in een meditatieve houding?’

Mertens zwijgt. Intuïtie is een onbetrouwbaar sujet. Een klootzak, om eerlijk te zijn. Hij dringt je onderbewustzijn binnen en plant zijn zaadjes zonder dat je er erg in hebt. De beelden en ideeën groeien als een oerknal en zijn dan niet meer weg te denken. Wat is maar een vooroordeel, een te snelle conclusie waardoor je uit koers raakt? En wat is waar?

‘Deze moordenaar heeft een vreemd gevoel voor humor. Hij speelt een heel raar spel. Ik begrijp het niet, maar ik voel het wel.’

Er valt een stilte in de geluidloze auto. Bingsten rijdt sinds een paar maanden elektrisch en Mertens moet nog steeds wennen aan het feit dat de auto niet trilt en bromt.

*

De kroeg is maar een paar huizen verderop aan de dijk en de keren dat Kyra daar binnen heeft gezeten zijn op drie vingers te tellen. Ze duwt de deur open met haar schouder en de bekende walm van vochtig hout, oud bier en de onuitwisbare oude stank van sigaretten dringt haar neus binnen.

De kleine groep gasten keurt haar amper een blik waardig en alleen de barman neemt haar geïnteresseerd op. Ze loopt naar de toog.

‘Zeg het eens.’

‘Jeroen van Vliet, kent u die?’

De barman kijkt haar blanco aan.

'Grote man. Beetje aan de bolle kant. Lichtblond haar.'

'Ik weet wie het is,' zegt hij.

'Hij was hier net, toch?'

De man maakt een hoofdbeweging die ja zou kunnen betekenen, en ook nee.

'Dus?' zegt hij.

'Wat weet je van hem?'

'Vraagt wie?'

'Kyra Slagter. Van Vliet werkt samen met mijn vader. Hanno Slagter, van verderop.'

Hij knikt weer, nu is het duidelijk dat hij bedoelt dat hij haar vader kent.

'Stamgast,' zegt de barman. 'Heeft vroeger aan het Purmerplein gewoond. Hij had toen een aannemerij, of een bouwbedrijf. Later is hij in Durgerdam gaan wonen met zijn vrouw.' Hij kijkt haar afwachtend aan. 'Iets drinken?'

'Nee, bedankt.'

Een bouwbedrijf. Zou gelinkt kunnen zijn aan IJzer, die in het vastgoed zat. Maar niet aan Gaullier.

'Waarom wil je dat weten?' vraagt de barman.

'Een bouwbedrijf, dus. En nu?'

'Zaak failliet. Vrouw ervandoor. Beetje triest geval geworden. Net als dat maatje van hem, Rolf Janssen, de makelaar.'

'Maatje?' Kyra denkt dat hij het verkeerd heeft. 'Die twee hebben ruzie.'

'Ze zijn hier vaak samen. Begint heel gezellig, maar dan krijgen ze woorden. Het lijken wel broers. Kunnen niet met en niet zonder elkaar.'

'En die Rolf is ook aan lagerwal?'

'Ligt al heel lang in scheiding, meer weet ik er niet van. Hij praat erover met Jeroen, omdat die het ook heeft meegemaakt.'

'Zitten ze hier elke dag?'

'Ben je gek. Rolf is hier vaak. Die werkt hier om de hoek. Maar Jeroen is hier af en toe. Eens per week of zo. Soms is hij een tijdje weg.

Ik geloof dat hij in de buurt van zijn ouderlijk huis woont, buiten de stad.'

'Enig idee waar hij zit als hij niet hier is?'

'Een kroeg in de stad. Een kroeg in Durgerdam. Cafeetje in Landsmeer. Hij zit waar zijn openstaande rekening het laagst is. Jouw beurt. Waarom vraag je dit?'

'Ik weet het niet precies. Een gevoel. Ik heb het gevoel dat er iets met hem is. Maar misschien moet ik ook wel die Rolf hebben, nu je dit zo vertelt. Ik weet niet.'

'Jeroen is altijd met projecten bezig. Grote verhalen. Kent iedereen. Koppelt iedereen aan iedereen. Maar er komt nooit iets uit. Althans, niet voor hem.'

'Gescheiden dus. En de zaak?'

'De scheiding kostte zoveel dat het bedrijf geen buffer meer had. Dus bij de eerste de beste dip in de omzet...' Hij maakt een snijbeweging over zijn keel. 'Dood.'

'Weet je iets van zijn zaken? Waar hij mee bezig was?'

'Ben jij van de politie of zo? De jongste agent in het korps, in haar eentje op pad gestuurd? Laatst waren er ook al van die types hier, voor Gaullier van verderop.'

'Ik weet het.'

De barman schudt zijn hoofd.

'En Rolf,' probeert Kyra. 'Iets bijzonders over hem te vertellen?'

'Jarenlange vechtscheiding, gedoe over de kinderen, financiële ellende, zakelijke ellende, makelaardij hè.'

Ze knikt.

'Eerlijk?' De barman begint geroutineerd glazen te poleren. 'Die man is een ramp. Agressief naar andere klanten toe. Vervelend naar vrouwelijke gasten. Soms gooi ik hem eruit.'

'En Van Vliet, heeft hij ook een slechte dronk?'

Twee mannen aan het andere eind van de bar wenken naar de barman.

'Nee,' zegt hij. 'Een suffe goedzak is het. Sorry.' Hij knikt naar de mannen die iets willen bestellen.

Kyra steekt haar hand op om hem te bedanken.

‘Waar woont die Rolf Janssen?’ vraagt ze terwijl ze van de barkruk opstaat. ‘Weet je dat toevallig?’

‘Volgens mij slaapt hij op de bank bij Jeroen. In een caravan of zo.’

*

‘Zijn jullie daar weer?’ De arts van het NFI glimlacht breed. Op zondagmiddag opgeroepen worden om een lichaam en een los hoofd te onderzoeken. Je zou een andere stemming verwachten.

Maud Mertens haalt haar schouders op. ‘Iemand heeft er zin in,’ zegt ze, in het midden latend of ze de arts of de moordenaar bedoelt.

‘Inderdaad.’ De arts knikt terwijl hij zijn ogen op de twee stukken van het lichaam gericht houdt. Het naakte lichaam van Jurgen IJzer ligt op de ijzeren tafel, het hoofd een stukje van de doorgesneden hals af. Zijn borst vol sneden, dieper dit keer. Meer.

De arts trekt een overjas aan, wurmt zijn vingers in de elastische handschoenen.

‘Zijn we te vroeg?’ Bingsten laat zich niet ontmoedigen. Misschien is hij dit keer te woedend om zich onprettig te voelen bij de lijkschouw.

‘Beslist niet. Ik wilde net beginnen. We hebben nog lichamen genoeg die op onze aandacht wachten, maar ik dacht dat ik deze maar even voorrang zou geven.’

‘Dat zou hij gewaardeerd hebben,’ zegt Mertens. ‘Bij leven. Zo schat ik hem wel in.’

‘Oké,’ zegt de arts. ‘Daar gaan we.’

Niels Bingsten doet een stap naar achteren. Mertens twijfelt of ze iets zal zeggen over de aan elkaar gelijmde vingers of zal afwachten tot de arts erover begint. Mond houden, denkt ze. Meestal beter.

‘Een aantal zaken is mij natuurlijk meteen al opgevallen,’ zegt de man. ‘Het meest bijzonder...’ – hij laat met opzet een pauze vallen – ‘zijn toch wel de munten in de neus.’

Mertens en Bingsten kijken elkaar met opgetrokken wenkbrauwen aan. ‘Dat had ik niet gezien,’ zegt Mertens.

'Verbaast me niets. Ze zitten vrij diep. De schouwarts heeft ze laten zitten. Ik ga ze er nu uit halen.'

De arts verbuigt de arm van een felle lamp zodat die het gezicht van IJzer van onderen beschijnt. Kinderspelletjes, denkt Mertens. Met een zaklantaarn onder je kin in het donker rondlopen en je vriendinnen aan het schrikken maken. Frankenstein. Monstertje.

Met een lange staaf probeert de arts de munt uit de neus van de man te halen.

'Ik snijd liever niet in het gezicht,' zegt de arts. 'Dat is zo onprettig voor de nabestaanden.'

Mertens ziet de weduwe voor zich. Rechtop in haar stoel. Onbewogen.

De arts steekt de smalle ijzeren staaf dieper, draait het ding rond, trekt het terug en duwt het weer dieper. Ze zeggen dat de Egyptenaren de hersenen van hun mummies door de neusgaten naar buiten trokken. Mertens weet niet of dat waar is, maar ze probeert het te heldere beeld van zich af te zetten.

'Ik denk dat ik ga proberen ze vanuit de schedel los te maken,' zegt de arts. 'Dan duw ik ze er gemakkelijk uit. Lukt het niet dan snijden we alsnog de neus open.'

Hij legt de nu bloederige staaf terug op de tafel met instrumenten en vervolgt zijn onderzoek. Nauwkeurig. Geconcentreerd. Serieus. Tussendoor tikt hij weer met het mes op de snijtafel. Als hij bij de hand van het slachtoffer komt, kijkt hij op.

'Dit wisten jullie al, neem ik aan?'

Mertens knikt van wel. Bingsten schudt zijn hoofd.

'De middelvinger van de resterende hand is vastgelijmd aan de duim. Ik heb op de foto's van de voorlopige sectie van de schouwarts gezien dat het lichaam in een soort verlichte houding was neergelegd?'

'Ik heb nog geen idee wat het betekent,' zegt Mertens. 'Zie je sporen van geweld rondom de mond?'

De arts buigt voorover. Hij bestudeert de lippen, de vuile huid rondom, en trekt een van de onderste oogleden van de man naar beneden.

'Ik denk dat je gelijk hebt,' zegt hij.

Mertens zucht.

'Hallo.' Bingsten klinkt geïrriteerd. 'Kom eens door.'

'Sporen van geweld rondom de mond wijzen erop dat zijn mond met geweld is dichtgehouden,' zegt de arts. 'Ik zie ook resten van lijm, waarschijnlijk van tape. Dat in combinatie met de munten in zijn neus: waarschijnlijk is hij gestikt. De petechiën op zijn oogleden wijzen ook in die richting.'

'Kleine bloeduitstortingen,' licht Mertens toe.

Bingsten knikt. 'Godverdomme,' zegt hij na een minuut of wat. 'De klootzak.'

'Zelfde MO,' zegt Mertens. 'Ben je dat met me eens?'

'Zo op het tweede gezicht wel.' De arts werkt door terwijl hij praat. Hij veegt poeder op de huid van het slachtoffer om de vingerafdrukken zichtbaar te maken.

Een paar uur later staan ze weer naast de koffieautomaat.

'Ik zal het rapport zo snel mogelijk maken,' belooft de arts. 'Twee slachtoffers in een week. Ik hoop niet dat hij in dit tempo doorgaat.'

'Misschien wordt hij voorzichtiger,' zegt Bingsten. 'Nu hij zoveel in het nieuws is.'

'Of misschien wordt het genot juist groter,' antwoordt Mertens. 'Bedankt. We gaan. Geen tijd te verliezen.'

Maud Mertens bekijkt haar team. Grimmige, vermoeide, maar vastberaden blikken. Commitment, dat ziet ze. Niet gewoon inzet, of betrokkenheid, maar echt, diepgeworteld, allesoverheersend commitment. Een belofte is het. Een daadwerkelijke verbintenis met de dode. En met toekomstige doden. Ongeacht achtergrond en toedracht. Een vader kan zijn vrouw en kind doden en daarna de hand aan zichzelf slaan, waarbij hij zelf vindt dat hij het grootste recht heeft om dat te doen. Alle reden. Maar wat vindt het slachtoffer? Dat heeft niets te zeggen. De beslissing wordt voor hem of haar gemaakt. Het enige wat zij met haar team tot doel kan hebben is het slachtoffer achteraf recht doen.

'Jurgen IJzer,' zegt ze. Iedereen legt mobiel, krant of andere papieren aan de kant en concentreert zich op de zaak. Ze geeft een samenvatting van wat ze hebben aangetroffen op de twee plaatsen delict en van de sectie van die ochtend.

'Jullie kennen de naam waarschijnlijk allemaal,' vervolgt ze. 'Is de laatste maanden veelvuldig in het nieuws geweest in verband met een exorbitante vertrekregeling. Is vorige week als vermist opgegeven door zijn vrouw en als zodanig ook veel in het nieuws geweest.'

Er wordt geknikt. Op het gezicht van een aantal teamleden leest Mertens overduidelijk wat ze van de man vinden.

'Wat je ook van hem vindt,' zegt ze, 'hij is slachtoffer geworden van een gruwelijk geweldsmisdrijf. En als ik het goed zie is deze moordenaar nog niet klaar. Nu blijkt dat de MO in de gevallen van Gaullier en IJzer toch veel overeenkomsten heeft, kunnen we zo goed als zeker vaststellen dat beide moorden het werk zijn van dezelfde man. Thomas, wat hebben jullie tot nog toe op het gebied van de zakelijke achtergronden?'

'Een wirwar.' Thomas Kuipers maakt een verontschuldigend gebaar. 'Een oerwoud van bv's, vof's en weet ik wat allemaal. Stichtingen. Commissariaten. Voorlopig hebben we dat nog lang niet in kaart. Ik begrijp dat de weduwe al voorstelde dat wij met de advocaat van meneer gaan praten. Dat lijkt me een goed idee. De advocaat, de notaris en de fiscalist.'

'Prima,' antwoordt Mertens. 'Ga daar maar achteraan. Neem de drie grootste conflicten en werk die uit. Van daar kunnen we verder.'

Thomas knikt.

Er wordt gesproken over het vermogen van de man. Werkrelaties. Persoonlijke relaties.

'Wat voor man was het eigenlijk?' vraagt Myrna.

Er valt een stilte.

'Dat hebben we nog niet in kaart,' verklaart Mertens. Weer ziet ze de weduwe voor zich. De immense villa waar het stel woonde. De overdadige, maar toch onpersoonlijke aankleding van het huis. De grote BMW op de oprit. 'Maar ik vermoed dat daar binnenkort wel aandacht aan besteed wordt. Nu duidelijk is dat deze twee recente moorden aan elkaar gekoppeld zijn, verwacht ik elk moment dat er een nog groter aantal van onze collega's wordt ingezet.'

Een paar mensen knikken instemmend. De een kijkt er opgetogen bij, een ander trekt juist een vies gezicht.

'Voor nu wil ik dat er haast gemaakt wordt met het slachtofferprofiel. Wie heeft deze dader nog meer op het oog? We moeten nog meer dan anders alert zijn op vermissingen. En het vervoermiddel: we moeten als de sodemieter uitvinden wat voor soort auto hij gebruikt.'

'Misschien heeft hij iets gehuurd,' zegt Jolanda, een van de tactische rechercheurs. 'Een busje, of een MPV. Ik laat de verhuurbedrijven checken.'

'Myrna,' zegt Mertens. Eens kijken of het meisje haar misstap heeft kunnen goedmaken door een grondig extra onderzoek te doen. 'De uitslag van je onderzoek naar de lijm, graag.'

'Ik heb het hoofdkantoor van GAMMA, Karwei en Praxis gesproken,' zegt Myrna ernstig. 'Zij hebben alle transacties van superlijm van de afgelopen twee maanden geanalyseerd. Er zijn in en rond Amsterdam 1437 mensen geweest die meer dan één tube lijm tegelijk hebben gekocht. Het grootste aantal in één koop was tien. Die man heeft een klantenkaart en hij koopt al jarenlang grote hoeveelheden lijm. Blijkt een hobbyist, iemand die kunstwerken bouwt van luciferhoutjes. Ik heb ze zelf gezien. Je gelooft het niet.'

'En de rest?'

'Ik heb nu een analyse gevraagd van alle aankopen van vier tubes of meer.'

'Hij kan ook telkens een, of telkens twee tubes hebben gekocht,' zegt Bingsten. 'Hij is niet dom, onze vriend.'

'Ik weet het, maar we moeten ergens beginnen.'

'Heel goed, Myrna. Zet er vaart achter. We moeten snel werken. Iemand loopt groot gevaar. Alleen weten we niet wie. Niet waarom. Elk uur dat wij verdoen komt dat gevaar dichterbij.'

*

Het dagboek van Sarina is en blijft onvindbaar. Ze weet zeker dat haar zus er een had. Ze heeft gezien dat ze schreef. Sterker nog, ze hebben samen over hun dagboeken gesproken. Dat was toen het nog goed was allemaal.

Ze kijkt naar haar kast. Naar de rode ruggen van de paar notitieboekjes waarin ze allerlei puberale onzin heeft neergekalkt.

Ze moet aan het werk. Natuurkunde. Wiskunde. Frans en Engels heeft ze woensdag en donderdag, daar hoeft ze niets aan voor te bereiden. Maar natuurkunde en wiskunde, dat kan ze nog oefenen. Regels leren. Formules.

Ze zucht. Ze heeft er totaal geen zin in. Echt helemaal, duizend keer niet gewoon.

Ze draait zich naar haar beeldscherm toe en staart naar de muur achter haar bureau met de aantekeningen over Gaullier. Ze is iets op het spoor. Ze weet het zeker.

Omdat ze geen zin heeft om te leren klikt ze op het icoontje van de videospeler en ze bekijkt nogmaals het filmpje met het lichaam van Gaullier. Voor haar gevoel heeft ze het nu duizend keer bekeken. Mist. Het water van de scheepvaartroute. Het touw. De bloederige krullen van de docent. Het verfrommelde pak. De naaktheid.

Ze kijkt naar de dode man op het beeldscherm en wordt overvallen door een enorm gevoel van verlatenheid. Die man is de aanleiding voor alle opwinding en toch kijkt er niemand echt naar hem. Daar op de achtergrond, ze praten over hem, roddelen. Vertellen aan elkaar wie hem het eerst zag en dat ze de pont altijd op dit tijdstip nemen, waarom ze hier zijn en hoe gek het is dat hier zomaar ineens een dode gevonden is. En in de tussentijd hangt hij daar zo... open en bloot... zo... onthutsend alleen. Gek, hoe je zelfs in de dood kwetsbaar kunt zijn. Kyra buigt voorover, naar het beeldscherm toe. Ze zet het beeld stil. Weer kijkt ze naar wie er allemaal rond haar broer en de schipper staan. Ze doet haar best zich te herinneren wat ze heeft gezien toen ze daar was. Ze vergroot het beeld. Zoomt in. Jarno. De schipper. Twee jongens die al vrij snel ter plaatse waren, op weg naar hun werk. Een vrouw. Ze vergroot het beeld nog iets. De zwerver. Ja, er was een van die gasten die altijd bij de pont rondhangen. Meestal vind je de zwervers aan de kant van het CS. Soms, als het rotweer is, of 's nachts als ze een overdekte plek nodig hebben, slapen ze een paar uur op de stoelen van de pont. Ze klikt op 'Play', het beeld nog steeds vergroot. Jarno praat. Hij ziet er belabberd uit. Aangeschoten. Beetje wazig. De twee jongens kijken naar het lijk. De zwerver neemt een slok uit een flacon.

Ze spoelt terug.

Zoomt nog iets verder in, maar dan wordt het beeld zo grof dat ze niets meer kan zien. Zoomt weer een beetje uit. De gestalte. Lang. Hij draagt een legerjas, parka, tot over de kont. Op zijn hoofd heeft hij een grijze muts. Lange nek, een beetje als een rat die rechtop staat om te zien of er gevaar dreigt. De man luistert. Neemt nog een slok. Loopt dan weg. Slobberbroek. Schichtig gedrag. Het zal toch niet? Godverdomme. Nee, onmogelijk.

Ze start Safari op en begint te zoeken naar Rolf Janssen.

*

Veel te laat gaat ze naar huis. Samen met Niels Bingsten heeft ze de muur met de gegevens van Gaullier gerangschikt en geüpdatet, om daarna precies eenzelfde muur voor IJzer te maken. Twee slachtoffers. Een heleboel overeenkomsten, maar ook verschillen. Allebei zegt het iets. Maar wat?

Ze heeft Myrna de opdracht gegeven om in het systeem te zoeken naar verdachte sterfgevallen, in de buurt van Amsterdam, in de laatste twaalf maanden.

'Kijk eerst eens naar achtergrond,' heeft ze gezegd. 'Zoek slachtoffers met eenzelfde soort achtergrond, dan gaan we daarna de omstandigheden vergelijken.'

Het meisje had er lol in om in het geheim met Mertens wat extra uitzoekwerk te verrichten. Bingsten was precies op dat moment langsgelopen en had goedkeurend geknikt.

Als ze de voordeur opendoet ziet ze meteen dat de schoenen van Roos er niet staan. Die van Edwin wel. Ze hangt haar jas op en loopt de woonkamer binnen.

'Hé.' Ze groet Edwin altijd op dezelfde manier.

'Hé,' antwoordt hij.

'Is Roos er niet?'

'Naar de sportschool. Een of ander nieuw hip ding hier in Noord.'

'Pardon? Hier in Noord?'

Edwin gaat overeind zitten en zet de serie die hij aan het kijken is op pauze.

'Ja, in Noord. Zie je wel dat ze bijdraait. Je kunt erop wachten.'

Mertens laat zich in de fauteuil vallen.

'Wat kijk je?'

'*Breaking Bad*, seizoen twee.'

Ze glimlacht. Zelf kijkt ze amper tv, maar van deze serie heeft ze toevallig de eerste drie afleveringen gezien sinds je dat op zo'n *all you can watch*-zender op een zelfgekozen tijdstip kon kijken. Briljant, vond ze. Grimmig, maar ook heel humoristisch.

'Meekijken?' vraagt Edwin hoopvol.

'Ik ben pas bij seizoen een. Zonde.'

Ze staat op, pakt een wijnglas uit de kast en schenkt zichzelf in en Edwin bij.

'Ik neem mijn glas even mee naar buiten. Kijk jij maar lekker verder.'

Ze loopt de tuin in. Voor mei is het een zachte avond en ze laat zich op de kussens van de loungebank vallen.

Ze ziet de confrontatie met Roos van gisterenavond voor zich. Hoe ze het in haar hoofd haalde om haar zo te controleren, had haar dochter briesend geroepen. Ze was geen baby meer. Ze kende meiden van haar leeftijd die al op kamers woonden, dus waar had ze het over met die overdreven bemoeizucht van haar?

'Je bent goddomme zestien!' had Maud terug geschreeuwd. 'Praat niet zulke onzin!'

Ze had nog meer gezegd, allemaal bozigheid. Wanhoop. Wat ze bedoeld had was dat ze zichzelf verantwoordelijk hield voor haar geluk. Voor haar welzijn. Dat ze zich zorgen maakte en dat ze zo ongelooflijk veel van haar hield dat ze in tranen kon uitbarsten bij alleen al de allervaagste gedachte dat er iets met haar zou gebeuren. Ze had daar staan schreeuwen met beelden in haar hoofd van de baby die Roos geweest was, het kleine bundeltje mens in het pluizige witte dekentje, het moment dat ze uit het ziekenhuis kwamen, de enorme trots en bezorgdheid die vanaf dat moment door haar aderen hadden gestroomd. Mijn god, een mens, een heel mens om voor te zorgen, om te koesteren en te begeleiden op haar pad naar volwassenheid, naar een evenwichtig en gelukkig leven.

Dat het moeilijk zou zijn, daar had ze geen moment aan getwijfeld, maar dat haar kind al die goede bedoelingen regelrecht zou afwijzen had ze totaal niet zien aankomen.

Daar stond die uit de kluiten gewassen baby naar haar te schreeuwen, bijna een meter tachtig lang, met zwart omrande ogen, zwarte trui, zwarte broek en legerkistjes. Dat ze haar met rust moest laten. Eindelijk eens op moest houden met haar leven te verpesten.

Ze was weggelopen. Zij, de moeder, niet het kind. Ze was in de tuin gaan zitten, op de nieuwe tuinbank van nepsteigerhout, en had het ijzeren kistje uit een van de lades onder de bank vandaan getrokken, had een joint opgestoken en geluisterd naar de stemmen van Roos en Edwin in de woonkamer. Ook toen het volume lager was geworden, rustiger, liefdevoller, ook toen het geluid ten slotte in zijn geheel was verdwenen, was er niemand naar haar toe gekomen. Ze haalde een fles wijn uit de keuken en zat alleen in de tuin, rookte, dronk, zakte verder en verder onderuit en keek naar de sterrenhemel. Er golfde een bekend soort energie door haar lijf, een licht soort dronkenschap die op sommige plaatsen uitvergroot werd. Opzwol, kromp – als longen, bedacht ze. Ze was een groot stel longen, een menselijke ballon. Als ze verder opzwol kon ze vliegen, zich op de luchtstromen laten wegdrijven. Ver van schreeuwende dochters, ver van haar man, de stiefvader die meer geliefd is dan een echte moeder, ver van collega's die ruziën over welke zaak prioriteit moet krijgen, welke afdeling het grootste budget, wie wanneer over welk detail op de hoogte moet worden gehouden en welke beslissing neemt, ver van koude en dichtgelijmde lijken die bungelen aan een lantaarnpaal bij het IJ en lichaamsdelen die door de stad verspreid worden.

Ze bukt zich en vist het doosje weer onder de bank vandaan. Herinneringen, wat heb je eraan?

## – 45 –

## *Maandag*

Om een uur 's nachts valt Kyra in een droomloze slaap. Toch schrikt ze om halfvier wakker. De raadsels laten haar niet los. Ze moet die Rolf Janssen vinden. Zijn makelaarskantoor verhuurt het pand waarin Gaulliers galerie gevestigd is en hij is bedrogen door IJzer. Dat is toch een spoor? Eigenlijk zou ze Mertens moeten waarschuwen. Maar zal zij haar geloven? Moet ze niet wat meer bewijs hebben om haar te overtuigen? Toch is ze ervan overtuigd dat hij in elk geval meer weet. Misschien is dit de man met de motieven. De man van de ideeën en de planning, en is er een ander die het vuile werk opknapt.

Is Rolf Janssen het brein en de ander de hand. In *The serial Killer Files* staan tig voorbeelden van moordende koppels. Bernardo-Homolka. Die vrouw vermoordde nota bene haar eigen zusje. Fred en Rose West. De man met de ijscowagen die kleine meisjes ontvoerde. De vrouw die haar stiefdochter vermoordde, en later ook haar eigen zeventien jaar oude dochter. Naast een stuk of negen andere vrouwen. Stop. Ze moet gaan slapen, want morgen heeft ze weer examens. Kyra sluit haar ogen en ademt langzaam in en uit.

*Mama huilt. Het geluid is zo indringend dat het pijn doet. Glas zou ervan breken als het wist wat de oorzaak was. Oma slaat onhandig een arm om haar dochter. Iedereen wil haar moeder troosten, maar niemand weet hoe het moet. Het komt goed, zou je willen zeggen. Het komt allemaal goed. Als je maar niet zo'n diepgeworteld gevoel had dat alles helemaal niet goed zou komen. Sterker nog, dat alles voor altijd fout zou blijven.*

Kyra rolt op haar rug. Die balken ben ik zo zat, denkt ze. Overdag is het mooi dat authentieke plafond, maar 's nachts irriteert dat hout me mateloos. Alles irriteert me mateloos. Ze gaat rechtop zitten. Eigenlijk zou ze een kop thee moeten maken. Nee. Ze laat zich weer achterovervallen.

*Sarina loopt over het strand. Ze loopt niet snel, hoewel ze haar best doet om vaart te maken. Dan ziet Kyra wat er aan de hand is. Haar zus loopt op spitzen. Ze draagt een balletpakje. Een strak lijfje. Roze. Een wijduitstaand kort rokje. Ze vliegt over het strand. Langs de branding. In het licht van de ondergaande zon.*

*Het rode licht vlamt op. Het vuur likt aan de haren van haar zus, die meterslang achter haar in de lucht hangen.*

*Kijk uit! wil ze roepen. Achter je! Maar haar mond zit vol kleverig brood. Pindakaas. Met zand. Ze kan niet slikken. Kan niet roepen. Sneller! Ga sneller, Sarina. Ze ziet het niet. Als ze het maar wist. Als ze alleen maar wist dat ze gevaar liep dan kon ze in het water duiken. Veilig voor de vlammen. Veilig. Alleen maar even je adem inhouden. Veilig. Wees dan veilig.*

Kyra schrikt wakker van een beweging van haar been. Ze schiet meteen overeind. Haar hart klopt als een gek en ze zweet.

Hoe laat is het?

Shit. Twaalf uur al. Ze grist haar telefoon van het nachtkastje. Is de wekker niet gegaan of zo? Klote. Het apparaat staat op stil. Drie gemiste oproepen van mama. Ze belt terug.

'Sorry, mijn telefoon stond op stil.'

'Mijn god Kyra, je weet hoe ik schrik als je niet opneemt.'

'Het spijt me, mam. Ik heb er gewoon niet op gelet.'

'Dit gesprek hebben we vaker gehad.'

'Ik kan er niet altijd aan denken. Dat is gewoon niet te doen. Ik probeer er zo veel mogelijk rekening mee te houden.'

'Gaat het leren goed? Natuurkunde vandaag, toch?'

'Ik ga het wel halen. Nu even wat eten en dan ben ik weg.'

# – 46 –

Haar vingers branden. Ze kan ze amper bewegen. Ze kan onmogelijk nog langer draaien. Zenuwachtig haalt Julia Hazelbrecht haar dode vingers langs het koude ijzer. Niet genoeg. Bij lange na niet. Hier heeft ze verdorie geen tijd voor.

Met trillende handen tast ze de vloer af. Niks. Schuift een klein stukje naar voren. Niks. Nog een stukje, tot ze de achterkant van de auto voelt. Weer niks. Ze heeft een schroevendraaier nodig. Een klein instrument, een ridicuul ijzeren staafje staat tussen haar en haar vrijheid.

Haar handen gaan een stukje omhoog, naar het deksel. Omdat haar polsen vastgebonden zijn aan een touw dat naar haar enkels loopt, kan ze er alleen bij als ze haar benen ook omhoog doet. Ze duwt. Geen beweging. Natuurlijk geen beweging. Dat was daarnet, en daarvoor en daarvoor, ook al zo. Ze probeert de opkomende paniek weg te slikken. Het aanstormende gevoel weg te zuchten van te moeten schreeuwen, schoppen, rennen. Ze houdt haar adem in. Als ze nu haar hoofd verliest is ze verloren. Koel blijven. Slim zijn. In vredesnaam, slim zijn.

Systematisch tast ze de vloer af. Een doek. Twee plastic zakken. Muntgeld. Papiertjes. De plastic hoes van de gevarendriehoek die ze al eerder tegenkwam. Niks bruikbaars. Waarom verdorie niks bruikbaars?

Het heeft geen zin. Hoe slim ze ook is. Hoe beheerst ze ook is. Ze kan zichzelf wel onder controle hebben, maar ze heeft de situatie niet onder controle. En die vent die haar dit aandoet ook niet. Ze huilt. Ze probeert geen geluid te maken, maar dat lukt niet.

Dit zou het jaar van het grote geluk zijn, niet van nog meer pech. De tumor is weg en ze had besloten dat hij niet terug zou komen.

Behalve een gat in haar been herinnert niets aan het melanoom.

'Ik heb je altijd heel goed ingesmeerd op vakantie,' had haar moeder gezegd, die kennelijk vond dat de kanker haar aanviel in plaats van haar dochter. 'Je liep altijd in een T-shirtje en ik zette je vaak een hoedje op.' Alsof je enorme risico's loopt in Zeeland. Het was nou niet bepaald dat ze jaarlijks wekenlang op een mediterraan strand vertoefden. Als kind droomde ze van het magische buitenland, maar het buitenhuis in Doesburg was heilig.

En waarom verscheen de tumor achter op haar been? Waar je het ding amper zag? Waarom niet op die lichaamsdelen die zo vaak in de zon zijn, je borst, je neus – jezus, gewoon een stuk huid dat je zelf iedere dag ziet? Dan had ze dat rare vlekje veel eerder opgemerkt.

Dit zou het geluksjaar worden. Klaar met de behandeling, alleen nog controles. Een nieuwe baan. Eindelijk de kans om fulltime bezig te zijn met mooie tijdschriften maken. Ze is verdomme net door haar proeftijd heen. Nu ligt ze hier. Opgevouwen in een of andere kofferbak in een of andere loods. Waarom is nog niemand haar komen zoeken? Ze probeert te roepen. Schopt tegen de zijkant van de auto. Als ze haar maar hoorden. Als er al iemand naar haar op zoek is in de loods, kan die haar natuurlijk niet vinden. Hoeveel auto's staan hier wel niet? Hoeveel caravans, aanhangwagens of trailers met bootjes? In een van al die voertuigen heeft hij haar verstopt. Ze probeert harder te schoppen. Hoor me, hoor me dan! Iemand moet haar spoor hebben gevolgd en weten dat ze het laatst in de loods is gezien. Er moet iemand komen. Nu!

Ze spreekt zichzelf toe. Beheers je. Zo wordt het niks.

Ga door met zoeken.

Hup, vooruit.

Met een enorme krachtsinspanning draait ze zich om en nogmaals gaat ze met haar vingers over elke vierkante centimeter vloer van de kofferbak. Ze tilt de rand van de mat die onder haar ligt op en voelt eronder. Niks. Niks. Helemaal niks.

Toch.

Iets hards. Kleins.

Een potloodstompje.

## – 47 –

'Er zijn 462 mensen die twee of meer superlijmartikelen hebben gekocht in de afgelopen twee maanden. 248 mensen drie of meer en nog steeds 105 mensen die vier of meer tubes lijm kochten.' Myrna staat naast het bureau van Maud Mertens.

'Kunnen ze de betaalgegevens koppelen?' vraagt Mertens. 'Bijvoorbeeld alle vrouwen uit de lijst wegstrepen? En de alleenstaande mannen in een leeftijd van twintig tot vijftig jaar overhouden?'

'Ik zal het vragen. Waarschijnlijk hebben ze een gerechtelijk bevel nodig om die informatie op te vragen en vrij te geven. Maar het kan zijn dat onze man cash heeft betaald. Of toch steeds één tube haalde en niet meer.'

'Probeer het.' Mertens staart naar het bord waarop de gegevens van Marc Gaullier en Jurgen IJzer hangen. Dan kijkt ze de jongeling van de afdeling aan. Ze verricht goed werk, dit meisje. Opstartproblemen zeggen niets over toekomstig werk. Maar ze moet nog wel leren. 'Niet uitgaan van het meest ingewikkelde scenario, Myrna. Eerst volgen we de simpelste oplossing, die is meestal in de goede richting. Zet er vaart achter.'

De jonge vrouw knikt en loopt naar haar eigen bureau. Haar pas is vastberaden, ook al zijn haar schouders iets naar voren geheld en straalt haar hele houding iets slungeligs uit. Mertens glimlacht. Nog een maand of twee, dan gaat die rug vanzelf rechter.

'De hals is doorgesneden met een elektrische zaag.' De nasale stem van de forensisch arts klinkt vermoeid. 'Dat is nu bevestigd. Postmortem overigens. Hij is, net als Gaullier, gestikt. Twee muntjes van tien cent in de neusgaten. Sporen van geweld rond de mond en de kin. Ook op het achterhoofd, net als bij Gaullier. Vermoedelijk is hij neergeslagen. Daarna verdoofd. Verder is de lijm die gebruikt is voor de hand van IJzer gelijk aan die voor de mond van Gaullier. Ook de resten lijm van de tape die gebruikt is rondom de mond van beide slachtoffers zijn identiek. Toxicologie liet niets bijzonders zien, tot nog toe – een paar tests lopen nog. Geen drugs, geen ongebruikelijke middelen. Een glas alcohol hier en daar. We leveren het voorlopig rapport deze week, na ontvangst van alle testresultaten de rest, mooi wetenschappelijk bewijs. Je kent het.'

Mertens staat voor het raam in het kantoor van Erik Tijssen. Ze leunt met haar kont tegen de vensterbank.

'Je rapport over het al of niet lekken naar de pers was erg duidelijk,' zegt Tijssen.

Mertens knikt. Ze heeft een hekel aan liegen. Soms moet het.

'De verwondingen van IJzer en Gaullier zijn grotendeels gelijk,' zegt ze. 'De verwondingen aan de polsen en enkels. Kneuzingen door vastbinden met een riem. Beiden zijn geslagen en bewerkt met een mes. Beiden zijn gestikt. Uiteindelijk.'

Tijssen staart haar onbewogen aan.

'Alles bij elkaar is het bewijs voor een en dezelfde dader overweldigend.'

Hij reageert niet.

'Ik weet dat Ruigbot daar anders over denkt,' zegt ze uiteindelijk. Ze loopt naar de stoel die voor het bureau van haar baas staat en blijft daar staan. 'Twee mannen, op dezelfde manier gemarteld, op dezelfde manier gedood, beiden bewerkt met superlijm,' zegt ze. 'Allebei de lichamen tentoongesteld. Grotesk.'

Tijssen knikt. 'Grotesk,' herhaalt hij.

'Waar ik vooral bang voor ben is dat hij weer toeslaat.'

Tijssen schraapt zijn keel.

'Het team wordt opgeschaald, Mertens. Rob Franssen en zijn mensen schuiven vanmiddag aan. Zowel tactisch en technisch als operationeel krijgen we toevoegingen. Carlo Zeilstra wordt erbij gehaald, als profiler.'

Mertens grijpt ongemerkt de rugleuning van de stoel die voor haar staat vast. Haar knokkels worden wit. Zeg maar dag tegen autonomie. Vanaf nu moet over elke stap vergaderd worden. Wedden dat Rob de leiding krijgt? En bedankt voor het goede werk. Vanaf hier nemen wij het over. Maak je geen zorgen, jij mag ook nog meedoen.

'Ik neem zelf de leiding over,' zegt Tijssen. 'We zitten straks om een uur bij elkaar. Dan neem ik de nieuwe tactiek en werkverdeling door.'

'Oké,' zegt Mertens. Wat moet ze anders zeggen?

Er zitten zeker veertig, misschien vijftig man in de zaal. Tijssen doet op zijn kenmerkend rustige toon, in zijn harde Amsterdamse accent, verslag van de moordzaken, van het verrichte onderzoek, van de expertise die nu ter beschikking is gesteld en het plan van aanpak voor de komende tijd. Hij stelt de teamleden aan elkaar voor, benoemt de verschillende gebieden waarop iedereen actief zal zijn. De meeste mensen kennen elkaar al van andere zaken. Toch is het goed dat iedereen weer even van elkaar weet wat hij kan, op welke zaak hij heeft gezeten. Barbara Ruigbot staat als een spook in de hoek van de zaal, rechts achter Tijssen. Ze zegt niets, maar observeert. De felrode mond als een streep over haar gezicht getrokken. Het witte haar en haar gezicht lijken wel witter dan anders. Halverwege de presentatie kruist haar blik die van Mertens en heel even heeft Mertens het gevoel dat een statische lading door de lucht knettert, een mix van boosheid en walging die de officier op haar afstuurt. Vervolgens bedenkt Mertens dat ze zich dit ongetwijfeld verbeeldt. Waarom zou de vrouw zo'n hekel aan haar hebben? Ja, ze is eigenwijs, kan soms onafhankelijk opereren of ineens een zijweg inslaan – ook wel zonder overleg – maar nog nooit heeft dat tot een directe aanvaring geleid. Of tot schade aan een zaak. Bovendien, de meeste rechercheurs zijn zo. Zonder persoonlijke bevlogenheid wordt geen zaak opgelost. Toeval, een ingeving – dat zijn toch meer dan eens de dingen die een zaak naar een oplossing brengen.

Eric Tijssen sluit af met de opmerking dat dagelijks om vijf uur teamoverleg zal plaatsvinden. Dan wordt besproken welke acties de volgende dag ondernomen worden. Later op de avond bespreekt de teamleiding of de gekozen koers nog optimaal is. Het is mogelijk dat de volgende ochtend vroeg aanvullende instructies volgen.

'De teamleiding zal bestaan uit Rob Franssen, Maud Mertens, Carlo Zeilstra en mijzelf,' besluit Tijssen. 'Daarnaast is er het contact tussen de burgemeester, de officier van justitie en mij. Woordvoering is in handen van Irma Terpstra. Voor jullie allemaal geldt: niet met de pers praten. Geen woord. Geen enkel bericht op sociale media. Niks. Maar dat lijkt me helder. Dan stel ik voor dat iedereen nu zijn deel gaat doen.'

De teamleden staan op. Stoelen schuiven over de vloer, kleding ruist. Stemmen nemen langzaam in volume toe. De gezichten staan somber en Mertens voelt de vastberaden energie die de veertig politiemensen uitstralen. Niemand zegt het, maar iedereen weet: deze moeten we pakken. Hij mag niemand ook nog maar een dag langer terroriseren.

'Hij heeft niets over het onderzoek naar de lijm gezegd,' fluistert Myrna als ze naar hun eigen kamer lopen. In het politiebureau vindt een kleine volksverhuizing plaats, nu er ruimte gemaakt wordt voor een stuk of dertig extra teamleden. Gelukkig zijn de meesten van hen de hele dag buiten de deur. Lang niet iedereen krijgt een eigen bureau natuurlijk.

'Klopt,' zegt Mertens. Ze gaat de jonge vrouw voor en loopt naar haar eigen bureau. 'Luister, Myrna,' zegt ze. 'Ga door met dat onderzoek en noem het voorlopig niet.'

'Maar...'

'Tijssen heeft je op bureauwerk gezet. Administratief. Dit kun je erbij doen. Maar doe het onopvallend.'

'Hij moet de resultaten kennen.'

'Natuurlijk.'

Myrna kijkt haar nadenkend aan. 'Goed,' zegt ze. 'Ik doe wat je vraagt.'

'Dank je.' Ze gaat achter haar beeldscherm zitten om eerst een verslag te schrijven over de ontdekking van het lijk en het eerste onderzoek ter plekke. 'Trouwens,' voegt ze met zachte stem toe. 'Als ik jou was zou ik ook eens vragen of ze kunnen kijken naar aankopen van lijm en tape in één transactie. En de aanschaf van een motorzaag. Wellicht touw.'

# – 48 –

Met trillende handen steekt Julia het potloodstompje door het oog waarmee de krik opengedraaid kan worden. Ze bant alle negatieve gedachten uit haar hoofd. Ze wil niet weten dat het hout gemakkelijk kan breken. Dat gaat niet gebeuren. Ze wil niet weten dat haar plan kan mislukken. Gewoon beheerst zijn, voorzichtig, overal goed over nadenken. Doorgaan.

Ze zet haar vingers aan weerszijden van het oog van de krik en heel voorzichtig probeert ze te draaien. Ja. Ja. Ga door.

Het werkt. Briljant.

Voorzichtig. Langzaam.

Het werkt.

Ze concentreert zich op het draaien. Op de beweging. Niet nadenken. Niet die brandende vingers voelen. Gewoon doen, niet nadenken. Niet naar beneden kijken, langs de steile rotswanden, van die duizelingwekkende hoogte naar de bodem van de afgrond, niet doen, niet doen. Draaien. Doorgaan.

Ze is het gevoel voor tijd kwijtgeraakt.

Het gaat goed.

Ze kan trots zijn op zichzelf.

Goed zo, goed gedaan.

Ze zet de krik op zijn voet zodat de bovenkant het kofferdeksel zal raken als ze verder draait. Het lijkt wel gemakkelijker te gaan. Dit gaat lukken. Het kan. Het kan echt.

Alleen maar doorgaan.

De krik raakt het ijzer van het deksel.

Doorgaan.

De weerstand maakt het draaien moeilijker.

Niet aan denken.

Positief.

Positief.

Straks vliegt dat deksel open en kan ze ontsnappen.

Weg van hier. Weg van hem.

Het draaien is veel zwaarder geworden nu de krik weerstand ondervindt, en dat is tegelijk ontmoedigend en hoopgevend. Dit is waar ze het voor heeft gedaan. Dat kofferdeksel omhoog dwingen. Het draaien gaat zo langzaam en doet zo godsgruwelijk veel pijn aan haar vingers dat het hopeloos lijkt, maar ze geeft niet op. Rechterhand. Linkerhand. Om en om. Doorgaan.

Dan ineens overspoelt haar een fel licht en schiet het kofferdeksel open. Ja! Gelukt! Ze schiet vol en voelt de tranen over haar wangen rollen. Weg hier. Snel. Weg. Ontsnappen. Veilig zijn. O mijn god, ze kan het redden. Er is weer een toekomst. Opnieuw weer een toekomst.

'Zo.' De stem is vreemd laag. Geïrriteerd.

O mijn god, ze heeft het verpest.

# – 49 –

De dag begint met het teamoverleg onder leiding van Tijssen. Buurtonderzoek rond de velden van de Volewijckers heeft nog niets opgeleverd. Dat was ook niet te verwachten, omdat je midden in de nacht niet achter in je tuin gaat staan om tussen de struiken door naar het voetbalveld te gluren. Maar toch.

Buurtonderzoek van de huizen rond het Mosveld is wat dat betreft interessanter. Er zijn een aantal buren die zeggen dat ze een man hebben zien lopen, die met een zwaar pak sjouwde. De een heeft het over een grote kerel die een zware zak over zijn schouder droeg, de ander over een kleine kerel die een of andere zak achter zich aan trok. De opgegeven tijdstippen verschillen, maar liggen toch bij elkaar in de buurt. Een van de omwonenden heeft de man zien wegrijden in een ouderwetse auto. Een klassieker misschien wel, zei de buurtbewoner. Een oldtimer. Het leidt tot schampere opmerkingen van de rechercheurs. Alsof je een moord pleegt en dan je beste auto van stal haalt om een rondje te gaan toeren met het lijk.

'Er wordt vandaag nogmaals met de getuigen gesproken,' zegt Tijssen met opgetrokken wenkbrauwen, waarmee hij de groep tot stilte maant. 'We proberen vast te stellen wat voor auto precies gezien is.'

Hij gaat verder met het verslag van de bevindingen tot nog toe. Verdeelt de taken voor die dag. Sommeert iedereen om die middag om vijf uur terug te zijn voor verder overleg. Mertens en haar team verdiepen zich verder in de moord op Gaullier. Rob Franssen en zijn team pakken de zaak van IJzer op. Het onderzoek richt zich op dit moment vooral op het helder krijgen van de feiten. Tijssen wil nog niets van scenario's en daderprofielen weten.

'Ik verwacht een duidelijk verhaal van jullie,' spreekt hij profiler

Carlo Zeilstra aan. 'Maar niet eerder dan dat je een helder beeld hebt. Anders zou je ons maar op een verkeerd spoor kunnen zetten.'

Hij stuurt zijn mensen weg, zet ze aan het werk met de waarschuwing dat de volgende ochtend de burgemeester, de officier van justitie en de woordvoerder van de politie langskomen om een update te verkrijgen en het team in actie te zien.

Mertens verzamelt haar mensen rond haar bureau.

'Thomas,' zegt ze. 'Heb je de informatie die ik gevraagd heb?'

Hij knikt.

'Jolanda?'

Ze knikt.

'Myrna?'

Ook zij knikt.

'Kom maar op dan,' zegt Mertens met een hoofdgebaar naar Thomas.

'Er zijn twee projecten die het meest opvallen. De deal met de Spanjaarden waarvoor Gaullier de afspraak in Brussel had. Het gaat om een database met hogeresolutieafbeeldingen van wereldberoemde kunstwerken. De *Mona Lisa.* De *Nachtwacht*, dat soort dingen. Die Spanjaarden hebben daar wereldwijd de rechten van gekocht. Via een website kan de klant een kunstwerk uitzoeken, dat kun je dan af laten drukken als poster, op gewoon doek of als een soort 3D-kunstwerk, met penseelstreken en al. Gaullier wilde met een aantal Nederlandse ondernemers de franchiser voor de Benelux en Duitsland worden. Ik heb niets verdachts aan het project kunnen ontdekken, heb de andere ondernemers en de Spanjaarden gesproken maar daar lijkt geen enkel kwaad bloed te zitten. Gaullier is zelfs in het contract opgenomen, ook al was hij niet bij de bespreking en kon niemand contact met hem krijgen. Een ander project is het leveren van een grote hoeveelheid kunstwerken aan een nieuw hotel in Amsterdam. Zijn eigen werk bedoel ik dan. Een beetje vaag project dat nog niet helemaal van de grond was. Gaullier dacht een afspraak met de keten te hebben die de hotels beheert, maar in feite bleek het een afspraak te zijn met de hotelmanager, die niet bevoegd was tot het nemen van die beslissing. Daar speelt wel het een en ander. Het zou gaan om veertig kunstwerken voor in de kamers en twintig voor in de openbare ruimtes. Prijskaartje: per stuk tienduizend euro, dus alles bij elkaar zes ton. Er was een juridisch conflict ophanden omdat Gaullier weigerde de bemiddelaar in de deal te betalen. Gaullier overwoog op zijn beurt de keten aansprakelijk te stellen.'

'Heb je al met deze mensen gesproken?'

'Staat voor vandaag op het programma.'

'Mooi. Dat heeft voor mij prioriteit.'

Thomas knikt.

'Jolanda,' zegt Mertens, terwijl ze zich naar haar toe draait.

'Ik heb de mailbox van Jurgen IJzer maar vier uurtjes door kunnen pluizen want toen besloot Tijssen IJzer over te dragen aan het team van Franssen. Ik heb hem overigens mijn aantekeningen en conclusies gegeven. Er waren een aantal zaken waarover pissige correspondentie plaatsvond. Niet een, maar verschillende zaken waarbij met een rechtszaak werd gedreigd. Ik streep de zaak rondom zijn pensioen weg want dat betreft een conflict met een groot bedrijf. Verder is er een dreigend conflict met een toezichthouder van een stichting waar hij in zijn eentje een of ander goed doel in Ghana mee deed. Huisvesting. Daar zijn tonnen naartoe gesluisd maar er schijnt nog geen paal in de grond te zijn geslagen. Maar ook daarvan kan ik me niet voorstellen dat het tot moord leidt. Wat wel opviel was een conflict waar hij kennelijk in bemiddelde rondom commissie voor de bestelde en nog niet geleverde containerwoningen. Verder een andere zaak waarbij een discussie liep betreffende de verkoop van een bungalowpark. Volgens een mail van IJzer aan zijn jurist verwacht hij een claim van iemand die courtage eist, maar geen beslissende rol in de onderhandelingen heeft gespeeld.'

'Namen?'

'Nog niet. Ga ik vandaag achteraan.'

'Mooi. Verwacht ik vanmiddag dan ook resultaat van, Jolanda. Ik wil kijken of er zijdelings iets aan Gaullier kan worden gelinkt. Ten slotte,' Maud Mertens draait zich naar Myrna toe. 'Myrna.'

'Ja,' zegt zij. 'Nou. Ik heb twee dingen uitgezocht. Ten eerste heeft de vraag bij de doe-het-zelfzaken opgeleverd dat er elf mensen zijn die in de periode die ik opgaf meer dan één tube superlijm hebben gekocht en tegelijkertijd ook tape en touw. Twee van die mensen hebben later nogmaals superlijm gehaald. Er wordt op dit moment uitgezocht wie dat zijn. Ze hebben namelijk allebei gepind.'

'Heb je Ruigbot om toestemming gevraagd?'

'Ik heb de directie uitgelegd waarom het gaat. Toen het woord seriemoordenaar was gevallen wilden ze wel meewerken. De databaseanalist kreeg meteen toestemming van de hoge heren. Zij vragen om een officieel verzoek van justitie, op schrift, achteraf mag ook.'

'Je krijgt die gegevens vandaag?'

Myrna knikt instemmend.

'Verder heb ik de lijst van verdachte sterfgevallen opgesteld waarom je hebt gevraagd.'

Jolanda en Thomas kijken verbaasd op.

'Er zijn er een stuk of vier die ik vreemd vind. Meest opvallend is de dood van die modekoning. Je weet wel, die vent die in de gracht lag. Verder de dood van een of andere energiegoeroe die allemaal groene, ecologische projecten deed. Dan is er nog een dode autohandelaar, die man die in die sloot in Landsmeer is gevonden, iemand die dure auto's importeerde uit Duitsland. En een dode aan de IJdijk, vader van drie kinderen, werknemer van een energiebedrijf.'

'Dossiers?'

'Opgevraagd, krijg ik vandaag. Maar de zaken zijn destijds als onverklaarbaar, maar niet verdacht behandeld.'

'Mooi. Om drie uur wil ik de resultaten. Dan kunnen we die naast elkaar leggen en zien of er een rode draad is.'

Iedereen knikt.

'In de tussentijd gaan wij nog eens even met Kyra Slagter en haar vriendinnen praten,' zegt Mertens. 'Want dat gerotzooi met die leerlingen zit me nog steeds niet lekker.'

*

Geen van haar vriendinnen doet natuurkunde. Sophie wil naar de Rock Academy in Tilburg. Luna gaat rechten studeren – althans, proberen om ingeloot te worden. Chantal wil een tussenjaar houden en werken in Afrika of iets dergelijks. Niemand begrijpt haar keuze om zich in te schrijven bij de Hogeschool van Amsterdam om de opleiding tot forensisch technisch rechercheur te gaan doen.

Kyra schrijft haar naam op het blad. Ze voelt zich moe. De laatste tijd zijn de nachten weer heel verbrokkeld. Lang door de slapeloosheid. Kort door de beperkte intervallen waarin ze rust. Het maakt niet uit, houdt ze zich voor. Als je maar diep slaapt. De tijd extra goed gebruikt. Geconcentreerd slaapt, met een hoop remslaap.

Ze slaat het vragenboekje open. *Opgave 1. Sprint. Kimberly en Jenneke maken met behulp van een video-opname een (s,t)diagram van een sprint van Carl Lewis over 100 meter.* Efedrine, is het eerste waar ze aan denkt. Maar welke atleet is niet positief getest op doping? Concentreer je. Wat is de vraag? *Vanaf t = 4,0 s is de snelheid van Lewis constant. Deze snelheid is gelijk aan 11,7 ms-1. Laat zien met behulp van de figuur op de uitwerkbijlage dat beide conclusies juist zijn.*

Dit moet ze doen voor Sarina, en ook voor Gaullier en IJzer. Keiharde, kwantificeerbare conclusies opschrijven. Daarna zien wat ze kan bewijzen. En wat niet.

Ze werkt zich door de rest van de opgaven heen. *Stad van de Zon. Springdrum. Op zoek naar Higgs.* Na vierentwintig vragen beantwoord te hebben slaat ze het vragenboekje dicht. Stopt haar pennen en potloden in haar tas en levert de uitwerkingen in. Klaar. Nog drie te gaan. Donderdag om vier uur is het klaar.

Ze kijkt op haar telefoon. Oproep van Maud Mertens gemist. Bijna halfvijf. Lot uitlaten. Beetje eten. Nog iets voorbereiden aan wiskunde. Achter het adres van Rolf Janssen komen. Waarschijnlijk is het niks. Maar je weet nooit. Misschien kan ze vanavond even naar hem toe rijden. Ze twijfelt of ze Mertens terug zal bellen.

Thuis komt ze haar moeder tegen, die net op het punt staat de deur uit te gaan. Ze draagt een strakke driekwart hardloopbroek en een cyclaamkleurig truitje.

'O?'

'Ik ga sporten met Trudy,' zegt ze. 'Kettlebells. Duizend calorieën in drie kwartier.'

'Cool.'

'Er is brood.'

'Oké.'

'Tot straks.'

Kyra zwaait haar moeder uit. Ze fietst over de dijk. Blijkbaar echt in een sportieve bui, als ze de auto laat staan. Brood. Haar moeder eet alleen nog eiwitten en groente, maar zij moet brood eten. Ze trekt de koelkast open op zoek naar kwark, of een fles fruitsap, maar vindt niks.

'Jarno?!' roept ze in het trapgat naar het souterrain. Geen antwoord. 'Pap?!' Weer geen antwoord.

Ze doet de deur naar haar vaders werkkamer open. Niemand, zoals ze al dacht. De map met de documenten over de teamleden van het Universal Health Center staat rechts in de kast, naast de mappen met termen als 'financiën', 'huisvesting', 'diensten'. Als het goed is staan de teamleden in de map met de notulen, alle namen, mailadressen en postadressen. Ze bladert door de map. Ze vindt de notulen van afgelopen zaterdag, zaterdag twee weken geleden, de donderdag twee weken daarvoor. Ze bladert verder terug, tot achter in de map, en vindt de lijst met teamleden. Rolf Janssen. Volendammerweg, maar het adres is doorgehaald. Zeker in verband met de scheiding. En nu? Ze bekijkt de rest van de lijst. Jeroen van Vliet woont in Landsmeer, Van Beekstraat. Ze kent het daar. Buiten het dorp, bij de Kanaaldijk. Sarina liep daar altijd hard. Rondje Landsmeer, zei ze dan. Net iets meer dan tien kilometer. Mooi trainingsdoel, bedenkt Kyra. Rondje Landsmeer. Even krijgt ze een visioen van haar hardlopende zus, met een rugzakje om waarin haar dagboek zit. Zou ze het ergens buiten hebben verstopt? In een holle boom of zo? Nee. Flauwekul. Natuurlijk niet. Maar waar dan wel? Overal heeft ze gekeken. In huis, in de tuin. Dus moet het ergens buitenshuis zijn. Niet bij een vriendin. Wie doet zoiets? Niet in een sportschoolkluisje. Want die zijn nooit persoonlijk. Het kluisje op school heeft ze ook onderzocht. Een digitale kluis. Kan. Misschien heeft ze alles gefotografeerd, overgeschreven. Wat een werk. En nog, waar zijn de schriften zelf dan gebleven? Misschien moet ze alle stappen nogmaals zetten. Je weet nooit.

Met haar mobiel neemt ze een foto van de adreslijst. Ze zoomt in op het adres van Jeroen van Vliet, dat onder dat van Janssen staat. Ze vist de autosleutels van haar moeder uit het bakje met troep dat op de keukentafel staat. Nu eerst naar Landsmeer. Misschien weet Jeroen van Vliet meer van Rolf Janssen. En logeert die kerel echt bij hem.

# – 50 –

## *Londen*

*Mabel schikt de bloemen, tilt ze iets omhoog zodat ze wijduit in de vaas staan.*

*'Voorjaar is mijn lievelingsjaargetijde,' zegt ze goedmoedig. 'Als alles weer opnieuw begint. Heerlijk.' Ze pakt de vaas met bloemen op en houdt hem omhoog. 'Prachtig.'*

*Jane draait haar hoofd weg en kijkt naar buiten. Mabel volgt haar blik. Het is een grijze dag. Bewolkt. Het motregent.*

*Phil kijkt op en volgt de blik van beide dames. Londen. Typisch Engels weer. Hij is een buitenmens. Stiekem vraagt hij zich af of de komst van Jane betekent dat hun plannen om te reizen niet doorgaan.*

*Fluoxetine, heeft de psychiater gezegd. Het is een van de medicijnen die we kunnen proberen, nu vast lijkt te staan dat haar aandoening niet te maken heeft met een hersenbeschadiging of een tumor of iets dergelijks. Angstremmers. Antidepressiva. Een chemische oplossing voor een menselijk probleem. Wat doe je als iemand bang is? Je troost. Stelt gerust. Beschermt. Probleem is dat dit precies is wat ze doen, maar het is niet genoeg. Of misschien wordt het geboden door de verkeerde mensen. Wie zijn haar ouders? Waar komt ze vandaan? De recherche heeft in geen enkele database een aanwijzing gevonden. Hoe is zoiets mogelijk in deze moderne wereld waarin via satelliet te zien is dat een of andere Chinees in een of ander hooggebergte naar het toilet gaat?*

*Mabel zet de bloemenvaas neer en ontwijkt zijn blik. Fijn. Net als Jane durft ze geen contact te maken. Ze is bang dat hij zal zeggen dat het meisje niet haar verantwoordelijkheid is. Wat ook zo is. Ze is bang dat hij zal zeggen dat hij haar niet meer dagelijks zal begeleiden in haar gang naar het ziekenhuis. Wat hij nooit zou doen.*

*Fluoxetine, heeft de arts dus voorgesteld. Maar hoe krijgen we dat bij haar naar binnen? Haar boterhammen, haar middageten – dat soort dingen zijn geen probleem, maar tot nog toe heeft ze elk medicijn dat niet per infuus werd toegediend geweigerd.*

*Op de gang vraagt iemand iets in een buitenlandse taal. Ziekte is universeel. Houdt geen rekening met nationaliteit of afkomst. Jane kijkt geschrokken op.*

*Weer die stem. Hij verstaat het niet.*

*'Saa!' roept Jane.*

*Verdomd, ze spreekt.*

*'Mijn hemel,' zegt Mabel verbijsterd.*

*Jane slaat haar benen over de bedrand.*

*'Saa! Attention!' roept ze. 'Allez!'*

*Mabel en Phil kijken elkaar met grote ogen aan. Phil schudt zijn hoofd. In hemelsnaam. Wat betekent dit?*

*'Ze is Frans,' stamelt Mabel. 'Mijn hemel, ze komt uit Frankrijk.'*

# – 51 –

Hij zit op zijn kruk, rug tegen de deur van de container, en hij denkt aan de betekenis van het woord meedogenloos. Waren niet alle grootheden uit de geschiedenis meedogenloos? Dat moet wel. Hoe kun je anders koning worden of keizer? Daar moesten in vroeger tijden mensen voor vermoord worden. Die status kreeg je niet cadeau. In hoeveel landen is de president eerlijk democratisch gekozen? Ga toch weg. Het grootste deel heeft zichzelf op die positie gemanoeuvreerd. Het heeft niets met de wil van het volk te maken. De wereld wordt geregeerd door criminelen, of door hun afstammelingen.

Terecht. Een wereld die geregeerd wordt door watjes gaat ten onder.

Hij neemt een slok jenever. Meedogenloos.

Het meisje heeft haar strijd opgegeven. Ze beweegt niet meer en heeft haar ogen gesloten. Voor even. Hij hoort de snuivende ademhaling. De energie die het haar kost om rustig te blijven.

Jarenlang heeft hij over dit moment gefantaseerd en nu het hier is heeft hij moeite ervan te genieten. Het is te plotseling. Te onverwacht. Hij weet nog niet precies hoe hij het aan moet pakken. Nu is de grote vraag wat hij moet doen om het plezier te optimaliseren, om aan zijn eigen verwachtingen te kunnen voldoen. Hij had zijn lijstje klaarliggen. Nog zes eikels die hem belazerd hadden. Daarna een stuk of vijf die het gewoon verdienden, ook al hadden ze hem persoonlijk niets aangedaan. Al een paar weken bereidt hij de volgende voor, en nu ineens dit...

Hij zet de fles drank weer aan zijn lippen en voelt de heerlijke vloeistof door zijn slokdarm gloeien. Geniet van de vertrouwde roes waarin hij terecht aan het komen is.

Hij staat op. Wankelt even en grijpt zich vast aan de tafel, waarop een rol tape ligt, een aantal kleine tubes lijm en wat stukken touw.

'Schatje,' zegt hij. Hij voelt zijn opwinding toenemen. De vulkaan die zich onder de oppervlakte roert. Dit is zoveel beter dan de mannen. Dat was macht en voldoening, maar dit is opwinding en lust. Dit tintelt. Groeit. Eindelijk voelt hij zijn mannelijkheid. Godskolere, na al die jaren weet hij bijna niet meer hoe het is. Niet dat hij het niet geprobeerd heeft. Zeker wel. Hoer na hoer bezocht hij toen Mia net vertrokken was, maar het haalde allemaal niks uit. Blond, bruin, wit, donker, zelfs een of ander jong kind werd hem aangeboden en in al zijn wanhoop nam hij haar mee naar een kamertje, waar hij in huilen uitbarstte. Het was dat of kotsen.

Hij haalt de rug van zijn hand langs haar wang.

'Schatje.'

Ze is mooi. Zoals ze daar zit. Volkomen vastgesnoerd. De riemen rond haar enkels strak aangetrokken. Haar polsen aan de stoelleuningen bevestigd. Ook de riem rond de hals heeft hij op het kleinste gaatje gezet. De eerste minuten wurmde ze nog. Ze gooide haar heupen omhoog, haar billen van de stoel geheven. Het was de enige beweging die ze nog kon maken en hij was achteruit gestapt, geschrokken van het leven dat hij weer in zijn kruis voelde.

Nu zit ze stil. Met haar ogen gesloten lijkt ze zich op haar ademhaling te concentreren. Er stromen tranen uit haar ogen.

Hij haalt een oude zakdoek uit zijn broekzak en veegt haar gezicht voorzichtig schoon. Ze kreunt. Weer voelt hij warme energie naar zijn kruis stromen en hij kreunt ook. De geruststelling. Het genot.

Meedogenloos.

Hij laat zijn blik over de tafel gaan. Langs de muur. Hij staart naar de tangen, de zagen en de messenset.

Meedogenloos.

Hij weet niet wat het meest meedogenloze is.

## – 52 –

Kyra draait naar rechts en rijdt het terrein op. Geen woonhuis hier, alleen loodsen. Een langgerekt, donkergroen gevaarte aan haar rechterhand. Op een meter of dertig afstand van elkaar drie grote overheaddeuren. Ze kan niet precies zien hoe diep de hal is. Aan de linkerkant staat een schuur. Achter op het terrein ziet ze een paar containers staan en een oude caravan. Alles ziet er relatief goed onderhouden, maar toch verlaten uit. Ze parkeert de auto op de plek die daarvoor aangegeven lijkt te zijn, met de neus naar een paar struiken. BEZOEKERS, staat er op een bordje.

Ze stapt uit, sluit het portier behoedzaam en kijkt om zich heen. Naast de eerste overheaddeur zit een gewone deur. Erboven een wat verlopen bordje met de woorden: HIER MELDEN.

Ze negeert de instructie en loopt langs de loods, richting de achterzijde van het terrein. Een paardenbak. Waar zo te zien al in geen eeuwigheid een paard heeft gelopen. Tegen de muur van de schuur liggen stapels autobanden. Er staan een paar verroeste fietsen achter een verroeste aanhangwagen. Naast de paardenbak staat een tourcaravan. Ze gluurt tussen de halfgesloten gordijntjes door. Op tafel liggen een paar netjes opgevouwen kranten. Een pakje sigaretten en een stapeltje enveloppen. Ze probeert meer van het interieur van de caravan te zien. In het keukentje staat wat vaat, maar verder ziet ze geen teken van leven.

Ze draait zich om en loopt terug over het terrein, terug naar de loods en de deur waar je je kennelijk moet melden. Naast de deur hangt een bel, maar ze probeert eerst of de deur los is en hij zwaait gewoon open.

Haar ogen moeten even wennen aan het donker en ze blijft bij de entree staan. Naast haar, met de rug tegen de wand, staat een grote stacaravan in de hal. Het grote woonkamerraam kijkt uit op de entree. Voor het ding staat een oude leren bank, twee stoelen die eruitzien alsof ze ooit comfortabel waren, allemaal in een kring gerangschikt rond een zware eikenhouten salontafel vol rotzooi. Op de grond staat aan de ene kant een verzameling lege frisdrankflessen en aan de andere kant een minstens zo grote hoeveelheid lege jeneverflessen.

Vanaf de mobilhome lopen een aantal brede paden het duister in. Auto's, motoren, bootjes op trailers, tourcaravans – sommige verstopt onder een beschermende hoes. Een rijk van dode en vergeten zaken.

Ze rilt en vraagt zich af wat ze hier eigenlijk doet. Jeroen van Vliet even wat vragen stellen over zijn gehate maatje Rolf Janssen? En dat hij haar dan meteen iets doorslaggevends vertelt? Als het zo simpel was... En wat als het echt een moordend koppel is?

Het lijkt erop dat hij er helemaal niet is. Ze stapt naar voren om te kunnen zien wat er op de overvolle tafel ligt. Lege dropzakjes. Broodzakken met beschimmelde boterhammen. Een verpakking met een kromgetrokken, verdroogde plak jong belegen kaas. Aarzelend loopt ze langs de zithoek, tot aan het einde van de caravan. Ernaast is een soort huisje gebouwd, waar een zwak licht brandt. Het kantoor. Ze ziet een ouderwetse zwarte telefoon. Op een grijs bureau liggen stapels papieren. Naast het kantoor staat een soort werkplaats, keurig netjes hangt het gereedschap in het gelid. Hamers, beitels, sleutels in allerlei groottes, een elektrische zaag.

Ze loopt naar het raam van de werkplaats om te zien of daar iemand is. Even schrikt ze als ze een geluid denkt te horen, maar als ze zich razendsnel omdraait ziet ze niks. Verderop in de hal is het donker. Het enige licht hier komt van een paar smalle ramen die hoog in de wand van de loods zijn geplaatst. Aan het zeker vijf meter hoge plafond hangen tl-buizen, ziet ze, maar het licht is uit.

Wat nu? Toch maar naar huis gaan? Ze pakt haar telefoon. Het is beter om eerst Maud Mertens te spreken. Ze twijfelt. Het is onuitstaanbaar dat ze een idee heeft, het gevoel heeft dat haar idee klopt, maar dat ze geen enkel hard bewijs heeft. Alleen een vaag filmbeeld, waarop een gestalte te zien is die haar bekend voorkomt, een loopje dat ze denkt te herkennen en een link tussen Janssen en zowel Gaullier als IJzer.

Ze loopt een klein stukje een van de gangpaden in, verbaasd over de enorme hoeveelheid spullen die hier opgeslagen is. Dromen, denkt ze, allemaal wishful thinking hier. Ze kan beter naar huis gaan. Terwijl ze zich omdraait zoekt ze Mertens' nummer op haar telefoon. Ze klikt op het icoontje.

Ineens hoort ze ergens naast zich iets bewegen en snel draait ze zich om. Daar. Nee, toch niet. Ze staat stil. Alert. Maar hoort niets meer. Langzaam ontspannen haar spieren zich iets. Op dat moment voelt ze een stekende pijn in haar hoofd en meteen valt ze bewusteloos neer.

# – 53 –

God wat een koppijn.

Niet normaal.

Water. Ze moet iets drinken. Er trekt iets aan de huid rond haar mond. Tape. Godver. Wat...?

Ze wil zich omdraaien om overeind te komen, maar haar handen zitten vast. Aan elkaar en op de een of andere manier aan haar middel. Shit. Wat nou weer?

Donker. Ze ziet amper iets. Waar is ze in godsnaam?

Kyra knippert met haar ogen. Een kleine kamer. Ze ligt op een bed, op haar zij, met haar gezicht naar de woonkamer. Het stinkt hier. Ze ruikt een mix van vochtige schimmel, urine en zweet. Een paar dikke vliegen zoemen rond haar hoofd. Ze kan amper ademhalen door de tape over haar mond.

Haar handen zijn vastgebonden achter haar rug, haar mond is dichtgeplakt met tape en hij heeft haar ergens opgesloten. Rolf Janssen. Shit. Shit. Shit, dus toch...

Ze probeert te schreeuwen, maar ze kan amper geluid maken.

'Mmmmmm! Hmmmmm!'

Eerst moet ze haar mond vrijmaken. Goed kunnen ademhalen is belangrijk. Ze veegt met haar mond over het stinkende beddengoed en probeert de tape los te krijgen. Nog een keer, nog een keer. Het gaat langzaam maar na een tijdje laat het plastic aan de onderkant los en kan ze in elk geval beter ademhalen. Nu het volgende probleem. Hoe komt ze uit deze kamer?

Haar ogen zijn inmiddels aan het duister gewend. Hij heeft alle gordijnen dichtgetrokken, ziet ze. Op tafel ligt een stapeltje kranten, post, sigaretten. Ze is in de tourcaravan waar ze daarnet naar binnen heeft staan gluren. Een vlieg landt op haar wang en ze schudt haar hoofd om het irritante beest kwijt te raken.

Ze rolt op haar rug en probeert overeind te komen. Ineens voelt ze iets klefs tegen haar arm. Ze ligt in iets nats. Eigenlijk durft ze niet te kijken, maar heel langzaam draait ze haar hoofd opzij. Naast haar ligt Rolf Janssen. Zijn ogen kijken glazig langs haar. Een grote snijwond heeft zijn hals zowat doormidden gesneden. De randen zijn van elkaar geweken en ze ziet de pezen, de aders, de luchtpijp. Ze ligt in zijn bloed.

# – 54 –

## *Dinsdag*

Het is zes uur als voor de derde keer binnen tien dagen Mertens' mobiel zo vroeg op de dag begint te jengelen. Het duurt even voordat ze het doorheeft. Vloekend reikt Edwin haar de telefoon aan.

'Sorry,' zegt ze met een schorre stem. Godsakke, ze is nog helemaal niet wakker. 'Sorry.'

Met een grom draait Edwin zich van haar weg.

'Mertens,' zegt ze. Ze gaat op de rand van het bed zitten en probeert te ontdekken waar haar broek hangt. Toch niet weer een moord? Als dat zo is, is de moordenaar echt op hol geslagen.

'Wat...' zegt ze verbijsterd. 'Kyra? Ik kom eraan.'

Edwin hoort de angst in haar stem en komt overeind. Zijn blonde haar zit rommelig en zijn ogen zijn dik van de slaap.

'Kyra Slagter is vermist,' zegt ze tegen hem. 'Kyra... Je weet...'

'Ik weet het. Hoe kan ze vermist zijn?'

'Haar moeder heeft ontdekt dat ze niet in bed lag.'

'Dat gebeurt toch wel vaker met meiden van die leeftijd?' zegt Edwin en hij gaat weer liggen.

Mertens probeert zich voor te stellen dat ze zich totaal relaxed voelt over Roos die een nacht niet thuiskomt, maar het lukt haar niet.

'Sinds het verdwijnen van haar zus hebben ze daar strikte regels in het gezin,' zegt ze. Misschien meer tegen zichzelf dan tegen Edwin. Is het echt mogelijk dat Kyra verdwenen is? 'Altijd laten weten waar je bent, desnoods met de mobiel van iemand anders. Nooit, maar dan ook nooit "sorry, vergeten te appen" hoeven zeggen.'

Holly Slagter is totaal in paniek. Ze kan niet stil blijven zitten. Ze schenkt koffie in voor de rechercheurs en voor haar man. Gaat zitten, maar staat meteen weer op, op zoek naar biscuitjes. Iets wat ze vijf minuten eerder ook al gedaan heeft.

'Mijn vrouw en ik waren gisterenavond laat thuis,' zegt Hanno Slagter. 'We hebben heerlijk gegeten bij Chef's Table. Een vijfgangendiner met bijpassend wijnmenu. Toen we thuiskwamen zijn we meteen naar bed gegaan.'

'Ik heb bij Kyra gekeken,' fluistert de moeder van Kyra. 'Ze was er niet.'

'Ze is wel vaker op stap,' verontschuldigt Slagter zich. 'Mijn vrouw heeft haar gebeld, maar ze nam niet op.'

'Ik wilde jullie vannacht al bellen,' zegt Holly Slagter zacht.

'Maar ik vond dat overdreven,' vult haar man aan. 'Ze is negentien. We hebben de neiging haar te veel op haar huid te zitten. We proberen daarin een balans te vinden.'

'Maar ze heeft examens,' zegt Holly Slagter. Nog steeds klinkt er boosheid in haar stem door. 'Ik lag eerst een tijd wakker, maar ik ben toch in slaap gevallen.'

'Heeft u niets van uw dochter gehoord?' vraagt Mertens. 'Ze heeft mij gisterenavond nog gebeld, maar toen ik opnam hoorde ik niets.'

'Wilt u iets erbij?' vraagt Holly Slagter ineens. 'Ik moet nog ergens speculaas hebben.'

'Nee, dank u. Hoe laat ontdekte u dat Kyra niet thuis was gekomen?'

De vrouw staart haar wanhopig aan. De huid rond haar ogen is opgezwollen, haar ogen zijn rood.

'Dat doe ik soms,' zegt ze. 'Soms word ik vroeg wakker. Kan ik niet meer slapen. Dan ga ik bij ze kijken. Alsof ze nog klein zijn. Een deken rechttrekken. Gewoon. Kijken of alles goed is.'

'Sinds Sarina...' begint Hanno Slagter, maar zijn vrouw onderbreekt hem.

'Ik kan ook theezetten als u dat liever heeft. Of een glas water inschenken.'

'Nee. Alstublieft.' Niels Bingsten maakt een afwerend gebaar.

'Vertelt u eens wat uw dochter gisteren deed.'

Hanno Slagter vertelt dat Kyra zich die maandag verslapen had.

Dat Holly haar een paar maal gebeld had maar dat haar telefoon op stil stond.

'Gelukkig was het examen natuurkunde pas om halftwee,' zegt Holly. 'Ze heeft het goed gemaakt. Ze stuurde me nog een berichtje.' Haar stem gaat verloren in een snik. Ze schraapt haar keel. 'Ik kwam haar eind van de middag tegen toen ik naar de sportschool ging. Toen ik daarvan terugkwam was ze niet thuis. Ik heb even gedoucht en toen Hanno thuiskwam gingen we samen de deur uit.'

'Ik heb haar een berichtje gestuurd, dat we uit eten waren,' zegt Hanno. 'Ze antwoordde niet, maar dat was niets bijzonders. Dat gebeurde wel vaker.'

Mertens knikt. Inderdaad, denkt ze. Dat gebeurt vaker.

'Dus de laatste die Kyra gezien heeft bent u?' vraagt Mertens aan de moeder, bij wie de tranen nu over de wangen lopen.

De vrouw knikt. Ze is klein van stuk. Hoogblond, sluik haar. Ze draagt een grijze joggingbroek en een wijde sweater met panterprintbiezen.

'Hanno,' zegt ze. 'We hebben toch nog die bonbons? Australian? Waar liggen die?'

*

Kyra is van het bed gevallen en hijgend ligt ze op de vloer van de kleine caravan. Ze moet hier weg. Weg van het lijk dat naast haar lag. Weg van de stank en het gevoel van die kleffe dode arm tegen haar lijf. Van de dode mond die bijna tegen haar wang kwam.

Ze duwt zich overeind en staat op. De deur. Ze zal niet het eerste slachtoffer zijn dat aan een seriemoordenaar ontsnapt. Jeffrey Dahmer werd gepakt omdat een jonge vent uit zijn appartement ontsnapte en naakt over straat rende, terwijl van zijn ene pols de handboeien nog bungelden, en een paar agenten tegen het lijf liep. Carol DaRonch onstnapte aan Ted Bundy, de knappe en uitgekookte man die minstens zesendertig jonge vrouwen vermoordde. Het is niet zo dat je meteen verloren bent als je in de val bent gelokt. Helemaal niet. Let jij maar op, murmelt ze in gedachten. Zo makkelijk krijg je mij niet, klootzak.

Ze bonkt met haar schouder tegen de caravandeur. Geen beweging. Nog een keer. Ze neemt een aanloop, knijpt haar ogen dicht en schreeuwt. Zo hard mogelijk rent ze tegen de deur aan, het ding schiet open en ze stort naar voren, valt keihard op de betonnen grondplaat.

Hijgend blijft ze liggen. Zie je wel dat ze kan ontsnappen. Panisch kijkt ze om zich heen of ergens een scherp stuk ijzer is waar ze haar polsen mee kan losmaken. Ze komt overeind. Verdomme. Ze ziet niks. Autobanden. Een paar fietsen. Ze strompelt langs de paardenbak. Ligt hier ergens iets? Schiet op. Straks komt die klootzak naar buiten. Haar hart raast. Ze kan beter wegrennen. Zo hard mogelijk, zo ver mogelijk. Ze kijkt om zich heen om te zien of die klootzak in de buurt is. Niks. Geen enkele beweging.

Ze begint te rennen, langs de loods, richting de uitgang. Weer kijkt ze om zich heen. Heeft hij iets gehoord? Komt hij eraan?

Niks.

Ze rent. Ineengedoken en zo snel en voorzichtig mogelijk.

Weg.

Snel.

Ze rent langs de ingang van de loods. Dan hoort ze hem. Ineens is hij naast haar. Ze rent zo hard ze kan. Weg. Het terrein over, naar de weg, naar het buurhuis moet ze – kom op. Sneller. Rennen als Sarina. Alsof de duivel achter je aan zit. Sneller!

Ze hoort hem dichterbij komen. Hij hijgt zwaar. Ze verbeeldt zich dat ze hem ruikt. Zweet. Alcohol. Haat. Dan tackelt hij haar en ze vliegt omver, valt keihard op haar schouder. Meteen zit hij boven op haar.

'Kyra,' zegt Jeroen van Vliet. 'Wat gezellig dat je er bent.'

*

Mertens heeft Bingsten gevraagd om bij de ouders te blijven en heeft zich de weg laten wijzen naar de kamer van Kyra. Ze kijkt op de klok die in de meisjeskamer hangt. Zeven uur. Haar moeder zal zo meteen wel bellen. Dit keer zal ze niet opnemen. Sorry mam, denkt ze. Voor één keertje niet. Gelukkig heeft ze geen tijd om zich schuldig te voelen.

'Boven,' had de vader gezegd. Hij liep mee naar de trap. 'In feite is de hele bovenverdieping van Kyra sinds Sarina er niet meer is. De linkerkamer gebruikt ze als zitkamer, de rechter – de oude kamer van Saar – gebruikt ze als slaapkamer.'

Hij liep niet mee naar boven.

'Ik wil graag bij Holly blijven,' verontschuldigde hij zich. 'Ik weet niet of... of ze...'

'Ik begrijp het. Natuurlijk.'

Bedachtzaam loopt Mertens de smalle trap op. Mijn god, twee kinderen moeten missen. Als je dan geen kortsluiting krijgt in je hersenen...

Links Kyra. Rechts Sarina.

De kamer van Kyra is volwassen. Volwassen kleuren. Bank. Poster van een of ander spiritueel aandoend landschap. De hele muur rondom haar bureau is behangen met aantekeningen over Gaullier en IJzer. Het lijkt kantoor wel.

Godsonmogelijk.

Dit meisje was op een speurtocht. Net zoals zij dat zelf was.

Godsonmogelijk.

Ze wendt zich af van de muur om een idee te krijgen van het kind Kyra. Van de dochter Kyra. Een boekenkast. Boeken natuurlijk. *De Hongerspelen. Ik ben Pelgrim.* Een paar oude Agatha Christies. Stapels schriften. Foto's in lijstjes. Een plastic hand, volgehangen met kettingen. Ze trekt de kledingkast open. Grijs. Wit. Roze. Blauw denim. Zo anders dan de kledingkast van Roos, waarin alles alleen maar zwart is. De enige kleurnuance in haar kast komt door het aantal maal dat iets gewassen is.

Roos.

Concentreer je.

Ze laat Kyra's kamer voor wat die is en loopt het kleine overloopje over naar de kamer van Sarina.

Lichter. Meer roze. Meer meisjesachtig. De slaapbank is uitgeklapt. Het beddengoed ligt in een slordige hoop op het matras. Op de balk boven het bed staan twee pluchen vogeltjes tegen elkaar aan. Op de grond ligt hier en daar een kledingstuk.

Mertens schrikt van het geluid van haar telefoon. Soms wil ze het apparaat uit het raam gooien. Het is Myrna.

'Het vriendje van die vriendin van mij,' zegt ze aarzelend, maar opgewonden. 'Eh... je weet wel...'

'Ja.' Natuurlijk weet ik nog van dat lek naar de pers, denkt ze. Schiet op met je verhaal.

'Hij is toch journalist?'

Mertens zucht. Ze probeert het onhoorbaar te doen. Op het bureau liggen schoolboeken. Ze zou bijna vergeten dat Kyra ook nog eindexamens heeft.

'Het is weer aan,' zegt Myrna.

'Waar gaat dit naartoe, Myrna?' vraagt ze streng.

'Die jongen heeft onderzoek gedaan onder de zwervers die in de buurt van het CS, de pont en bij het kanaal wonen.'

'Ja?' Slim idee. Waarom hebben zij daar zelf niet aan gedacht?

'En daar komt uit dat er op beide plaatsen een zwerver is gezien die er normaal niet woont. Een nieuweling, zeiden ze.'

'Op allebei de plaatsen? Op het juiste tijdstip?'

'Ja.'

Vandaar dat Myrna opgewonden klinkt.

'Een naam?'

'Nog niet, maar vind je het goed dat ik wat navraag doe en samen met hem in de systemen zoek?'

'Doe wat je moet doen. En doe het snel.'

'Ik heb het gehoord, van Kyra.'

'Trek die journalist leeg. We hebben nog wat van hem te goed. Opschieten.'

Ze hangt op en loopt terug naar de andere kamer. Ze trekt de bureaustoel achteruit en gaat zitten. Een zwerver. Ze heeft er zelf met een staan praten. Die stinkende kerel. Dat zal toch niet? Een grote vent was het. Blond. Maar verder? Vies. Ongeschoren. Zo goed heeft ze niet gekeken. We kijken allemaal liever de andere kant op als we deze mensen tegenkomen. Shit.

Vanaf Kyra's muur lacht zowel Marc Gaullier als Jurgen IJzer haar toe. Vanuit elke foto lopen strepen naar vellen papier met aantekeningen. Systematisch, dat is het eerste wat in haar opkomt. Gedegen het tweede. Ze telt. Rondom beide mannen hangt een precies gelijk aantal papieren. Het handschrift is mooi gelijkmatig. Ze staat op.

*Persoonsinformatie. Vindplaats. Zaken. Geld. Liefde.* Alle belangrijke zaken staan vermeld. Ze stapt dichterbij en leest. Jezus.

# – 55 –

Hij heeft haar op een keukenstoel tegen de muur van de container gezet. Ze kan onmogelijk bewegen. Haar enkels en polsen zijn vastgesnoerd. Om haar mond heeft hij een paar grote stukken tape geplakt. Een enorme woede kolkt binnen in haar, maar ze kan er niets mee doen. De martelkamer stinkt naar drank en urine.

Tegenover haar, op een plank hoog aan de muur, staat een pot met een tong op sterk water. Ernaast een met een mensenhand op sterk water. Wat smerig. Wat een smerige... Aan de plank, aan een paar spijkers hangen een riem en een stropdas. Trofeeën. Klootzak.

Als ze...

Dan...

Maar...

O, fuck!

De vrouw op de tandartsstoel is buiten bewustzijn. Ze is zo toegetakeld dat dat misschien maar gelukkig is.

Als hij maar niet denkt dat ze nu bang wordt. Ze bibbert over haar hele lijf, maar hij mag het niet merken. Lulhannes. Echt. Vieze, smerige huichelaar. Zo iemand heeft Sarina gepakt. Onderkruipsel. Teringlijer.

Als ze...

Dan...

Hou op!

'Schatje,' schmiert hij. 'Lieveling.'

Hij haalt de rug van zijn hand langs de wang van de bewusteloze vrouw. Sjezus, de lach die hij daarbij op zijn gezicht heeft. Zo'n smerig lachje van een schijnheilige geestelijke. Zo iemand die nooit, maar dan ook nooit – hoe komt men erbij, ik? Ik? Ik?! – nee, nóóit iets met kleine jongetjes zou doen. Een lach die iets te verbergen heeft. Van iemand die goedgelovige mensen een lulverhaal op de mouw speldt omdat hij weet dat hij toch een immense hand boven zijn hoofd heeft en intussen alles doet wat God en ieder weldenkend mens verbiedt. Zo'n man waardoor je haast zou gaan hopen dat God bestaat. En dat Hij een keertje niet vergeeft aan de hemelpoort.

Hij lijkt vergeten te zijn dat zij daar bij de deur zit. Liefdevol haalt hij zijn vingers door de lange blonde haren van de vrouw.

'Lieveling. Lieveling.'

Ze probeert het te combineren: het beeld van de keurige man in de vergadering, en het beeld van de bezopen idioot die hier staat.

Tak!

Een kreun. Hij heeft de vrouw op de stoel een keiharde klap tegen haar gezicht gegeven. Haar ogen staan wijd open. Ze kijkt verwilderd rond. Ze ziet Kyra en blijft naar haar staren. Kyra fronst. Probeert fel te kijken. Niet boos, maar strijdbaar. Blijf erbij, wil ze zeggen. Blijf erbij en we pakken hem samen.

Ze huilt, de vrouw. Haar gezicht is besmeurd met uitgelopen make-up. Het is godsonmogelijk om te zien hoe oud ze is.

Het is stil en de stilte is ineens verschrikkelijk eng.

Hij draait zich om. Loopt naar de muur. Prevelend en wankelend staat hij voor de muur met martelwerktuigen. Hij heft zijn beide handen op, sluit zijn ogen half zodat alleen het wit te zien is en murmelt onverstaanbaar.

Als in een waanzinnige trance grijpt hij ineens een mes van het rek en loopt naar het meisje.

'Als je lief bent,' zegt hij zoet, 'dan haal ik de tape van je gezicht.'

Hij stapt naar haar toe.

'Ben je dat? Lief? Ja? Ja?'

Ze knikt. Niet zacht en voorzichtig, maar als bezeten. Hij brengt zijn mond tot bij haar gezicht. Streelt met zijn lippen haar wangen, haar neus, haar mond.

'Liefje. Liefje.'

In één keer rukt hij de tape van haar gezicht. Ze piept.

'Lief zijn,' zegt hij. 'Heel, heel, heel lief zijn.'

Hij beweegt zijn heupen op een misselijkmakende manier. O god.

Nee, alsjeblieft... Hij schuurt zijn kruis tegen haar hand. Kyra voelt een blinde woede. Ze wil hem neerslaan. Zijn kaak verbrijzelen met haar vuist. Het meisje is doodsbang. Ze hyperventileert. Niet huilen, wil Kyra zeggen. Niet bang zijn. Niet walgen. Geen angst laten zien. Waar ze op kicken is de doodsangst.

'Nee,' fluistert het meisje.

Hij stapt naar achteren. Gaat bij haar voeten staan. Wrijft over zijn broek.

'Nee,' zegt ze zacht.

Hij gooit zijn hoofd in zijn nek.

'Alsjeblieft,' zegt ze. 'Alsjeblieft...'

Kyra schudt haar hoofd. *Nee. Nee.* Ze probeert de aandacht van de vrouw te vangen. *Nee.*

Met een haal van het mes snijdt het monster de blouse van de vrouw open.

Ze huilt.

Sidderend zet hij het mes op haar borst.

'Alsjeblieft,' smeekt zij. 'Alsjeblieft.'

Kyra bromt. Niet doen! Ze wil een geluid maken, maar de man lijkt gek genoeg om zich om te draaien, haar neer te steken en daarna rustig verder te gaan met zijn werk.

Hij snijdt. Een lange diepe snee van haar rechteroksel over haar borstbeen, de linkerborst, langs de tepel. De vrouw gilt. Het geluid is indringend hoog. Jeroen van Vliet lijkt het niet te horen. Als in trance kijkt hij naar het bloed, dat over de borsten stroomt. Nog een snee. Nog een. De vrouw blijft gillen. Kyra schudt haar hoofd. Niet doen. Niet je zwakte laten zien want daar kickt hij op, dat is wat hem voortdrijft. Het monster pakt haar tepel. Trekt. O shit.

'Mmmmmmm!' Kyra probeert hem af te leiden. Het meisje gilt oorverdovend hard.

De klootzak staat met zijn hoofd achterover, zijn hals ontbloot, en hij kreunt.

Kyra staart naar het kleine stukje vlees dat op de grond ligt.

'Hmmmm! Huhmmmmm!'

Hij hoort haar. Eindelijk. Hij draait zich om en kijkt haar aan als-

of hij totaal vergeten was dat ze daar zat.
Ze probeert vuur te spuwen uit haar neusgaten.
'Hmmmm!'
In twee grote stappen is hij bij haar en met een ruk trekt hij de tape van haar mond. Ze heeft geen tijd om te merken hoeveel pijn het doet.
'Schatje,' zegt hij verlekkerd. 'Lieveling.'
'Wees sterk,' zegt Kyra tegen de vrouw. Niet bang zijn, wil ze zeggen, maar dat slaat nergens op. Als zijzelf zich niet zo heftig tegen de paniek zou verzetten zou die haar ook verzwelgen. Het hoofd van de vrouw hangt voorover, ze staart naar de grond. Ze snikt, hijgt.
'Kijk me aan,' zegt Kyra. 'Wees sterk.'
Jeroen van Vliet lacht. Hij lacht haar uit. Hij lacht het meisje in de stoel uit. Met een paar grote stappen is hij bij de tafel en hij pakt de tang.
'Ja,' zegt hij smalend. 'Wees sterk, schatje. Heel sterk.'
Hij hurkt bij haar voeten.
Nee, wil Kyra roepen, maar dat zal hem alleen maar fanatieker maken. Wat kan ze doen om hem af te leiden? Om hem te stoppen?
'Ed Gein dacht dat hij zijn moeder weer tot leven kon wekken. Daarom oefende hij met lijken. En later met levende vrouwen,' zegt ze. 'Is dat wat jij bent, Jeroen? Een monster. Slecht. Een slecht mens. Een gek.'
Hij staart haar verbijsterd aan. Dan draait hij zijn hoofd weer om, zet de tang om de kleine teen van het meisje en knipt.
Ze schreeuwt en hij lacht. Hij zet de tang om de volgende teen en kijkt Kyra lachend aan.
'Of is het seks?' roept ze. Als ze maar iets kon bedenken wat tot hem doordringt, wat hem tegenhoudt. Geen begrip, geen zachtheid tonen. In de aanval blijven, want alles wat naar onderdanigheid ruikt vergroot zijn waanzin. 'Krijg je alleen een stijve als je een vrouw in doodsnood ziet? Is dat het? Hè, is dat het?'
Hij stapt op haar af en mept haar in haar gezicht.
'Douglas Clark vermoordde een meisje. Jarenlang was hij niet klaargekomen, maar toen hij haar doodde kwam hij. Daarna bleef

hij vrouwen doden. Alleen maar om een godvergeten climax te krijgen.'

De vuist raakt haar gezicht zo snel en zo hard dat ze niet eens merkt dat haar neus breekt.

# – 56 –

Nu niet te snel conclusies trekken. Zorgvuldig blijven. Mertens draait haar rug naar Kyra's aantekeningen en gaat op de bank zitten. Ze probeert te luisteren. Te horen hoe het huis klinkt. Hier zat ze toen haar zus vermist was. Toen haar ouders op Texel zochten en zij in Amsterdam achterbleef.

Ver beneden haar hoort ze stemmen in de keuken. De hoge tonen van verdriet. Het zachte gebrom van hopeloze geruststelling.

Recht voor haar het bureau, de Mac, de muur met foto's en aantekeningen. Wat ging er in godsnaam door haar heen? Waarom dacht ze dat zij dit raadsel op moest lossen? In haar eentje nog wel?

Links naast haar is de dakkapel, waardoor het licht koel en koud als een lenteochtend naar binnen valt. De lamp in de hoek van de kamer. De kledingkast. Het bureau. De aantekeningen. De prullenbak. Deur. De grote boekenkast op wielen. Vlak naast haar het kleine tafeltje met het leeslampje. De grote kast. Ze staat op en bekijkt een rijtje boeken. *Criminal Profiling, Academic press, fourth edition. Investigative Psychology. Sexual Homicide. The Serial Killer Files.* Nog een handvol boeken over moord en ellende.

Zoveel boeken heeft ze zelf niet eens over haar vakgebied. Ze stapt terug en gaat weer op de bank zitten. Rustig. Geen conclusies. Alleen feiten. Details.

Haar blik vliegt terug. Het leeslampje. De muur. Ze staat op en stapt naar de muur. Daar. Een klein stukje papier. Ze probeert het te pakken. Pulkt aan het hoekje, maar het zit vast.

Wielen.

Ze duwt tegen de kast. Hij geeft mee. Nog een beetje. Ja. Het ding schuift op, richting de deur. Ze rolt hem zo ver mogelijk opzij en stapt dan naar achteren.

Shit.

Mertens gaat weer op Kyra's bureaustoel zitten.

Godsakke.

Een meisje van Kyra's leeftijd hangt in het midden van een spinnenweb aan lijnen, aantekeningen, papieren. Sarina. Ze herkent haar uit het dossier dat ze doorgenomen heeft. Zo jong. Ze lacht. Argeloos. Toch, er zit iets verdrietigs in die blik.

Ze staat op, de aantekeningen bewonderend. Draait zich om. Kijkt naar de wand met de aantekeningen over Gaullier en IJzer.

Godsakke. Godsakke zeg.

De deur van de kamer gaat open en botst tegen de boekenkast die er inmiddels voor staat.

'Maud?'

Het is Bingsten.

'Wacht,' roept ze. Ze staat op en rolt de kast terug naar zijn plek, opent de deur en laat Bingsten binnen.

'Ga zitten,' zegt ze. 'Niks zeggen.'

Zodra hij op zijn plek zit rolt ze de kast weer voor de deur en maakt een ruime zwaai met haar arm, alsof ze hem een kunstwerk presenteert. Trouwens, dat is het ook.

Maud Mertens en Niels Bingsten roepen versterking op. Terwijl collega's met de ouders praten en buren ondervragen onderwerpen ze de kamer van Kyra aan een nauwgezet onderzoek. Een collega van de technische recherche wil de Mac meenemen, maar Mertens houdt hem tegen.

'Nu kraken,' zegt ze. 'Hier ter plekke. Ik heb nu de bestanden nodig waaraan ze het laatst heeft gewerkt.'

'Dat gaat niet,' sputtert de jongen tegen. 'Dat kan ik niet zonder toestemming.'

'Dat heb ik niet gehoord,' zegt Maud. 'Volgens mij heeft deze pc geen wachtwoord. Toch? Hij is niet beveiligd, als ik het goed heb.'

De jonge man kijkt haar aan. Hij knikt als hij begrijpt wat ze bedoelt.

'Ik zal kijken,' zegt hij. 'Eh... misschien heb je gelijk.'

Een halfuur later roept hij haar.

'Wat een geluk,' zegt hij glimlachend. 'Je had gelijk. Helemaal niet beveiligd.'

Ze bekijken het bureaublad en de openstaande programma's.

'Wat is dat?' vraagt Mertens. Ze wijst naar een scherm met een stilstaand filmbeeld. Het ziet er verdomme uit als de kade bij de pont. De mist. Een groepje mensen.

De jongen klikt het beeld aan.

'Ingezoomd,' zegt hij. 'Nogal sterk. Niet zo'n beste kwaliteit.'

Mertens ziet Jarno en de kapitein. Bert, een van de collega's die het eerst ter plekke was, stelt vragen. Er staat een klein groepje mensen omheen. Twee jonge kerels, een meisje. Op de achtergrond staat nog iemand maar ze kan niet goed zien wie het is. Een zwerver, lijkt het zo op het eerste gezicht.

Hoe komt Kyra in godsnaam aan die opname?

'Niels!' Hij komt meteen. 'Ben ik nou gek? Er hangt toch geen camera bij café De Pont?'

Hij schudt zijn hoofd. Nee. Natuurlijk niet. Dit moet ze zelf hebben gefilmd.

'Spoel eens een stukje terug,' zegt ze.

Ze kijken samen naar het beeld. Een groepje mensen. De zwerver stapt opzij en neemt een slok drank.

'Nog eens,' vraagt Maud.

Ze kijken nog een keer naar de beelden.

'Nu iets verder en iets langer door en dan weer opnieuw,' beveelt Mertens. Ze kijken nog een keer. De mist. De kade. De lantaarnpaal. De camera zwenkt naar de omgeving. Naar de eerste mensen ter plaatse.

'Er is een reden dat de film precies hier stilstond,' zegt Mertens. 'Noteer je waar dat was? Goed, dan nu helemaal terugspoelen en vanaf het begin graag.'

Er valt een diepe stilte als de dode Gaullier van dichtbij in beeld verschijnt. De lantaarnpaal. De omgeving. De grond onder de man. De schoenen, afgezakte broek, de blote benen. De camera schiet wat gehaast over de blote billen, alsof Kyra zich daarvoor schaamde, maar blijft dan rusten op de achterkant van het lichaam. Het bebloede haar. De naar voren geknakte nek.

Het beeld glijdt naar achteren, iets van het lichaam af, en zorgvuldig wordt de voorkant van het lichaam getoond. Het overhemd, het jasje. Dan ineens een stuk lucht en vervolgens het groepje mensen in de verte. De collega's die arriveren. Die hun eerste vragen stellen. Het lijkt erop dat niemand Kyra opmerkt. Niemand zegt dat ze daar weg moet gaan en moet stoppen met filmen. Dan weer het stukje dat ze eerder hebben gezien. Het groepje mensen. Jarno. De schipper, de twee jongens, de jonge vrouw, de zwerver en de collega's.

'Roep de ouders eens,' vraagt Mertens.

Als ze boven zijn vraagt ze de verbijsterde ouders naar de opname te kijken.

'Wat is dit?' stamelt de moeder als ze om zich heen kijkt. 'Saar. Dat is Saar, en...'

'Sorry,' zegt Mertens. 'Eén ding tegelijk. Herkent u hier iemand van? Even heel goed kijken alstublieft.'

'Jarno,' stamelt Holly Slagter.

'Verder niemand,' zegt Hanno.

'Spoel eens terug,' vraagt Mertens. 'Nog een keer.'

Hanno Slagter buigt zich voorover. 'Het is moeilijk te zien,' zegt hij. 'Heel moeilijk.'

'Herkent u iemand?'

'Het zou kunnen. Hij lijkt er heel vaag op. Maar ik kan me dat niet voorstellen. Sterker nog, het is eigenlijk onmogelijk. Ik heb die man pas nog gezien en hij heeft er niets over gezegd. Sterker nog, hij had gehoord dat Kyra daar was en wilde juist alles van haar weten, uit de eerste hand.'

'Een naam?' zegt Bingsten streng.

'Rolf Janssen,' zegt Hanno Slagter terwijl Maud Mertens 'Jeroen van Vliet' zegt.

'Hoe...?' vraagt de geschokte man. 'Waarom...?' Hij schudt zijn hoofd.

Mertens haalt een papiertje tevoorschijn.

'Staat hier,' zegt ze. 'Kyra had zijn naam al opgeschreven, en ook die van Rolf Janssen.' Ze wijst naar de wand. 'Daar zie je de link tussen de drie. Kyra heeft een lijn getrokken van Rolf Janssen naar Gaullier en een naar IJzer. "Verhuur galerie" staat erbij, en "locatie UHC: IJzer". En ze heeft deze lijn getrokken van Van Vliet naar IJzer, daar staat ook "locatie UHC: IJzer". Dan is er nog de connectie tussen Janssen en Van Vliet: UHC staat daar.'

'Godverdomme,' vloekt vader Slagter hartgrondig. 'Van Vliet en hij zijn vrienden. Rolf ligt in scheiding. Van Vliet heeft hem tijdelijk onderdak gegeven in een oude caravan op het terrein waar hij woont.'

'Heeft u een adres?' Mertens staat al op de overloop.

'In Landsmeer ergens,' stamelt Hanno Slagter, nu in- en in-wit. 'Maar ik weet niet waar. Woont op het terrein van zijn buurvrouw van vroeger. Ook in een caravan, heb ik altijd begrepen, geen idee waar.'

Hij schudt verbijsterd zijn hoofd.

'Waar kent u hem van?' Mertens heeft geen medelijden. De tijd dringt. 'Denk na!'

'Van werk. Hij doet mee, we proberen hem te helpen, aan werk, hij denkt soms mee met het projectteam. Werk. Ik ken hem van werk.'

'Mailt u hem? Stuurt u hem post?'

De man schudt vertwijfeld zijn hoofd. 'In de projectmappen. In de documentatie. Misschien bij de notulen.'

Hanno Slagter stormt de kamer uit. Mertens' mobiel gaat en ze blijft staan om hem op te nemen. Het is Myrna.

'Ik heb een naam,' zegt zij.

'Jeroen van Vliet,' antwoordt Mertens. 'Geef me een adres.'

# – 57 –

'Liefje.'

Heeft hij het tegen haar? De stem is zo dichtbij.

'Lieveling.'

Er kriebelt iets tegen haar wang.

Au! De pijn. Ineens is ze zich bewust van de pijn. Haar hele gezicht gloeit en ze schrikt wakker. Energie flitst door haar lijf. Waar? Waarom? Haar hele lijf doet zo'n pijn. Zo enorm veel pijn. Ze zakt weer weg. Het is geen keuze, het gaat vanzelf.

'Schatje. Laat me niet alleen. Blijf bij me.'

'Azzzummh...' zegt ze. Laat me, wilde ze zeggen, maar er komt iets anders uit haar mond. Focus. Ze schraapt haar keel. Haar neus doet godvergeten veel pijn.

'Liefje toch. Kijk me aan.' Ineens schreeuwt hij. Heel dichtbij. 'Kijk me aan!'

Ze opent haar ogen met een enorme krachtsinspanning. Hij is hier. Recht voor haar neus en toch kan ze het niet goed zien. De wereld is onscherp. Ze heeft een bril nodig. Ze knippert en probeert scherp te stellen.

'Jeroen,' mompelt ze. 'Waar is je vriendinnetje?'

'Klotewijf.'

Hij stapt naar achteren en langzaam herstelt haar gezichtsvermogen zich. Godverdomme. Shit. Ze zit in de stoel. De tandartsstoel waar daarnet de andere vrouw nog in zat. Ze trekt aan haar armen. Muurvast. Ze probeert haar benen te bewegen. Ook vast. Natuurlijk. Hij is niet gek. Wel. Hij is gek. Krankzinnig.

Ze beweegt haar hoofd. De halsband zit nog niet vast.

Kyra kijkt om zich heen. Waar is de vrouw? Kan ze iets doen? Ze moet iets doen. Die gek neerslaan. Haar bevrijden. Hen allebei redden.

Jezus. Achter Van Vliet, op de grond, ligt een slordig neergegooid hoopje mens in een plas bloed. De gore klootzak. Blinde woede raast door haar lijf.

Als ze kon...

Dan...

Godver...

Hij verdient het om...

Ze sluit haar ogen. Als hij haar niet vastgebonden had dan zou ze hem verrot slaan.

'Rolf Janssen,' zegt ze. 'Mocht die niet meer meespelen van jou?'

'Kapot. Het is een verraaier.' Hij neemt een paar slokken uit de fles jenever die op de werktafel staat. 'Ik dacht dat hij me zou begrijpen. Hij was degene die altijd mot had met iedereen. Die een schijthekel had aan de wereld. Dat bij het veer was een test. Ik gaf hem mijn vermomming. Neem om vijf uur de pont, zei ik. Vanuit de stad. En dan goed opletten. Hij vond het mooi, precies wat die klootzak van een Gaullier verdiende, maar hij was woest. Nerveuze klootzak. Was bang dat hij de vechtscheiding zou verliezen als bekend werd dat hij er iets mee te maken had. Hij dacht dat hij me kon chanteren. Dacht dat ik het zou pikken dat hij met IJzer onder één hoedje speelde. Dacht dat ik in mijn broek zou schijten van zijn zielige bedreigingen.'

'Waarom heb je Gaullier op het Galgenveld opgehangen?' Ze moet hem zoet houden. Tijd winnen. Maar waar hoopt ze op? Niemand weet dat ze hier is.

'Die lul kletste als een kip zonder kop over Rembrandt. Kunst met een grote K. Kutzooi.' Hij neemt nog een slok van de drank. Kyra bestudeert de grote man. Hij staat met zijn benen op heupbreedte, zijn buik vooruit, de kin arrogant omhooggericht.

'Die tong. Heeft hij ook tegen je gelogen?'

'Ja,' zegt hij verbaasd. 'Dat heb je goed door.'

'En dus de stront.'

'Dat was een ingeving. Net als de lijm.'

'Maar waarom het Mosveld en de voetbalclub? Wat had dat met IJzer te maken?'

Het gaat goed. Hij trapt erin. Volhouden nu.

'Omdat ik wil dat de recherche in de verkeerde richting zoekt. Daarom hing Gaullier ook in zijn blote lul. Ze zullen dat vastgoedproject van IJzer onderzoeken. Dat houdt ze lekker bezig. Die zak had de gemeente omver geluld met een kletsverhaal over het eren van de Volewijckers. Het Mosveld was voor de oorlog het grootste stadion van Amsterdam. Daar wilde hij iets mee, de huichelaar. Allemaal leugens om het project binnen te krijgen.'

'En de hand?' Onwillekeurig kijkt Kyra naast haar. Ze rilt en kijkt verschrikt zijn kant op, maar hij heeft haar zwakte niet gezien omdat hij glimmend naar zijn prijzenkast kijkt. Langzaam draait hij zijn hoofd naar haar toe. Hij grijnst. Een rare gloed ligt over zijn opengesperde ogen.

'Jij bent hier niet om een gezellig praatje te maken,' lispelt hij.

Ze staart terug en probeert zo lang mogelijk niet met haar ogen te knipperen. Hij staart haar een volle minuut uitdrukkingsloos aan.

'Je bent een zielig mannetje,' zegt ze. In de aanval. Niet opgeven. Als hij angst ziet is ze er geweest.

Hij stapt naar voren. Weer slaat hij haar hard in haar gezicht. De pijn in haar hoofd is niet te harden. Goed zo. Ze moet hem boos houden. Woedend, maar zonder de macht te krijgen. Tot hij moe wordt en haar met rust laat. Misschien gaat hij weg. Misschien moet hij straks pissen. Kan ze proberen de vrouw wakker te maken.

Hij ijsbeert door de ruimte. Even is het alsof hij haar vergeten is.

Op de tafel naast hem, bij de deuropening, ziet ze een mes en een tang liggen. Ze probeert niet te kijken. Stel dat hij haar blik volgt. Dat hij ziet wat zij ziet en op ideeën komt. Snel kijkt ze weg van de tafel met zijn gruwelijke instrumenten, weg van de tubes lijm en de rol tape. Ze kijkt naar de vrouw op de grond.

Beweeg, zou ze haar toe willen schreeuwen. Word wakker. Leef!

Jeroen van Vliet heeft zijn zakflacon in zijn hand, schroeft de dop los en zet het flesje aan zijn mond. Hij vloekt. Leeg. Mooi. Kyra sluit haar ogen om hem het idee te geven dat hij best wel even weg kan. De een ligt buiten westen op de grond en de ander zit bewusteloos in een stoel. Vastgebonden. Je kunt best even weg. Ga. Ga dan.

'Lieveling.'

Ze voelt zijn warme adem tegen haar wang. Hij stinkt. Ze haat hem.

# – 58 –

'Kanaaldijk,' zegt Mertens. Bingsten komt meteen in beweging.

'Ja,' zegt Hanno Slagter terwijl hij een bladzijde uit de projectmap scheurt. 'Kanaaldijk. Van Beekstraat.'

'Blijft u liever bij uw vrouw,' zegt Mertens.

'Geen denken aan,' antwoordt hij. 'Ik ga mee. Ik ben arts. Misschien ben ik nodig.'

'Snel dan.'

Tijdens de volkomen onverantwoorde rit van Bingsten door Amsterdam-Noord, door een woonwijk waar hij als een gek rechts afslaat en de weg op schiet die langs het kanaal loopt, belt Mertens het bureau en geeft het adres door. Ze roept alles en iedereen op.

'Ik mag hangen als het vals alarm is,' zegt ze. Ze belt zelfs Franssen, die vooral vraagt hoe ze denkt te weten wie het is. Ze hangt op. Laat hij Tijssen maar aanspreken. Kunnen ze samen mopperen. Ze heeft nu wel iets beters te doen.

Geen sirenes, heeft ze de mannen op het hart gedrukt. Ik wil hem verrassen. Bingsten rijdt voorop. Achter haar de Saab van vader Slagter. Daarachter de wagen van de collega's.

Als ze maar op tijd zijn. Als ze maar daar is. Als hij maar in godszijn slachtoffers niet op een andere plek vasthoudt.

Ze scheuren langs het kanaal. Bingsten slaat op het stuur om hard te toeteren als er recreatieve fietsers of hardlopers langs de weg banjeren.

'Oprotten!' roept hij een paar keer.

Bij het veer naar Het Schouw – alweer een pontje, verdomme – slaat hij met gierende banden links af.

'Rustig,' zegt Mertens. 'Ik wil niet dat hij ons hoort.'

Bingsten neemt gas terug.

'Hier,' zegt Mertens. 'Dit moet het zijn. Rustig.'

Ze rijden een onbestrate binnenplaats op. Parkeren hun auto's aan de kant zodat de collega's er straks bij kunnen. Het terrein is verlaten. Een meter of honderd van hen vandaan, naast de oude paardenbak, staat een caravan.

Mertens stapt uit en gebaart naar de anderen dat ze rustig moeten doen. Ze legt haar vingers op haar lippen en haalt haar wapen tevoorschijn.

*

Ze wil hem bijten maar ze kan het niet. Ze zal hem op een andere manier te pakken moeten nemen. Haar hoofd gloeit. Hij heeft zijn neus in haar haren gestoken en snuift.

'Meedogenloos,' murmelt hij. 'Dat snap je toch wel? Dat is de weg. Meedogenloos.' Hij ademt diep in. Ademt heel langzaam de ademteug weer uit. Hij is tevreden. Zelfvergenoegde klootzak.

Ze draait haar hoofd opzij, steekt haar tong uit en likt zijn wang.

'Godverdomme,' roept hij. 'Godverdommese vieze teef!'

'Tot welke leeftijd plaste jij in je bed, Jeroen?'

'Houd je bek.'

'En waarom dronk je moeder zoveel? Omdat je vader haar sloeg? Omdat ze teleurgesteld was in het leven? Haar man? Haar zoon?'

Hij stapt achteruit, grijpt naar de lege jeneverfles en staat ermee in zijn hand.

'Je weet niets van mij. Helemaal niets.'

'Ik weet dat je eindeloos bij psychiaters bent geweest. Dat je therapie hebt gehad.' Ze zwijgt even. Haar hoofd doet zo'n pijn.

'Ben je bij je ouders gebleven?' vraagt ze. 'Of ben je uit huis geplaatst?'

Weer slaat hij tegen haar hoofd en ze ziet lichtflitsen. De pijn is zo sterk dat ze naar adem hapt. Ze voelt iets knellen om haar nek. Zo strak.

'Je wilde zelfmoord plegen,' murmelt ze. 'Toen je een jaar of zestien was.'

Hij trekt de riem aan. Meteen voelt ze de druk op haar hoofd toenemen. Haar kaak doet zo'n pijn. Dit overleeft ze niet. O god, mama. Sorry mama, denkt ze. Sorry, sorry, sorry.

*

Mertens loopt voorop. De caravandeur staat open. Met hun wapen in de aanslag gaan Mertens en Bingsten ieder aan een kant van de deur staan. De collega's staan achter hen.

'Janssen?' roept Mertens. 'Rolf Janssen? Jeroen van Vliet?'

Geen antwoord.

'Hé!' schreeuwt Bingsten. 'Kom naar buiten. Je maakt geen kans!'

Niks.

Mertens steekt de hand met het wapen naar binnen. Er gebeurt niks. Voorzichtig stapt ze omhoog, de caravan in. Ze scant de kamer, de keuken, op het bed ligt een dode in een plas bloed. Bingsten komt achter haar aan. Met zijn wapen gereed trekt hij de deur van het kleine toilet open.

'Niemand,' zegt hij.

'Alleen deze hier,' zegt Mertens.

'Is dat Van Vliet?' vraagt Bingsten.

'Rolf Janssen.' Ze heeft de foto's van beide mannen bestudeerd. Myrna had ze via WhatsApp gestuurd. 'Hij is een keer gearresteerd wegens het stalken van zijn ex.'

Een van de collega's praat in zijn zender. Hij geeft door wat ze vinden, vraagt om een ambulance.

Hanno Slagter staat er krijtwit en verloren bij. Ze heeft geen tijd om te zeggen dat hij uit de buurt moet blijven.

'De containers,' zegt Bingsten en ze voelt de urgentie in zijn stem.

Ze rennen terug, langs de paardenbak. Bingsten probeert de eerste container te openen en trekt hard aan de ijzeren schuif die het ding dichthoudt. Mertens staat klaar, naast haar collega's, haar wapen getrokken. Als de deur openzwaait zien ze kartonnen dozen, een paspop valt naar buiten. Meuk. Ze rennen naar de volgende container. Na de drie containers te hebben geopend staren ze elkaar aan.

'De loods!' roept Mertens.

Ze rennen over het terrein, naar de entree van de loods. Mertens trekt voorzichtig de deur open. Ze stapt naar binnen. Bingsten loopt weer vlak achter haar.

'We onderzoeken de grote loods,' hoort ze een andere collega in de radio zeggen. 'Als jullie ter plaatse zijn het perceel afsluiten en achteraan beginnen.'

Binnen is het schemerig. Ze zoekt de lichtknop. Nu moet hij maar weten dat ze er zijn. Afleiding. Misschien is het goed. Kunnen ze hem in de val lokken.

Er is geen geluid. Geen beweging. Naast de ingang staat een mobilhome. Ervoor een soort zitje met een smerige tafel. Zo ver ze kan kijken opslag. Auto's. Busjes. Caravans. Speedboten.

'Hij kan niet open en bloot zijn werk doen,' zegt Bingsten. 'Hij moet er een speciale ruimte voor hebben. Ook om ze gevangen te houden.'

'Jij die kant op,' beveelt Mertens een collega. 'Met hem.' Ze wijst een van de collega's aan en gebaart vervolgens naar de voorkant van de loods.

'Wij gaan hierlangs.' Ze wijst naar de achterkant van de loods en knikt naar Bingsten. Ze draait zich om en zegt tegen Hanno Slagter: 'Hier wachten. Zodra we iets vinden roepen we u meteen.'

De man haalt adem om bezwaar te uiten maar Mertens loopt al weg. Hij blijft besluiteloos staan.

Het duurt een minuut of tien voordat ze aan de andere kant van de loods zijn en een eerste verkenning hebben gedaan.

'Alleen auto's, bootjes,' zegt Bingsten. 'Hier kan hij ze toch niet vasthouden?'

'In een busje?' vraagt Mertens terwijl ze naar een oude Amerikaanse bak wijst.

'Hij houdt ze dagenlang vast,' zegt Bingsten grimmig. 'Martelt ze. Zaagt ze in stukken. Hij moet een aardige ruimte hebben, en een goede uitrusting.'

'Hij moet de boel geluiddicht hebben gemaakt,' zegt Mertens. 'Daarom horen we nu niks.'

'En hij ook niet,' zegt Bingsten grimmig.

Ze voelt aan een deur achter in de loods. Op slot.

'Terug naar voren?' vraagt Bingsten.

Ze rennen terug naar de voorkant. Juist door het rennen voelt Mertens ineens paniek opkomen. Kom op Kyra, denkt ze. Hou vol. Ze heeft de neiging om te roepen, maar ze weet dat dat niets uithaalt.

Mertens schrikt van het geluid van haar mobiel. Myrna.

'Er staat hier een vrouw bij de balie,' zegt zij. 'Die komt aangifte doen van iets verdachts. Ze zegt dat ze gezien heeft dat IJzer werd ontvoerd. Bij zijn sportschool. Grote blonde man in een Mazda MX5. Rood.'

Dat ding heeft ze bij de ingang zien staan. Verdomme.

'Hier,' roept een van de collega's. 'Nog een container!'

Ze gaan op het geluid af.

'Hier!' roept de agent. Bingsten rent zo snel dat niemand hem kan bijhouden.

'Mee,' roept hij in het voorbijgaan naar Hanno Slagter, die bij de stacaravan bij de ingang staat. 'Achter me blijven!'

Ze rennen de loods door, naar het achterste stuk, waar inderdaad een zwart geverfde container staat. Het ding is hoger dan de containers die buiten staan. Breder ook. Ze trekken hun wapens. Omcirkelen de deur. Bingsten trekt de ijzeren staaf weg.

## – 59 –

'Jij haat de wereld,' zegt Kyra. 'Maar de wereld haat jou nog veel meer.'

Ze kan bijna geen lucht meer krijgen, maar ze praat door.

'Jij verdient het niet om hier rond te lopen. Jij hoort achter de tralies. Je hele rottige shitleven lang.'

'Houd je kop!'

Dit keer slaat hij haar niet. Hij staat voor haar, op een meter afstand, en hij ziet eruit alsof hij gaat huilen.

'Elk slecht mens moet gestraft,' zegt Kyra tussen haar opeengeklemde tanden door.

'Jij begrijpt het niet,' briest hij. 'Je begrijpt er geen fuck van. Dat is precies wat ik doe!'

'En zij?' Kyra kijkt naar de vrouw op de grond achter Van Vliet. 'Is zij slecht?'

'Nee, nee.' Hij schudt zijn hoofd geërgerd. 'Zij is de fantasie.'

'Zij is je moeder. Je vrouw. Jij wilt haar niet vermoorden, maar hen.'

Verbouwereerd stapt Van Vliet naar achteren en gaat op de kruk zitten.

'Je vader was er nooit,' zegt Kyra piepend. Ze heeft het gevoel dat haar hoofd aan het opzwellen is, dat haar ogen eruit gedrukt zullen worden. Ze krijgt amper lucht. 'En je moeder domineerde je. Je walgde van haar. Je haat haar. Net als je vrouw, die je verlaten heeft. Ook zo'n verraaier.'

Van Vliet springt op van zijn kruk. Met twee stappen is hij bij haar en hij grijpt haar bij haar haren. Ze gorgelt en kreunt. Haar keel brandt. De onderkant van haar gezicht doet zo'n pijn dat ze bijna flauwvalt. Geen lucht. Er kan geen lucht door haar keel.

‘En jij dan?’ brult hij terwijl hij haar hoofd heen en weer schudt. ‘Jij weet het allemaal zo goed! Wat doe jij hier dan, verdomme!’

‘Ik wil jou,’ zegt ze ijzig. Jeroen van Vliet hijgt in haar gezicht. Gierend probeert ze adem te halen. Ze gaat flauwvallen. Verbijt zich. ‘Ik wil de moordenaar van mijn zus pakken, maar ik begin met jou!’

Van Vliet gooit zijn hoofd in zijn nek en lacht hysterisch. Hij schiet naar de tafel, grist het mes van het blad en zet het tegen haar borst. Zonder het te willen snikt ze. Ze kan niet meer sterk zijn. Niet meer dapper. De pijn is te erg. De angst explodeert.

‘Jammer,’ zegt hij. ‘Maar de rollen zijn omgekeerd. En nou zijn we klaar met dat slappe gelul.’

Kyra begint te huilen.

Ineens is er een enorme herrie achter hem. Iemand schreeuwt. Gevloek.

Hij valt. Nog meer geschreeuw. Iemand gilt.

Ze zou heel hard willen huilen maar ze is zo moe. Ze kan haar ogen niet meer openhouden. Ze is zo duizelig. Dat is het. Ze valt om.

‘Kyra.’

Papa. Ze droomt. Papa. Ze glimlacht, maar meteen heeft ze zo’n pijn dat ze kreunt. Haar neus. Haar kaak. Ze krijgt geen lucht.

‘Kyra.’

Een andere stem.

Ze probeert haar ogen open te houden maar het lukt amper. Hij heeft ze dichtgeslagen. De zwelling duwt haar oogleden steeds dichter op elkaar. Ze moeten naar het meisje kijken. De andere vrouw. Leeft ze nog? Iemand moet haar verzorgen. Met haar linkeroog kan ze nog iets zien. Mensen. Een hele hoop beweging.

De druk van haar keel verdwijnt. Ze maken haar armen en voeten los.

‘Dannnn...’

‘Sssj... Praat maar niet.’

Die stem. Papa. Zo vertrouwd en zo geruststellend dat het bijna pijn doet. Wat heeft ze dat gevoel gemist.

‘Dnnnkkk.’

Hij kust haar wang. Het is een papakusje. Heel zacht. Ze ruikt hem. Zijn aftershave. De vertrouwde geur van toen ze klein was en samen met Sarina bij hem zat en hij voorlas van de oom, de brug. Hoe heette het ook al weer, dat boekje?

'Leessnn,' zegt ze. 'Leessn.'

'Ja,' zegt haar vader. 'Lezen. Ik zal je voorlezen.'

# – 60 –

## *Londen*

*Toen de stemmen op de gang waren verdwenen kroop Jane terug in bed. Ze draaide zich op haar zij en ontweek elk contact met Mabel of met Phil.*

*'Attention,' mompelde ze nog een aantal maal, maar daar bleef het bij. Daarna barstte ze in een langdurige huilbui uit en zocht troost bij haar hoofdkussen, niet bij de mensen om haar heen.*

*Pas in het gesprek met de psychiater de volgende ochtend trokken ze de conclusie dat de vreemde taal de trigger moest zijn geweest. Phil en Mabel waren druk geweest met Jane. Hadden geprobeerd haar gerust te stellen want ze leek ineens doodsbang. Ze hadden geen idee wat ze riep, begrepen alleen dat er iets was wat belangrijk was. Iets waardoor ze angstig werd.*

*Probleem was dat noch Mabel, noch Phil de taal in eerste instantie had herkend of verder enige aandacht aan de bezoekers op de gang had besteed. Navraag leerde dat op de afdeling, naast Engelsen natuurlijk, ook een Duitser, een Deense en een Nederlandse vrouw gehuisvest waren.*

*'Een confrontatie met de talen kan nuttig zijn, maar ook een nieuwe schok teweegbrengen,' zegt de psychiater. 'En voor zover ik nu kan zien heeft ze door het voorval een ernstige terugval gehad.'*

*Mabel knikt verdrietig. Hij heeft gelijk.*

*'Het leek wel of ze een naam riep,' zegt ze. 'Ik had steeds het gevoel dat ze iemand wilde waarschuwen.'*

*'En de naam?'*

*'Geen idee. Het was niet helder. "Saa!" riep ze steeds.'*

*'We denken dat ze verder nog "Pas op" riep,' zegt Phil. 'En "Ga weg!" of iets dergelijks.'*

*'Ja,' beaamt Mabel. 'Zo voelde het ook. Het leek of ze gevaar zag en ze iemand wilde waarschuwen. Of misschien was het woede. Ik weet het niet precies maar er zat een boel urgentie in haar toon.'*

*'Dus dat zijn de enige woorden die ze sprak? "Saa", "Pas op" en "Ga!"'*

*'Ik spreek die taal niet,' zegt Phil. 'Die Fransen zeggen van die onverstaanbare dingen.'*

*'Ze zei nog iets wat ik niet goed kan herhalen,' zegt Mabel. 'En wat de Franse tolk ook niet begreep. Ze zei niet alleen Saa, maar ook een keer Sari, Sara. Het zou een naam kunnen zijn. Misschien bedoelt ze Sarah. Het leek wel of ze stotterde, nee, haperde... dat was het: ze bleef hangen op die woorden.'*

*'Ik denk dat het een naam is,' zegt Phil. 'Misschien haar eigen naam. Ik denk dat ze Sarah heet. Daar moet Interpol onderzoek naar doen. Naar de mogelijke vermissing van een Frans meisje dat Sarah heet.'*

# – 61 –

Kyra ligt op de bank in de woonkamer. Ze heeft een grote bos bloemen van Sophie, Luna en Chantal gekregen. <3 <3 <3 hebben ze op het kaartje geschreven. De operatie aan haar neus en kaak heeft zes uur geduurd, maar de chirurg zei dat ze volledig zal herstellen. Inmiddels heeft ze visioenen van hamburgers en patat, van bruinbrood met pindakaas, van stroopwafels en drop. Voorlopig moet ze het doen met allerlei soorten shakes en soepjes. Ze kan de woorden banaan- of vanille- of bosvruchtensmaak niet meer horen.

Ze klaagt niet. Julia Hazelbrecht leeft nog wel, maar moet het de rest van haar leven zonder een flink aantal tenen doen. En dat waren niet haar enige verwondingen. Een van haar tepels is afgesneden, en ze is met een mes bewerkt op plaatsen waarvan je niet eens bedenkt dat je er met een mes bij kunt.

Maar ze leeft. Is dat een zegen? Waarschijnlijk. Zal ze ooit herstellen? Waarschijnlijk niet.

'Hij heeft een volledige bekentenis afgelegd,' zegt Maud Mertens. 'Ik heb nog nooit van een dergelijke zaak gehoord, maar hij werd gedreven door haat en door lust. Hij wilde wraak nemen op de mannen die hem voor zijn gevoel bedrogen hadden. Zakelijk, dan. Hij meende recht te hebben op allerlei commissies, courtages, bemiddelingsfees. Voor zijn gevoel was hij voor tonnen opgelicht. Die frustratie begint bij zijn scheiding. Zijn vrouw, die hem kennelijk ook heel veel geld afhandig heeft gemaakt.'

Kyra voelt zich zwaar. Door haar verplichte dieet is ze afgevallen, maar ze heeft het gevoel dat ze honderdvijftig kilo weegt en dat het gewicht haar diep in de bank doet zinken. Verdriet heeft een heel hoog soortelijk gewicht.

'Zij was zijn droomvrouw,' vervolgt Mertens. 'Lang, slank, blond en mysterieus. Een soort Jerry Hall, zegt hij. Hij kuste de grond waarop ze liep. Tegelijkertijd had hij allerlei fantasieën over haar, waar ze niet aan wilde voldoen. Hij wilde dat ze zich verkleedde. Als non. Als politieagente. Hij wilde seks hebben met haar terwijl ze zich afstandelijk en autoritair gedroeg, maar zij weigerde en hield daarna jarenlang de boot af. Zijn frustratie werd steeds groter, net als zijn woede. Hij vierde zijn lusten bot op prostituees. Bij sommige dames werd hij geweigerd omdat hij zich zo agressief gedroeg en te veel blauwe plekken achterliet. Dat vinden de volgende klanten niet leuk.'

Kyra zucht en ziet zowel haar moeder als haar vader het hoofd schudden.

'De eerste stap zette hij toen hij op een avond John Meijers tegenkwam in de stad. Het was een uur of twee, drie 's nachts. Ze waren allebei dronken. Van Vliet sprak Meijers aan op een zaak, iets met een courtage. Het kwam tot een handgemeen. Van Vliet raakte hem een keer goed, Meijers stootte de zijkant van zijn hoofd tegen een paaltje en viel in het water. Eerder doodslag dan moord, maar het zette bij hem alles in beweging. De rest ken je. Gaullier had hem belazerd met die deal met de Spanjaarden. Het contact was via Van Vliet gelegd. Hij zou een functie binnen het op te richten bedrijf krijgen. Maar dat ging niet door.'

Dus het had toch niets met de meiden te maken, denkt Kyra. Hadden ze toch gelijk. Het schilderij van Sarina heeft hier dus ook allemaal niets mee te maken. Ze heeft haar ouders niet over het kunstwerk verteld.

'En Julia?' vraagt Kyra. Ze praat moeilijk, met de vastgenaaide kaken, maar het lukt. 'Hoe past zij in het plaatje?'

'Zijn eigenlijke drijfveer was lust. Hij beschouwde de paar zakenmannen als een oefening. Nadat hij op hen had geoefend, zou hij zijn kunsten perfectioneren met dames. Julia was toevallig op de verkeerde plek op het verkeerde tijdstip. Het was een opwelling, zei hij. Hij kon haar niet weerstaan.'

Kyra gromt.

'Heel ongebruikelijk,' zegt Mertens. 'Dit zie je eigenlijk nooit, zo'n vreemde combinatie van slachtoffers.'

'Ze hebben allemaal hun eigen logica,' zegt Kyra tussen haar opeengeklemde tanden door. 'Hun eigen gekte. De achtergrond is altijd bizar.'

Haar moeder begint te huilen. Papa slaat een arm om haar heen.

'Schat,' zegt hij. 'Hij zit achter slot en grendel. Kyra is veilig.'

'Dat weet ik,' zegt ze zacht. 'Ik dacht aan... Niks... Iemand nog koffie?'

Ze staat op en haalt de pot zonder op antwoord te wachten. Een paar tellen later is ze terug in de kamer. Ze houdt twee ansichtkaarten in haar hand. Haar gezicht is doodsbleek. Grijs, bijna.

Haar vader springt op.

'Wat?'

Haar moeder opent haar mond maar ze zegt niks. Kan niets zeggen.

'Dit...' stamelt ze dan. Ze houdt de kaarten omhoog. Tranen rollen over haar wangen. 'Dit...'

Papa pakt de kaarten aan en bekijkt de achterkant.

*Groeten uit De Koog*, ziet Kyra staan. Het zijn twee bijna dezelfde kaarten. Texel. Ze begrijpt het niet. Ze is er pasgeleden geweest, maar ze heeft toch geen kaarten op de bus gedaan? Is ze nou gek geworden? Natuurlijk niet. Is er iemand anders die op dit moment op Texel vakantie viert?

'Mijn god...' stamelt haar vader. Hij kijkt op. 'Ze zijn van Sarina. Een voor jou, Kyra, en een voor ons allemaal.'

Kyra steekt haar hand uit.

'Mei 2010, staat er. Hoe kan dat?' Hij kijkt Mertens aan. 'Die kaarten zijn vier jaar oud!'

'Afblijven,' zegt Mertens streng. 'In een zakje doen,' beveelt ze en ze haalt twee zakjes voor bewijsmateriaal uit haar jas.

Kyra staat op. Ze voelt zich slapjes. Samen met Mertens stopt ze de ansichtkaarten ieder in een eigen zakje. Ze leest de kaart die Sarina naar haar ouders en Jarno stuurde.

*Alles goed hier! Ik ga een tijdje weg, maar maak je geen zorgen. Ik zal laten weten waar ik ben en hoe het gaat.*

*Sorry. Dit moet ik doen. Liefs, Saar.*

De kaart die haar zus aan haar richtte heeft een andere tekst.

*Lieve Kyr,*

*Ik ga op reis, op avontuur. Eindelijk! Het spijt me dat ik niets heb gezegd en dat het zo geheimzinnig moest, maar pap wilde dat ik naar die kliniek ging en ik weet zeker dat ze nee gezegd hadden. Ik vaar met Dave Kowzinsky mee naar de Middelandse Zee. Ik kom terug. Love you.*

*Saar*

*PS Niet boos zijn.*

Haar moeder is op de bank gaan zitten. Ze huilt met haar handen voor haar gezicht.

'Is het echt van haar?' vraagt ze. 'Is het echt niet van nu?'

'Het is haar handschrift,' zegt Kyra. 'Dat weet ik wel zeker. Ze heeft het zelf opgeschreven. Mei 2010. Ik kan het poststempel niet goed lezen.'

'We laten de kaarten onderzoeken,' zegt Mertens. 'Hoe het in godsnaam mogelijk is dat ze nu bezorgd worden, vier jaar later...'

'Ze is dus toch weggegaan,' verzucht Kyra terwijl ze op de rand van de bank gaat zitten. 'Misschien is dit goed nieuws. Je weet nooit.'

'We moeten opnieuw gaan zoeken,' zegt Holly verbeten. 'Han. We moeten aan de slag.'

'Ik open de zaak graag,' zegt Mertens.

Kyra ziet haar moeder vertwijfeld naar haar vader kijken. 'Moeten we niet zelf...' begint ze, maar haar vader schudt resoluut zijn hoofd.

'Die weg moeten we niet opnieuw bewandelen,' zegt hij. 'Het heeft ons uitgeput destijds, Holly. Laten we verdergaan met het leven dat we net weer opgepakt hebben.'

Ze ziet haar moeder naar argumenten zoeken.

'Ik meen het,' zegt haar vader. 'Holly?'

'Wat ik nog niet verteld heb,' zegt Kyra zacht, 'is dat ik me ingeschreven heb voor forensische recherche. Na de zomer start ik aan de Hogeschool van Amsterdam. Ik zal haar vinden, mam. Wat er ook gebeurt, ik ga mijn zus vinden.'

# Dankwoord

*Galgenveld* is fictie. Iedereen die zichzelf of iemand anders denkt te herkennen, heeft het goed en tegelijk fout. Natuurlijk haal ik mijn inspiratie uit de wereld. Ik steel flarden van geschiedenissen, situaties, uitspraken, locaties, karaktertrekken. Maar ik waak ervoor dat die werkelijkheid mij dicteert hoe het moet. Het verhaal is de baas.

Ik probeer zaken waarheidsgetrouw en geloofwaardig op te schrijven. Soms spring ik op mijn fiets om te bekijken of je vanuit een bepaald hoekje bij een bepaald gebouw inderdaad het uitzicht hebt dat ik beschrijf. Aan de andere kant verzin ik er maar op los. Als schrijver heb ik een haat-liefdeverhouding met de waarheid. Ik wil zo dichtbij mogelijk blijven en ik ren ervan weg.

*Galgenveld* is het eerste deel van een serie, het resultaat van hard werken, en niet alleen van mij, ook van veel mensen bij de uitgeverij. Ik hoop dat het voor u als lezer een bloedstollende rit is geworden, en dat u nog even nadenkt over dat ene moment, die ene scène.

Ik bedank alle mensen bij The House of Books, die met ongekend enthousiasme voor *De Noordzeemoord*en aan de slag zijn, en de mensen van het *AD*, die het met overtuiging mogelijk maken dat van *Galgenveld* – deel 1 van *De Noordzeemoorden* – bijna 1.500.000 exemplaren als bookazine verspreid worden. Een ode aan de lezer, een cadeau voor in de vakantieperiode.

Ik wil met name Harold de Croon en Hanneke Wijte van The House of Books bedanken, die het verhaal (en mij) met hun strenge kritiek enorm goed hebben geholpen. Op naar meer spannends!

## Lees verder in het spannende vervolg *IJskoud*:

### – 1 –

'Jesse?'

Sophie Verster staat bij het hek waarachter de ezels zich bevinden, bij een van de laatste veldjes van de kinderboerderij. Haar adem maakt kleine wolkjes in de lucht. Haar ogen vliegen rond, ze speurt de omgeving af, de mensen, de kinderen. Het is niet druk vandaag. Het pad naar de pauwen ligt er verlaten bij en alleen verderop scharrelen wat vaders en moeders met hun kinderen tussen de kippen en de eenden.

'Jesse?'

Waar zit hij nou? Hij loopt ook altijd bij haar weg zonder even iets te zeggen. Ze stopt haar telefoon in haar jaszak. Schapen, ezels, een leeg veld met schots en scheve hekken langs de sloot achter aan het terrein. Hij is nergens.

'Jesse!' roept ze nog een keer, bozer nu.

Ze kijkt nog een keer bij de schapen en het hek aan het eind van de weg. Ze kijkt snel achter de struiken bij de speeltuin. Geen Jesse.

Shit.

Ze loopt een stukje terug en blijft bij een verweerde groene picknicktafel staan. Hij was hier net nog. Hij stond met het bakje kippenvoer in zijn handjes vlak naast haar naar de ezels te kijken, ze pakte even haar telefoon – die navelstreng naar de rest van de wereld –, stond te appen met een vriendin, keek op, en hij was weg.

Gewoon weg.

Ze rent een stuk richting de ingang, waar de kippen zijn, maar ook daar is hij niet. Ze had gedacht dat hij die beesten misschien al was gaan voeren.

'Jesse!' roept ze weer.

Alsof dat helpt. Als hij haar zou horen dan kwam hij wel. Er zit geen kwaad in dat jochie. Hij is niet iemand die pest of expres brutaal doet.

Waar is hij toch?

'Jesse!' Haar stem slaat over.

Ze draait om haar as en kijkt nog een keer of hij echt niet in de buurt is. Ze rent een stuk terug, maar beseft dat ze daar al twee keer gekeken heeft. Ze kan niet geloven dat hij ineens verdwenen is.

Hij is niet op het pad naar de ingang, en ook niet achter haar. Ze staat aan de rand van de kinderboerderij, waar het pad ophoudt en een knik maakt naar de achteruitgang, een poort die altijd afgesloten is. De typische boerderijgeur is ineens misselijkmakend; vochtig hout en blubber vermengd met kippenstront en ezelpoep. Ze rent naar het hek dat het verste stukje terrein scheidt van de buitenwereld, de smalle weg langs het Noordhollands Kanaal. Ze duwt de klink van de poort naar beneden. Dicht. Hij kan hier onmogelijk zelf naar buiten zijn geglipt.

Ze gaat op haar tenen staan, leunt zo ver mogelijk over het hek en speurt tegen beter weten in de weg af. Kom op, Jesse, laat je zien.

Links, bij de molen, is hij niet. Rechts, bij de ingang van de Buiktuin, ook niet. Ze laat zich terugzakken, pakt de tralies en schudt. Stevig en te hoog voor Jesse om overheen te klimmen. Hij moet echt nog ergens hier binnen zijn. Ze loopt terug naar de ezelweide.

De dieren staan bewegingloos op het kale stuk grond. Een minuut is verstreken sinds ze opmerkte dat hij niet meer naast haar stond, misschien twee. Jezus, ze is verantwoordelijk voor hem. Ze is de oppas. Degene aan wie Ilonka al jaren haar kind toevertrouwt.

Een akelige, koude rilling kruipt over haar rug en een moment voelt het alsof de wereld ronddraait, in duizelingwekkende snelheid, en alles om haar heen verandert in langgerekte strepen, terwijl zij daar in haar eentje staat, doodstil, in het oog van de storm, tot iemand aan de noodrem trekt, alles acuut tot stilstand komt en het lijkt alsof alleen zijzelf nog misselijkmakend rondtolt.

'Jesse!'

Ze kan niet ophouden hem te roepen. Ze rent weg, schiet tussen de struiken door en rent weer naar het kleine, verborgen speeltuintje. Hij moet er zijn. Ze moet alleen beter kijken.

Niemand.

Een knalblauw plastic glijbaantje staat verlaten in de zandbak.

Er staat een zwart-witte speelgoedkoe. Ernaast staat een bord: VAN SPELEN WORD JE BLIJ, MAAR OPRUIMEN HOORT ERBIJ. De deksel van de plastic kist waar het speelgoed in hoort staat open.

Ze rent ernaartoe. Misschien verstopt hij zich. Misschien houdt hij haar voor de gek.

Geen Jesse.

Ze rent langs de wip, springt achter het bankje en kijkt achter de struiken. Hoe is het mogelijk? In godsnaam, Jesse, waar zit je? Ze schiet aan de andere kant van het speeltuintje weer tussen de heesters door, terug naar het pad, en rent naar het pleintje bij de ingang.

'Jesse!'

Dit is de kleinste kinderboerderij op aarde. Twee ezels, wat schapen, een handvol geiten, een zootje kleine dieren. Hoe kan hij weg zijn?

'Ik ben mijn kind kwijt!' roept Sophie. Ouders kijken verschrikt haar kant op. 'Mijn oppaskind! Jesse!!'

'Hoe ziet hij eruit?' vraagt een vader die met twee jonge kinderen tussen de kippen staat.

'Blauwe jas, spijkerbroek, blonde krullen, blauwe muts,' zegt ze buiten adem.

*

Kyra Slagter zit op het voeteneind van haar tweepersoonsbed en staart naar de muur met de informatie over Sarina. Haar foto in het midden, de kaart van Texel – waar ze vier jaar geleden verdwenen is – met de route die ze gelopen heeft, steekwoorden uit getuigenverklaringen, kleding, plaatsnamen, de naam van de jongen die ze daar kennelijk ontmoet heeft, kopieën van de belachelijk hoopgevende ansichtkaarten die vier jaar nadat ze verzonden waren ineens boven water waren gekomen. Ruim een jaar geleden had haar moeder het haar nog verboden om zo intensief met de verdwijning van haar oudere zus bezig te zijn. Ze had geëist dat de muur leeggemaakt werd, dat Kyra zich zou bezighouden met school en niet met Sarina, met zaken waar je invloed op hebt, zei ze, en niet met zaken die ver buiten je bereik liggen.

Ver buiten je bereik. Haar eigen zus. Mooi niet.

Nu waren ze dat stadium voorbij. Ze was negentien geworden, volgde de opleiding forensisch onderzoek aan de Hogeschool van Amsterdam. Had dingen meegemaakt dit jaar, in haar idiote zoektocht naar de moordenaar van haar docent Marc Gaullier, die op de een of andere manier haar positie ten opzichte van haar moeder veranderd hadden.

Sarina lacht haar toe. Blond haar rondom een mager gezicht. Grote groenbruine ogen en mooie rode lippen, zoals ze zelf ook heeft. Het is een heel gek idee dat ze nu net zo oud is als het meisje op de foto. Iets ouder zelfs.

Waar ben je naartoe gegaan, zus? Wat is er met je gebeurd?

Haar telefoon, die naast haar op bed ligt, begint te zoemen. Sophie. Vreemd, meestal appt ze.

'Hi,' zegt ze en Sophie begint meteen te praten.

'Jesse is kwijt,' zegt ze buiten adem. 'Ik ben bij de Buiktuin en hij is ineens weg. Wil je naar zijn huis gaan en kijken of hij daar is? Ik wil hier blijven voor het geval hij terugkomt. Ik snap er helemaal niets van. Ik was hem ineens kwijt.' Ze valt stil, als een auto die een noodstop maakt.

'Ik ben al onderweg,' zegt Kyra. 'Ik pak de scooter. Heb je Ilonka gebeld?'

'Dat durf ik niet.'

'Bel in elk geval 112.'

'Ja. Misschien. Ik...' stamelt Sophie. 'Hij kan toch... Ik snap...'

'Wat heeft hij aan?'

'Een spijkerbroek en een blauw jack en een blauwe muts, zo'n felle kleur blauw.'

Kyra schiet in haar schoenen en rent de trap af. Scootersleutel. Winterjas, handschoenen. Snel.

*

Ze kan niet geloven dat hij weg is. De paar bezoekers van de kinderboerderij zoeken allemaal. Zelf heeft ze nog een keer op het achterste deel van het terrein gezocht, in de hokken van de pauwen en de kippen gekeken, in de kleine stal van de ezels. Ze kan geen plek meer bedenken waar ze niet al twee keer is geweest. Sophie staat in het huisje van de beheerder. Misschien heeft ze toch niet goed gekeken bij het geitenweitje, of is hij toch bij de speeltuin, ook al zijn ze daar al een paar keer geweest om te zoeken.

'Kan hij niet naar huis zijn gegaan?' vraagt een van de beheerders. Het is een kleine vrouw met een enorme boezem. Ze draagt een grijs, gevlekt t-shirt met een verwassen print van Mickey Mouse en ze heeft een diepe frons op haar voorhoofd.

'Een vriendin van mij is daar nu naartoe om te kijken, maar hij zou nooit zomaar naar huis gaan. Dat zou hij echt wel zeggen.'

'Ik bel 112,' zegt de vrouw.

Sophie knikt wezenloos.

'Ik kijk nog een keer bij de geiten,' roept ze en ze rent de deur uit. Ze rukt het hek van de geitenwei open, rent over het gras, langs de oude tractor die verzonken in de blubber van het weilandje staat, naar het huisje met de hooibalen midden op het achterste veld. Ze hijgt, krijgt haast geen lucht. Het is onmogelijk. De hele kinderboerderij is omheind. Het is het soort hekwerk waar kleine kinderen absoluut niet over of doorheen kunnen. Ze rent een rondje over het veld. Niks. Ook niet buiten het terrein, aan de andere kant van het hek. Het grasveld daar is leeg. Niks. Hoe kan het? Hoe kan dit toch? Het lijkt wel alsof haar gedachten blijven haperen, als een liedje met alleen maar een refrein. Hoe kan hij ineens verdwenen zijn?

Ze rent om de hooischuur heen, naar de mesthoop, waar een massa kippen scharrelt. Hier is een moeder aan het zoeken.

'Niks,' zegt de vrouw. 'Sorry.'

Ze rent terug naar de beheerders.

'Hij is echt nergens,' zegt Sophie buiten adem. Ze zuigt een grote hap lucht naar binnen maar heeft niet het gevoel dat er zuurstof in haar longen terechtkomt. Vijf jaar oppassen balt zich samen in dit ene moment. Hij is twee en ze maken een toren van blokken. Hij is vijf en ze lezen de verhalen van *Kikker*. Nu is hij zeven en vindt hij zichzelf al veel te groot voor een oppas. Hoe kan hij ineens weg zijn?

'Ga even zitten,' zegt de vrouw met het Mickey Mouse-t-shirt. 'We hebben 112 gebeld en de politie komt eraan. Jan? Heb je thee?'

De man staat op, zijn waterige ogen verdwijnen haast onder zijn dikke wenkbrauwen. Ze moet gaan zitten, zeggen ze. Hoe kan ze nou gaan zitten terwijl ze moet zoeken? Maar waar moet ze zoeken? Ze kan geen plek meer bedenken.

'Heb je buiten gekeken?' vraagt de man terwijl hij een kop dampende thee aanreikt. 'Bij het kanaal?'

Sophie bevriest.

*

Kyra raast met haar scooter over de dijk, ze schiet tussen de paaltjes door bij het Florapark, en wenst dat het ding sneller is. Het is waterkoud en ze is blij dat ze haar dikke winterjas heeft aangetrokken.

Een paar minuten later rijdt ze zonder aarzelen de kinderboerderij voorbij, slaat iets verderop links af de wijk in waar Sophie en Jesse wonen. Ze zet haar scooter in de voortuin bij Sophie en springt over het hekje om aan te bellen bij de ouders van Jesse. Geen antwoord.

Ze belt nog een keer. Niks. Ze tuurt door het raam. Roept door de brievenbus. Nee, als Jesse er was zou hij heus wel opendoen. Ze loopt terug en belt aan bij Sophie, maar Linda doet niet open. Aan de overkant van de straat ziet ze beweging en ze belt daar aan.

'Heeft u Jesse gezien?' vraagt ze aan de oudere dame.

'Ik zag hem met Sophie weggaan,' zegt de vrouw. 'Een uurtje geleden
denk ik.'

'Daarna niet meer?'

'Nee.'

'Dus hij kan niet teruggekomen zijn,' stelt Kyra.

'Wat is er dan?' vraagt de vrouw. 'Is hij weg? Misschien is hij bij Tim, zijn vriendje, die woont op nummer zevenentwintig.' Ze wijst naar een huis iets verderop in de straat.

'Bedankt,' roept Kyra. Ze is al weg.

'Is Jesse hier?' vraagt ze aan de vrouw die opendoet, maar ze ziet al aan de verbazing op haar gezicht dat hij er niet is.

'Nee, die heb ik niet gezien,' stamelt de vrouw. 'Waarom?'

Kyra reageert niet, vist haar telefoon uit haar zak, steekt haar hand op om de vrouw te bedanken en rent terug naar haar scooter.

'Sophie? Hij is hier niet. Niet thuis. Niet bij zijn vriendje. Niemand heeft hem gezien. Heb je 112 gebeld?'

Ze luistert even naar de paniek van Sophie.

'Blijf daar,' antwoordt ze. 'Dan volg ik nog een keer de route van hier naar de kinderboerderij, misschien dat ik hem toch ergens zie. Ik kom eraan.'

Ze rijdt terug, iets rustiger nu, en kijkt goed om zich heen. Ze maakt een extra rondje in de kleine straatjes rondom Jesse's huis.

Het is half november en over een paar dagen komt Sinterklaas, maar toch zijn al veel huizen in kerstsfeer aangekleed. Over een uurtje is het donker. Ze moeten opschieten met zoeken.

Kyra rijdt de wijk uit, over de houten brug naar het kanaal. Nergens een klein blond jongetje. Ze kent Jesse. Als Sophie niet kan, past ze ook weleens op hem. Het is een lief jochie, hartstikke slim. Hij heeft haar leren schaken – althans, hij heeft verteld wat elk schaakstuk mag en wat niet – want hij vond mens-erger-je-niet maar stom. Shit, waar is hij toch?

Vlak voor het viaduct stopt ze even en ze tuurt de weg naar de basisschool af. Het is een lange rechte weg naast een sloot. Niks. Voor de zekerheid kijkt ze nog een keer achter zich, naar het water, de struiken en het riet langs de wallenkant. Niks.

Ze rijdt door. Vlak na het ziekenhuis stopt ze weer. Is hij hier het fietspad op gegaan? In de verte loopt alleen een oudere vrouw met een hond. Ze ziet auto's rijden. Nergens een klein, huppelend jongetje in een blauw jasje.

Op nog geen honderd meter van de kinderboerderij ziet ze iets in het kanaal drijven, een meter of drie van de wal. O god. Ze schreeuwt naar de mensen die bij de ingang van de Buiktuin staan.

'Kijk daar!' gilt ze, al weet ze niet precies waarom ze het roept. 'Jesse!'

Ze zet de scooter op de weg en rent naar de waterkant. Iets blauws. Iets felblauws. Ze heeft het gevoel dat iemand haar keel dichtknijpt. Maar hij heeft toch zijn zwemdiploma? Je hebt toch wel je A als je zeven bent? Of niet? In godsnaam...

Ze kijkt om zich heen en ziet een paar mensen op haar af lopen. Hoe diep is het hier? Twee meter? Drie? Vier? Dit is een vaarroute waar regelmatig grote schepen varen. Jezus, Jesse... Dat knalblauwe ding kan niets anders dan zijn muts zijn. Ze trekt haar dikke jas uit en springt in het kanaal. Het water is zo koud dat het haar meteen fijn lijkt te knijpen. Met twee slagen is ze bij het blauwe ding en grist het uit het water. Inderdaad een muts van blauw katoen.

Achter zich een plons. Ze ziet een jongen boven komen.

'Jij die kant,' roept hij terwijl hij achter Kyra wijst. Hij heeft gelijk. Jesse kan overal zijn, ze moeten dit goed aanpakken, anders heeft het geen zin. Ze gooit de muts op de kant, waar inmiddels een aantal mensen staan te kijken. Ze duikt onder. Het ijskoude water stroomt in haar oren, over haar kruin en in haar nek. Ze probeert iets te zien, maar het water is troebel, groenbruin, en overal waar ze kijkt hangt dezelfde ondoorzichtige mist. Wanhopig graait ze om zich heen en door de heftige bewegingen is haar lucht meteen verdwenen en moet ze naar boven om adem te halen. Hoe lang duurt het voordat een kind van zeven zinkt? Hij zal toch spartelen, gillen, hij kan toch watertrappelen? Hij gaat toch niet meteen al kopje-onder? Had hij misschien laarzen aan? Dat is het verhaal: je laarzen uitdoen als je in het water valt. Want ze lopen vol en trekken je naar beneden. Is dat waar? Waar moet ze zoeken? Waar? Ze neemt een grote hap lucht en duikt weer onder. Dit keer probeert ze de bodem te halen, waar ze panisch om zich heen tast. Modder.

Stenen. Takjes. Iets scherps. Niks. Helemaal niks.

*Jesse!* schreeuwt ze inwendig. *Hierheen!*

Ze moet alweer naar boven. Haalt adem. Duikt veel te snel weer onder en het paniekgevoel wordt steeds overweldigender. Ze kan hem niet vinden. Het kanaal is veel te breed en waarschijnlijk staat hier ook nog een stroming. Misschien is hij naar het midden van het water gedreven, en de kant op van de ringweg, of juist richting de sluis. Nog een keer komt ze boven, hapt naar lucht, en weer duikt ze onder. Ze probeert systematisch langs de kant te zwemmen, met haar armen om zich heen maaiend en steeds een stukje verder van de kant af, naar het midden van het kanaal, maar ze heeft het gevoel dat ze hele stukken overslaat, dat hij overal kan zijn, dat het kanaal een modderpoel is zo groot als een voetbalveld, en ze zoekt rondom haar, maar hij kan ook boven haar drijven, onder haar, schuin naast haar, hij kan overal zijn. En waarom kan ze niets zien? Ze ziet haar eigen benen niet eens, zo troebel is het hier. Het heeft geen zin... Buiten adem komt ze weer boven en ze vloekt. Houd je kop erbij. Zoek! Zoek!

'Niks!' roept de jongen die ook in het water is gesprongen. Hij zwemt op haar af. Ongemerkt is ze al een heel stuk van de kant af naar Jesse aan het zoeken. Links van haar ziet ze nog een man in het water liggen.

'Het is niet te doen,' roept de jongen. 'Sorry. Misschien moeten de duikers verder zoeken.'

De duikers, zegt hij. Die zullen wel komen inderdaad. Speurhonden. Een hele ploeg politiemensen. Maar ze zullen te laat zijn. Als hij hier in het water ligt...

'Kom naar de kant,' zegt de jongen. 'Het is veel te koud.'

Nu pas merkt ze hoe verkleumd ze is. Hoe lang ligt ze al in dit ijskoude water? Alles prikt, als ze beweegt is het alsof ze zich aan honderden messen snijdt.

'Nee,' zegt ze zacht. Ineens voelt ze zich doodmoe en de wallenkant lijkt heel ver weg. Ze kijkt de jongen aan, maar ziet hem niet. Zijn gezicht lijkt te veranderen in dat van Jesse, doodsbang, met immense opengesperde ogen. Ze haalt nog een keer diep adem en duikt onder. Met wilde bewegingen zwaait ze haar armen om zich heen. Hij moet hier ergens zijn. Als hij nou alleen maar haar kant op kwam, als ze nou alleen maar op de goede plek zocht... Ineens voelt ze iets kouds en klefs in haar rechterhand. Het is meteen weer weg. Ze draait zich om en graait ernaar.

Ja, hebbes. Ze grijpt het vast en schiet naar boven, maar voor ze boven is weet ze het al: wat het ook is, het is te zacht, te licht, het is niet Jesse. Ze trekt haar arm boven het wateroppervlak uit en herkent een jas. Even is ze verlamd van angst en denkt ze het blauwe jack van Jesse te zien, maar dan ziet ze dat de stof donkergroen is en dat de maat die van een volwassene is. Een van de mouwen is helemaal gerafeld. Ze schreeuwt het uit van woede en frustratie.

'Kom,' zegt de jongen weer. Hij drijft naast haar. Zijn haren plakken op een idiote manier langs zijn wangen en er druppelt water van zijn neus. 'We moeten eruit.'

'Nee,' fluistert Kyra. Wat als hij hier is? Vlak bij haar in de buurt. Wat als hij net onder haar drijft? Of op een meter afstand, daar, in het midden van het kanaal. Dan had ze hem bijna, echt bijna. Dan had ze hem kunnen redden en als ze nu teruggaat is hij verloren. Nog een keer duikt ze onder, maar ze merkt dat ze het niet meer volhoudt, dat ze maar een paar seconden beneden kan blijven en te weinig kracht heeft om nog echt te zoeken.

'Kom mee,' zegt de jongen nogmaals en hij trekt een gezicht alsof hij dit keer geen enkele tegenspraak meer duldt.

Langzaam zwemmen ze terug naar de kant. Voor haar ziet ze de andere zwemmer al uit het water klimmen. Ze zouden echt langer moeten zoeken, maar Kyra kan haar armen en benen amper bewegen. Ze lijken van lood, en het water van stroop. Als ze ooit aan wal komt, moet ze even gaan liggen, even uitrusten, slapen misschien wel.

Ze rilt. Dat je het zo ontzettend koud kunt hebben... Binnen in haar is het kil en hol, als een lege vrieskist waar een dikke laag ijs op de wanden is afgezet. Ze zijn terug bij de wallenkant. Kyra grijpt de bovenkant van de beschoeiing, maar het lijkt onmogelijk om hier uit het water te klimmen. Het is veel te hoog, zeker een meter. Vermoeid blijft ze hangen.

'Eruit,' zegt iemand boven haar. 'Schiet op! Je raakt onderkoeld!'

Kyra probeert zich omhoog te trekken, maar ze heeft het gevoel dat haar armen ineens van elastiek zijn, ze trekt zich op maar komt geen centimeter omhoog. 'Watje,' scheldt ze zichzelf uit. 'Je moet dat water uit. Ze hebben gelijk.' Ze trekt zich uit alle macht omhoog, maar het lukt niet en hijgend valt ze terug.

'Nog een keer,' roept de stem.

Iemand geeft haar een duw, iemand trekt aan haar arm, en dan ligt ze in het gras, te klappertanden en te bibberen.

'Opstaan, bewegen, naar binnen,' beveelt de strenge stem. Het is de jongen. Hoe komt hij nou ineens hier? Hij was toch in het water, naast haar?

'Jij ook,' moppert Kyra. 'Jij ook.'

Ze krabbelt overeind en hij slaat zijn arm om haar heen. Dan duwt en trekt hij haar in de richting van het huisje op het terrein van de kinderboerderij.

'Geef ze hete koffie!' roept iemand. 'Zet de kachel aan. Haal dekens!'

'Jesse?' vraagt Kyra. 'Hebben jullie hem al? Waar is Sophie?'

Op dat moment hoort ze twee sirenes door elkaar loeien. Politie. Brandweer. Goddank.

*

Maud Mertens haast zich achter Niels Bingsten aan naar de dienstauto. Een vermist kind. De beheerder van de kinderboerderij deed de melding. De oppas van het jongetje is in alle staten. Zij heeft met hulp van de andere bezoekers het hele terrein doorzocht. Hij is nu bijna een halfuur vermist. Een fractie van een mensenleven, een verwaarloosbaar klein beetje tijd, maar een eeuwigheid als je kind zoek is. Niels heeft de auto al gestart als Maud het portier opentrekt. Ze ploft op de bijrijdersstoel en ze scheuren weg voordat ze haar riem om heeft. Waarschijnlijk is het niks. In negenennegentig van de honderd gevallen is het een storm in een glas water en is het kind al gevonden als ze aankomen, maar die ene keer dat het wel mis is, is tijd je belangrijkste vijand. Of handlanger. Hoe sneller iedereen in actie komt, hoe groter de kans dat het jongetje terecht komt. Jesse van Dijk. Zeven jaar. Woont in Banne Noord, de wijk vlak bij de kinderboerderij.

'De Buiktuin,' zegt Mertens, terwijl ze opzij kijkt naar het doorgroefde gezicht van haar collega. 'Ken je het?'

'Ja,' antwoordt Bingsten met opeengeklemde kaken. Vlak voor hen blijft een auto midden op de weg rijden, ook al hebben ze hun licht- en geluidsignalen aan. 'Dat is bij het kanaal. Ga aan de kant, eikel!'

Zodra er een gaatje is haalt hij de auto in, om die vervolgens op een heerlijk schandelijke manier af te snijden. Mertens ziet de bestuurder vloeken en gebaren maken. Natuurlijk.

Bingsten rijdt over de brug over het kanaal, slaat links af de woonwijk in en slalomt via een onnavolgbare route door een aantal kleine straatjes totdat hij bij de sluis op de Buiksloterdijk komt, waar hij naar beneden rijdt, langs het water naar de kinderboerderij.

In haar hoofd somt Maud op wat er straks nodig is, mocht het jongetje echt nergens te vinden zijn. Een zoekteam, speurhonden, duikers. Misschien ook een amber alert. De coördinator vermissingen is gebeld, die zorgt voor het in werking stellen van het protocol. Jesse is door de officier van dienst beoordeeld als urgent. Ze sluit haar ogen en probeert de loodzware klont in haar maag weg te ademen.

*

De kou is zo diep in al haar vezels doorgedrongen dat Kyra het gevoel heeft dat haar botten zijn veranderd in ijspegels. De koudste 19 november sinds jaren en dan het water in duiken, briljant.

'Kleding uit,' beveelt de ambulancebroeder.

Ze staart hem aan.

'Met die natte kleding aan je lijf krijg ik je niet warm,' zegt de man. Hij heeft kort grijs haar en een neus als een bokser. Hij is vriendelijk, maar dwingend. 'Als jij het niet doet, dan doe ik het.'

Ze knikt, legt de oude paardendeken op het bed in de ambulance en begint zich uit te kleden. 'Ik heb een winterjas,' zegt Kyra. 'Die is wel droog. Zal ik die aantrekken? En een muts heb ik ook.' Ze kijkt de broeder aan en heeft het gevoel iets heel doms te hebben gezegd. Ongetwijfeld heeft de man speciale warmtedekens. Misschien wel iets elektrisch om haar op te warmen. Ze bibbert nog steeds, maar haar hoofd is helderder.

'Straks misschien,' zegt de broeder en hij spreidt een soort aluminiumfolie op het ambulancebed uit. Hij droogt haar ruw met een handdoek en als ze gaat liggen vouwt hij de foliedeken om haar heen. Hij zet het hoofdeind iets omhoog, droogt haar lange blonde haren en zet haar muts op. Dan legt hij nog een deken en haar jas over haar heen en reikt haar een warme kop thee aan.

'Het valt gelukkig erg mee,' zegt hij. 'Je temperatuur is 33,4 graden. Onder de drieëndertig wordt het vervelender.'

'Jesse,' zegt ze opnieuw. 'Is hij nou al gevonden?'

'Ik weet het niet. Ik ben hier bij jou. Mijn collega is bezig met je vriend en zijn vader.'

'Mijn vriend?'

'Die jongen die ook in het water lag. Is dat niet je vriend?'

Ze schudt haar hoofd en drinkt haar thee. Ze weet niet eens hoe hij heet. Langzaam voelt ze de geruststellende warmte van de deken toenemen. Haar lichaam warmt iets op en ze voelt zich een klein beetje ontspannen, maar het gevoel van onheil raakt ze niet kwijt. Als Jesse gevonden was, was iemand dat vast wel komen vertellen.

Ze drinkt het bodempje thee op en laat haar hoofd op het bed rusten. Hoe kan het dat Jesse aan Sophies aandacht ontsnapt is? Niets voor haar. En trouwens ook niets voor Jesse om 'm zomaar echt te smeren. Of in het water te vallen. Hij gaat er weleens vaker vandoor, maar dan staat hij een paar meter verderop of zo. Hij is nog nooit echt weggelopen.

Ze kan haar gedachten niet stilzetten. Ze schieten heen en weer an het moment bij de buurvrouw van Jesse naar het scheuren met de scooter en het zoeken in de straten en het zoeken onder water. God, het water. Zo koud, zo onbarmhartig. Hij zal daar toch alsjeblieft niet liggen? Alsjeblieft. Terwijl ze daar gezocht heeft. En zij niet alleen. Die man, die jongen...

'Wilt u straks vragen hoe hij heet?' vraagt Kyra.

De broeder kijkt haar met opgetrokken wenkbrauwen aan.

'Die jongen,' zegt ze. 'Mijn vriend. Eh... hoe hij heet.'

'Zal ik doen,' zegt de man lachend. 'Ik vul even mijn papieren in. En dan moeten we eens gaan nadenken hoe we aan droge kleren komen voor jou. Of misschien kunnen we je wel gewoon thuis afzetten.'

Kyra knikt. Ze moet naar buiten om weer te helpen met zoeken.